公爵家の三男が征く己の正道譚 II

虚妄公

[Illustrator] 真空

Contents

[Illustrator] 真空

序章

前世にて陥《おとしい》れられた果てに死んだ男は異なる世界、その世界でも名が知られた公爵家《こうしゃくけ》であるダンケルノ公爵家の三男——アーノルド・ダンケルノとして生まれ変わった。

今度こそ誰にも侵《おか》されることのない生を望んだアーノルドであるが、ダンケルノ公爵家の後継者となるためには他の候補者達よりも上に立たなければならなかった。

だがアーノルドは家族との最初の顔合わせとも言える神眼の儀において、次兄ザオルグの母親であるオーリに嵌《は》められ失態を演じてしまう。

さらにはオーリによって本来住むはずであった本邸からも追い出され、別邸へと追いやられてしまった。

その原因とも言えるアーノルドの母親はどうやら娼婦出《しょうふしゅっ》身《しん》のようで、貴族としてはかなりの汚点《おてん》となってしまう。

とはいえ、アーノルドにとってはそんなことはどうでも良かった。

誰かのではなく、全ては自らの手で手に入れると決めているのだから。

そのために力を付けるまでは身を潜《ひそ》めるつもりであった。

だが行儀見習《ぎょうぎみなら》いに来ていた貴族出身の使用人の一人、貴族至上主義のユリー・ワイルボード

序章

は娼婦の血を引くアーノルドを敬《うやま》う気などなく、貶めるような発言を幾度《いくど》もした。

力のない段階では、その発言すらも耐えるべきだったのだろう。

だがアーノルドは、またしても我慢し、抑圧に塗れた生活をしなければならないのか、否、やりたいようにやるのだ、とユリーの首を刎《は》ねる。

そしてユリーの言葉もあり、ワイルボード侯爵家と戦争にて雌雄《しゆう》を決することとなったアーノルドはそれから鍛錬《たんれん》に打ち込み、従騎士級への昇格試験を受ける。

だがその際、またしてもオーリと諍《いさか》いが起き、ザオルグを殺す寸前まで至るも突如《とつじょ》現れた公爵の手の者によって遮《さえぎ》られ、それまでの疲労もありアーノルドは気絶してしまった。

その後目覚めたアーノルドは、ユリーと共にいた二人の貴族令嬢への沙汰《さた》を下すために地下牢へと向かい、そこで初めて自分の父親である公爵と対面することになった。

毅然《きぜん》とした態度を崩さず、公爵に対し不遜《ふそん》とも言える物言いをするアーノルドを試すように重圧を放った父親は、それを耐えたアーノルドに対し、一つ助言のような言葉を放ち去っていった。

そして地下牢にいた貴族令嬢であるリリーとランは自分の家に帰るでもなく、ただ使用人として残るでもなく、帰れば自分を殺すような親に復讐するためにアーノルドの臣下《しんか》となる道を選んだのであった。

アーノルドにとって他者などどうでもいい。

臣下になった者でも、その動機がなんであれ、自分を裏切ればただ死を贈るのみ。

第一章　準備

アーノルドは書斎《しょさい》の椅子《いす》に座って、コルドーが来るのを待っていた。

今日は今度の遠征に同行するメンバーを決める日。

アーノルドもどれだけの数が集まるかは想像できなかったので、知らず知らずのうちに手を握り込んでいた。

そして微動だにせず目を瞑《つむ》っていると、書斎の扉がノックされた。

「入れ」

アーノルドは緊張からかいつもより少し低い声が出た。

「失礼いたします」

そう言って入ってきたのはクレマンだった。

「アーノルド様、コルドーの準備が整ったそうです」

「ああ」

そう返事をすると、アーノルドはクレマンと共に書斎を出て中庭へ向かう。

アーノルドが建物の角を曲がり中庭に来ると目に入ったのは、百名あまりの騎士が整列して跪《ひざまず》いている姿であった。

第一章　準備

それを見たアーノルドは己自身でも気づかぬうちに安堵《あんど》の息を吐いていた。

アーノルドが騎士達の前に立つとコルドーが代表して話しかけてくる。

「大騎士級二名、騎士級九七名、従騎士級一名、共に戦いたくこの場に参上いたしました」

アーノルドは嬉しく思う反面、この人数を如何《いか》にするか迷っていた。

人数が多ければその分だけ金もかかる。

その憂慮が面に出ていたのかコルドーが話しかけてきた。

「お考え中失礼いたします。戦費については聞き及んでおります。ここにいる者は皆、馬など乗らなくても身体強化により数日走ったくらいでは体力が尽きることはございません。それゆえ、勝手ながら金庫番と相談し馬に使う戦費を人に回すことができるのではと思い用意させていただきました。もちろん当初の予定通り五〇名まで減らしていただいても構いません。勝手をして申し訳ございませんでした」

そう言ってコルドーは深々と頭を下げた。

「いや、私のためを考えてそうしてくれたのなら嬉しく思うことはあっても怒りはしない。よくやった」

「は、恐れ入ります」

騎士級以上になれば身体強化が使えるため、馬に乗って戦うより断然機動力が上がる。

それゆえ馬にこだわる必要はなくなったのである。

もちろんアーノルドや食料を運ぶための馬はいるが、少数で問題ない。

「それで……」

アーノルドが見た先にいたのはパラクであった。

パラクはザオルグに斬られた傷も治っているみたいでピンピンしていたが、今回の戦いについてくるにしても他と比べれば少々実力が劣る。

「元々名乗りを上げた騎士達は五百名あまりいました。そして全員を騎士級以上で固めようと思ったのですが、その際に強く志願したのがパラクだったのです。これより先はパラクよりお聞きください」

アーノルドはパラクのもとに歩み寄り、その前に立ち止まった。

「パラクよ、面を上げよ」

「はっ」

顔を上げたパラクはアーノルドに真剣な眼差《まなざ》しを向けていた。

試験前の弱々しい顔つきとは違い、何か覚悟を決めた者の顔つきであった。

「強く志願したと聞いたが、その理由はなんだ？　此度《こたび》の遠征の件を聞いているのならお前には少し荷が重いだろう」

だがそう言われたパラクは一層顔を引き締めて口を開いた。

「私を貴方様の臣下《しんか》としていただきたく参加の意を表明させていただきました。一度失ったはずの命、使うならば救ってくださった貴方様のために使いたく思います。そしてアーノルド様と共に戦わせていただきたく存じます」

「その表明は嬉しく思う……が、一つ聞かせろ。お前にとって忠誠とはなんだ？」

アーノルドは忠誠というものがよくわからなかった。

第一章　準備

前世では部下すら持ったことがなく、なぜ他者のために動こうと思えるのかが本気でわからなかった。

パラクは一瞬面食らったような顔になったが、すぐに顔を引き締めて口を開く。

「自らの主君に魅《み》せられ、どこまでも付き従うことです。そして主君の夢と理想を叶えるために共に同じ方向を向き、同じ道を歩き、主君が成し遂げるまでお供することが忠誠だと思っております」

そう言ったパラクの瞳を数秒、数十秒と凝視《ぎょうし》したアーノルドは、何を考えているのかわからぬ瞳のまま吐息を吐いた。

「……いいだろう。好きにするといい。だが、お前はお前の道を行け。それが私と重なるのならついて来るといい」

アーノルドはそう言い、コルドーに剣を借り、剣の平でパラクの肩を叩くことによって忠誠の儀を終えた。

そしてアーノルドは再度、騎士達が整列する前へ戻ってきた。

そしてアーノルドがコルドーに目配せをした。

「総員、傾注《けいちゅう》せよ！」

それにより向けられた視線を感じながらアーノルドは騎士達を壇上《だんじょう》から見下ろす。

「今日は集まってくれて礼を言う。知っての通り、私は約一週間後にワイルボード侯爵家を殲《せん》滅《めつ》しに行く。私を見極めるために参加する者、ただ戦いたいがために参加する者、参加理由は人それぞれであろうが、ただ一つだけは守ってもらう。此度の戦で殺すのは敵のみとする。言うまでもないことであろうが、無抵抗の民の虐殺《ぎゃくさつ》、略奪行為などそれら一切を認めん。貴様らのその力は相手の領軍を殺すことだけに注げ！　それと侯爵家の者は私が殺す。そのために貴様らには邪魔が入らぬように露払《つゆはら》いをしてもらうことになるだろう。敵に遠慮はいらん。一人残らず殺し尽くせ！　以上だ」

アーノルドがそう言うと騎士達が喚声《かんせい》を上げアーノルドの言葉に応えた。

アーノルドが騎士達の前から去ろうとするとコルドーが話しかけてきた。

「アーノルド様、最終的な標的はどこまでを想定しておられますでしょうか？」

「どこまでとは？」

「ワイルボード侯爵家に連なる者全てか、今現在籍がある者だけか、どこまでを標的となさいますか？」

「そうだな……。とりあえず今現在籍がある者だけだ。他所に嫁《とつ》いで籍が変わっている者などは対象には含めん」

「よろしいのですか？」

「ああ。もしそれで何かしてくるというのであればそのときにその家門ごと叩き潰せばいい。今は確実に侯爵を殺す」

アーノルドは強く断じると、側に控えるクレマンの方を向いた。

「それでクレマンよ。今現在籍があるものは何人いる？」

「三人でございます。現侯爵、侯爵夫人、そして侯爵家のご息女がお一人でございます」

「前侯爵と前侯爵夫人はいないのか？」

「そのお二人は七年前に貴族籍を抜いて平民になっておられます」

アーノルドはここで一つの可能性に気がついた。

侯爵領から逃げていた場合どうしたものかと。

監視を送るべきだったのだろうが、そもそも監視を送るような人員もいなかった。

「……勝手ながら、ローズとロキの二人を監視役として先行させております」

考え込むアーノルドを見かねてか、クレマンがそう言ってきた。

ローズとロキとは、自ら参加すると表明してくれた離れの屋敷の使用人二人である。

「助かる」

アーノルドはピンポイントで考えていたことなので少し驚いたが素直に感謝の言葉が口から出た。

「今日のうちにある程度今後の動きと戦場での動きを詰めておきたい。隊を任せられる水準の者を五人ほど連れてきてくれ」

「は、かしこまりました」

コルドーは迷うことなくある人物のところまで走っていった。

アーノルドはその間にクレマンに話しかけた。

「最終的な相手の戦力がどれくらいかわかるか？」

「はい、報告によると現在約一〇〇〇名ほどがワイルボード侯爵家の戦力と想定されます」

「そのうち、騎士級以上と聖人級以上の魔法師は何人いる？」

「正確な数値はわかりませんが、大騎士級が一名、騎士級と聖人級それぞれ約一〇〇名と二〇名程度になるかと」

「なるほど……。では数の割には敵となるものは少なそうか……」

この世界では数で単純に戦いの勝敗は決まらない。

騎士級以上の者ともなれば身体強化により己自身の防御力や攻撃力を格段に上げることもできるからだ。

それこそ超越騎士級が一人いれば、騎士級以下が何人いようが勝つことはできないだろう。

もちろん何かを守る戦いともなれば話は変わってくるが、単純な戦力という意味では数より質、がこの世界の常識である。

だが、この世界において騎士級以上の者はそうそういるわけではないのである。

この公爵家にはそこそこいるが、それこそ普通の領地であれば数人から数十人いれば良い方である。

「……クレマンよ。貴様は私の臣下《しんか》ではないのになぜ私のために動く？」

これはアーノルドにとっては敵か味方かという意識が強いために出た問いであった。

クレマンのことを敵ではないとは思っているが、味方でもない人物がなぜ自分の利となることをするのかと。

だがそれを聞いたクレマンの眉が少しばかり動いた。

「アーノルド様、たしかに私は貴方様に忠誠を誓っておりません。しかし、忠誠を誓っておらずとも私が貴方様の執事であり、仕えていることには変わりないのです。私は一時的とはいえ仕えている人物には最大限の仕事をいたします。それこそが私の使用人としての矜持《きょうじ》ですので」

そう言い終えると、クレマンはアーノルドに対して一礼した。

クレマンは怒っている様子ではなかったが、いつもより語気が強いように感じた。

「詮無《せんな》きことを言ったか。……許せ」

「とんでもございません。出過ぎたことを申してしまって申し訳ございません」

そんなやり取りをしていると、コルドーが五人ばかり引き連れてアーノルドのところに戻ってきた。

「大騎士級のシュジュと申します。よろしくお願いいたします、幼主様《ようしゅさま》」

「騎士級のラインベルトと申します。此度の戦、共に戦えて光栄の極みにございます」

「騎士級のハンロットと申します。よろしくお願いいたします」

「騎士級のダンと申します。お目見えが叶い光栄にございます」

「騎士級のシーザーと申します。此度の戦、如何様《いかよう》にでもお使いください」

「ああ、こちらこそ此度の戦への助力に感謝する。今回集まってもらったのはこれより戦の場における動きについての軍議をしたいからだ。私はまだ大規模な戦に関する経験が全くない。知識では補えぬところを貴様達に指摘してもらいたい」

アーノルドは様々な本を読み漁っていたので、戦術に関する知識だけは持っていた。

だが、知識を持っているからといってそれを実践できるか、また知識通りの展開となるかなどは実際に起きてみないとわからない。

だからこそ、経験豊富な者の意見を取り入れようと思い軍議を開いた。

「まずは相手の戦力の確認からだ。現時点では約一〇〇〇名ほど、多く見積もっても一五〇〇名ほどが敵戦力として想定されている。大騎士級が一人、騎士級が多くて約一五〇人、魔法師は聖人級が多くて約三〇人いると想定される。今回集まった騎士の中で魔法を使えるやつはいるのか？」

「一〇名ほどが聖人級、残りの者達も貴人級の魔法は扱うことができます」

シュジュが代表してそう答えた。

この公爵家では魔法師達も騎士と同一視されている。

なぜなら、ほとんどの者が両方を扱えるように訓練するためである。

「姿を隠すのが得意な者達はいるか？」

騎士達の中でも部署が存在する。

正面きっての戦いが得意な白部隊、暗殺のような搦手《からめて》が得意な紫部隊、諜報《ちょうほう》が得意な黒部隊などがある。

それゆえ、得意とすることもまた違うのである。

「はい、おります」

「二〇名ほどいるか？」

「一五名ほどならばおります」

「そうか。ならば其奴《そやつ》らを使って、相手の魔法師部隊を奇襲により壊滅させる」

魔法師達は基本的に詠唱《えいしょう》を必要とするため、魔法しか使用できない者達はその間に隙ができやすい。

なので、今回のような大人数が入り乱れる戦場においてはいくつかの集団で、もしくは全員で固まり、守ってもらいながら後方から攻撃するのが魔法師の戦い方の定石《じょうせき》だ。

もちろん、走りながら詠唱をすることができる者は戦場を駆けながら戦う。

そして遠距離からの攻撃は厄介《やっかい》であり、身体強化で身を包んでいてもダメージを喰《く》らうことはあるため、早急に叩きたい。だから、アーノルドは暗殺が得意な者達の人数を聞いたのである。そしてその者達を使って優先的に相手の魔法師を殺すことによって戦局の急激な変化を抑えようとしていた。

「戦場はどのあたりになると想定される？」

アーノルドが地図を広げてその場にいる面々に問う。

「普通ならば、このマグル平原にて交戦となるでしょう。しかし、相手には数の利があります。その手前にあるフォグル森の内部で奇襲をしかけ、アーノルド様を狙ってくる可能性も考えられます」

シュジュがそう答えた。

「森林そのものを破壊するような攻撃を仕掛けて来ると思うか？」

アーノルドが最も危険視しなければならないのは、見えない位置からの広域破壊攻撃である。森林ごと破壊するような攻撃を放たれれば今のアーノルドでは対処することが難しいだろう。

「いえ、それはないかと。あの森林を破壊することは認められておりませんので」

そう言われ、アーノルドも昔読んだ書物にそういった記述がなされていたことを思い出した。

「ならば、警戒すべきは奇襲だな。……少し遠回りして、別の道から行くか、そのまま進むか。……いや、そのまま進む方が良いな」

アーノルドはどちらを選ぶか迷ったが、もし別の道に行き奇襲を免《まぬが》れたとしても、相手に時間を与えることでマグル平原にて戦いを始めた際に前と後ろからの挟撃《きょうげき》を喰らう可能性を考え、奇襲部隊も倒すべきだと判断した。

「全滅を避けるために、少し間隔を開けて幾《いく》つかの集団に分けて進むのはどうでしょう」

ラインベルトがそう進言してきた。

「そうだな……」

フォグル森を抜けるためにはどうしても一、二日かかる。

それゆえ、ずっと固まっていると包囲され狙い撃ちされる可能性がある。

そしていくつかの集団に分けることで木々によってできる死角を少なくし、敵の発見確率を高めることができると判断した。

「フォグル森はできるだけ早く駆け抜けることとする。そしてその後マグル平原での戦いになるが、この戦場では五つの小隊に分けようと思う。

一つは先ほど言った敵の魔法師を排除するための暗殺部隊、そして残りは敵の部隊を突破し、最終目標である侯爵の殺害、もしくは拘束をするまでの露払《つゆはら》いの役割となる」

「陣形は如何なさいますか？」

「二八人ずつを逆三角形の頂点になるように配置し、私を含む一〇名がその中心もしくは前方から掩護《えんご》しながら侯爵のもとまで突き進む。あと魔法師の暗殺部隊に注意がいくことを避けたい。何か注目を集め敵戦隊に穴を開けられるような攻撃をできる者はいるか？」

「それならば、私が」

そう言ってきたのはハンロットであった。

「私はまだ騎士級ではございますが、戦隊に穴を開ける程度ならば可能かと」

己自身とは離れた場所への攻撃は大体の場合、大騎士級以上が扱える技術であるエーテルを自分と切り離して使う『オーラブレイド』という攻撃か、魔法を使った攻撃が主になる。

ハンロットの口ぶりからはおそらく『オーラブレイド』を扱えるのだろう。

「わかった。では、頼んだぞ」

「は、かしこまりました」

勢いよく敬礼したハンロットに頷いたアーノルドは再び視線を皆に戻す。

「真ん中を突き進むと当然徐々に囲まれてくるだろう。そうなると殿《しんがり》が一番しんどくなるはずだ。シュジュよ、殿の部隊を任せても良いか？」

コルドーを除く唯一《ゆいいつ》の大騎士級であり、志願者の中でも指折りの実力者である。

アーノルドは任せるのに不足はないだろうと思った。

「は、お任せください」

シュジュが恭《うやうや》しく一礼したのを尻目に他の者達に目を向ける。

「この中に暗殺が得意な者はいるか？」

「私めにございます」

シーザーが小さく挙手をして答えた。

「ならば、お前に暗殺部隊を任せる。残りの得意な者を集め魔法師部隊を撃破せよ。そして撃破できたなら、できる限り挟撃による攻撃に移ってもらいたい。だが、戦局はいくらでも変わるだろう。危なくなったと思ったなら退くことを許す。総指揮権は私が持つが、戦闘中の指揮権は各小隊の隊長が持つものとする。臨機応変に対応せよ」

これはアーノルドが全て指揮するよりも、経験豊富な各小隊の隊長に任せた方が良い結果になるだろうと思ったためである。

「まずは騎士級の半数程度が侯爵の周囲にいる状況を考えよう。敵の主力の大騎士級はどこにいると思う？」

次に考えるのは敵がどのような動きをするかである。

あらゆる可能性を考え、できるだけ考えていない状況が現れるのを避けるのである。

主力となる者を最前線に置いて猛威《もうい》を振るわせることもあるが、アーノルド自身の側に置いてその身を守らせる者も要る。

侯爵の性格を知っている者がいるのなら予測することもできるだろう。

そう思ってアーノルドは皆に問いかけた。

「私に心当たりがございます」

そう発言してきたのはコルドーであった。

「ワイルボード侯爵家に仕えている大騎士級の男といえば、『虐殺者』の二つ名をもつ戦闘狂ヴォルフでしょう。手当たり次第に殺すことも時にはしますが、おそらく今回のような場合は強者との戦いを望むはずです。おそらくは……私か、シュジュ、クレマン様辺りが狙われるかと」

アーノルドが狙われることはないということを躊躇《ためら》ってか、少し間を空けて答えた。

「ということは前線に出てくるのか？」

アーノルドは特に気にした風もなく次の質問を投げかけた。

「いえ、おそらく最初は侯爵の周囲で我々が来るのを待つでしょう。そしてこちらが劣勢になればおそらく待ちきれなくて出てくるかと」

コルドーはその男をよく知っているのか、自信を持って敵の行動を分析していた。

「ならば、駆け抜ければ問題はないと考えるか。もし接敵することとなったとき、コルドー、お前に任せて問題はないか？」

「はい、ございません！」

コルドーは力強く答えた。

「侯爵のもとまで辿り着いた場合は、そこからは誰も私の邪魔をせぬようにしてもらうこととなる」

「侯爵が劣勢と判断すれば逃げる可能性もありますが、如何なさいますか？」

シュジュがそのような問いをアーノルドにしてきた。

「……今回の戦で戦力を分けすぎるのは危険だろう。もし、相手の主力達をほとんど倒している状態ならば追うことも考えるが、そうでないならば侯爵を追いはせず後で殺すことも視野に入れる。その場の状況によってそれは判断することとする。だが、主力を倒してもいない状況で逃げるのは考えにくい。なので、侯爵が逃げた場合は私が殺しにいく。その場合は掩護しろ」

「は、かしこまりました」

結局その日は一日中軍議をし、あらゆる可能性を検討しながらその対策を立てることとなった。それと隊の振り分けも決めた。

アーノルドの隊は、アーノルド、クレマン、メイリス、コルドー、パラクに加え騎士級の騎士が五人の計一〇人の隊となる。

出発は五日後。

戦の準備もしなくてはならないので、自由に動けるのはもう二日くらいしかない。

その二日は魔物の討伐とマードリーによる魔法の訓練に費やそうと思っている。


初の魔物討伐の日。

冒険者ギルドでの登録も数分で終わってすぐに公爵領の中にある一番小さな森に来ていた。

この世界の冒険者ギルドというのは魔物討伐のためにある組織らしく、特に個々人にランクなどはなく何を討伐するのかなどは全て自己責任であり、討伐した魔物を持っていきその素材の売買をするための場所という意味合いが大きいとのことらしい。

また冒険者がどこにいるかを把握し、危険度の高い魔物が出現した時などに迅速《じんそく》に対応できるようにするための組織でもあるらしいが、それほど頻繁《ひんぱん》に街の近くに強力な魔物が出現することはないので、呼び出すなどといったこともそれほど起きないらしい。

強力な魔物はほとんどが人がいないような奥地に生息しており、ごく稀《まれ》にエサなどがなくなると人里近くに出現する程度らしい。

冒険者登録すると証《あかし》としてカードが貰える。身分証明にもなるし低級の魔物は一般人でも討伐することはあるためほとんどの者は登録しているらしい。

「アーノルド様、これより先はいつ魔物が襲ってくるかわかりませぬ故《ゆえ》、警戒を怠《おこた》らないでください。私も見てはおりますが、アーノルド様をお助けすることを期待しないでください」

そう言ってコルドーは気配を消し、そこにいるとわかっているのにまるで本当にいないかのように気配が希薄《きはく》になっていた。

コルドーがいれば低級の魔物は恐れ、近寄って来なくなるため気配を消したのである。

アーノルドが今いる森は適度に太陽の光が差し込んでいるので薄暗くはないが、木々が生い茂っていて見通しは悪かった。

それゆえ、死角となる木の裏側からいきなり奇襲を受けることもあるため、常に気を張っておかなければならなかった。

アーノルドが耳を澄ますと、葉が揺れる音、虫の鳴き声などが鮮明に聞こえてきた。

その時、遠くからガサガサと何かが迫ってきている音がしてきた。

アーノルドはそちらの方に剣を構え、警戒しつつ体勢を低くした。

すると、草陰から突如《とつじょ》四足歩行の獣が飛び出しアーノルドに飛びかかってきた。

その獣は吠えながらアーノルドに嚙み付いてくる。

アーノルドは剣でその獣の牙を防ぎ、弾き返した。

その獣は少し離れた位置でジリジリと動き、アーノルドの出方を窺いながら唸り声を上げてくる。

（シルバーウルフか。群れで行動することが多いと書物には書かれていたが、一匹か？　しかし、なるほど。たしかにこれは経験しておくべきかもしれんな）

シルバーウルフと呼ばれる狼のような魔物は体長二、三メートルほどで、シルバーというよりはグレーの毛を持っている。

動きは素早く一度噛みつかれると厄介《やっかい》ではあるが、それほど強い魔物ではない。

そしてアーノルドは野生の魔物が放つ、『お前を殺す』といった、人間の威圧とはまた違った、雑味が一切ない純然たる殺気をビリビリと肌に感じていた。

剝き出しの殺気というものはたしかに人が醸《かも》し出《だ》す殺気よりもわかりやすいものであった。

コルドーが言っていた、気配を読み取る訓練になるというのもわかる話である。

しかしアーノルドはその程度で足がすくみ動けなくなるということはなかった。

むしろ、アーノルドの心の中では戦いへの狂喜《きょうき》が芽生《めば》えていた。

強くなるための第一歩。

飽くことなく強さを渇望《かつぼう》しているアーノルドにとって、目の前の獣などそれこそ自らの糧《かて》にしか見えていなかった。

シルバーウルフは痺《しび》れを切らしたのか唸り声を大きくし再びアーノルドに飛びかかってきた。

だがアーノルドは焦ることなく、お互いが交差する瞬間に身体強化を使いシルバーウルフの首を斬り飛ばした。

ドサリと倒れた音を聞いたアーノルドは、一度息を吐いて剣の血を振り払う。

その姿は喜ぶでもなく落ち込むでもなく、ただただ自然な立ち姿。

その姿にコルドーが思わずゴクリと唾《つば》を飲んだ。

「おめでとうございます。次は身体強化を使わずに倒してみましょう。身体強化ばかりに頼っていると、剣術自体が疎かになってしまうことがありますので」

「そうか。わかった」

コルドーはアーノルドが身体強化なしで振れるような少し小さめの剣を差し出してきた。

「先ほどより切れ味は悪くなります。ただ叩き斬るのではなく、しっかりと技術を使って斬ってみましょう」

アーノルドは渡された剣の素振りを一度だけし、また森を進んでいった。

森の進み方や獲物を見つけるための見方などもあるのだが、本で見ただけの知識を生かそうとしてもそちらに注意がいってしまい警戒が疎かになるため、アーノルドは一切そんなことは考えず進んでいった。

それに対してコルドーも特に何も言うことはなかった。

無意識レベルでできるようになるまでは一つ一つできるようにしていくべきだからだ。

慣れてもいないことをいくつも同時に考えて動くとどうしても意識が疎《おろそ》かになり、こういった命のやり取りの場ではそれが致命傷《ちめいしょう》となる可能性すらある。

中途半端に知識だけを持っていると実践したくなるところであるが、アーノルドにそのような見栄は存在しなかった。ただ強くなりたい、そのために己自身がすべき行動を突き詰めて考えていた。

アーノルドは先ほどと同じように肌がひりついたような感覚を覚え、臨戦体勢を取った。

現れたのは三匹のシルバーウルフであった。

そのうちの一匹は他のシルバーウルフに比べて大きかった。

先ほどとは違ってすぐに飛びかかってくるようなことはなかったが、とても怒っているのか三匹ともヒリヒリと肌を刺すような殺気をアーノルドに向けていた。

この三匹は先ほど倒したシルバーウルフの仲間なのであろう。

アーノルドには先ほど倒したシルバーウルフの匂いが付いているので、シルバーウルフ達にとってはアーノルドは仲間の仇《かたき》というわけだ。

アーノルドがくだらぬと鼻を鳴らすと、一際大きなシルバーウルフが遠吠えをした。

アーノルドはこの行動の意味について本で読んだことがあった。

一つ目は己自身を奮《ふる》い立たせるために吠える場合、そして二つ目は仲間を呼び寄せるために吠える場合。

アーノルドは一匹のシルバーウルフを倒しているため警戒はされているのかもしれないが、その個体はアーノルドに怖気《おじけ》づいている様子はなかった。そこにあるのは確実に逃さないといった鋭い目付きだけであった。

「アーノルド様」

コルドーが警戒を促すような声色を出す。

「わかっている」

そう言ってアーノルドは笑みを浮かべた。

シルバーウルフは一匹や数匹程度ならばアーノルドにとって何の脅威にもならないが、明確な指揮系統のもと集まったシルバーウルフの集団は動きが他と一線を画する。

今回、目の前にいる個体は明らかに指揮個体であるため、時間をかければ面倒臭いことになるのは目に見えていた。

指揮個体はいわばシルバーウルフの王である。

他のシルバーウルフは王の敵を滅し、そして王を守るために一心不乱に攻めてくる。

アーノルドも身体強化を使えば、勝ちきることは容易《ようい》にできるだろうが、無傷というわけにはいかないだろう。

遠征を前にそこまで自分を追い詰める必要はないと判断したアーノルドは即座に指揮個体を倒し、有象無象《うぞうむぞう》となったシルバーウルフを己自身の糧《かて》とすることにした。

とはいえ、アーノルドの基礎体力ではそれほど長時間動くことはできない。

それゆえ超短期決戦で決めるつもりであった。

そして他のシルバーウルフが集まるまでに指揮個体を倒さなければいけないので、どの道短期決戦は避けられない。

牽制《けんせい》しているのか、動かないシルバーウルフ達よりも先にアーノルドが先に駆け出した。

指揮個体との間にいる二体を倒すのではなく、攻撃をいなし素早く駆け抜けていく。

そして逃げようとしている指揮個体のシルバーウルフに対して斬りかかったが、そこに先ほど置きざりにしてきたシルバーウルフが素早く駆け寄ってきて、身を挺《てい》して指揮個体を守った。

「チッ……！」

アーノルドの攻撃である程度その表皮を斬ることはできたが、致命傷《ちめいしょう》には至らない程度。

他のシルバーウルフが集まるまで残された時間は一〇秒もないだろう。

その頃には指揮個体はより遠くなってしまう。

（なるほど……）

アーノルドは、シルバーウルフが命を賭《と》して指揮個体を守る様はまるで人間と同じであるなと思った。

忠誠を誓われている主人と忠誠を誓う騎士。

そこまで高尚《こうしょう》なものではないだろうが、人間と違って迷いがない分、シルバーウルフ達はアーノルドにとってはより素晴らしいものに思えた。

そして今のこの状況が数日後に体験するやもしれないものであるとも思っていた。

侯爵がどれほど他者に慕《した》われているのかは知らないが、逃げる主人を殺そうとする自分に、それをさせまいと守る騎士。

十分ありえる状況であろう。

ちょうどいい練習になる。

それがアーノルドが抱いた感想であった。

そしてアーノルドは己自身に課していた縛りを消した。

歯が剝き出しになるほど口角を上げて火炎魔法を発動し、駆け出した。

「ハッ、さぁ守ってみろ‼」

アーノルドが放った火炎魔法が指揮個体を囲むように襲いかかり、唯一《ゆいいつ》火炎魔法がないところを作ることによって逃げる方向を誘導しようとした。

二匹のシルバーウルフは、一体は指揮個体の方に向かい、もう一体はアーノルドへと飛びかかってきた。

「邪魔だ」

アーノルドは弧を描くように剣を振るいシルバーウルフの胸元を斬り裂いた。

斬られたシルバーウルフは悲鳴を上げて地面にドサリと崩れ落ちる。

致命傷とは言《い》い難《がた》いがそれでもすぐに動ける傷ではないだろう。

だが、野生ゆえの生への渇望《かつぼう》か、指揮個体への忠誠なのか、シルバーウルフは血を流しながらも立ち上がり、その目には一切の恐れはなかった。

アーノルドはそんなシルバーウルフには目もくれず、そのまま指揮個体の方へと剣を向ける。

もう戦闘開始してから一分ほど経つ。

これ以上時間をかければ敵に増援が来るのは確実であろう。

それゆえ、今回のこの攻撃が不発に終われば、アーノルドにとっては負けに等しい。

アーノルドは足に身体強化を施し力一杯地面を蹴り込み、爆発的な推進力を生み出しながら指揮個体のシルバーウルフに向かっていった。

アーノルドが放った火炎魔法も効力を失いつつあり、ほとんど消えかかっていたが辛うじてシルバーウルフの足を止める役に立っている。

そしてアーノルドの視界の端には数匹のシルバーウルフが駆けてきているのが映っていた。

アーノルドの攻撃を指揮個体の近くにいたシルバーウルフが阻止《そし》しようとしたが、予期していない速度で近づかれたせいか初動が遅れ、その噛みつき攻撃はアーノルドに当たらず空を切った。

アーノルドはそのままの勢いで指揮個体に迫っていき、斬るのではなくそのまま突き刺し、勢いを止めることなく相手を後ろにある木に向かって叩きつけた。

その衝撃によって木が倒れてしまったが、指揮個体のシルバーウルフはまだ意識はあるが口から血を吐いており死ぬのは時間の問題であった。

アーノルドが指揮個体のシルバーウルフに刺さっている自分の剣を引き抜き、後ろを振り返ると先ほどよりシルバーウルフの数が増えており、ざっと一〇匹程度いた。

そしてまだまだ集まってくる気配が森全体から漂っていた。

だがアーノルドには、シルバーウルフの目が先ほどまでの常軌を逸した目には見えなかった。

今でも敵を殺そうという意気に翳《かげ》りは見られないが、それでもアーノルドは少しばかりの物足りなさを感じていた。

先ほどまでの胸の高鳴りは消え失せ、どこかパーティーが終わった後の消失感のようなものを感じていた。

そしてその後アーノルドは身体強化を体力増加のためだけに使い、三〇分ほどかけてこの場に駆けつけてきたシルバーウルフを全て屠《ほふ》ったのであった。

血の匂いが凄まじく、もはや同程度の魔物が近寄ってくるような場所ではなくなっていた。

そしてその場の中心に立つアーノルドは、どこか哀愁《あいしゅう》を漂わせてシルバーウルフの死骸《しがい》を見つめていた。

木の上に移っていたコルドーはそんなアーノルドにそっと近づいていく。

「お見事でございます、アーノルド様」

だがアーノルドは特に何の反応も見せない。

そんなアーノルドにコルドーがおずおずと問いかけてくる。

「アーノルド様は……、アーノルド様は死の恐怖を感じないのですか？」

「……何をバカなことを言っている。感じるに決まっているだろう」

アーノルドは胡乱《うろん》な目でコルドーの方を振り返り、吐き捨てるようにそう言った。

アーノルドにとって死の恐怖を感じるなど当たり前のことであった。

アーノルドは一度死を経験しているのだ。

常人よりも死を身近に感じると言っても過言ではないだろう。

それゆえアーノルドが、自分が人よりも死というものを意識していると思うのも当然のことであった。

だが、死を意識することと死を恐れることは必ずしも同じではない。

死ぬのは誰でも怖い。

そんなことは当然である。

アーノルドにとっても死とは恐ろしいものである。

何のために人間は生きているのか。

そこを突き詰めれば、どこまで行こうと死というものは付《つ》き纏《まと》ってくる。

何のために強くなるのか？

自分が戦いにおいて死なないため。

大事な人を死なせないため。

何のために働くのか？

自らが生きるための食《く》い扶持《ぶち》を稼《かせ》ぐため。

家族を養い死なせないため。

退屈ですら時には人を殺すことがある。

それゆえ人は娯楽というものを求める。

娯楽を通してストレスを発散し、生きる気力を回復するのである。

生きていく上で死を考えないでいることなどできないのである。

……だが、それは本当にそうなのだろうか。

かつて不老不死を目指した為政者《いせいしゃ》は大勢いた。

だが、不老不死を本気で目指した貧者がいたなどということを聞いたことはあるだろうか。

知らないものに人は恐怖する。

死などとは無縁《むえん》の生活をしているからこそ人は死を忌避《きひ》するようになる。

死を回避しようと思うのは、死とは縁遠い場所にいるからなのである。

それゆえ死というものが自分に関係のない未知のものに思え、より一層怖いものに映る。

そして死を恐れるあまり、死を恐怖し死を遠ざけて避けようとするのだ。

だが、死に近い場所にいる者ほどそれほど死を恐れてはいない。

いや、恐れないのではなく恐れを感じる余裕すらないのである。

その日を生きることに精一杯の者にとっては死は身近にありながら考える余裕などない。

そういった者はその日を生きることしか考えられない。

死をどう回避しようなどとは考えない。

今日をどう生き延びようかとそう考える。

それゆえ死と隣り合わせでありながら死を見てはいない。

その日を生き残れないことの方が死ぬよりも怖いと意識することもあるのだ。

それゆえ満ち足りている者ほど死を考え、何かを追い何かに追われている者ほど生を考えるのである。

アーノルドは当然満ち足りている者ではない。

地位や今の環境を思えば世間一般では満ち足りていると思うのも無理はない。

だが、アーノルドが求めるものは一つである。

それがまだまだ遠いものである今の状況において、満ち足りていると感じるはずがない。

コルドーは聞き方を間違えた。

コルドーが聞くべきだったのは『死よりも重視するものがあるのか』ということである。

死を恐れないのかと聞かれて恐れないと答える者などまともな人間ならいないのである。

それはたとえ満ち足りていない者であろうと変わらない。

死を恐れるという感情は、意識すれば誰しもが抱くものであるからだ。

だからこそ聞くべきは何がアーノルドを突き動かしているのかであった。

アーノルドの渇望するものが死よりも優先されるのならば死を恐れないのも当然なのである。

それだけの覚悟を伴っているのだから。

人は合理性だけで生きてはいない。

いや、合理性というものも人によって異なるものなのである。

たとえ誰かにとって死というものが最も避けるべきものであったとしても、それが世界の全ての人間に当てはまるとは限らない。

誰かにとっての絶対不変の法則が、別の誰かにとってはそうではないなどということは往々にしてある。

死よりも恐ろしいものがあるのならば、死すら自らを動かすためのただの道具になる可能性があるのだ。

皆が皆、死を回避するために行動しているわけではない。

アーノルドにとって最も忌避すべきことは当然死ではなく、自らが定め信じている道から逸れることである。

その道を進むために死と隣り合わせで走り抜けることに躊躇いはないし、そもそも常に前を向いて突き進んでいるアーノルドが、崩れていく後ろの崖《がけ》を振り返るようなことはない。

そんなものは前世で既に捨ててきた。

だからこそアーノルドは死を意識できていても死を恐れはしない。

否、できないのである。

そこがコルドーが勘違《かんちが》いしているところであり、常人のコルドーには永遠に理解できないところでもある。

昔のコルドーも今のコルドーも死とはどこか遠いものであり自らには無縁なものなのである。

だからこそコルドーは死を恐れるし、それを避けるために強くあろうとし死なないために万全の対策をするのである。

『死なないために強くなる』

『強くなるために死なない』

同じようで全く違うことである。


アーノルドにとって遠征前の最後の訓練日。

昨日は剣術による訓練に費《つい》やしたので今日は魔法に関する訓練に一日を費やすつもりである。

マードリーは正確には公爵家の者ではないため今回の遠征について来させる気はないし、マードリー自身もついて来る気はないと宣言している。

最初にやることは相手が使ってくるであろう魔法の復習である。

マードリーやアーノルドは教会が強《し》いる制約に縛られず様々な魔法を使うことができるが、一般の者は教会によって認められている魔法しか使ってこないため、何があるか知っていればある程度の対策を考えることはできる。

だが、それらの魔法でもアレンジすることはできる。

例えば土属性の中位魔法『岩弾丸《がんだんまる》』は拳くらいの岩を生み、相手に向けて打ち出す技である。

普通ならば、そこいらの岩を全力で投げた程度のダメージであり、痛くはあるが致命傷というほどにはならない。

だが、人によって、打ち出す岩に回転を加えたり、打ち出す速度を上げたり、岩自体を大きくしたりするなどを訓練によってできるようにすることで他者との違いが生まれている。

なので、一般の者達にとっての魔法とは、ベースとなる魔法をいかに変化させ、自分だけの魔法に昇華していけるかというものになってくる。

発動までの速度や威力などは個人の力量によってかなり変わる。

そして元の魔法と変わりすぎた魔法は教会の規制対象になったりすることで秩序が守られている。

魔法自体の階級には下位、中位、上位、王位、帝位、神位というものがあり、攻撃魔法だけでなく補助魔法や治癒魔法なども存在する。

どの属性にも当てはまらぬ補助魔法のような魔法は無属性魔法と言われている。

一般的に魔法の階級は習得難易度とその規模や威力《いりょく》によってそれぞれの階級に割り当てられている。

下位魔法は別名『生活魔法』とも呼ばれる殺傷能力のない魔法群である。

初等部に行けば誰でも教えられるもので、魔法が全く使えない者を除けば皆習得することができるものであり、習得すれば平人級に位置付けられる。

中位魔法は人を傷つけることができる魔法の中でも最も威力の弱いもので、基本的には小規模な魔法でしかない。

もちろん攻撃することを目的としない補助魔法もあり、大抵はこの中位魔法に位置付けられている。

上位魔法は小規模なものから大規模なものまであり、基本的にその枠は威力によって分類されている。

中位魔法が少しばかりのダメージを与えるものであるのに対し、上位魔法は直撃すれば人を吹き飛ばせるが、必ずしも死を齎《もたら》し得るとは限らない程度の威力と定義されている。

いかに命を奪われないこともあるとはいえ、直撃すればある程度のダメージは避けられないため、魔法師同士の戦いにおいて実戦的な決め手として最もよく使われる魔法と言ってもいい。

だがその分詠唱も長くなるため、いかにその対策をとっていくのかが魔法師としての腕となる。

王位魔法以上は広範囲破壊魔法と定義されるものである。

王位、帝位、神位。

階級が上がるごとに威力が上がり、地形が変形するほどの威力をもった魔法となる。

聖人級と定義される魔法師はこの王位魔法が使えるようになるか、もしくは上位魔法をある程度習得し極めることによって魔法師協会によって認定される。

それゆえ、聖人級以上の人間がいるのなら広範囲の魔法を警戒しなければならない。

だが、実際に王位魔法が使える聖人級の者は聖人級全体の人数に比べたら少ない。

上位魔法までは対人魔法であり、王位魔法以上が対軍魔法になる。

なので多数が戦う場においては王位魔法が使える者は重宝される。

アーノルドが警戒しているのもこの階級以上の魔法である。

そして神位魔法ともなれば都市そのものを破壊できるほどの威力となる。

だが、帝位魔法以上ともなればそもそもほとんどが一族の秘伝魔法扱いであり、その魔法自体を知ることができないためそうそう修得できるようなものではないのである。

神人級に分類されているマードリーなどは一人で都市そのものを跡形《あとかた》もなく消すほどの魔法を放てると魔法師協会に認められているということなのである。

「それで？　魔法にはどうやって対処すればいいんだ？」

アーノルドは今まで魔法を使う訓練はしてきたが、相手の魔法にどう対処するのかは訓練してこなかった。

「そうね。一般的な戦いでは、詠唱時間の少ない中位魔法の撃ち合いになることが多いわ。だからまずは中位魔法からいきましょう。中位魔法の対処方法はいくつかあるわ。一つは避けることね。まぁ大体がこう対処するんじゃないかしら。次は同じ威力以上の魔法を撃つことによって相殺《そうさい》することね。そもそも撃たせる前に攻撃するってのも一つの手ね。中位魔法程度なら短い詠唱ですむけど、それでも刹那《せつな》の戦いにおいては詠唱の時間すら隙になりえるわ」

「無詠唱で魔法を使えるやつはいないのか？」

アーノルドは書物で無詠唱の存在は知っていた。

だが、実際にどれくらい使える者がいるのか知らなかった。

「いるわよ。簡単な魔法程度なら無詠唱で使える者は多いし、そこそこ訓練している者なら中位魔法や上位魔法でも無詠唱で使っている者はいるわ。ただそれができる者はそこまで多くはないわ。一度詠唱を覚えた者が詠唱なしで魔法を使うのは難しいみたいね」

「無詠唱ができる者でも詠唱をしてるやつはいそうだな……」

「いるわよ。詠唱した方が楽って思ったり、無詠唱が使えないと思わせておいて、いざというときに使うとかね。まぁある程度の境地《きょうち》になればどんな魔法を使ってくるかなんとなくわかるようになってくるけどね。それで最後は根性で耐えるというものね。中位魔法程度なら当たりどころが悪くなければ、耐えることができるわ。でもアレンジの仕方次第では中位魔法の威力を超えたものもありえるから、これは本当に最後の手段ね。身体強化が使えるのならさらにダメージを軽減できるから、いざというときは急所だけ外れるようにして受けてしまいなさい。無理に避けて体勢を崩す方が危ないこともあるわ。でもあくまで最終手段よ」

真剣な表情でそう言ったマードリーにアーノルドは頷《うなず》いた。

「それで魔法というのはどれくらい飛ばせられるものなんだ？」

「うーん、それは人によるとしか言えないわね。飛距離が伸びるほど威力は下がるでしょうけど、上に撃ち上げれば重力の効果で威力を補うこともできるから、戦争なんかでは空一面に魔法が撃ち上がるなんてこともあるわよ。まぁさっき言ったみたいに身体強化で防いだり、忘れていたけど魔法で防御膜を張ったりして防ぐのが一般的ね」

「防御膜？」

アーノルドは聞いたことがない単語が出てきたため聞き返した。

「別に難しいことじゃないわよ。自分自身の周りを何かで遮断《しゃだん》するようにイメージすればいいだけ。遮断するものは何でもいいけどできるだけ透明な物の方がいいわよ。こんな感じね。ただの中位魔法だから簡単にできるわよ」

そう言ってマードリーは自分の周りに球状の透明な膜を作り出した。

「何か撃ってみなさい」

マードリーが自信満々にそう言ってきた。

アーノルドは少し迷った末に水滴を生み出し、弾丸のように撃ち出した。

どうせ阻《はば》まれるのだろうと思っていたアーノルドは油断していた。

アーノルドが撃った水弾がマードリーの防御膜に当たった瞬間、水弾はそのままアーノルドの方へ跳ね返ってきた。

すぐさま顔のところにだけ防御膜を生じさせ、そこに水弾が当たったことでなんとか防ぐことができた。

本当に簡単に使うことができた。

本気で願ったからこそできたのだろう。

「まぁこんな感じで色々アレンジはできるのよね。でも、私は基本的にこれ使わないの。まず発動させたままでは動きづらいのよね。それにある程度の威力に対してはあまり意味ないのよ。所詮《しょせん》は中位魔法だからそれほどの強度はないわ。色々試してみたけど、私達レベルになるとないのと変わらないのよね。それなら最初から別の方法で対処しておいた方が考えることが少なくなるし、私はそっちの方が慣れているのよね。まぁ何を使うかは自分で考えるといいわ。自分に合ったスタイルを見つけるのが一番いいからね」

アーノルドにとって魔法はまだ全くもってわからないものであった。

たしかに想像することによって様々な魔法を発動することはできるようになっている。

普通の人の詠唱をして決められた魔法しか発動できないという状態に比べれば、詠唱もいらずある程度自由に魔法を使うことができるというのはかなり恵まれているだろう。

だが、アーノルドには不可解だと思う部分が多くあった。

そもそも自然の摂理《せつり》に反《はん》しない範囲であるなら、想像することによって大抵どんな魔法でも発動することができるというのがマードリーの教えであった。

そしてより強力な魔法を発動するためには、生み出すものについてより詳細に知らなければならないと。

今のところアーノルドの魔法に対する認識はこんなところである。

しかし本当にそうなのかという疑問がアーノルドの頭に浮かんでいた。

そもそも何をもってその事象《じしょう》や物について詳しくなったと見做《みな》され、より強力な魔法を使えるようになるのか。

土一つとっても際限なく考えられる。

土そのものにすら様々な種類があるし、それを構成するものを突き詰めていけば、分子、原子、そして素粒子にまで遡《さかのぼ》れるだろう。

果たしてそんなことを考えることが必要なのか。

そしてそこまで考えている者と考えていない者でどれほどの差が出るのか。

アーノルドは本当にそんなことを考えて魔法が強くなるのだろうかと疑問を禁じえなかった。

アーノルドは昨日火炎魔法を無意識に使った。

火とは何なのか、そんなものは知らないし、そもそも燃えない火など詳しく想像できるようなものではなかった。

にもかかわらず燃えない火は再現されていたのだ。

なら、マードリーの言っていることは間違っているのだろうか。

そうとも言い切れない。

アーノルドは実際に、魔法に詳しくなればなるほど威力が上がるといった経験をした。

もちろん詳しくなったからではなく、単純に何度も使い慣れてきたからということも考えられるだろうが、そもそも本当に想像だけで全てが決まるのなら威力すら思いのままのはずなのである。

それが成立していない時点で、何か外的な要因が加わると考えるのが当然の帰結となる。

今ある要素だけでは解き明かすことはできないからだ。

なら、あとはその外的な要因が何かを考えるだけである。

そういったことをマードリーにぶつけてみたのだが
「もちろん今の時点で魔法についてわかっていることも多くあるけど、あくまで仮説の域を出ないものや、理論すらわかっていないことも多くあるわ。私が最初にここに来た時に言ったように、私の目的は魔法の発展よ。まだまだ考える余地なんていくらでもあるわ。だから、君が違うと思ったのなら君は君の理論を確立すればいいのよ。今わかっていることも、実験によってわかっていることに理論を追加しただけで、まだまだ考える余地はいくらでもあるし、実はその理論が間違っていましたなんていうこともあるかもしれないしね」

そうマードリーは言った。

だが、考えてみれば当然のことであった。

マードリーは最初から目的は魔法の発展だと言っていた。

もし魔法がただ自由に発動できるものなのであれば魔法の発展など意味をなさないだろう。

既に何でもできるのだから発展の余地などない。

だが、マードリーの教え方は紛らわしいものであったと思い、問い詰める。

「中には本当に魔法を自在に使う人がいるのよ。まぁ私の師匠なんだけどね。私は最初に詠唱ありの魔法から入ってしまったからなのか、師匠ほど自在に扱うことができないの。それで魔法を全く知らなくて教会の意思が介入《かいにゅう》していない者ならば、同じように自在に操れると思ったんだけど」

「私で人体実験をしたというわけか」

「人聞きが悪いわね。でも実際に使えていたらそれこそ君にとっては有益なことだし、使えなかったとしても無駄ではなかったでしょう?」

マードリーは悪びれもせず頰《ほお》を少しぷくっと膨らませてそう言ってきた。

ある意味アーノルドを洗脳《せんのう》していたわけであるが、生粋《きっすい》の魔法師であるマードリーはその程度では罪悪感など持たない。

しっかりとアーノルドに対してメリットを提供しているのだから責められる謂れはないというう考えだ。

「ハァ……、まぁたしかに決められた魔法を使うことになるよりは全然有益であったが……」

「私が教えたことも別に間違ってはいないでしょ? ただ全てを説明することはできないのよね。だからこそその説明できないことを含めて説明できる理論を作っていくのが私の目的。強くなるためだけなら、今わかっていることからできることを極めていけばいいんだろうけど、誰も知らない正しい理論を一人だけ知っているってのも強くなるための近道だと思わない?」

そう言って目を輝かせながらアーノルドを見てきた。

「お前の師匠はマナという概念をもたず自在に魔法が使えるのであったな。それはマナが知覚できないほど膨大《ぼうだい》にあるからとかじゃないのか？」

アーノルドは、今のところたしかにマナというものを認識することなく魔法を使っているが、魔法をずっと使っていたことはない。

それゆえアーノルドは単純にマナの総量が多いだけで、ずっと使っていればマナの減りを感じることもあるのではないかと思っていた。

そもそもアーノルドは魔法についてほとんど知らないと言っていい。

それゆえ自分がマナを知覚できていないだけという可能性もあると考えていた。

マードリーの言うとおり、この世界では想像したことが現実《魔法》になるということをアーノルドも訓練を通して経験している。

だが、それと同様に想像したことが現実《魔法》にならないことも経験しているのだ。

単純に想像したことが現実になるというわけではないのは明らかだろう。

そしておそらくそれはマードリーもわかっていたのだろう。

いや、今回のことでわかったのかもしれない。

だがこれで、想像することである程度自在に魔法を現実にすることはできるが、思い込みだけで全てが決まる世界というわけではないというのがわかったことになる。

魔法の世界はまだまだ複雑であるということである。

むしろそれほど簡単ならば今頃魔法の達人が世界に溢《あふ》れかえっているだろう。

その程度のことにすらアーノルドは気づいていなかった。

いや気づかないようにされていたのである。

そしてアーノルドの疑問に対するマードリーの返答は否だった。

結局魔法というものは便利であることには変わりないが、できるかどうかわからないものを実戦でいきなり使うといったことはできない。

どの道訓練が必要なことには変わりないため、マードリーの言うことが全て正しくなかったとしてもアーノルドがやることに特に変化はなかった。

だが、少し気になることは教会によって定められている魔法と自由に作った魔法、この二つにも違いがあるのか、またなぜ教会は魔法を規制するのか、ということだ。

なぜ教会の魔法は詠唱が必要なのか、これは魔法を使いにくくする意図があるようにしか思えないが、教会は特に無詠唱を制限しているような様子は見られない。

教会に真意を聞いてみたいところではあるが、答えてなどくれないだろう。

アーノルドは今回の遠征では剣術主体の戦い方になるだろう。

アーノルドは魔法に馴染《なじ》みがなかったためか、咄嗟《とっさ》の場面や何かを考えるときにまず体を動かす剣術を考えてしまう。

そのため魔法を使うとなるとどうしてもワンテンポ遅れてしまうのである。

それに魔法は、流石《さすが》にこの短期間では使えるようになるのが関の山で、実戦的なレベルにまで昇華することはできていなかった。

そこいらの新人相手ならばそれでもいいだろうが、これから戦う相手は何年何十年と訓練を重ねているのである。

　未熟なアーノルドが更に未熟な技を使うほど余裕があるわけではない。

　だが、マードリーとの訓練の末にアーノルドは戦闘に使えそうな魔法をいくつか編み出していた。

　まだ使うにはリスクがある魔法ではあるが、ここぞというときにはかなり有用な魔法である。

　今は何十もの役に立たない魔法よりも少数の役に立つ魔法があればいいのである。

　そして遂に出発の日となった。

　向こうに着くまでにおおよそ一週間ほどかかる予定だ。

　その間に二つの領地を抜けないといけないので、そこで何らかの襲撃があることも考慮に入れなければならない。

　いかに盗賊といえどダンケルノの紋章《もんしょう》を見れば普通は襲ってくることなどない。だが、盗賊などやっている者たちだ、紋章がわからなかったなどと言われれば、ただの馬鹿なのか誰かの差し金なのか判断するのには時間がかかるだろう。

　拷問《ごうもん》でもすれば吐くのであろうが、その程度の揉め事の解決に時間を使うのも馬鹿らしい。

　ワイルボード侯爵からと見せかけた他の領地からのちょっかいの可能性もあるが、その程度のことに毎回構っているほどアーノルドも暇ではない。

　今回の遠征中に襲ってきた盗賊は、ワイルボード侯爵家からの刺客として処理するつもりであった。

　ちょっかい程度ならばいくらでもかけられると聞いているし、度を越さぬものをいちいち相手にしていたらキリがない。

度を越したときにまとめて処理すればよいのである。

襲撃があるにしても、こちらを本気で殺しにくるのかただの威力偵察《いりょくていさつ》のための捨て駒なのかもわからない。

騎士級が一〇〇人もいる集団を襲うのだ。

本気で潰す気ならば同程度かそれ以上の戦力を、アーノルドだけを暗殺するにしても相当な手練れを捨て駒同然で使わなければいけない。

そういう意味でも、襲撃の有無はどの程度相手がこちらの戦力を把握しているか、そしてどの程度こちらを脅威《きょうい》と見做しているかを判断する試金石ともなると考えている。

メイリスが先行して襲撃がないかを確認するために向かっているようで、アーノルドは残りの者と共に進んでいくことになる。

だが、数日前に隊商に偽装《ぎそう》し食糧を載せた馬車を数台だけ先回りさせている。

今回の遠征における不安材料の一つとして糧食《りょうしょく》の問題がある。

アーノルドは村や街からの略奪《りゃくだつ》を禁じた。

それゆえワイルボード侯爵領内では糧食の補給に一抹《いちまつ》の不安を抱えることになる。

村が売らないとなれば補給ができないからだ。

そして相手とて死ぬ気で襲いに来ればこちらの糧食を焼くくらいはできるだろう。

そうなれば戦いの場において食べ物の心配をしなければならないことになる。

いかに強かろうと人間が動くためには食べ物が必須《ひっす》である。

そして空腹な人間は動きが鈍《にぶ》る。

もし相手がこちらの戦力を把握しているのなら真正面から挑むよりよほど賢いやり方だろう。

向こうは自分の領地での戦いになるので、糧食の心配は戦いが相当長期化しない限り起こらないだろう。

なのでアーノルドは、いざという時のために相手の領内にこちらの糧食を偽装して運ぶように指示したのである。

だがそれはあくまで可能性の話であり、アーノルドも長々と戦いをするつもりもなかった。

どれだけ時間をかけても二日、できることなら一日で終わらせるつもりであった。

そのために徐々に相手の人数を減らすのではなく強行突破の策を用意したのだ。

今回の戦いは長引けば長引くほど、そうでなくても戦力以外はどれもアーノルドに不利な戦いであった。

そもそもアーノルドに長期戦を選ぶ理由などなかった。

アーノルドは屋敷の入り口で馬と共に立っていた。

そして屋敷の使用人と母親が総出で見送るために屋敷の前まで出てきていた。

アーノルドの目が向かったのはリリーとランの姿であった。

前とは違い綺麗な所作《しょさ》で深々と頭を下げているのがアーノルドの目に入った。

まだまだ細部は甘いがそれでも本気で取り組もうという意志は見える。

一時的なものなのか永続的なものなのかはわからないが、最初から挫《くじ》けるほど軽い気持ちではないのだろう。

ただ単にアーノルドが怖いだけという可能性もあるが。

アーノルドはほんの少しだけ二人を見た後に母親に視線を向けた。

「それでは行ってまいります、母上」

「ええ、気をつけて」

言葉は少ないがお互いにとってはこれで十分なのである。

言葉は帰ってきてから交わせばいいのである。

アーノルドは馬に乗り、パラクは糧食を運搬する馬車で遂に屋敷を出発したのであった。

他にも武具を載せる馬車などもあるため騎士達も全員が走るということはなく、ある程度交代しながら走ることで少しばかりの休憩をすることができることとなった。

予定では公爵領を抜けるのに大体一日半から二日、次の領を抜けるのに丸一日ほど、そしてその次の領を抜けるのに二日ほどかかり、そこから目的のワイルボード領に入り警戒しながら進んでいくことになる。

馬のことを考えると一日中走れるわけでもないため、ある程度は余裕をもって辿り着けるようにしている。

この日に到着しなければならないというわけではないが、アーノルドはできる限りさっさとこのつまらない茶番劇を終わらせたかった。

第二章　遭遇

ワイルボード領まであと少し。

ワイルボード領に入ると数時間後にはフォグルの森に入ってしまう。

そうなればもはや一瞬たりとも気が抜けない。

今、休んでおかないともうしっかりと休める場所はない。

騎士達も顔には出ていないが、流石《さすが》に少しばかりの疲れが出てきているように見える。

それゆえ今日は街の近くで野営《やえい》をし、昼から休憩を取って休むように厳命している。

疲れのひどい者は街で休むことも許可しており、ただ問題だけは起こすなと言ってある。

もちろん仕掛けられたのなら別であるが。

この街でメイリスも合流したので、アーノルドはクレマンとメイリスを連れて情報収集を兼ねて街へと入っていった。

貴族用の検問所《けんもんじょ》から入ったのでそれほど時間もかからなかったが、案《あん》の定《じょう》この街の代官を名乗る者が挨拶《あいさつ》に来て食糧の無償提供を申し出てきた。だがアーノルドはその申し出を断った。

無償ほど怖いものはないからだ。

他者が介入《かいにゅう》する余地《よち》を残すと後々面倒である。

アーノルドは服の下に簡易的な防具を着込んではいるが、戦衣装《いくさいしょう》というわけではなかった。

それゆえ、店で買い物がてら世間話をしながら情報を集めていくことにした。

アーノルドの年齢的に酒場へは出入りできない。

なので次点で情報が集まるであろう場所を回った。

「いらっしゃい‼」

八百屋《やおや》を覗《のぞ》き込《こ》んでいたら恰幅《かっぷく》のいいおばちゃんが声をかけてきた。

「お母さんとおじいちゃんとお買い物かい？　えらいねぇ！　何か欲しいものはあるかい？」

「……今のオススメは何だろうか？」

アーノルド的には少し抑えた口調で話したつもりであったが、おばちゃんは少しびっくりしたように目を一瞬だけ見開き、少し苦笑いを浮かべた。

「なんだい、ませた喋り方をするねぇ。フフフ、そうだねぇ……、今ならきゅうりやアスパラなんて美味《おい》しいかね」

おばちゃんはきゅうりとアスパラを指し示しながら満面の笑みを浮かべる。

「ならそれを五本ずつくれ」

「あいよ」

アーノルドは子供らしく五本と指を開いて言った。

そして、メイリスに目配せをすると、メイリスはお金を出しながらおばちゃんに世間話を持ちかけた。

「これから、ワイルボード侯爵領の方に向かうつもりなのですが、最近物騒な噂や盗賊などの情報はありますでしょうか？」

「なんだい、そんな方に向かうのかい？　悪いこと言わないからやめときな。これからあのダンケルノ公爵家とワイルボード侯爵家で戦争があるって知らないのかい？　そのおかげでここいらでも物価が上がっていい迷惑だよ全く……。だから巻き込まれたくなきゃそっちに行くのはやめときな。それに街道にも何だかよくわからない怪しい風体《ふうてい》の者達も増えてるってこの前来た隊商の連中も言ってたよ。襲われたって話は聞かないけど、それでもわざわざ今の時期にそんな危ないところに向かうなんておすすめしないよ」

そのおばちゃんは心底辟易《へきえき》とした様子でそう言ってきた。

「そうなのですか。教えていただきありがとうございます」

メイリスはそう言って野菜の代金をおばちゃんに渡す。

「子供もいるんだし、どこか別のところに向かうんだね。坊ちゃんも気をつけなよ」

おばちゃんは心配そうにアーノルドを見て、見送ってくれた。

その後もいくつかの店で情報を集めたが、どこも似たような話であった。

アーノルド達はその後情報収集を終え、野営地まで戻ってきた。

主要なメンバー全員が戻ってくると、お互いが集めた情報をすり合わせるために今後に向けた軍議を開いた。

それぞれが集めた情報を整理してもそれほど想定していた事態とかけ離れているわけではなかったが、先行していたメイリスの情報によると街道沿いには監視らしき者達はそこそこいたそうだ。相手は街道をアーノルド達が進軍すると見ているのだろう。

アーノルドは皆の情報を聴き、そう結論づけた。

貴族というのは良くも悪くも現実主義だ。

たとえ身内が脅かされようと家の存亡を懸けてまで戦うような者はそうそういない。

侯爵《こうしゃく》もまた家族を溺愛《できあい》してはいるが典型的な貴族至上主義者であるという情報が入っている。

貴族というのは何よりも面子《めんつ》を大事にする。

だからこそ侯爵が戦いを選んだ時点でアーノルドを本気で殺そうとはしてくるだろうが、それはあくまで貴族としてであるとアーノルドは考えている。

家族を溺愛しているからこそ自暴自棄《じぼうじき》になったとも考えられるが、その選択は残る家族にも滅亡を強いることになる。

家族を大事に思っているのなら、娘一人のために残る家族全員を危険に晒《さら》すような真似《まね》をするとは思えない。

そして貴族であることを誇りに思い、その権力を妄信《もうしん》している者が、自ら貴族という権力を手放す選択をすることは並大抵のことではない。

貴族といっても人ではあるのでありえないことではないが、その可能性は実際には限りなく低いとアーノルドは見做《みな》していた。

その選択は勝てたとしてももはやアーノルドと心中するに等しいものだからだ。

そして伝え聞く侯爵の人物像が貴族という権力を手放すとは思えなかった。

誰でも手に入れられるようなワイルドボード侯爵の表向きの情報は、アーノルドもクレマンを通して手に入れている。

だが、ワイルボード侯爵が何を第一に考え何を望んでいるかなどについては、何もわからないままなのである。

アーノルドが知りたいのはそこであった。

アーノルドにはまだ自らが扱える臣下が少ない。

諜報関連の臣下などまだいないのである。

それゆえワイルボード侯爵の情報を集めるには、クレマンなどの公爵の息がかかっているであろう者達を使わざるを得なかった。

それでも戦うための必要最低限の情報はしっかりと集めてくれたので、アーノルドには不満はない。

だが、おそらくクレマンはより詳細な情報を持っているのであろうが、意図的に情報を絞っている。

もっとも、全て与えられたものでは意味がない。

勝つための最低限の情報は与えるから、自分で考えるか自ら使える臣下を増やせということなのであろう。

絶対勝てる戦いをやっても意味などないとでもクレマンは言いたいのであろうと、アーノルドは考えていた。

たしかにダンケルノ公爵家の人員を制限なく使えば勝つことなど当然である。

そして今回の戦いでアーノルド自身の臣下などほとんどいない。

臣下を増やすという意味では重要な戦いではあるのだろうが、それでも結局は用意された舞台に上がるのだという感覚を捨てきれなかった。

それでも今回集まった兵達は紛《まぎ》れもなくアーノルド自身の行動によって集まった者達であるので、アーノルドの力といっても差《さ》し支《つか》えない。

だが、アーノルドは自分の存在がこの戦いにおいてもはや重要ではなく、成長につながるほどの何かがあるとも思えなかった。

手に入る情報がアーノルドが負ける可能性を悉《ことごと》く潰してしまうのだ。

本来であるならば大将が危険に晒《さら》されぬ状況こそ望まれるものであるので、戦いとしては最上のものである。

だが、アーノルドにとっては強くなることが目標であり全てであるため、ただ勝つだけの戦いにさほど興味がなかった。

残りの不確定要素は相手の大騎士級の戦闘力と侯爵がどういう戦いを望むのかだ。

人というものは捨てられぬものが増えれば増えるほど型から外れたことをすることができず、常識というものに縛られる。

家族という縛りがある侯爵にアーノルドはそれほど期待していなかった。

「アーノルド様は襲撃があると思われますか？」

アーノルドが考え込んでいるとシュジュが表情を固く引き締めてそう聞いてきた。

襲撃があると想定するのは当然である。

おそらくシュジュが聞きたいのは森の中での襲撃の可能性、そして侯爵がどこまでしてくるかだろう。

「さぁな。だが、この戦争を終わらせるのに最も確実なのは、総力戦になる前に私を殺すか捕らえるかすることだ。襲撃がある可能性は高いだろう」

「森の中で襲撃があった際には我々は応戦してもよろしいのでしょうか？」

分隊長の一人がアーノルドにそう問いかけてきた。

森の中では分隊にまで隊を分けるため普段の軍議以上に人が集まっている。

「かまわん。相手が襲ってくる以上は自衛だ。それで文句を言ってくる奴の相手をするのは私の役目だ。貴様らは何の憂《うれ》いもなく敵を殲滅《せんめつ》することだけを考えよ。森の主も人間と盟約《めいやく》を結ぶ知性があるのならば話くらいは聞くだろう」

「かしこまりました」

その後アーノルドは眉間《みけん》に皺《しわ》を寄せて腕を組む。

「ど、どうかなさいましたか？」

先ほど質問してきた分隊長がアーノルドの様子を見てそう聞いてきた。

「ん？　ああ、いや。ただ今回のつまらぬ戦いを考えるとどうにも気が滅入《めい》ってしまってな」

アーノルドはため息を吐きながらそう言った。

「つ、つまらぬ戦いですか？」

分隊長はアーノルドの言葉の意味を理解できずそう聞き返す。

他の者達も言葉を発しはしないがアーノルドの言葉に耳を傾《かたむ》けていた。

「そうだ。……貴様は今回の戦いをどう見ている？　まともにやりあって負けると思うか？」

アーノルドはその分隊長を真っ直ぐ見据《みす》えてそう問うた。

「いえ……、兵士の数ではあちらの方が勝っていますが、兵力という意味では悪くて互角。普通に考えるならばこちらの方が勝っているかと。よほどのことがない限り負けるということは想像できません」

たとえ同じ騎士級が一〇〇人ずついたとしても、ダンケルノ公爵家で騎士級になった者と他で騎士級になった者ではその実力に大きな違いがある。

ダンケルノ公爵家のおかげで国同士の戦いなども経験していない騎士級が、実戦経験豊富なダンケルノ公爵家の騎士級を相手に一対一で勝つことは難しいだろう。

騎士達の昇級は個々人の裁量に任せられている。

ある程度の基準はあるが、己自身や周りの環境によって上がる難易度が異なるのはしかたのないことである。

「そうだ。まだ不確定要素があるにはあるが、今回の戦いはもはや対峙《たいじ》してしまえば勝ち戦と言っていい。貴様らの力を借りている私が文句を言える筋合いではないが、今回の戦いにおいて私の面白味は全くないと言っていい。標的となる侯爵が強ければまだ良かったのであろうが、騎士級のくせに騎士級とは思えぬ弱さであるとわかっている。所詮《しょせん》は階級を金で買っただけのつまらん貴族だ。せめて死ぬ覚悟で挑んできてくれれば少しは面白くなりそうであるがそれも期待できぬときた。……もはやお前達に作られた道を進み侯爵を殺して終わりだ。そこに私の面白味など皆無《かいむ》だ」

騎士達の力も率いるアーノルドの力であるのだが、アーノルドはあくまで個人の力にしか焦点を当てていなかった。

アーノルドも戦力が集まるまでは流石《さすが》に勝てるのかという心配があった。

今のアーノルド個人の力では数でも質でも対処しきれないからだ。

だが、情報が集まりアーノルドが有する戦力が決定してからはもはや負け筋が見えない。

負ける戦いよりは断然いいが、それでも貴重な訓練時間を費やしてまで得るものがありそうな戦いかと言われれば微妙であった。

軍を指揮するという経験を得られるという意味では有益であるが、おそらくアーノルドの指揮などなくともゴリ押しで勝てるだろう。

そういう戦いなのである。

ならば連れていく戦力を減らせばいいのではないかと思うかもしれない。

だが、勝てる戦いでわざわざ相手にチャンスを与えるほどアーノルドは驕《おご》っていない。

アーノルドは何も自ら苦戦をしたいというわけではない。

ただ強くなりたいだけなのである。

そのための機会が今回はなさそうなので憂《うれ》いているだけであり、個人ではなく全体としての戦いとしては納得はしているのである。

敵は全力で潰す。

相手に付け入る隙などわざわざ与えることはない。

だがそれは、アーノルドが現状手にしている情報による判断でしかない。

不確定要素に対応できるようにという意味でも余裕を持たせておくのが最善である。

アーノルドの言葉を聞いた分隊長は、アーノルドの言っていることが頭ではわかるが理解はできなかった。

戦場とは生死が入り乱れる場である。

そこに面白味を求める者が一体どれだけいるであろうか。

たしかに訓練を始めてすぐの者であれば成長する自分に酔いしれ、戦いを面白いと思う者は多くいる。

だが、そういう者ほど実際の戦いを前にすれば怖気《おじけ》づくものなのである。

そして戦いとは誰もが死なぬように万全の準備をして、できるだけ楽に勝とうとするのが普通である。

アーノルドのことを見てきた者はその言葉に動じることはなかったが、そうでない者達はアーノルドのその言葉を聞き、息を呑《の》む者や目を細める者など反応は様々であった。

この分隊長や他の者にとって戦いとはいかに自らが有利な状況で戦えるかを考え、また戦えるように準備するのかであり、自らが不利な状況というものを避《さ》けるのが普通である。

だが、アーノルドはその自らが圧倒的に有利な状況をつまらぬと言う。

子供ゆえの傲慢《ごうまん》であると切り捨てるのは容易《ようい》であるが、ただの蛮勇《ばんゆう》とも違う雰囲気であり、騎士達の強さを当てにして威張《いば》っているというのもしっくりこない。

アーノルドの態度はとても自然体なのである。

そして初陣《ういじん》にもかかわらずこの落ち着きよう。

ただの虚勢《きょせい》かそれとも戦いへの資質か。

騎士達はそれを見極めようとしていた。

第二章　遭遇

次の日の朝になり、騎士達も今まで簡易的であった装備を本格的なものに変えた。

アーノルド達にとってはここからが本番である。

「さて貴様ら。この退屈な日々にもそろそろ飽きてきただろう？　少なくとも私は飽きてきた。今日、明日には何らかの戦闘があるものと予想される。ダンケルノの騎士が襲撃者ごときに後れを取るとは思わんが、油断はするな。立ち塞がる者は女だろうが子供だろうが遠慮はいらん。それら一切を殲滅せよ!!」

「「「おおー!!」」」

その後進軍を開始した。

休んだ時間が長かったためか、やっと敵地に入るからなのか、皆の士気は高いように見える。

一時間ほど進むとフォグルの森が遠くに見えてきた。

もう少し行くと遠回りとなる街道沿いの道と森への道に分かれる。

フォグルの森周辺には遮蔽物《しゃへいぶつ》がほとんどないため、多人数が待ち伏せしているのならわかる。

相手側の唯一の大騎士級は隠密《おんみつ》が得意ではないとわかっているため、アーノルドを囲んでいるコルドーやクレマンに気づかれずに近づくのは不可能である。

ここで手札を切ってくることはないだろう。

そして徐々に最も襲撃の可能性が高いフォグルの森の入り口に近づいてきた。

アーノルド達はフォグルの森に近づくにつれ進軍速度を少し落とし、周辺の警戒をしていた。

残り三、四〇〇メートルほどになったときに、案《あん》の定《じょう》森の中から複数の矢が放たれてくる。

それを見て、馬に乗っている者達は馬を守るように前へと出た。

流石にこの距離だと当たっても威力が低くなりすぎて鎧《よろい》を着ている騎士達が傷を負うことはないため、おそらくこちらの馬を狙ったものなのだろう。

馬に当たればこちらの機動力を奪える。

そうなれば歩兵しかいない小姓級や従騎士級ならば、あとは矢や魔法を浴びせればほとんど削れる。

そして数的優位の状態で残りを殲滅する。

そういう作戦なのだろう。

だが、こちらにいるのは全員が身体強化を使える騎士級相当の者達ばかりである。

弓矢如きに遅れを取ることはない。

もしくはこちらの戦力を把握した上で襲ってきているのであれば、糧食や機動力を奪う目的なのかもしれない。

どちらにせよこちらの戦力はすぐにバレる。

一撃離脱で逃げられる前に即座にケリをつけなければならない。

「クレマン。監視らしき者はいるか？」

アーノルドは馬を別の者に預けて駆け出しながら、並走するクレマンに尋ねた。

この襲撃がアーノルドの軍の実際の連携を見るための捨て駒という役割もあるのならば、どこかにこの戦闘を覗き見る監視者がいるはずである。

流石にそれを放置するほど甘くはない。

「二人ほど」

「では、予定通りお前達二人に任せるぞ」

「お任せください」

クレマンはそう言い、メイリスは僅かに頷き、凄まじい速さで駆けていった。

襲撃の際にその監視がいる場合には、クレマンとメイリスが処理する手筈《てはず》になっていた。

この二人の戦闘力も一体どれだけ高いのかはわからないが、コルドーと同等かそれ以上なのは間違いないだろう。

走っている最中にも矢が飛んでくるが、誰も避けようとする素振りを見せずそのまま突っ込んでいく。

それに敵側が驚いたような声をあげた。

「こいつら全員騎士級以上だッ!!　全員一旦退け！」

敵の頭目らしき人物がこちらの戦力を看破《かんぱ》し、撤退するように指示していた。

その者は四〇代くらいのどっしりとした男であった。

森の木陰から出てきた盗賊は総勢でざっと一五〇人程度。

こちらは八〇人程度が攻めているわけだが、その実際の戦力は大騎士級二人を入れればもはや千や万にも匹敵《ひってき》するだろう。

そこらの野盗が相手にできる戦力ではない。

「誰一人逃がすな。総員、殲滅せよ!!」

アーノルドがそう叫ぶと、騎士達が野盗の集団へと斬り込んでいった。

森の中にバラバラに逃げていっているが、身体強化をした騎士を撒くことなどできはしない。

野盗達の悲鳴が上がる中、野盗の頭目もまたボヤきながら逃げていた。

「あのクソ野郎め……ッ！　何が簡単な仕事だぁ？　ふざけやがってッ‼」

そんな男の前方に突如《とつじょ》人影が飛び出してきたため、慌てたように急停止する。

「物事の選択は慎重になった方がいいぞ？　一つのミスが自らの死へ繋がっていることもある」

突如現れたアーノルドに驚いた顔の頭目であるが、その言葉に笑い声をあげだした。

「ハッ、この歳になってまさかお前のような子供に諭《さと》されるとはな。が、全くもってお前の言う通りだな。人生とは選択の連続だ。だが、選ぶ前から成功が約束された選択なんてないんだぜ？　それと同様に失敗かどうかも最後までわからねぇもんだ。なんせ俺の勝ち筋がノコノコと目の前に出てきたんだからよ」

男は凶相《きょうそう》を浮かべながら己自身が持っていた剣を構えた。

それからすぐ男の体がぶれ、数メートルあった間合いが一気に詰められた。

アーノルドは男の剣を真正面から受ける。

金色のオーラを纏わせて身体強化をしていたが、それでも地面を擦るように後退させられてしまった。

体格の差やオーラの強度の違いは今のアーノルドにはどうしようもなかった。

「ほら！　ぼさっとしてんなよ‼　次行くぜ‼」

男は地を強く蹴り、アーノルドに再度迫ってくる。

アーノルドは繰り出された攻撃をしっかりと受け流したが、相手の勢いは止まらず押し込まれる形となる。

（……ッチ！　力では無理だな。いくら身体強化しようが元の力が弱すぎて真っ向からの斬り合いじゃあ勝てはしないか……ッ）

「動き回った程度で捉えられねぇとでも思ったか？」

アーノルドも動き回るが、男も難なくアーノルドの動きについてきて攻撃してくる。

だが、ずっと受けに回っていたアーノルドも僅《わず》かな隙《すき》をつき、反撃に出た。

男は少し驚いた表情を浮かべアーノルドの攻撃を受ける。男の体勢を崩すところまではいかなかったが、アーノルドの攻撃によって男の剣が弾《はじ》かれ戦いの刹那《せつな》にほんの少しの隙ができた。

アーノルドはその隙を見逃すまいと更に間合いを詰めるが――。

「はっ！　まだまだ甘ぇ！　この程度の誘いに乗ってんじゃねぇよ！」

そう言って男は隙などなかったかのようにアーノルドより素早く剣を振るってきた。

アーノルドは咄嗟《とっさ》に身体強化を全開にし、体を反らして男の攻撃を間一髪で避ける。

避けられるとは思っていなかったのか、男も驚いたように一瞬目を丸くする。

「やるじゃねぇか！　今のを避けられるとは思わなかったぜ？」

そう言うと男は、常人には消えたかのように見える速度で一気に間合いを詰めてきた。

アーノルドは見えてはいないが、まるで相手が来る場所がわかっているかのように右側に剣を振るった。

「なッ⁉」

来るはずのない剣が目の前で突如振るわれたことで男は驚きに目を見開いた。

受けることはできたが、それでも咄嗟の反応であったため男の体勢が崩れ、アーノルドはその隙を逃さまいと、すぐさまさらに間合いを詰めていく。

「……ッチ！」

男は体勢を崩しながらも無詠唱《むえいしょう》で魔法を発動し、アーノルドが踏み込む場所の土を盛り上がらせた。

それによって今度はアーノルドが体勢を崩し、アーノルドが振るった剣は空振りに終わる。

「ハッ、終わりだ‼　ガキ‼」

男が勝利の笑みを浮かべながら体勢を崩したアーノルドに斬りかかってくる。

アーノルドは舌打ち交じりに男と自分を遮《さえぎ》るように土の壁を作り出した。

しかし男の剣はバターのように土の壁を斬り裂き、その攻撃を遮《さえぎ》ることはできない。

——だが、その一瞬で十分であった。

崩れる土壁の横から飛び出したアーノルドは低姿勢で男に素早く迫る。

男もすぐに反応し、応戦してくるが、振るわれた剣がアーノルドの頰を紙一重で掠《かす》る程度でそれを避け、そのままアーノルドは男の胸に自分の剣を突き刺した。

「……クソ、……最後の最後についてねぇ」

刺された男はこれ以上抵抗する気力もないのか、ダランと腕の力を抜きながら膝《ひざ》から崩れ落ちた。

「……ッチ。まさか魔法を使うとはな……。こりゃもう逃げられねぇな。クク……、これまでの人生……運は良い方だったんだが、……ここに来て……ハズレを引いたか、……ッ⁉」

男は乾いた笑みを浮かべて、口から血を吐いた。

それまでただ見ていただけだったアーノルドが表情を険《けわ》しくし、どこか哀《あわ》れみと蔑《さげす》みを伴った瞳をしながら口を開いた。

「運か……。そんなあるかないかもわからぬ不確かなものに縋《すが》っている時点で、貴様の命運などとうに尽きていたのだ。自分の思い通りにならなかった結果を運が悪かったなどという言葉だけで片付けるのは、ただ努力をしてこなかった愚者の言い分だ。私が貴様に勝ったのもただ運が良かっただけなどではなく、貴様が努力を怠《おこた》り、私が努力をしたからに過ぎない。貴様がしっかりと訓練を積み、あらゆる攻撃の可能性を考えて備えていれば、今頃倒れているのは私であったであろう。戦闘が始まる前に貴様がしっかりと情報を集めていれば、貴様は戦いなど選ばず今頃どこかで生き延びていただろう。それは運などではなく貴様の努力次第でどうにかなった問題だ」

アーノルドはこの結果を運などではないと言い切った。

たしかにどれだけ努力しようがどうにもならないことは世の中にはある。

だが、今回のこの男の行動の結果は、断じて運によるものなどではないと。

「……フッ、違いねぇ。言いたいこともあるにはあるが、この世で勝者の言い分ほど正しいものはねぇからな。勝っている限りはそいつの言い分が正しいと証明されてんだからよ。敗者が何を言おうがなんの道理も価値も生まれやしねぇ。ああ……、神も仏も信じられやしねぇ世の中で、運だけは俺の味方だと信じていたんだがな……。ゴフッ……⁉」

男は再度吐血《とけつ》し、急速に顔色が悪くなっていく。

「あー……終わりか……。悔《く》いはねぇ……って言えば嘘になるが、それでも俺の最期がこんな正々堂々とした戦いで終わるとはな……。逃亡生活を始めて何十年と相手を罠にはめるようなことしかしてこなかったんだが……？　そうだ、なんで俺は……こんなに真正面から戦ったんだ？　あ……、なんで忘れてたんだ？　俺はッ！　あの野郎にやられて、あの……ッ⁉」

何かを思い出したかのように男が眉《まゆ》を険《けわ》しく寄せたその瞬間、突然男が持っていた剣で己自身の腹を突き刺した。

アーノルドは突然の出来事に目を見開き固まっていたが、男もまた己自身の行動が信じられないのか血を吐きながら驚愕《きょうがく》の表情を浮かべ何かを言おうとし、そして、力が抜けたように首がカクンと下に落ちた。

アーノルドは少しの間驚きの表情を浮かべながら男の亡骸《なきがら》を眺《なが》めていた。

だが、死んだはずの男が突然動きだす。血まみれで血色の悪い男は立ち上がると、先ほどまでの野太《のぶと》い声とは違い――少年のような声で話しだした。

「うーん、勝手に動いてくれるから使い勝手はいいけど、やっぱり自我がある個体は面倒臭いかな。記憶の操作は完璧に済んでいたはずだけど……死の間際で思い出しちゃったとか？」

少年のような声の何者かは男の体を色々と動かし、手を開いたり閉じたりしながら独り言のようにそう呟《つぶや》いていた。

アーノルドは下手に動くこともできず、警戒に目を細めながら男の動きを観察していた。

それに気づいた目の前の人物はパッと表情を明るくしてアーノルドに話しかけてきた。

「あ、ごめんごめん、待たせちゃったかな？　初めましてアーノルド・ダンケルノ君。僕は

第二章　遭遇

……そうだね、僕のことはライとでも――ッ⁉」

その瞬間、アーノルドとその男の間にクレマンが割って入ってきた。

「コルドー‼　アーノルド様を護りなさい‼」

普段冷静なクレマンがその周辺一帯に響き渡るような大声で叫んだかと思えば、目の前にいる男を尋常《じんじょう》ではない殺気を伴って睨《にら》みつけた。

コルドーが即座《そくざ》にアーノルドを抱き抱える。アーノルドが何を、と叫ぼうとした瞬間、その視界からクレマンと男の姿が消えた。

そして突如前方から響き渡る爆音。

その衝撃によって発生した風がコルドーの背中に叩き込まれ、アーノルドもその余波《よは》を受け思わず顔を歪《ゆが》めた。

その後、アーノルドはコルドーによって離れた位置に避難させられた。

砂煙が晴れアーノルドが見たのは、蜘蛛《くも》の巣状にひび割れた地面の中心に立っているクレマンと葉が攻撃の余波で吹き飛んでしまっている裸の木の枝の上に立っている男であった。

「おい、コルドー。何がどうなっている？」

まだ短い付き合いではあるが、普段温厚なクレマンがあれほど感情を露《あらわ》にしているのを見たことがなかった。

〝憎悪〟の感情を隠しきれず〝怒り〟の波動を撒き散らすクレマンを。

「申し訳ございません。私にもわかりかねます」

コルドーも状況を理解できておらず、クレマンの刺すような重圧に当てられ額に冷や汗を浮かべていた。

コルドーや他の騎士達は、なまじ力があるからこそクレマンと己自身の絶望的なまでの格の違いを感じ取り息を呑《の》んだ。

だが、そんなことがわからないアーノルドですら、クレマンが放つ異様なオーラは感じ取れていた。

それを一身に向けられている男はそんな憎悪を向けられてなお、気にした様子もなく癇《かん》に障《さわ》る小馬鹿《こばか》したような声で話し始めた。

「いきなりなんなのさ？　自己紹介の最中に攻撃してくるなんて執事としての躾がなってないんじゃないの？　これだからダンケルノの人間は嫌いなんだよ。邪魔ばかりしてくるからね。僕はあそこのアーノルド君とお話ししたいんだ、君はお呼びじゃッ、おっと」

クレマンは男が話していることなどお構いなしに攻撃を仕掛けたが、軽々とした動きで避けられた。

「貴様を捜し出そうとし幾年月。なんの手がかりも得られず己の不明を恥《は》じ、毎晩毎晩忸怩《じくじ》たる思いに駆られていましたが、貴様の方から出向いてくれるとはこれは重畳《ちょうじょう》。『傀儡士《くぐつし》』、貴様のその声が今でも鮮明に脳裏に焼き付いています。その声、その態度、変わらぬようで何よりです。私が殺す前に死んでしまったのかとヒヤヒヤしていましたよ。あの日あの場で私の人生は止まっているのです。貴様を殺すことで私は――」

「悦《えつ》に入《い》っているとこ、悪いんだけどさ。君、僕と会ったことあったけ？　まったく記憶にないんだよね、君のこと。それに、なんだよ、僕のことを知っている奴がいるのならわざわざこ

いつを殺す必要なかったじゃないか。自我ある駒ってそんなに多くないんだよ？　そもそも僕に会ったことあるならなんで生きているの？　たしかに僕のこと知っている人はいるかもしれないけどさ、生かした相手や逃げられた相手なら覚えているはずだけど。それにそこまで憎悪を向けられるのもよくわからないな。……ああ、君の大切な人でも殺しちゃった？　あ、もしかしたらまだ〝ある〟かもしれないよ？　僕のコレクションの中にね。会わせてあげよっか？」

『傀儡士』は煽《あお》るでもなく本気で善意からそれを提案している様子であった。

だが当然ながらクレマンは剣呑《けんのん》な雰囲気をさらに強める。

「私が、私がお会いしたいと願って願って止まないお方は、貴様如きの傀儡にはなっておりません」

クレマンはピシャリと言い放ったが、それを聞いた『傀儡士』は首がもげるのではないかと思うくらい首を傾《かし》げた。

「んー？　なら尚更わからないなー。僕が傀儡にしていないのに殺された誰かってことかな？　何かのときに巻き込まれて死んじゃったとか？　アハハハハハハ、それなら覚えているわけないじゃん！　そんな虫ケラいちいち記憶に留めてないよ？」

『傀儡士』は腹を抱えて笑っていたが、先ほど自分で刺させたところに触れて血がついてしまい、汚いとばかりに顔を歪めて手をバッバッと振るって血を落とそうとしていた。

その姿はどこまでも人を小馬鹿にしているかのようであった。

「――いいえ。貴方は逃げ帰ったのです。負け犬の如く尻尾《しっぽ》を巻いて」

クレマンは巌《いわお》のように険しい声色でそう断じた。

そしてその言葉に、それまで飄々《ひょうひょう》としていた『傀儡士』の動きがピタリと止まった。

「……へぇ、面白い冗談だね」

『傀儡士』は初めてクレマンに真の意味で目を向けた。

アーノルドはその瞬間その場の空気が一層寒くなったように感じたが、クレマンは一切動じることなく『傀儡士』を絶対に逃しはしないと憎悪を宿した目をしていた。

「たしか、アーノルド様と話したいということでしたが、貴様があのお方と話す資格などあるはずもなくそんな未来が訪れることもない。貴様の命はこの場でこの私が……我が師エレナに捧げることで潰《つい》えるのです」

クレマンは手に嵌《は》めている白い手袋を改めて深く嵌め直し、大気が唸《うな》るほどの殺気とも呼べる重圧を放ち始める。

だが『傀儡士』はそんな圧など気にした様子もなく、ただ唸るように考え込んでいた。

「エレナ？　エレナ、エレナ、エレナ……。ああ……、思い出した。思い出したよ。君、『拳《けん》姫《き》』エレナのところにいたあの子供か。アハハ、あの日腰を抜かして動けなかったあの子か！　そういえば忘れていたよ。君のせいで、君がいたせいで僕は大損害《だいそんがい》を被ったんだったよ。あの日失ったものを取り戻すのにどれだけかかったか……。そうだよね。そうだよ。それじゃあ、あの日の対価を今君から貰うのも悪くないかな？　君じゃあ全然足りてはいないけどね」

『傀儡士』はクレマンからの重圧など気にした風もなく、不機嫌そうな声色から一転、またふざけた態度へと戻り、薄気味悪い笑みを浮かべながらクレマンを舐め回すように見てくる。

クレマンはそんな態度の『傀儡士』を見ても微動だにせず、ただただ相手を見つめていた。

「……一応聞いておきますが、アーノルド様にどのようなご用が？　今回のこれは教会の意志ですかな？」

「ん？　ああ、教会は関係ないよ。僕個人の用事さ。ちょっとした確認をしたくてね。まぁ場合によっては殺しちゃうつもりだけど」

『傀儡士』は何が楽しいのか邪悪な笑みを浮かべ、チラッとアーノルドがいる方を見た。

しかしその言葉を聞いたクレマンの醸《かも》し出《だ》す圧はより一層濃く深いものとなった。

「……私の前で殺す、と宣いますか。貴様のそのニヤケ面を見ると虫唾《むしず》が走りますね……。その顔を歪《ゆが》ませることを一体どれほど待ち望んだか」

ただクレマンが殺る気になった、それだけでエーテルもマナも使っていないのに辺りに風が吹き荒れ、宙を舞っていた砂が水のようにバチバチと蒸発していった。

だが、そんなクレマンを見ても『傀儡士』の余裕の笑みは崩れなかった。

「アハハ、どれだけ僕のために頑張ったのか知らないけど、どう頑張っても君じゃあ僕は殺せないよ？　それがわからないから――」

ニタニタと笑っていた『傀儡士』の言葉が突然止まり、顔を顰《しか》めながら胸のあたりに恐る恐る手を当てていた。

「え……？　い、痛い？　いたいいたいいたいいたいいたいいたいいたいいたいいたい!!」

『傀儡士』は胸の辺りを押さえて痛みを紛らすかのように地面でのたうち回っていた。

クレマンはそんな『傀儡士』を冷めた目で見るだけで特に追撃することもない。

「わからないから……何でしょうか？　いくら傀儡に〈ダメージ〉を与えようと、貴様の本体にダメージが通らないと高《たか》を括《くく》っていたのでしょうが、その程度私ができぬとでも思いましたか？　魂そのものにダメージを負わせることなど今の私には造作《ぞうさ》もないことです。どうです？　観客席から舞台上に引《ひ》き摺《ず》り出《だ》された感想は？　貴様を殺すためだけに一体どれほど鍛錬《たんれん》を重ねてきたかわかりますか？　貴様を殺し殺し殺さなければあの世で師匠に顔を合わせることもできません。誰かの復讐などと綺麗事《きれいごと》を抜かす気はありません。ただ私の、私の師匠への贖罪《しょくざい》のために死になさい。そして願わくば貴様が弄《もてあそ》んだ人達への餞《はなむけ》となることを祈りましょう」

クレマンが『傀儡士』に一歩近づくと『傀儡士』は息を切らしながらもフラフラと立ち上がり、今までの余裕綽《よゆうしやくしやく》々な態度とはほど遠く、焦ったように顔を歪めながらクレマンを見据《みす》えた。

「お前……、禁忌《きんき》の魔法に手を出したのか？　神をも恐れぬ大罪人《たいざいにん》になったか。背教者め。お前には、お前には天罰が下るだろう」

『傀儡士』は痛みで顔を歪めながらも薄く笑みを浮かべていた。

「天罰ですか。何とも都合の良い言葉ですね。自らは使っておいて他者が使えば天罰とは」

『傀儡士』は他者を傀儡にして使う。

それはクレマンが使ったのと同じく精神系の能力である。

「僕は神様にそれを許された存在だ。これは主に与えられた『権能《けんのう》』なんだから。でも君は違う。でもね、僕が君を救ってあげる。君が僕のものになれば天罰が下る理由もなくなるからね」

『傀儡士』は手を広げ慈愛《じあい》に満ち溢れた表情を浮かべる。

『傀儡士』は今まで天罰を受けたことがない。

受けたことがないということは神がお許しになったということ。

『傀儡士』のする全ての行為は神の名の下に許されるのだと。

だからこそクレマンは天罰で死ぬと言いながら、己自身の傀儡にすることで神が許すのだと勝手な解釈をする。

「敬虔《けいけん》な信徒《しんと》であれば貴様のその言葉に恐れ慄《おのの》き屈したやもしれませんな。しかし私はあの日あの時すでに神を捨てた身。信仰など一欠片《ひとかけら》もありはしません。貴様の信じる神に従うなど死んでもごめんです。それにもし、神がいて、人間などを助けるというのなら、あのときあの場であのお方が死ぬことなどなかっただろう……。貴様のような外道《げどう》が生き残ることを望む神などこちらから願い下げです。さぁ……、貴様の言う神への祈りは済ませましたか？　貴様が真に神に許された存在であるかどうか、今この場で貴様を救ってくれるのかをもって自分自身の身で確かめるといい」

『傀儡士』はクレマンの言葉を聞いて、我が神を否定されて不愉快だと言わんばかりに徐々に顔を歪めていったが、突如残忍《ざんにん》な笑みを浮かべる。

クレマンがちょっと自分にダメージを与えたくらいで得意げになっているのが面白かった。

そしてその顔を歪ませたならどれほどの快感が得られるだろうかと考えると、自然と笑みが溢《こぼ》れてくる。

「……たしかに直接ダメージを喰《く》らうのは脅威《きょうい》にはなりえるけれど、それがあるとわかってしまえばどうということはないよ。この体の性能はそこまで良くはないけれど、それでも君程度なら余裕だよ？　君のその大言壮語《たいげんそうご》がはたしてどれほど通用するのか……僕の方こそ君に教えてあげるよ」

『傀儡士』がそう言うと、クレマンはダンケルノ公爵家の騎士にだけわかる合図をコルドーに対して出した。

コルドーはその合図を見ると、即座にアーノルドを抱えてその場から去っていこうとする。

「おい⁉　何処《どこ》へ行く⁉　止まれ！」

「申し訳ございません。罰は後でお受けしますので今は従っていただきます。巻き添えになる前に離れなければなりません」

コルドーの速度は凄まじいものであり、ものの数秒でクレマンが点にしか見えないほど離れていた。

どれだけ今までアーノルドに合わせてゆっくり進んでいたのかがわかる。

他の騎士達もコルドーに続いて次々と離脱していった。

騎士達が護るべきはアーノルドであり、クレマンが一人で良いと判断したならわざわざ残る必要もないからである。

『傀儡士』はアーノルド達が去っていくのを律儀に待っていた。

その顔に薄らと笑みを浮かべながら。

お互いが動かず、騎士達が生み出す喧騒《けんそう》も収まり、クレマン達が巻き起こした粉塵《ふんじん》も収まった静寂《せいじゃく》の場。

それを先に破ったのはクレマンであった。

「ふむ。これで遠慮はいりませんね」

クレマンはあれほど会うことを切望していた『傀儡士』に対し、抑えきれぬ激情に駆られていた自らの心を鋼の精神で律《りつ》していたが、それももはや限界だった。

これ以上はアーノルドのことを本気で気にかけることすらできないほどに。

（アーノルド様には申し訳ないことをしてしまいました。主人を差し置き主人のようなふるまいを。しかしここは私の命を懸けてでも譲れない。この決断には後悔はありません。こいつさえ殺せればこの世に未練《みれん》などない。罰はしっかりとお受けします。たとえ私の命であろうと。

……いえ、欲を言えばアーノルド様の行く末を見届けたかったですが）

クレマンが本気を出せばその余波がアーノルドを害する危険性がある。

いや、確実にアーノルドにダメージが通るだろう。

一層雰囲気が険しくなったクレマンを見て『傀儡士』が嗤《わら》う。

「なんだい？　今までは本気を出していなかったとでも言いたいのかな？　アハハ、わかる、わかるよわかるとも。君の全力はたしかにあの程度ではないよね。君も魂に干渉《かんしょう》できるみたいだけど、人の魂の扱いにおいて僕よりも上手い者はこの世にはいない」

そう言った『傀儡士』はより笑みを深めた。

「残念だけど君の魂の輝きには微塵《みじん》も唆《そそ》られないね。僕が操るこの男よりは上だけど……僕のコレクションに比べたら、ね？　君の師である『拳姫』エレナにも遠く及ばないな。彼女も弟子がこんな体たらくじゃあの世で悲しんでいるんじゃないの？　アハハ、ああ、でも僕が君を使ってあげたら今よりはマシになるからね？　そうなれば彼女も君の成長を喜んでくれるよ！　きっとね！　さて、この体もいつまでも持ちそうにないしさっさとアーノルド君を追いたいんだ。だからすぐに終わらせてあげるよ。ああ、でも僕自身が傷を負わせられたのなんて数十年ぶり……ああ、それもあの時の君のお師匠様にだったね。よかったね。汚名返上かな？　所詮かすり傷程度に過ぎないけど僕にダメージを与えたことは誇っていいよ？」

あくまでもその態度は尊大で、傲慢で、横柄《おうへい》であり、その眼光は軽侮《けいべつ》の色を浮かべていた。

クレマンを敵などとは見做していない。

ある玩具《がんぐ》で遊ぼうと捜していたら、別の玩具を見つけてついつい遊んでしまう……その程度のものでしかなかった。

『傀儡士』は普段ダメージを喰らわないことから痛みに耐性がなく、魂に直接与えるダメージだったためにかなり痛がったそぶりを見せてはいたが、実際のところそれほどのダメージを負ったわけではなかった。

感覚的にはコケて擦りむいた程度の傷。

武人《ぶじん》ならば普段の鍛錬で負うような傷。

先に動いたのは、もはや待ちきれないと怒気を体から滲《にじ》ませていたクレマンであった。

アーノルドがいなくなったことでもはや遠慮は不要と、クレマンは『傀儡士』に詰め寄る。

「それにしても珍しいよね。剣でも魔法でもなく徒手《としゅ》なんだ？」

クレマンの繰り出す拳打は腕から先が消えて見えるほど速く鋭いが、『傀儡士』も余裕の表情を浮かべながら体を反らし全ての攻撃を避けていた。

軽く見える攻撃であっても当たれば必殺の威力を持つ必滅の拳。

『傀儡士』が避けるたびに衝撃で地形が変わる。

避けられようともただひたすらに繰り返される拳打。

その辺一帯がほんの数十秒で原形も留めないほど破壊されていた。

「……おっと！」

まるで今のは危なかったとばかりにわざとらしく大袈裟《おおげさ》に避けた『傀儡士』は、一旦クレマンから距離をとった。

しかし嘲笑《ちょうしょう》しようとでもしたのか薄く笑みを浮かべるも即座にクレマンに迫られ、息つく暇もないと言うように顔を顰める。

凄まじい攻撃の余波で木々は倒れ地面は抉《えぐ》れ、あらゆるところで地割れが起きていた。

まるで爆弾が落ちたような衝撃波が何度も襲い、周辺の草木は見事になくなっていた。

『傀儡士』は表面上は余裕のありそうな表情で攻撃を躱《かわ》し、クレマンにも反撃を加えているが、心の中には少し困惑の感情が浮かび上がっていた。

(どういうことだ？　極限状態ならば一度や二度受け切れないはずの攻撃に対処できることはよくある。でも、それが数回、数十回ともなると偶然や限界を超えたという一言では片付けられないな。相変わらず喰らわれるような魂ではないし……。まただ、今の一撃、この男なら避けられないギリギリの攻撃だったはず。どういうことかな？)

『傀儡士』はクレマンを殺せる、いや、ギリギリ動けなくするような一撃を何度も放っていた。

自分の嗜虐趣味《しぎゃくしゅみ》を満たすために、クレマンの実力ならばギリギリ受け切れないはずの攻撃を。

少し気をつけていれば避けられたのではないかと思わせられる程度の攻撃を。

そしてクレマンに避けられるたびに少しずつ速度と威力を上げて。

「どういたしましたか？　攻撃が当たらないのがそんなに不思議ですかな？」

クレマンがそう問うと、『傀儡士』は眉を顰めた後、呆《あき》れたように肩をすくめた。

「うーん、別にどうでもいいかな。どうせ自動回避とかそういった類《たぐ》いのものでしょ？　能力って自分の願望が形になるものだからね。君があの時僕の攻撃を自分で避けられていたなら彼女が僕の攻撃に当たることはなかった……そういう願望の結果が今の君と考えれば不思議ではないよ。まぁでも、それも合っていようが間違っていようがどうでもいいかな。たしかに自動で攻撃を回避するってのは面倒臭いけど所詮は避けられる攻撃なら、って条件付きでしょ？　たしかに君の実力は僕が思っていた以上だったみたいだ。本当ならあの程度の攻撃だって避けられないはずなんだ。まさにその執念は称賛《しょうさん》に値するよ。しかもその程度の魂であれだけの威力の攻撃を、それを繰りだすことができるくらいの研鑽《けんさん》を積んだんだからね。でも所詮僕にとっては蟻程度でしかない」

『傀儡士』にとって魂の輝きこそが絶対。

だからこそこれまで見てきた勇士達に遙《はる》かに劣るクレマンにさしたる警戒は向けない。

「それより、ねぇ、知ってる？　この森にはね、けっっっっこう強ーい魔物がいるんだよ？　流石に森の奥には近寄れないけど、森の中ほどにもいい子達がいるんだよ。アハハ、何が言いたいのかもうわかったかな？　君の相手はその子達にやってもらうよ。この体弱すぎて思うように動かないんだよねぇ。全力を出しちゃうとこの体自体が崩壊しそうだし。君もその程度の魂の割には限界を超えて頑張ったようだけど、生まれもった格の違いはいくら頑張っても超えられないんだよ。でも、その努力には敬意を表するよ。僕を殺すためだけに限界を超えて超えて超えてそれほどまでの力を付けてくれたんだからね。敬意を表してあの子を追うのは君の死を見届けてからにしてあげる。どうだい？　嬉しいかい？　君が僕に興味を持ってくれた分くらいは返してあげるよ。君と違って僕は篤実《とくじつ》だからね」

『傀儡士』が後ろに大きく飛び退《との》くと、クレマンの攻撃によって破壊された森の入り口の奥から数十、数百にも及ぶ魔物達が木々をなぎ倒しながら押し寄せる音が聞こえてきた。

そしてその中には文献の中でしか見られないような、一体街に現れるだけで尋常ではない被害を齎《もたら》した記録がある魔物の姿も見え、ただの人間が一人で相手にできるような戦力ではなかった。

そしてそれらを従えているということは、目の前の男がその魔物よりも強いということでもあった。

「アハハ、君も本の中でくらい見たことがあるだろう？」

そう言いながら『傀儡士』が撫でている魔物はその昔、一国の国民全てを一夜にして飲み干したとも言われている、蛇のようなとても大きな魔物である。

片目の大きさだけで『傀儡士』が操っている野盗《やとう》の体の五倍ほどあり、その尾の先端は森の奥の方まで伸びている。胴体部も民家を丸々飲んでも全く問題ないほどの太さをしていた。

また他にも一体出現したら緊急で討伐依頼が出されるような魔物が勢揃《せいぞろ》いしていた。

「ゴルディネスだよ！　あのゴルディネス！　知らない？　知ってるよね？　暇つぶしに森の奥深くに潜っていたときに、こいつの縄張りにでも入ったのか突然襲ってきてね。久々にワクワクしちゃったよ♪　これほどの大物は滅多《めった》にお目にかかれないからね。流石に僕の支配下に置くのにもそこそこ時間がかかったけど、どうだい？　喜んでくれてるかい？　君に見せてあげるのも僕なりの敬意というやつだよ。感謝に咽び泣いてくれてもいいんだぜ？」

『傀儡士』は芝居がかった口調で、楽しげに口元に笑みを浮かべはしゃいでいた。

その瞳にはもはやクレマンなど映っていなかった。

新しい玩具に夢中な子供そのものであった。

ゴルディネスはかなり大きく、そんな巨体でどうやって森の中で過ごしているのかと思うほどであるが、普段透明化しており獲物を取るときだけ実体化する魔物なのである。

ゴルディネスは食べれば食べるほど大きく、そして強くなる魔物で、おそらくここにいるゴルディネスは国を滅ぼしたと言われている個体よりは小さいが、それでもこの森の中域に生息している屈強な魔物達を餌《えさ》としているため、その強さは言うまでもないだろう。

『傀儡士』は自分のコレクション自慢に満足したのか、遊びの最後の〝お片付け〟をするかのようにクレマンに向き直った。

「それじゃあ。神様を信じない君にあの世があるのかどうかは知らないけれど、彼女にもよろしく伝えといてくれよ。君も僕のものにしたかったとね。ああ、魂はいらないけど君のその体は僕が使ってあげるから心配しないでくれ」

『傀儡士』が不敵な笑みを浮かべるとそれまで待機していた魔物達が一斉にクレマンに向かって走り出してきた。

その言葉を聞いてもまったく感情を見せないクレマンは、『傀儡士』に聞かせるわけでもなくただただ一人呟く。

「貴様の間違いを三つ正しましょう。一つ目、私は自動回避などといったチンケな能力など使っておりません。その程度の見極めすらできないとはよほど他人任せな人生を送ってきたのですね。二つ目、貴様は私の魂の輝きを見たとおっしゃいましたが、残念ながら貴様如《ごと》きでは私の魂を測ることなど敵《かな》いません。この私が貴様相手にそんな油断をするはずなどないでしょう。そして三つ目、私は未《いま》だに技と呼べるものなど一つたりとも使っておりません。評価するならばそれを見てからにしてほしいものですな」

クレマンはその場を動くこともなく、己自身のこれまでの人生を振り返り、終わりが近づくことに喜びとともに哀愁《あいしゅう》のようなものを感じ始めていた。

もはや『傀儡士』を逃すことはありえぬ。

やっと自分の人生に終止符が打てると。

そして『傀儡士』を屠《ほふ》ることで師匠であるエレナがクレマンの心の中から消えるような気がして、寂しさと悲しさを感じていた。

だが、止まれない。

止まれるはずがない。

「貴様の攻撃が当たらない理由は簡単なことです。私はまだ微塵《みじん》たりとも本気など出してはいないのですから。たかが少し威力を強めた攻撃など何の脅威でもありませんよ」

感情を面に出すことなく、ただ淡々とクレマンは『傀儡士』が勘違いしている真実を述べていった。

そうこうしていると、魔物達が鳴き声や咆哮《ほうこう》を上げながらクレマンに迫ってきた。

その咆哮を聞いて初めてクレマンは迫りくる魔物達にほんの少し注意を向けた。

「――五月蝿《うるさ》いですね、魔物風情《ふぜい》が。身のほどを弁《わきま》えなさい。今、この場で、何人たりとも私の邪魔をすることなど――許しません」

クレマンのものとは思えぬほど低く鋭い声が発せられると同時――まるで世界が崩壊したかのような無慈悲《むじひ》で暴虐《ぼうぎゃく》な殺意の波動が放射された。

もはや攻撃にも匹敵するほどの圧倒的な殺意の圧。

アーノルドがいたときに放ったものの比ではない、正真正銘《しょうしんしょうめい》、クレマンが今の魂で出せる全力の殺気。

世界を震撼《しんかん》させうるほどの殺気。

大地は崩れ、草は散り、砂もそして音すらも消え去った。

ある魔物は蒸発したように吹き飛び、ある魔物は痙攣《けいれん》して気絶し、ある魔物は硬直して動けなくなっていた。

例外なく、全ての魔物がたったそれだけで動きを止めた。

『傀儡士』もまたゾクリと背筋が凍《こお》り、思わずごくりと唾を呑んだ。

無意識に体が震えるほどクレマンの殺気に臆《おく》した『傀儡士』ではあったが、その臆した事実を認識できていなかった。

『傀儡士』にはそれよりも大事なことがあったからだ。

先ほどまでの喧騒《けんそう》が嘘であるかのような風音一つない無音の空間、だがその静寂《せいじゃく》は『傀儡士』の癇癪《かんしやく》を起こしたような声で破られた。

「ありえない。こんなに弱いなんてありえない。お前如きの殺気だけで動きを止めてしまうなんてありえない！　そんなことはありえないよ！　ゴルディネス、何をしている、行け‼　お前の実力はその程度ではないはずだろ⁉」

『傀儡士』はまるで駄々《だだ》をこねる子供のように大声を張り上げた。

その叫び声を聞いたゴルディネスは王者としての誇りか、主である『傀儡士』の命だからか、クレマンに向かって己自身を奮《ふる》い立《た》たせるように威嚇《いかく》の声を上げながら突っ込んでくる。

ゴルディネスの威嚇の声も並の者ならば動けないほどの恐怖に震え上がるものであるが、クレマンの凄絶たる殺気の後ではまるで子供が癇癪を起こしている程度にしか感じない。

クレマンが殺気だけでゴルディネスの動きを止めたことなど、『傀儡士』にとってはどうでもよかった。

今の『傀儡士』はお気に入りの玩具を戦わせたら負けそうになり焦っている子供でしかない。

ゴルディネスの試運転のつもりで絶対に勝てる相手を選んだはずだった。

だが、ゴルディネスはこんなにも弱いのかと。

『傀儡士』にとって、魂を見れば相手の実力や伸び代などだいたいわかるものである。

だからこそ、自分が一度見たクレマンの魂の実力と現実との差異を疑うことなどない。

少しの違いなら誤差として処理される。

『傀儡士』にとって、クレマンはもう評価済み。

疑う余地などなく自らを脅かす者ではないという意識がこびりついている。

それゆえ、己自身が臆したということにすら重きを置かずスルーできる。

そしてクレマンとゴルディネスの魂の格もゴルディネスの方が圧倒的に上。

だから、クレマンが強いのではなくゴルディネスが弱くなっているという風に思うのだ。

(なんで、なんであんなに弱くなっているんだよ⁉　僕と戦った傷がまだ癒えていないのか？　それでもこの程度のやつ相手に負けるはずないだろう？　さぁ、行け‼)

『傀儡士』は悔しげに顔を歪めながらもクレマンに向かうゴルディネスに愉《たの》しげな笑みを浮かべてみせたが、迫りくるゴルディネスを前に静かに立っているクレマンは、微塵《みじん》も焦りの表情など浮かべていなかった。

「――この程度の魔物で私を殺ろうなど……見込み違いも甚だしい」

『傀儡士』にも聞こえないくらいの声量でクレマンがそう断じると、ゴルディネスを含め数百匹はいた魔物全ての首が一瞬で刎《は》ね飛《と》ばされた。

「――ッ」

数多の魔物の首が宙を舞い、その体が倒れていく様子を、唖然《あぜん》とした表情で『傀儡士』は見つめていた。

さっきまでの遊びの中の驚愕《きょうがく》などではなく、本当の意味での驚愕の表情を浮かべたのである。

『傀儡士』はクレマンの死に様を見るために一度たりとも目を離していなかった。

(あの男は間違いなく動いていなかった。……ということはまさかこの場に伏兵がいるのか？)

ほんの少しではあるが、従えるのに苦労したゴルディネスすら一撃で屠《ほふ》り去られた。

ゴルディネスの表皮は相当な硬度である。

クレマン程度の魂の格では傷付けることなどできないはず。

そして何より魔物達の傷口は明らかに斬り殺されていたような綺麗な断面であったが、クレマンは素手である。

そのことから『傀儡士』は、クレマンの攻撃と見せかけて別の誰かが潜んでいるのだと思い、辺りを見回すためにクレマンから目を離し無意識に回避行動を取っていた。

今までありとあらゆる他者の魂を読み取り、そこから結びつけた相手の力量測定に自信があるからこそ、一度弱者認定をしたクレマンがやったなどとは微塵も思っていなかった。

だが、クレマンとの戦闘の余波で、辺り一帯に身を隠すような場所は存在しない。

(僕にも気配を探れないとは相当の実力者が隠れているな？　どこだ？　ッチ、最初の攻撃もそいつの攻撃か？　まずいな、この体じゃ明らかに分が悪い。一度撤退すべきかな？)

もはやクレマンのことなど眼中になかった。

だが、それが命取りになった。

「——余所見《よそみ》をするとはつれないですね？」

『傀儡士』の意識が離れた一瞬の間に接近したクレマンは、日常の中の動作のように軽やかに手刀を繰り出す。

『傀儡士』もその声に反応し反射的に振り返るも、クレマンの攻撃の方が速く、『傀儡士』の左腕がバッサリと斬り落とされる。

「ぐ、あああああああああぁぁぁ!!」

『傀儡士』の大絶叫が響き渡った。

「戦闘中に相手から目を離し、注意を逸《そ》らすなど三流も三流。慢心、過信、傲慢《ごうまん》、驕慢《きょうまん》、それらは戦闘において最も必要のないものです。己自身が強くなればなるほどそれらを心に宿し、他者を見下すことに快楽を覚える馬鹿が増えますね、貴様のように。自らよりも格下の者しか甚振《いたぶ》らず成長を止めた愚図が強者として振る舞うなど滑稽《こっけい》でしかないですね」

クレマンは少し言葉が荒々しくなっていた。

（そしてこの程度の者に遅れを取った私は、私は本当になんと未熟だったのか……。もっと真面目に鍛錬《たんれん》をしていれば違ったのでしょうか……。いえ、仮定の話などに意味はありませんね）

クレマンが感傷に浸っている間に『傀儡士』はなんとか逃げようと地面を這っていた。

（クソ！　こんな雑魚《ざこ》にも対応できないなんて本当にこの体弱すぎるだろ！　こんなことになるならこんな玩具で来なかったのに！　とりあえず繋がりを解除すれば……。なんでだ？　なんで繋がりを解除できない？　これも隠れているやつがやったのか？　誰に攻撃されているかもわからないまま、こんな雑魚にやられる？　いやだ、いやだ、そんなことは認めない！　認められない！　僕は神様に認められた使徒《しと》だぞ！　こんな雑魚にやられてたまるかッ！）

『傀儡士』のプライドは山より高い。

強敵に負けるならばまだいい。

だが、雑魚相手に負けるなど自らの格が落ちると、それは認められないと心が叫ぶ。

そんなことはあってはならないと。

そんな不条理は許さないと。

それがたとえ〝死んでも死なない〟のだとしても。

『傀儡士』が操る玩具の強さは元の人間の強さに依存する。

だがほとんどの人間が無意識にセーブしている力まで引き出すことができるので、『傀儡士』自身が操作すると元の人間よりもだいぶ強くなる。

それでも未だにクレマンが強く見えるのは、己自身が操る傀儡の元々の実力が弱いからだという図式が成り立っていた。

「逃げられるとお思いですか？」

片腕がなく虫のように這って逃げる『傀儡士』に後ろから声をかけ、蔑《さげす》むような笑みを浮かべながら、クレマンは『傀儡士』の両足も目に見えぬほどの速さの手刀にて斬り落とした。

静かな荒廃《こうはい》した地にまたもや大絶叫《だいぜっきょう》が響き渡った。

それまでクレマンは遊びをしていた『傀儡士』に付き合っていただけ。

『傀儡士』が遊びを止めたのならもはや相手を傷つけないようにという配慮など不要であった。

ここからが本番であり終幕である。

（そういえば、なんでこいつの攻撃でダメージを喰らっているんだ……？）

『傀儡士』はやっとクレマンに攻撃されたことで魂にダメージを負っている事実に気がついた。

もし『傀儡士』の考えるようにクレマンではない他の者が『傀儡士』を攻撃しているのなら、クレマンの攻撃によって負うダメージは所詮は傀儡のダメージにしかならないはずなのだ。

今みたいに本体である『傀儡士』の魂がダメージを負うはずがない。

（精神系の術はこいつの仕業《しわざ》か？　それなら……。いや最初の攻撃はこいつじゃない。あれはこいつができるような攻撃じゃない。なら、こいつに注意を向けさせておいて本命が仕掛けてきてるってことか？）

最初の攻撃がクレマンではないと思っている理由は、クレマンを視界に収めていたにもかかわらず全くその攻撃が見えなかったからである。

もしその攻撃がクレマンによるものならば自分が見逃すはずはないという自信。

クレマン程度がそんな攻撃を放てるはずがないと、まだクレマンのことを軽視していた。

（……これは無理だな。隠れている奴の気配が全く探れない。それにこの体との繫がりも絶てない。その上、今いる傀儡はこの雑魚だけ。これはどうしようもないかな？）

『傀儡士』は空虚《くうきょ》な笑みを浮かべ、他者の気配を探るがそれでもまだ見つからない。

だが、それは当然である。

隠れている者など存在しないのだから。

「貴方は武人ですらないですね。今まで人形を操るだけで己自身は傷つかない安全地帯にいたからか、よほど痛みに耐性がないみたいですね。……貴方の悲鳴を聞けば少しはこの心の枷《かせ》も軽くなるかと思いましたが、変わりませんね」

クレマンは虫ケラを見るような冷たい目で『傀儡士』を見下ろしていた。

「……なるほどね。たしかに今回は僕の負けみたいだ。舐《な》めていたよ。人間とはこれほどまでに限界を超えられるんだね。〝次〟のための良い勉強になったよ」

『傀儡士』は冷や汗を浮かべ息を乱しながらも、余裕のある笑みを崩しはしなかった。

雑魚相手には苦しむ表情一つすら見せないというくだらないプライドである。

お前に負けたわけではないと。

だが『傀儡士』は、あくまで隠れている者には気づいていないような発言をした。

その方が『傀儡士』には都合がいい。

クレマンはその虚勢に対して、鼻で笑うように口端を上げた。

「貴方を殺すためだけに、わざわざそのためだけに強さを手に入れたのです。存分に受け取ってください」

クレマンはそう言うと、まるで主に向けるように恭しく一礼をした。

その姿は優美ではあるが、戦場で見せるには似つかわしくなく、隙のある姿に見えた。

(馬鹿め！　腕も足も斬り落として慢心したな？　行けッ!!)

たとえやられるのだとしても、クレマンだけでも今回は道連れにしようと思ったのである。

ただの八つ当たり。

そんな『傀儡士』にとって、目の前のクレマンの姿は殺ってくれと言わんばかりだった。

人は勝ったと思ったときに油断する。

それをまさしく体現したかのような姿であるとほくそ笑んだ。

『傀儡士』は〝斬り落とされた〟腕や足を操りクレマンに攻撃を繰り出した。

所詮この男の体は傀儡。

たとえ手足が切り落とされようとも『傀儡士』の支配下にあるのは変わりない。

死角からの意識外の攻撃。

集中力が欠けていたため精細を欠いた攻撃ではあったが、並の者であれば容易く殺せる威力をもっていた。

だが、その瞬間『傀儡士』は垣間見た。

垣間見てしまった。

クレマンの魂の真の輝きを。

自ら封じることをやめ、全力を出したクレマンの魂を。

目も開けられぬほどの眩《まばゆ》さを。

絶望的なまでの己自身との格の違いを。

「……貴方はあれ以来傷つかないようにと格下ばかり相手にしてきたのではないですか？　その怠惰《たいだ》、怠慢が貴方自身を殺すのです。貴方の前で隙など見せるはずがないでしょう？　言ったはずです。慢心、過信、傲慢、驕慢、それらは戦いには必要のないものだと。それに格上の隙と思える姿は弱者相手には隙ではないのですよ。ただ貴方が弱いから隙に見えるだけなのです。貴方は生まれもった格の違いは越えられないとおっしゃいましたね。その通りです。貴方如きの格では私を超えることなど到底できないのです。そしてあなたは〝次〟などと言っていましたが――あなたに次などありませんよ」

クレマンは『傀儡士』の攻撃に視線を向けることもなく、その腕と足を目にも止まらぬ速さでただの肉片にした。

クレマンの魂の輝きを直視し声すら出せなかった『傀儡士』は、ずっと見ていたにもかかわらずクレマンが何をやったのかすらわからなかった。

攻撃が見えない。その意味が『傀儡士』の中で明確に変わる。

「ば、……ばっ、ば、馬鹿な、あ、りえない。お前が、お前が全てやっていたというのか？ だって、お前の魂は、……ありえない。ありえないだろう？ 自分の魂を、弄《いじ》る？ こ、この化け物めッ！」

クレマンの魂を見てから畏懼《いく》していた『傀儡士』は、言葉すらまともに話せなくなるほどの実力差を見てしまった。

たとえ、どれだけ上に立とうがその更に上に立つ者がどこかにはいる。

頂点にいる者はただ一人だけ。

そんな当たり前のことを忘れて強者を気取っていた『傀儡士』の姿は滑稽《こっけい》であった。

クレマンが生涯《しょうがい》を懸けて至った境地。

それは己自身の能力に慢心し怠惰に過ごしていた者がどうにかできるほど生易《なまやさ》しいものではなかった。

『傀儡士』も心の底から気づいてしまった。

クレマンは己自身が敵《かな》うような相手ではないと。

魂で物事を測る『傀儡士』にとってそれは絶対的なことである。

弱い魂の持ち主ならば負けることなんてありえない。

同格の魂の持ち主ならば万全を期して、自らが負けないようにした上で挑むか逃げてしまう。

そして格上とわかっている相手ならばそもそも挑んだりしないのである。

格上相手に勝てる道理などないのだから。

いや、実際には格上相手にも勝てることはある。

自らの限界を戦いの中で越えることだ。

だが、『傀儡士』は見えるからこそ諦めが早い。

『傀儡士』は言ってしまえば戦闘への心構えなどなく、圧倒的な格上相手には極端に精神が弱くなる。

「ふむ。貴方に何を言われようと何も響かないだろうと思っていましたが、……いささか不愉快ですね。人を玩具扱いするような外道に化け物呼ばわりされるのがこれほど不愉快であるとは知りませんでした。貴方より弱い者は玩具と呼び、強い者は化け物ですか。便利なものですね。よほど世の中が自分を中心に回っていると思っているようで、相変わらず反吐《へど》が出ますね」

もはや勝負は決しているがクレマンは油断などしていない。

「な、なぜそこまでして実力を隠していたんだい？　それほどの力があれば、今の僕程度ならすぐにでも殺せただろう？　それこそ慢心なん――」

「一つには、私の力があの時より上がっているように貴様の力もあの時よりも強くなっている可能性があったからです。自らの戦力を隠すなど当然のことでしょう。それは慢心ではなく余裕をもつということです。貴様には理解できないことかもしれませんがね」

クレマンは『傀儡士』の言葉に被せるようにそう言った。

「そして二つ目、貴様をただ殺すだけなど許せるはずもなし。人が最も絶望を感じるときとは何かをずっと考えてました。どうすれば貴様が絶望を感じ死んでくれるかと。私はそればかりを考え考えましたが……、結局答えは出ませんでした。月並みですが、やはり絶望を感じるのは、自らが優勢であることに疑いを持っていないときにその優勢が偽りであったと知ったとき。もしくは、絶望の中の一筋の希望を見つけたその希望こそが絶望へと繋がっていたとき。そんなものを採用してみました。貴方は自分の実力に絶対の自信を持っていますよね？　たとえその場で負けたとしても失うのは傀儡だけ。たとえそこで負けたとしても更に強い傀儡を送ればいいだけ。そして過去の貴方の言動から貴方のプライドは相当高いものだと思いました。臆病者のくせに自分よりも弱者に対してはその残虐性《ざんぎやくせい》を隠すことなく披露《ひろう》する。その悪癖が貴様を死へと誘うようにと考えた結果、貴様には私が弱者であると偽るべきだと思いました。貴様は強者相手にはすぐに逃げますよね？　勝てそうな相手としか戦わない。本来であるならば、貴様如きが師匠の相手になるはずなどなかった。だからこそ、あのとき貴様は私を標的にしたのでしょうね。だから貴様に対して私は弱者を演じ、逃がさないようにした上で圧倒的な力でねじ伏せる。自分如きでは逆立ちしようが敵わないとわかったとき、貴様がどのような顔をしてくれるのか何十年も考えていましたよ」

クレマンの声色は極めて普通であるのに、『傀儡士』にとっては命を刈り取りに来る死神の足音のように聞こえていた。

鼓動《こどう》が速くなり、己自身の体でもないにもかかわらず体が震え始めた。

魂が恐怖に震えているのである。

魂を刈り取る死神を前にして逃げられないと悟って。

だが、『傀儡士』の性《さが》なのか、ただの自尊心なのか、決して余裕のある態度は崩さなかった。

「あはは……、それだけ想われていたなんて光栄だな――ッ⁉」

『傀儡士』は薄らと引き攣った笑みを浮かべてそう言ったが、その最中にクレマンが取り出した短剣を見て頬をわかりやすく引き攣らせた。

その短剣は、『傀儡士』にはもはや短剣などではなく『呪』の塊であった。

万斛《ばんこく》の恨《うら》みが込められているその短剣を見ているだけで、情緒が不安定になり冷や汗が止まらない。

先ほどまでの平静を装った表情などもはや微塵もできていないほどに。

なまじその眼には本質が見えてしまうからこそ、それを見ていると吐き気が止まらない。

「敵わぬとわかった瞬間阿《おもね》るとは。少しはプライドというものをもってはいかがですか？　そこらの狗《いぬ》ではないのですから。……ところで、この短剣に見覚えはありますかな？　これは私が初めて師匠にいただいた思い出の品です。そしてあなたが師匠を刺した短剣でもあります」

クレマンはとても大事なものを扱うように短剣の腹を撫でた。

だが、『傀儡士』はそれどころではなかった。

凄《すさ》まじい『呪』と『怨』が込められた短剣を見ているだけで、『傀儡士』は脳を直接ぐちゃぐちゃにされているような、自ら死を望むほどの苦痛を味わっていた。

それほどまでに凄まじい怨念《おんねん》がその短剣には込められていた。

（これは……無理だね。ここで奥の手を使ったところで、ゴルディネスを瞬殺できる実力なら時間稼ぎにもならないか……。少し惜しいけど、一つくらいは仕方ないね）

『傀儡士』は魂を肉体から出すことはできないが、精神が死なないように魂と肉体を切り離していた。

精神が死なない限り魂が死のうと〝次〟がある。

「それでは、さようなら。貴様の言う神とやらが救ってくれることを祈るといい」

クレマンは暫《しばら》くもがき苦しむ男を凝視した後に目にも止まらぬ速さで男の首を刎《は》ねた。

その刎ね飛ばした首を懐疑的に数秒間見つめた後、クレマンは自分の服についた砂を払い落とし乱れた髪を整えて、アーノルド達が避難した方へと向かっていった。

次の瞬間、クレマンが詠唱することなく放った魔法によって、その場にあった全ての魔物の死骸《しがい》が炎に包まれて灰燼《かいじん》に帰し、その灰はまるで誰かを弔《とむら》うかのように天高く昇っていった。


クレマンが『傀儡士』と戦っている間に、アーノルドとコルドーは一つ手前の街付近まで戻ってきていた。

そんな中、コルドーはアーノルドに対して片膝をついた。

アーノルドは、突然跪き頭を垂れたコルドーを見て一瞬面食らった表情になる。

「申し訳ございません、アーノルド様。私は貴方様のことを全く理解できていなかったようです。いえ、今もまだ貴方様が何を考えておられるのかなどわかりませんが、それでもただ強くなりたいなどと漠然とした思いで動いておられるわけではないと理解いたしました。何を為《な》すためにそれほどまでに強さに焦《こ》がれておられるのかは正直想像もつかないことです。しかしアーノルド様の指南役となりまだ短い時間ではありますが、その生き様の危うさに何度もヒヤヒヤとさせられました。それでも貴方様が将来何を為すのか、それが楽しみで期待せずにはいられません。そして貴方様の前に立ちはだかる困難を取り除き支えていきたいという気持ちが強くなりました。まだ早いかとは思っていましたが……、まだ未熟な身ではございますが不肖《ふしょう》このコルドーをどうか貴方様の臣下の末席に加えてはいただけないでしょうか？」

アーノルドはごく僅かの間苦悩したような表情を浮かべ、ゆっくりと口を開いた。

「パラクにも言ったことだが……、私は誰に何を言われようと自分の決めた道を行く。それが必ずしもお前の望むような道になるとは限らないし、私はその道を行くためならば臣下にとっていい主君であるつもりもない。お前はそんな人間に本気で仕えてもかまわないのか？　それに私にとって公爵になるというのは通過点であり、通る必要もない道だ。私の臣下になったからといってダンケルノのためになるとは限らんぞ。私以外にも後継者の候補はいるし、公爵に仕えるという手もある」

アーノルドにしては弱気な言葉であった。

パラクが臣下になり初めて誰かの上に立ったことで、改めてその責任を考えていた。

アーノルドが未だ答えの出ない問題に葛藤《かっとう》していると、コルドーはアーノルドの迷う心を払拭するかの如くはっきりした態度を見せた。

「当然でございます。貴方様の臣下になると誓ったその時から、私の進むべき道はアーノルド様の道と重なるのです。たとえそれが数多《あまた》の屍《しかばね》を積み重ねるような道であったとしても、無《む》垢《く》な民を斬れという命令であったとしても、私めが貴方様の進む道を邪魔する者全てを斬り捨てましょう」

コルドーは操《みさお》を立てるかのような強い瞳でアーノルドを見上げ、自らの変わらぬ意志を示した。

「……好きにするといい。お前が俺の臣下となることを認めよう。……裏切りは許さないが、

「……堅苦しく縛るつもりもない。励《はげ》むといい」

アーノルドはコルドーの言葉を聞き複雑な感情を抱いていたが、それ以上突き放すようなことを言うことはなかった。

アーノルドがこの場に戻ってきてから一時間ほどが経過した。

時折凄まじい圧のようなものを感じることからもまだ戦いが続いていることは確かだろう。

もう少し緊張感があるのかと思ったが、誰もクレマンを心配する素振りすら見せなかった。

ずっと無言で立っていたアーノルドは、側に控えているコルドーとパラクに話しかけた。

「クレマンのあの様子の原因とあの男について何か知っているか？　短い付き合いだが、あれほど荒々しいクレマンを見たのは初めてだ」

アーノルドはニコニコと穏やかな顔をしたクレマンしかほとんど見たことがなかった。

先ほどチラッと見えたクレマンの瞳は憎悪に支配されたものであった。

「私もあのようなクレマン様は初めて見ました。『傀儡士』……、クレマン様はあの男のことをそう呼んでおりました。しかし『傀儡士』などという人物を私は聞いたことがございません」

パラクもクレマンのあの様子には驚いた様子を示した。

「パラクが知らないのも無理はないのです。『傀儡士』、そう呼ばれる奴はクレマン様の最大の仇《かたき》であり、わかっていることは教会所属の使徒の一人だということだけです。性別、年齢、素《す》性《じょう》その他一切がわかっておりません。我々騎士の中でもその存在を知るのはクレマン様ほどの古株か、ある程度階級が上の者だけなのです」

「使徒というのはなんだ？」

アーノルドは勉強で教会について学んだときに、教皇を頂点とし、大司教、司教、神父などいくつかの役職や肩書を勉強したが、その中に使徒というのは含まれていなかった。

「申し訳ございませんが、教会については臣下となった今でも申し上げられることに制限がございます。本来ならばあってはならないことですが、誓約魔法にて縛られているため言うことができない我が身をお許しください」

コルドーは申し訳なさそうに歯噛みして頭を下げた。

「誰に聞けばわかる？」

「公爵様に聞くのがよろしいかと思いますが、おそらく教えてくださることはないでしょう。ですが、時期が来れば教えていただけると思います」

「わからんな。情報というものは常に持っていた方が良いものだろう。なぜ隠す必要がある」

「差し出がましいことを申しますが、ときには知っているからこそ危険な目に遭うということもございます」

主人の考えに異を唱《とな》えるなど差し出がましいとは思いつつも、指南役として、臣下として、コルドーはアーノルドを教導《きょうどう》した。

「ああ、そういうことか」

アーノルドは、前世の映画などでよくある、裏社会の秘密を知ったために命を狙われるなどといったことを思い出していた。

情報を持つにもそれにふさわしい力が要る。

言われてみれば当然であった。

「まぁいい。必要に迫られれば公爵に問うとしよう。それよりも……クレマンは奴に勝てるんだよな？」

そのとき、その場にいた全員が全身を貫く恐怖に震え、肌が粟《あわ》だった。

そして示し合わせたかのように一斉に、戦いが続いている方角に体を向けた。

アーノルドはいつもの端厳《たんげん》な表情を崩し歯を噛み締め、全身に力を入れた。

そうでもしなければ体が震えてしまいそうであった。

「いま……のは……？」

少しの時間が経過し、あの悍《おぞ》ましい気配が消え、落ち着いたアーノルドは、なんとか絞り出すように口から言葉を紡いだ。

小声で言ったその言葉を拾った、屋敷の使用人の一人であるロキが話しかけてきた。

「クレマン様のものですよ」

ロキは満足そうな、嬉しそうとも取れるような笑みを浮かべ、クレマンがいる方角を向いた。

「わかるのか？」

「ええ、私も一度、あれを喰らっているので」

ロキはそれだけ言うと一礼して去っていった。

すると入れ替わるように、隣で少年のように顔を輝かせているコルドーが口を開いた。

「問題ございませんよ。あのお方が地に伏《ふ》す姿どころか傷つく姿すら見たことがございません」

コルドーは自分のことではないのにもかかわらず、憧れの相手について話すかの如くイキイキとしていた。

「公爵相手でもか？」

その言葉にコルドーは、うっと言葉に詰まった。

「一度だけ……、一度だけお二人のお手合わせを拝見したことがございますが、当時の私には理解できぬ次元の戦いでございました。そのとき私が認識できたのは、一糸乱れぬ姿でお立ちになっていた若き公爵様と少しばかり服が破れてはいましたが体は無傷のクレマン様が向かい合い、クレマン様が負けを認めるお姿でした。しかし公爵様が汗を拭《ぬぐ》っているお姿を見たのは後にも先にもあの一度のみでした」

コルドーは当時のことを思い出しているのか、若干苦笑しながらそう言った。

「あの方は本来執事などというお立場にいる方ではないはずなのです。ダンケルノ家の使用人の中でも一、二を争うほど強いはずです。本来なら公爵様直属の――」

コルドーが顔を険しくしながら話していると、後ろからかけられた声によって話を遮《さえぎ》られた。

「そのようなことはありませんよ。この私ももはや老耄《おいぼれ》の身。コルドー様に追い抜かれるのも時間の問題ですよ。それよりも、アーノルド様の執事という立場を低く見做す発言は看過できませんね」

そこには一切の傷を負っていない普段通りのクレマンが立っていた。

コルドーを責めるような言葉ではあるが、そこに棘《とげ》はなかった。

ハッとしたコルドーは即座にアーノルドに跪いて先ほどの発言を謝罪する。

アーノルドは別に気にもしていなかったので許すと発言しようとしたが、コルドーに続きクレマンもアーノルドの前に跪いた。

「アーノルド様。この度の勝手な振る舞い、誠に申し訳ございません。如何様にも罰は受ける所存でございます」

クレマンは深々と頭を垂れ、首を差し出すような姿勢をした。

「……まずは話を聞いてからだ。聞かせてもらうぞ？」

「仰せのままに」

その後アーノルドは、クレマンの過去とこれまでの人生についての話を一通り聞いた。

『傀儡士』のことは全ては話せないみたいだが、それでもクレマンがどのような思いで今まで生きてきたのかは嫌というほどわかった。

話し終わったクレマンはアーノルドの裁きを待っていた。

「……もし私がこの場でお前の首を刎ねると言えば、お前はそれを受け入れるのか？」

クレマンの話を聞き終わったアーノルドは冷めた目でクレマンを見下ろしていた。

「仰せのままに」

クレマンは短くそれだけを口にした。

そんなクレマンの態度に、我慢ならんといった感じでアーノルドは目を細め歯を剝き出しにし、拳を握りしめた。

「お前の話では完全に殺したとは限らないということだったな？　殺しきれたわけではないかもしれぬとさっきその口でそう言ったな？」

アーノルドは眉間に皺を寄せ、頭を垂れるクレマンを射殺さんばかりの勢いで睨みつけた。

そしてアーノルドの言葉には普段はない熱が籠もっていた。

「はい」

クレマンは頭を垂れたまま淡々と口にした。

「それにもかかわらず、ここで死んでもいいとお前は言うのか？」

怒りを押し殺すようにそう口にした。

「アーノルド様の御心《みこころ》のままに」

だが、クレマンはあくまでアーノルドに従うと口にした。

従者としては正しい姿であるがアーノルドは我慢ならなかった。

「先ほどのお前は従容《しょうよう》たる様子でお前自身の過去を話していたな。だが、あの『傀儡士』なる人物と相対したお前は飽くなき憎悪をその身に宿らせていたぞ？　この私でもわかるくらいにな。そいつを殺すためだけに己自身を高めて高めてきたのに、やっとの思いで見つけた怨敵《おんてき》の死をきちんと確認せずに死んでもいいと言うのか？　あの場でのお前の選択には一片たりともミスはなかった。お前の憎悪などと関係なく、あの場では足手纏いとなる私は逃げるべきであった。今の私が立ち向かえる相手ではなかったからな。それが可能なお前に任せ、私は去るのが最善だっただろう。にもかかわらず、たかがこんな子供が癇癪のように残りたいなど言った言葉に逆らったという程度で、お前はその憎悪を捨てて諦めるだと？」

アーノルドは怒りを露にし声を荒らげるが、クレマンはただただじっと跪いて顔を伏せたままであった。

「主人の命令に逆らうのはたしかに悪だ。従者としてはあるまじきことだ。だが主人のために正しい行いをしたことが悪だとでも言うのか？　お前の憎悪はそんな不条理で諦められるくらいに軽いのか？　私を失望させるなクレマン。……お前は先ほどの話で、私の臣下への誘いを断ったのは、自らがそいつに遭遇《そうぐう》したときに私の命令を優先できる自信がなかったからだと言ったな。だから同じ理由で先代公爵と現公爵からの誘いも断ったと。そいつを殺すまでは己を制御できる自信がないと。たしかに主君の命令を聞かぬ臣下など要りはしない。だが、それはお前の憎悪がそれほどまでに大きく、私のことを考えた末の決断だということはわかった。お前がその『傀儡士』に並々ならぬ憎悪をもちながらも、助けてくれた先代公爵への恩を感じているのもわかった。ダンケルノ家の使用人としての矜持を持っているということもわかった。だが、お前の人生で一番大切なのは、先代公爵への恩か？　使用人としての矜持《きょうじ》か？　さっき私に過去を話した時に冷静だったお前が唯一感情を動かしたのは、先代公爵への恩でも使用人としての矜持でもなく『傀儡士』への怨念だったぞ？　お前自身もわかっているはずだ。見方を変えれば先代公爵や現公爵、私の誘いを断ってでも優先しているのは『傀儡士』のことだと。お前が真に望むことは『傀儡士』への復讐を成し遂げることだ。それ以外のものなど捨ててしまえ。半端《はんぱ》な忠誠心などない方がマシだ。お前の人生で大切なことはこんなガキのために命を差し出すことではないはずだ。人生に二度目があるのかどうかはわからぬが……、一度目の人生でしか得られないものもある。それを為すと決めたなら何をおいてもそれを為せ。後悔など後でいつでもできる。やりたいと思ったことは最後までやり通せ」

最初は激昂《げきこう》したように声を荒らげていたアーノルドであったが、徐々に我を取り戻したのか冷静になっていった。

「……まぁ、こう偉そうなことを言っているが、私はたしかにお前達に縋《すが》らなければ今は一人で戦うこともできん。だが、私のために尽くそうとする他人の人生を犠牲《ぎせい》にしてまで何かを得ようとは思わんし、させるつもりもない。二心を持つことも裏切りも決して許さんが、それが私の道に反しない限りは臣下たる者の少しばかりの我儘《わがまま》、願いを聞けぬ者になどなるつもりはない。お前のその言動は、その程度の狭量《きょうりょう》な心しか持っていないのだと私の格すらも貶めるものと心得よ。あの場面でお前が私を避難させた理由すらわからない馬鹿だと私のことを思っているのなら、もう一度さっきの言葉を言ってみろ。そうでないのならばもう黙っておけ。……罰を求めるというお前の使用人としての矜持がわからないわけではないが、少々不愉快だ。自分の感情をコントロールできないほどにな。二度と奴を殺す前に死んでもいいなどと口にするな。……奴の首をお前が死ぬまでに私の前に持ってこい。それがお前に課す今回の罰だ」

アーノルドは言いたいことを言い終えると、もはや話すことはないとばかりにクレマン達に背を向け、今後の作戦の流れを再確認するために小隊長達が集まっているところへと歩き出した。

コルドーやパラクなど他の騎士達にとって、いつも何を考えているのかよくわからず近寄り難い雰囲気を出しているアーノルドが、これほどまでに感情を露にしたのを初めて見た。

「ありがとうございます、アーノルド様。必ずや奴の首をお持ちいたします」

クレマンは歩き去っていくアーノルドに静かにそう言った。

一方コルドーはずっと跪いたままであり、動いていいものかと計りかねていたが、クレマンが立ったことでようやく動けるとホッと息を吐いた。

そしてコルドーやパラクだけでなく周りで聞いていた騎士達も、感情的なアーノルドを見て、初めてその人間味を感じていた。

野盗の襲撃での一件においてアーノルド達の損害はアーノルド個人の怪我程度であり、ほとんど皆無《かいむ》であった。

クレマンも結局はかすり傷一つない状態で帰ってきたのですぐに出発することにした。

森に入って二日目。

襲撃をかけてきた者達もダンケルノの騎士達の相手にはならず、結局はただの無駄死にで終わっている。

むしろアーノルド達が神経を削られたのは、あちこちに仕掛けられているトラップであった。

死ぬほどのものはほとんど存在しないし、そもそも無視できるものであったが、その中に巧妙に隠された死に至る可能性のある罠があるのである。

他のものに注意がいっているときなどを狙ってタイミング良く発動するそれは、人の心理をよくわかっている者が設置したのだろう。

そのせいで気を抜くことは難しかった。

だが森の中の進軍は順調であった。

この調子で行けばあと一、二日もあれば森を抜けることができる予定であった。

異変が起こったのはその翌日。

前日の夜あたりから一気に襲撃者が減り、その日は全く襲撃者がなく粛々と皆が進んでいた。

だが、その静寂《せいじゃく》が突如破られた。

「おい‼　お前達何をしている⁉　真っ直ぐ走らんか！」

アーノルドが走っていると、アーノルド達より前方にいる騎士の一人が突然声を張り上げた。

右翼に属する騎士達が徐々にアーノルド達のいる中央へと寄ってきており、中央で走る者も、叫んだ者を含む数人を除き隊列から急激に逸れていっていた。

「……え？　い、いえ、我々は真っ直ぐ走っているはず……です？」

声をかけられた騎士は、本気で意味がわからないといった様子で困惑した声をあげていた。

自分の認識では真っ直ぐ走っているつもりだが結果だけ見れば走れていないことに気づいた騎士は、その矛盾に頭が混乱している様子であった。

その一連の会話に視線が釘付けになっていたアーノルドだけでなく、同じく釘付けになっていたクレマンやコルドーが即座に周りを見渡すと、左翼の騎士達もアーノルド達から逸れていっていた。

そして先ほどまで並走していたはずのパラクと他の騎士数名も、アーノルドの分隊から逸れているのにそれに気づくこともなく走っていた。

その異変に今の今まで誰も気づけていなかった。

「総いいいぃいぃいぃいいいいいん厳戒態勢いいぃいぃいぃいぃいぃいいい‼」

異常に気づいたコルドーが、即座に耳を聾するほどの大声を張り上げた。

大気を震わすほどの大声に全ての騎士達がすぐに急停止し、迎撃体勢を整えた。

しばらくして先ほどまでの喧騒《けんそう》が嘘であったかのようにその場は静寂《せいじゃく》に包まれていた。

いや、静寂すぎるほどに異常な静けさであった。

コルドーの大声に鳥が飛び立つ音も動物が逃げ出す音もなかった。

森に入ってから常に鳴っていた虫の鳴き声すら聞こえず、生き物という生き物が発する音がその場には存在しなかった。

アーノルドがその異様な状況に警戒を露にし、コルドーとクレマンにチラッと目をやった。

「……これはおそらく生物避けの結界魔法ですね。それも相当強力で巧妙《こうみょう》なものです。私は魔法が苦手とはいえ、異常が露になるまで気づくことができませんでした」

クレマンが地面に手を当てながらそう言った。

クレマンは術にかかることはなかったが、術の領域内に入ったことを看破することはできなかった。

それが更にアーノルドや騎士達の警戒心を高めさせた。

言ってしまえば、この場で最も強いクレマンが気づけなかったとなると、相手は相当強力な術者である可能性が高い。

自分では認識していなくとも、心の奥でクレマンがいることに安心感を覚えていた者も多い。

それほどまでにクレマンの武が他を圧倒することを騎士達はわかっている。

そんなクレマンが苦手分野とはいえ見破れなかったのは、顔には出さないが騎士達にとっては衝撃だった。

敵がいつ襲ってくるかと内心冷や汗を浮かべている者も多い。

（これほど強力なものともなれば失われた古代魔法ですか。それに認識《にんしき》阻害《そがい》の魔法までとは。

今でも使える者がいるとしたら教会の人間か……それとも。何にせよこれを扱えるとなると相当強力な術者ですね。どちらにせよ厄介事《やっかいごと》であることには変わりありませんね）

「どういたしますか？」

クレマンはあくまでアーノルドに選択させることを是《ぜ》としていた。

あくまでクレマンの今の役割は、大人として幼き君主を導き成長を促すことである。

「私は、正直今の状況を把握しきれていない。簡潔に説明しろ」

それからクレマンに説明を受けたアーノルドは迷っていた。

術者はまず間違いなくアーノルドにとっては手に余る相手である。

すぐさま襲ってこないことからも敵であると決まったわけではないため、このまま無視するというのも選択肢の一つだ。

だが、一つ気になるのはアーノルドが術にかかっていなかったこと。

アーノルドにコルドーやクレマンほどの実力があれば自力で術を破ることもありえただろうが、今のアーノルドにはそんなことをできる実力はない。

それは自分が一番よくわかっている。

ならばなぜアーノルドが術にかからなかったのか考えると術者がアーノルドに術を意図的にかけなかったというのが最も有力である。

術者の狙いはおそらく、アーノルドが気づかぬうちに一人になった際、襲撃をかけること。

だが、術にかからない者が思いの外《ほか》多かったために襲撃してこなかった。

または今も術が発動していることからも、アーノルドだけをどこかに誘い出そうとしているという可能性もある。

無害な第三者がたまたま人に会いたくないという理由で発動している可能性もあるが、そんな希望的観測に縋《すが》るなどありえなかった。

それに仮に無視して敵だった場合、これほどの使い手が後ろから攻撃してくるとなると挟撃されることになりかねない。

だから無視はありえない。

「勝てるか？」

アーノルドはクレマンにそう尋ねた。

少なくともアーノルド個人でどうにかできるレベルではないことはクレマンの話からもわかった。

「問題ございません」

この手の術というのは術者の力量に左右される。

ダンケルノの騎士のほとんどは術にハマっていたが、少なくともアーノルドを含めて一〇人以上はその術が効いていなかった。

術があるとわかればあとは意志の持ちようで耐えることもできる。

しかし、クレマンは術者の存在よりも、なぜアーノルドに術が効いていなかったのかの方が気になっていた。

いくらアーノルドの才覚が優れているとはいっても、まだ今ここにいるダンケルノの騎士の誰よりも弱いのは明らかである。

（考えられるとすれば、マードリーによる魔法の教えによるものか、あらかじめ何らかの付与を施《ほどこ》していたかですね。ですが、私は魔法は得意ではないですが発動したかどうかくらいは読み取れます。そんな兆しは感知できませんでした。いや、ですがあの女の魔法ならば私を出し抜くということもありえますか……。相手の魔法も感知できませんでしたし、『傀儡士』と出会ったことで少々気が高ぶっているのやもしれませんね）

クレマンは念願の『傀儡士』に出会えたことで自分が興奮し、注意力が散漫になっていたのではないかと考えた。

それと同時に、己自身の実力を過信し弱くなっているのではないかと猛省《もうせい》した。

（もし相手の術者がアーノルド様だけを狙い撃ちしたのであれば、私も相討ちを覚悟しなければならないかもしれませんね。アーノルド様の罰をお受けするまで死ぬつもりはありませんが、それまでアーノルド様には生きていていただかなくてはなりませんからね）

クレマンは自信満々に勝てると答えたし、それは本心からのものであったが、もし本当にそんなことができる術者ならばかなりの使い手である。

それこそマードリークラスの相手を覚悟しなければならないだろう。

あれは世界屈指の魔法師だ。

クレマンであろうと片手間で倒せるような相手ではない。

もしそんな相手が来たのならクレマンとて命を懸ける必要があるだろう。

予《あらかじ》め主を危険から遠ざけるのも従者の務めであるが、ダンケルノである限り危険は避けることができない。

だからこそ従者は主人が成長するまで命を懸けて主人を守り通すのである。

既にアーノルド達は、立ち止まった場所を発ってから三〇分ほど結界の効力が強まる方へと走り続けている。

クレマン曰《いわ》く術者は最初は逃げるように移動していたが、今は移動せず立ち止まっているとのことらしいのだが、これほどまで遠いとは思っていなかった。

術の力に負け、最初に脱落したのは騎士の中で最も若輩《じゃくはい》で弱いパラクであった。

前に行こうという意志に反して、体が全く動かなくなり地に手をつき膝《ひざ》を屈した。

それからも数人の騎士が脱落していったが、それでもまだ半数以上は抗い続けていた。

そんな中でもクレマンを含む数人は涼しい顔をしており、アーノルドもまた全く意に介していなかった。

そこから更に一五分。

一〇〇人近くいた騎士は、既に隊長を任せられるレベルの十数人しか残っていなかった。

当初思っていたよりも多くの脱落者が出ていた。

わかっていても意志の力ではどうしようもないほどの強力な力。

相手はかなり広範囲に渡り結界魔法を張ることができ、世界でも強者に分類されるであろう騎士達を多く篩《ふるい》にかけられるほど強力な魔法師であるということが確定している。

アーノルドは思わず険しい表情を浮かべる。

その感情の機微《きび》を感じ取ってかクレマンはアーノルドに声をかけてきた。

「アーノルド様。問題ございません。私にお任せください」

微塵も不安を感じさせないその声色に、アーノルドは無意識に入っていた肩の力を抜いた。

そしてそれも束の間、ついにアーノルド達は、なぜかそこだけ木々が生えていない少し開けた場所に出ると同時にその中心にいる、全身を茶褐色のコートで身を包み顔をフードで隠している怪しい人物を一人発見した。

「そこで止まりなさい」

怪しい人物がそう言うと何か強制力のようなものがアーノルド達に襲いかかったが、すぐにそれは霧散《むさん》した。

その人物を観察すると、フードで顔は見えないが声からして女であろうことはわかった。

「お前達は何者だ。何故ここまで来た？」

フードを被った人物は凛々しい声色でそう誰何《すいか》してきた。

顔は見えないはずであるが、その言葉の端々から感じられる棘によって、心なしか睨んでいるようにアーノルドには思えた。

「それはこちらのセリフでございます。〝貴方達〟は何者なのでしょうか？　何故このような場所で結界魔法などを発動しているのか……。我々に害を為す者ではないというのならば正体と目的を明かしなさい」

クレマンが一歩前に進み出て厳然たる様子でフードの女に問いかけた。

その瞬間、目の前のフードの女以外を認識していなかった者達がアーノルドを護るように囲む。

周囲にはこのフードの女の気配しかしない。

コルドーは今でも女の気配以外を感じ取れない。

だが、クレマンは〝貴方達〟と口にした。

そのことに気づいていない騎士達にとっては明らかな失態だった。

最初の目の前の女の強烈な気配に気を取られ意識を持っていかれていた。

だが、クレマンの他にメイリスとロキは気づいていたため、クレマンはたとえアーノルドが攻撃されようと護ることができると判断していた。

だから、クレマンは急ぐこともなく、直接騎士達に言わずに間接的に伝えたのである。

とはいえクレマンも、注意を簡単に逸らせるほど目の前の女を軽んじることはできなかった。

顔も見えず、その実力も揺らめいており見通すことができない。

「実に見事な隠《おんぎょう》形魔《ま》法《ほう》ですが私には見えています。隠すということはそれだけやましいことがあると認識いたしますが……」

クレマンは声を荒らげることもなく終始余裕を滲《にじ》ませ女に話しかけていた。

クレマンにとって最も避けなくてはならないことはアーノルドが傷つけられること。

その可能性はメイリスとロキがいることで万に一つもないと二人を信用していた。

そのクレマンの態度とは逆に、目の前の人物は別に動いているわけでもないにもかかわらず、何か焦っているかのように見えた。

何かを隠している。クレマンはそれを暴かなければならないと思った。

隠すのならば容赦はしないと。

アーノルドには目の前の人物の表情は見えないが、苦虫を嚙み潰したような顔をしているのがわかった。

そして隠形魔法を解くべきかどうかを迷っているのか、目の前の女は沈黙を貫いていた。

しかしクレマンもいつまでも待っている気はなかった。

「正体を明かす気はないと……。それならば申し訳ありませんが怪しい者を放置するほど我々は甘くありません。全員この場で処理させてもらいます」

クレマンはそう言うと、少しばかり闘気を溢れさせた。

女はピクリと動き、攻撃に備えるために咄嗟《とっさ》に防御の姿勢を取ったが、フードの女の後方からクレマンの闘気に当てられたのか短い悲鳴が聞こえてきた。

フードの女はチラリと後ろを見てこのままではまずいと思ったのか声を発した。

「お前達にそんなことを答える義理はないはずだ！　だが、私達はお前達と敵対するつもりはない！　この場はそれで見逃してもらいたい！」

本来なら答えるのも嫌だが、後ろにいる者のために仕方ないから答えたという感じであった。

だが、この者の必死な言葉は嘘をついているようにも見えなかった。

クレマンは一旦闘気を消して一瞬だけ困ったような顔を浮かべる。

「ふむ、困りましたね。ですが、申し訳ありませんがこちらにも事情がございます。敵対しないと言われた程度で怪しい者を見逃すほど穏便《おんびん》に事を済ませるつもりでしたら、わざわざ結界魔法に抗ってまでここに来ておりません。それと一応聞いておきますが、そちらの方々は貴方様のお連れ様ですかな？　随分《ずいぶん》こちらに敵意のようなものを向けていらっしゃいますが……。

そうであるならばこちらで処理させていただきます。我が主人への無礼を見逃すほど私は甘くありませんので。ですがそちらが貴方のお仲間であるのならば、その方々が子供であること、いきなり現れこちらも無礼な態度を取ったことを考慮して一度は矛を収めましょう」

クレマンは穏やかな口調であったが、その言葉には有無《うむ》を言わせぬ圧力があった。

いきなり現れた者に自分に近しい者が苦しめられている状態を子供が見たら、その者に敵意を抱くのも無理はない。

子供ながらに無謀にも守ろうとするだろう。

だからクレマンは、アーノルドへ対しても向けた敵意を一度だけは許すと口にした。

それが最大限の譲歩であると。

それ以上牙を向けるなら子供であっても容赦しないと。

「ッ！　この者達は私の仲間だ。手は出すな。……お前も敵意を向けるのを止めろ」

女は忌々《いまいま》しげな態度でクレマンに手を出すなと言うと、アーノルド達に敵意を向けていた者にも注意した。

「賢明《けんめい》な判断です。それと隠形魔法は解いてもらいたいものですな。敵意がないのならば問題ないはずです。我々も押《お》し問答《もんどう》をしに来たわけではないのです。我々が欲しいのは貴方達が敵ではないという証《あかし》。それを示す気がないなら殺すほかありません」

これほどの結界魔法を扱える術者であるならば無名ということはない。

侯爵に加担する者なのかそうでなくたまたまいたのかは、顔を見ればわかると考えていた。

その程度の情報をクレマンは当然持っていた。

「……はぁ、致し方あるまい。だが、その前に一つ保証が欲しい」

女は諦めたようにため息を吐くと顔の前に指を出した。

「保証、ですかな？」

クレマンは懐疑的《かいぎてき》な視線を向け、目を細めた。

「ああ、こちらが正体を晒した後に襲ってこない保証だ」

クレマンがチラリとアーノルドの方を見た。

これを決めるのはクレマンの範疇《はんちゆう》を超えている。

相手との契約は従者ではなく主人の役割である。

アーノルドは護衛の者から離れすぎないように一歩前に出た。

「悪いがそれはできん。だが、貴様達が私の敵ではないのならば私が貴様を襲う理由はない。だが、正体を明かさないというのならお前達は問答無用で私の敵と見做す。たとえそれがお前達にとっては理不尽なことであろうとな」

アーノルドは問答の余地なしという毅然《きぜん》とした態度でそう言った。

そのフードの女は突然話し出したアーノルドの方を見て、驚いたかのように一瞬息を呑み、その後観念したかのように息を吐いた。

「……いいでしょう。お前達はそこにいなさい。動いてはダメですよ」

フードの女は自らの仲間にかけていた隠形魔法を解いて動くなと指示をした。

その仲間もフードを被っており顔は見えないが、背丈から子供が四人に大人が二人ということはわかる。

アーノルドがそちらを見ていると、女は自らのフードに手をかけて脱ぎ去った。

フードを脱いだ女を見たアーノルドは思わず目を丸くし驚愕《きょうがく》の表情を浮かべる。

その表情を浮かべたのはアーノルドだけではなく他の騎士達も同様であった。

「エ、エルフ……？」

誰が呟《つぶや》いたのか、そう弱々しく呟いた。

フードを取った女はロングの銀髪にこの世のものとは思えぬほどの透き通った肌。

類を見ないほどの整った容姿。

そしてエルフの何よりの特徴である、人間のものより明らかに尖った長い耳。

それが何よりも目の前にいる女がエルフであると物語っていた。

そして何より他を魅了するような目を惹くその容姿。

自分か、はたまた隣にいる騎士の誰かか、ゴクリと唾を呑む音がアーノルドには聞こえた。

それはエルフの容姿に対するものか、はたまた今、感じる重圧によるものか。

だが、それほどの静寂《せいじゃく》もクレマンの一言によって破られた。

「その程度になさってはいかがですかな？」

その言葉は殊《こと》の外《ほか》、皆の耳に響いた。

そしてクレマンが、アーノルドにはわからぬようにエルフに対して内心の怒りを露にすると、威圧のようなものがスッと引いていった。

「失礼。人間というものはエルフを見ると正気を失う者が多くてな。大抵の者は恐怖により理性を取り戻す」

エルフの女はこちらを警戒したように鋭い声を出し、騎士達を一瞥《いちべつ》した。

その顔、その声が、襲いかかってくるなら容赦はしないとそう示していた。

「理解はいたしましょう。しかし、それが我が主人に不敬を働いて良い理由にはなりませんが……」

「クレマン、かまわん。ただでさえ面倒事の最中《さなか》に更なる面倒事は避けたい。敵でないのならばわざわざ片手間で殺せぬ相手に挑む理由はない。貴様が頑なに正体を明そうとしなかった理由はわかった。そしておそらく私の敵でもないこともな。……改めて確認しておくが貴様はこちらの敵ではないということでいいんだな？」

一層剣呑《けんのん》な雰囲気になったクレマンを抑え、アーノルドはエルフに対して話しかけた。

「ああ。そちらが敵対してこないのならばこちらから敵対する理由はない」

エルフは先ほどとは違い威圧することなく凜《りん》とした様子でそう答えた。

「もう一つ。あっちにいる子供達は……エルフの子供か？」

クレマンが先ほど察したようにアーノルドも察していた。

「……ああ」

女エルフはそう返事をしつつ、今までで一番剣呑な雰囲気を醸し出し、戦闘も辞《じ》さぬ姿勢を見せた。

「勘違いするな。エルフの子供に興味はない。それよりも、〝だれが〟、エルフの子供に手を出した？　まさか観光にでも来たと言うつもりじゃあないだろう？」

アーノルドは気色ばんでそう問いかけた。

それ次第ではまた巻き込まれる可能性がある。

アーノルドの鍛錬《たんれん》の時間がまた減るのだ。

「それに答える義理はない」

だが、エルフは一瞬の逡巡もなく答えることを拒否した。

が、それで納得し放置できるほどこの問題は甘いものではなかった。

「もしそこの子供を攫《さら》ったのがこの国の貴族であり、エルフが子供を攫われた報復《ほうふく》に来るというのなら私も他人事《ひとごと》ではなくなる。否応なく巻き込まれるだろうからな。この国に関係ないのであればいい。だが、面倒事はできるだけ避けたいんだ。もし貴様らを逃した結果、後に一人一人が国を滅ぼせる力を持ったエルフの集団と戦うことになるというのなら、今ここで貴様らを始末せねばならない。ただ攫われた者を取り戻しただけの被害者のお前達には同情しよう。だが私は今世では、他者のために自己を犠牲《ぎせい》にするくらいならその他者を切り捨てると決めている。私の歩く道を邪魔する者はたとえ善であろうと何人たろうと斬る。だからこそ、貴様らが私に害を及ぼす存在かもしれぬならここで斬らねばならん。だが、贖罪《しょくざい》代わりに子供を攫った貴族は私が処理してやる。面倒事を持ち込んだ罰としてな」

その言葉には子供が発したとは思えぬほどの重みがあった。

ただ傲慢なだけではなく、その内に秘められた覚悟の重みである。

エルフは目を細めアーノルドを睨みつけた。

アーノルドはその眼光に一切怯むことなく見つめ返した。

まさに一触即発の空気であった。

主人の話を遮るわけにはいかないので、騎士達は女エルフが動く素振りを見せればいつでも攻撃できるように備えていた。

だが、先に折れたのはエルフの方であった。

「はぁ……、何もこの子達が攫われたと決まったわけではあるまい」

エルフはアーノルドから目を逸らしてそう言った。

騎士達は警戒を緩めてはいないが一発即発の雰囲気は霧散し、内心安堵の息を吐いた。

アーノルドもまた、そんなエルフに対して呆れとも取れるようなため息を吐いて話を続けた。

「では、エルフの宝であるはずの子供をわざわざ自らが引《ひ》き籠《こ》もる領域から連れ出してまで、この国を探検していたとでも言うのか？　そのような愚行を犯すとは存外エルフというのは学習能力がないのか？　……それとも自らの力を過信しているのか？　まぁ、過信するほどの力は持っているようだがな」

アーノルドは吐き捨てるようにそう言った。

「我々エルフの実力を随分と過大評価してくれているみたいだが……たしかに大昔にエルフが一国を滅亡に追いやったのは事実だ。だが……、我々エルフが境界に引き籠もらざるを得なくなった理由を貴様は知らないのか？　私はお前達のことをよく知っているぞ？　たとえ名前が変わろうが姿形が変わろうが我々にはわかる！」

エルフが初めて声を荒らげて凄まじい殺気をアーノルドへと向けてきた。

その瞬間クレマン、メイリス、ロキの三人が女エルフを地面に押し倒した。それぞれがいつでも女エルフを殺せる状態であった。

「流石に今のは見過ごせないでしょ」

ロキはニヤニヤとした表情を浮かべうつ伏せで押さえられている女エルフの首を踏みながら顔の横に剣を当て、クレマンは険しい顔をしながら女エルフの背中を足で押さえながら右腕を捻《ひね》り、メイリスは無表情のまま左足を踏みつけていた。

「いや、トーカ‼」

「トーカ‼」

それまでじっとしていた子供の二人が、トーカと呼ばれた女エルフが押さえつけられたのを見て、手を伸ばし近づいてこようとしたのを周りの大人に抱き締められ止められていた。

アーノルドがチラッとそちらを見ると、大人二人が子供三人を庇うように胸に抱き、一人の子供がフードで表情はわからないがアーノルドを睨んでいるようだった。

「来るなッ、お前達！」

駆け寄ろうとした子供達にトーカが顔を上げ渾身《こんしん》の力を入れて叫んだ。

ロキは足を添えていた程度であったため、その反動で首から足が離れた。

「……私は自分が敵わぬ化け物三人相手に勝ち目のない戦いをするつもりはない。感情のコントロールができなかっただけでお前達に敵対の意志はない。殺すならば殺せばいい、だが……あの子達はどうか見逃してやってほしい。だが、あの子達も殺すと言うのなら私も最後まで抗《あらが》わせてもらう」

地面に押さえつけられ動くことも許されない女エルフは、それでも子供達のためならば死ぬことも辞さないという強い意志が見えた。

「……ならば一つ聞かせろ。先ほどの言葉はどういう意味だ？　なぜ私に対して憎悪を向けた？」

先ほどのエルフの瞳には一瞬ではあったがたしかに憎悪が宿っていた。

「我らエルフが元々住んでいた森から追い出され、境界に引き籠もることになった原因が貴様の祖先にあるということだ。私は人間の子供の年齢は見た目からはさほどわからないが、話ぶりからそれなりの年月を生きているのだろう？　ならば貴様らの家門の歴史も勉強しているだろう？　何故知らぬ？」

エルフは再び感情を露にしアーノルドを問いただした。

「一つ問う。貴様らが森を追い出されたのは何年前だ？」

「今から約八〇〇〇年前だ」

エルフは淡々と口にしたが、アーノルドにとってはそんなに軽いことではなかった。

「なッ？　そんなに前だと？」

今いるアーノルド達の王国が始まったのが約一五〇〇〇年前。

ダンケルノ家としての初年、建国の年の記録は破られていたため、ダンケルノ家がどのように生まれたのかは実際にはわからない。

ただ、建国当時からある古き家門だと。

それよりも遙か六五〇〇〇年前の祖先がこのエルフを追い出したという話を聞いて怪訝《けげん》な表情を浮かべざるをえなかった。

「何故貴様は自分達を追い出した者が私の祖先であるとわかる？　我らの家門の記録は一五〇〇年ほどしかない。それ以前のことなどどこにも記録はないはずだ」

実際にないのかどうかはアーノルドにはわからない。

それこそ公爵ならば知っているのかもしれない。

だが、クレマンに聞いたときは〝言えない〟ではなく〝存在しない〟という返答だった。

「そうか。たしかに人間にとって数千年の歴史とは失うのが容易いほどの年月なのであったな。それで、何故わかるのかであったな。我らエルフは人間を姿形で識別するのではなく、我らエルフの間では『ティティ』と呼ばれる魂のようなもので認識しているのだ。そしてそれがお前とあの者達に血の繋がりがあると示している。お前には特に濃くその気配を感じる。故に我らエルフはお前達のことを憎んでいると同時に恐れてもいる。我らエルフはお前達ダンケルノ一族のこともよく知っている。だが、我らエルフも全員が全員同じ考えをしているわけではない。エルフの子供が攫われた一件のことについては知っているか？」

エルフに問われたアーノルドは鷹揚《おうよう》に頷いた。

知っているといっても、エルフについての童話と正確かどうかもわからない古い資料に書いてあったことだけなのだが、知っていることには変わりない。

「そのことで当時過激派のエルフ達が人間全てを殺そうと主張しだした。昔からエルフが襲われるたびに人間は悪だと主張していた者達だ。当然一人の人間が悪だからといって人間全てが悪だなんて理論は成立しない。だからこそ当時エルフの意見は三分していた。過激派、穏健派《おんけんは》、中立派と。だが、過激派エルフ達が遂に自らの主張を実行に移したのだ。子供達を助けた後に人間達全てを殺し尽くすのだと。それを止めたのがお前達の祖先であった。それはいい。我らエルフもどのみちその者達は始末するつもりであった。人間達に手を出した時点で、我らがそれを止めたとしても許すなど論外であった。子供を攫われたことで、我らが罪人だけでなく罪なき人間まで巻き込んで血による復讐を求めたのならば、人間にもあやつらの命を捧げなければ道理に合わぬ。だからこそあやつらが殺されたことはどうでもいい。だが、お前の祖先はエルフ全てが悪であると言い、我らエルフを無理矢理境界へと閉じ込めたのだ。エルフの中には納得できぬと、その恨みを忘れぬ者達も多い。私とて当時は全く納得できなかったし今も納得したわけではない。だが数千年も暮らせばもはやあの境界から出ていこうという者もそういないがな」

トーカは自嘲気味《じちょうぎみ》にフッと笑い、その容姿に見合わぬ憂《うれ》いを帯びた表情を浮かべた。

アーノルドはそのエルフの姿を凝視《ぎょうし》したあと、クレマン達に拘束を解くように命令した。

「そいつを離してやれ」

拘束を解かれたトーカは、押さえられていた首や腕をさすりクレマンの方を見た後、不可解そうな視線をアーノルドに向けた。

「殺さないのか？」

トーカは自分の捻《ひね》られていた腕の調子を確かめながら素直に聞いてきた。

周りにはまだクレマン達が目を光らせているので下手なことはできないが、引く気もないようだ。

「殺されたいのか？」

アーノルドはそう聞いたがトーカは無言で見つめ返すだけだった。

「貴様に説明する義理はないぞ？」

「だが、私は義理を果たしたぞ？」

自分にも義理などなかったが、正体を明かしたんだからその分の義理を果たせと言わんばかりの態度であった。

それに殺される寸前までいったにもかかわらずこの太々《ふてぶて》しい態度である。

エルフの気位が高いというのも本当のことだなと、アーノルドはフッと笑みを浮かべた。

「……まぁいいだろう。正直に言えば貴様を殺す意味がない。たしかに貴様は私に殺気を向けたが、中身のない殺気だ。私に向けられたわけではないクレマンの殺気の方がよほどおどろおどろしかったぞ」

アーノルドがそう言うと、クレマンが表情をピクリと動かした。

「お前は力を持っている。だからこそ向けた憎悪が殺気を孕《はら》むこともあるだろう。ようはただむかついただけ、偶発的に出てしまっただけ。そのようなものにまでいちいち反応し相手を殺すつもりはない。まったくもってくだらん。私が手を下すのは私の邪魔をする者、殺すに値する者、私が殺したいと思った者、そして敵対する者だけでいい。貴様の殺気には殺意ではなく憎しみしか感じなかった。だから貴様が敵対しないのならば私にとってはどうでもいい。だが、その怒りの矛先を筋違いにも私に向けようというのなら、そのときは貴様を殺すだけだ。理解したか？」

「……ああ」

明らかに完全に納得したという顔ではなかったが、アーノルドはこれ以上このエルフに説明する気などなかった。

エルフが果たした義理程度は返したのだ。

それでチャラである。

「それじゃあ、話を戻そう。お前達エルフが報復しにくる可能性はどれくらいだ？」

アーノルドはさっきまでの緩《ゆる》んだ空気ではなく真面目な顔で問いただした。

「……大丈夫だ。私が来させはしない」

エルフは苦々しい顔つきでそう言った。

「ふっ、それを信じろと？」

アーノルドは思わず鼻で笑ってしまった。

明らかに自分でも一〇〇パーセントではないとわかっているにもかかわらずその場しのぎの言葉を発するエルフに、アーノルドはエルフも人間と変わらんなと何とも言えぬ感慨を覚えた。

「エルフは契約を重んじる。今回のことは人間との間で既に話はついている。たとえ被害が出るとしても、それは今回の加害者だけだと。もしそれ以外の者に危害を加えようとする者がいたならこちらで始末する」

苦しい言い訳をするように顔を顰《しか》めながらアーノルドの目を見なかった。

「その契約者は誰だ？」

アーノルドは呆れ半分でため息を吐きながら問いかけた。

「それは言えない」

先ほどまでの逃げの姿勢ではなく、エルフは確固たる意志をもって答えた。

先ほど言ったようにエルフは契約を重んじるのだと、無言で訴えかけるかのように。

アーノルドとエルフは数秒の間見つめ合った。

今度先に折れたのはアーノルドであった。

「はぁ……、害がないなら放置で構わんか。行くぞ」

アーノルドは騎士達に撤退の合図を出し、エルフに視線をやることもなくクレマン達から離れていった。

他の騎士達はアーノルドの決定に少しだけ驚いたような顔をし、エルフのことを横目に見ながらその場を去っていった。

エルフはアーノルド達が去って行ったのを確認すると、大きくため息を吐き首を振りながら仲間と共にその場を離れた。

エルフ達がいた場所から離れたアーノルド達は、途中で脱落していった騎士達と合流した後に何があったかの情報共有を行った。

「エ、エルフですか⁉」

素《す》っ頓狂《とんきよう》な声を上げて驚いたのはパラクであるが、他の騎士達も驚きを隠せないのかザワザワとしていた。

エルフなんてものは、もはや童話《どうわ》の中にのみ存在する伝説の生き物と言ってもいい。

実際にその目で見なければ信じ難いだろう。

そんな様子を遠くから見ているアーノルドにコルドーが声をかけてきた。

「ですが、よろしかったのですか？」

「何がだ？」

「残りの者達を確認なさらなくとも……」

正直、後ろのフードを被った連中は怪しすぎた。

単純に考えれば、攫われた子供のエルフが四人と助けにきた大人のエルフが三人という構図である。

だが、どうにも怪しさを拭《ぬぐ》えなかった。

「たしかに怪しさはあった。攫われたにしては子供の数も多かった。今のエルフの子供の数がどうなっているのかはわからんがな。それにあのトーカとかいうエルフと違って、あのとき残り二人の大人どもは敵意を向けてくることはなかった。……少なくとも私には感じ取れなかった。これもあのエルフが言うような全員が全員同じ考えではないという例の一つなのだろうが、同じエルフならば少しくらい反応してもいいはずだ。全く反応がなかったのは不自然に思った。そして契約者の存在。もしあいつらが契約者ならば限りなく面倒なことになる可能性がある」

エルフと交渉したということは、どこかの貴族に捕まっていたエルフの子供達を助ける代わりに何かを要求したはずだ。

貴族を相手にできるのなら、契約者は同じ貴族か大きな組織に属する者ということになる。

もし奴らが契約者の従者や仲間、もしくは本人なのであれば、確認しようとすればそいつらが敵に回る可能性がある。

正直言って今のアーノルドに無差別に敵を増やすような余裕はない。

この戦争もさっさと終わらせてまずは自己研鑽《じこけんさん》に励《はげ》むべきなのである。

いつまでも臣下頼みでいるつもりなどなかった。

「正直私には全然わからなかったが、お前は後ろの二人の大人どもの強さを測れたか？」

アーノルドには見た感じ全くの素人に見えたが、たかだか少し訓練しただけのアーノルドではは自分の判断が絶対などと思うことはできなかった。

「私もまだ未熟なので完璧に強さを隠蔽《いんぺい》されていたのかもしれませんが、たしかに全く強さは感じませんでした。あのフードにも認識阻害の魔法などがかかっていたのなら強さを欺くこともできるやもしれません。それに過去の資料が正しければ森はエルフの領域とされています。それこそ溶け込むことなど容易でしょう」

「もし奴らがエルフならば問題はあのエルフよりも強いのか弱いのか。もし戦いになればおそらくあのエルフが私達を足止めし、残りの二人が逃がす算段だったのだろう。もしお前ならどっちにより強い者を置く？」

「……そうですね。あのトーカというエルフの強さを基準とするならば、より強い方を逃がす方にするかと。囮《おとり》になる側が弱いのならばともかくあのエルフの強さは私でも一対一では勝てるとは断言できません。それならばできるだけあの者が時間を稼ぎ、たとえ数人に抜かれて逃げた方が追いつかれたとしてもさらに強いエルフが足止めをする。それに弱い者が護衛になるより強い者が護衛になる方が護れる確率は上がります。足止め役を倒し迫ってきているということは襲撃側も精鋭になりますから。以上のことから、もし残りの二人がエルフであったのならおそらくあのトーカなるエルフより実力が上だと考えられます」

アーノルドもそう考えていた。

エルフだったならば。

「では、エルフではなかった場合だ。考えられるパターンは奴が言っていた契約に関係がある者、もしくはエルフの子供が捕らえられていた貴族のところで一緒にいた同じく子供と大人の奴隷という可能性か。だが、奴隷だったにしては些《いささ》か気が強かったがな」

どの子供も自尊心を持っておりビクビクと怯えていたわけではなかった。

この国では奴隷の売買は基本的には禁じられているが、禁じられているからといってゼロなどということはない。

エルフを奴隷とするような者ならば人間の奴隷をもっていてもおかしくはない。

「たしかにその可能性はありえそうですね。しかし彼らがエルフではなかった場合でもエルフの領域にまで連れていく気なのでしょうか？」

コルドーはただ単に疑問に思い口に出してしまった。

「攫われたところまで送り届けるということも考えられるが、どうでもいいな」

「そうですね。それよりも私は、あの子供のうちの一人がやたらとアーノルド様に敵意を向けていたのが気になりました。なぜ責めていたクレマン様ではなくアーノルド様にあれほど敵意を向けていたのか……」

普通であるならばエルフを虐《いじ》めているように見えるクレマン達に敵意を向けるものである。

エルフの子供といえど人間にしてみたら年齢的にはもう大人といっていいくらいは生きているので、アーノルドがトーカを虐めている人間の主人であると見抜いたということは考えられるが、どれだけ考えてもわからないことは考えるだけ無駄である。

「さぁな。だが、だからこそ私はあの集団の正体を明かすのを止めたのだ」

その言葉にコルドーはピクリと動きを止めた。

アーノルドはエルフが正体を明かしてからは、あの集団の正体を明かす気はなかった。

あのエルフはしきりにあの者達に意識を向けていた。

大事なものがまだそこにあるのか確認するかのように。

そして親が子を猛獣から守るかのように。

「おそらくあいつらの正体を知れば戦闘になっただろう。あいつらが本当にエルフの子供であろうがなかろうがな。まぁ、ただの勘だがな」

アーノルドには予言めいた勘のようなものが働いていた。

奴らは逃す方がよいと。

「か、勘ですか？」

「ああ、それだけで戦闘になるような奴らなら、疑わしきは罰せよ、と今始末しておいてもいいかもしれない。だが、私はしない方がいいと思った。最終的な決断はただの勘だ。不満か？」

「いいえ、滅相《めっそう》もございません」

本心からの言葉であった。

コルドーは臣下となったからにはアーノルドを心の底から支えるつもりである。

なのでアーノルドの考えを知りたいとは思ってもその決定に異を唱えるつもりなど毛頭ない。

「まぁ、私の勘が外れて後に面倒なことが起これればそのときに対処すればいい。少し楽観的すぎると思うか？」

アーノルドも改めて考えると勘などと少し短絡的に物事を考えすぎたかと思ったが、あのときは自分の勘こそが絶対不変の真理だと確信し、疑いなど微塵も持っていなかった。

そして今もその決断を後悔などしてはいない。

「いいえ、私はそうは思いません。未来など起こってみなければ何もわかりません。ですが、アーノルド様の望む未来に導くのが我々臣下の役割です。そのために準備をし成し遂げるのが我々の役割です。主君、貴方様はただ思うままに行動すれば良いのです。そこに疑問を持つ必要はございません」

そしてコルドーもまた一切の逡巡なく言いきった。

己自身のやることに一切の迷いなどなかった。

「しかし、選択を迫られるときに迷われることはあるでしょう。そのときに大事なことは、リスクを徹底的に取り除くことでも、リスクから逃げることでもないと私は考えております。のちに後悔をしない選択をすることです。後悔しなければ、たとえそれが悪い選択であったとしてもあとで良い結果に変えることはできます。しかし一度した過去の選択というものは絶対に変えることはできません。だからこそ選択するならば後悔しない選択をすることをお勧めいたします」

コルドーは片膝をついて力強い瞳でアーノルドを見てきた。

「良い選択をしたいと思うのは人間の性だな。だが、後悔のない選択か。覚えておこう。まぁ、奴は加害者にしか累は及ばんと言ったのだ。まずはそれを信じるとしよう。目先の問題もまだ片付いていないしな。もしもの時は頼んだぞ？」

アーノルドはフッと笑い、自分に視線を合わせるように跪いていたコルドーの肩に手を置いた。

「は、お任せください」

コルドーはアーノルドのその行動に感涙に咽《むせ》ぶ思いであったが、先ほどのエルフとの邂逅を思い出し素直に喜ぶことはできず歯噛みした。

一対一では勝てるかどうかわからないと見栄を張ったが、コルドーはあのとき公爵を前にした時と同等の圧を感じ、敵であるかもしれないエルフ相手に一瞬ではあったが畏《おそ》れを抱いた。

それはあの三人を除く他の騎士達も同様であった。

口ぶりからして八〇〇〇年前の当時を経験している長老クラスに差し掛かっているであろうエルフが相手とはいえ、コルドーはそんな自分自身の弱い心を看過できなかった。

少なくともコルドー達は、騎士として心で負けるなどということを自分に許すわけにはいかなかった。

人間だから、数千年も生きたエルフだから、など関係ない。

まだ戦ってもいないうちから心が逃げるなど騎士としてあってはならない。

そしてその引け目に拍車《はくしゃ》をかけるように起こったのが、アーノルドへ敵意が向けられたときのことである。

コルドーもすぐに動こうとはしたのだが、そのときにはもう三人がエルフを押し倒していた。

さらにクレマンが言うには、あのエルフが抵抗する気がなかったから簡単に押し倒せたが、もし本気で抵抗されていたならあれほど簡単にはいかなかっただろうとのことだった。

あれだけの速さで対応しても簡単ではないのにコルドーの速さでは到底主君を守ることなどできなかっただろうと唇を噛んだ。

あの三人と自分との実力の差を改めて感じ、大騎士級になって慢心していたのではないかとコルドーは改めて気を引き締めた。

自らの主君を決めた以上、もはや自分が弱いことは罪である。

改めて自らの力とコルドーは向かい合っていた。


「クレマン様、クレマン様」

場にそぐわぬふざけた声がクレマンの耳に入った。

クレマンは振り返るまでもなくそれが誰かわかった。

「前にも言いましたが、私に様をつける必要はございませんよ。それで何用ですかな、ロキ様」

クレマンは振り返り、ニヤニヤと軽薄そうな笑みを常に浮かべている人物を見た。

「ちょっとお尋ねしたいんですが、何でアーノルド様はあれに耐えられたんだと思います？自分で考えてもこれっぽっちもわからなくて。最初は相手の方がアーノルド様を誘い出しているのかとも思ったんですが、どうもあれを見る感じではそういう風じゃなかったですし。そうなるとなぜまだまだ未熟なアーノルド様があれに耐えられたのか不思議で不思議で……」

ロキは大袈裟《おおげさ》な身振り手振りを加えながら、その笑っていない細い目でクレマンの変化を探ろうとしたのだが、その表情は一瞬で焦りへと変わった。

「――少々口が過ぎるのではないですかな？」

一見穏やかな口調ではあるが、それ以上主人を侮辱《ぶじょく》するのならば容赦はしないとその雰囲気が物語っていた。

「失礼しました。驚きのあまり失言してしまいました」

ロキは恭しく一礼し謝罪をしたが、この男が丁寧《ていねい》に言えば言うほど胡散臭《うさんくさ》くなり白々しい演技をしているようであった。

クレマンはそんなロキに心の中でため息を吐いた。

「まぁいいでしょう。それと質問にお答えすると、アーノルド様があれに耐えられた原因は私にもわかりかねます」

「ってことは、あれがやっぱりアーノルド様の潜在能力ってことですかね？　アハハ、いいね、いいね、最高だよ！　あのお方は本当に僕を楽しませてくれる」

ロキが浮かべる表情はとても人に見せられるようなものではなかった。

「――ロキ」

「はい？」

悦《えつ》に入《い》っていたロキは邪魔をするなと言わんばかりの声色で返事をしたが、すぐに後悔することになった。

「……貴方の趣味を邪魔する気はございませんが、それが我が主人の害となる場合……賢い貴方ならばわかりますね？」

クレマンは言葉にしなくてもわかるほどの明確な殺意を叩き込んだ。

いや、実際には叩き込んでいない。

ただ単にロキがそれと錯覚するほどの無言の圧を発しただけだった。

その場合はお前を殺すという無言のメッセージを。

だがそれを受けとってなお、ロキは笑みを浮かべながら飄々としていた。

「大丈夫ですって。流石にそこまで馬鹿じゃないですよ」

降参といった感じでロキは手を上げ手首から上をぶらんぶらんとさせる。

「今回の件も貴方の差し金だという風に報告を受けておりますが？」

この戦争の引き金となった女に魔法をかけたのは目の前にいるロキであった。

だがそう言われようと全く悪びれる様子のない態度でロキは首を傾げていた。

「たしかにそうですが……、何か問題でも？」

ロキは飄々とおちゃらけた態度を崩さなかった。

悪意のある行為ならば処罰すればいいが、悪意のない善意というものほど厄介《やっかい》なものはなく、さらにこの男は自他問わず困難な状況を楽しんでいる節もある。

トリックスター。

扱いを間違えなければ優秀であるが、扱いを間違えれば問題児となる。

「良いか悪いかで言えばどちらでもないでしょう、今のところはですが。使用人としては出過ぎた真似ですが、たしかに貴方の行いが悪い選択とも言い切れません」

クレマンはアーノルドがどう動こうと基本的には見守り、ところどころで助言をし導いていくという姿勢であったが、アーノルドがしようとしていた行き過ぎた使用人の放置は悪手であると思っていた。

たとえ後に払拭《ふっしょく》するとしても、最初についたイメージというのはなかなか変わらない。

一度弱いというレッテルを貼られた者が強い者に勝ったとしても、まぐれだったとか運が良かったなどと言われ、強者側もまた弱者に負けたことを認められない。

一度染み付いた意識を変えるのは難しいからだ。

だから早いうちに自らの力を見せることも大事であると考えていた。

そういう意味では今回の戦争は渡りに船であった。

ただ、それでももう少しやりようはあったように思うが。

「でしょ、でしょう！」

ロキは我が意を得たりと言わんばかりの勢いでクレマンに迫った。

「――ですが、独断専行《どくだんせんこう》は褒《ほ》められません。結果的には悪くなかったというだけの話です。アーノルド様を貴方の趣味に巻き込んで良い理由にはなりませんよ。少々分を弁えなさい」

クレマンは先ほどとは違い優しい声色であったが、ロキはクレマンに悪魔のようなオーラを幻視した。

これ以上は死地に踏み込むことになるということがまざまざとわかった。

ロキはその一線を見極めるのが異様にうまかった。

「失礼いたしました。これからは自重いたします」

ロキは真面目な声色でそう言うとニヤッと底意地の悪い笑みを浮かべた。

「で、も、クレマン様だってど・く・だ・ん・せ・ん・こ・う、したじゃないですか」

ロキはアハッとふざけた態度でクレマンに急激に迫った。

だがすぐに一歩引き、楽しそうで意地の悪そうな笑みを浮かべていた。

「……そうです。だからこそ反省しているのです。私がやったからといって貴方もやってはいい理由にはなりませんよ」

クレマンも自分の非はわかっているのか、先ほどまでの棘はなかった。

ロキはそんなクレマンを見てピタッと動きを止めたかと思えば、ため息を吐いてクレマンからさらに距離をとった。

「……でも、よかったですね。やっと念願が叶ったんですから。それで、アーノルド様に仕える決心はついたんですか？」

ふざけた態度から一転してロキは真面目な声でそう言った。

「いいえ、私はまだ誰かに仕えるには未熟すぎます。アーノルド様の罰もまだ完遂していない身で臣下になることを願い出るなど汗顔《かんがん》の至りですよ。パラク様とコルドー様にも合わせる顔がございませんよ」

クレマンは申し訳なさそうな顔で首を振った。

「ふーん、考えすぎだと思うけどね。力になってあげた方が喜ばれるでしょ」

「いいえ、アーノルド様は他者を頼りにするような方ではございません。だからこそ我々が率先して助けるべきなのですが……。そういう貴方はどうなのです？　ロキ」

「そうだね。僕もまだ決めかねているよ。たしかに興味を惹かれる存在ではあるけど……、まだ決めるのは流石に早いよね。あの少年もコルドーもなかなか思い切ったことをするよ」

「それだけアーノルド様に惹かれる何かがあるということでしょう。斯く言う私もその一人ですが。ところで、他のお二方はもうご覧になったのですか？」

「ああ、見てきましたよ。あっちはあっちでなかなか面白そうでしたよ。ザオルグ様はあれから……」

二人の密談のようなものはこの後も少しだけ続いた。

二人の男が天幕の中で座っていた。

「ふあぁ……。侯爵様よぉ。まだ来ねぇのかぁ？　いい加減ここに座っているのも飽きてきたんだがな。集めんのが早すぎんだよ」

ワイルボード侯爵の隣で頬杖をついて脚を組みながら偉そうに座っている大男ヴォルフは、気の抜けたあくびをしながらギロリと侯爵を睨《にら》みつけた。

「ッチ！　もう少し待っておけ。もうその辺まで来ているという情報が来ている！　お前の出番も近いのだから大人しくしておけ！」

侯爵は椅子から立ち上がり、落ち着かない様子でウロウロしながら苛立《いらだ》っていた。

さっさと殺したくて仕方がないと。怨敵を早く仕留めたくて仕方がないと。

だが、その感情も突然の怖気の前には無力であった。

「――おい」

侯爵は振り返り、貴族たる自分への態度に文句を言おうとしたが、その男の野獣《やじゅう》のような眼光を見ると怯《ひる》んで何も言えなかった。

「俺に命令すんじゃねぇ。テメェに従っているのはテメェが俺との契約を守っているからに過ぎねぇことを忘れんな。俺はテメェの召使いじゃねぇんだからよ」

ドンと足を地面に踏み込み侯爵を睨みつけると、侯爵はヴォルフの気迫に狼狽して一歩下がった。

「あ、ああ。すまない」

「ふん。まぁいい」

ヴォルフはそう言うと椅子から立ち上がる。

「お、おい。どこに行く」

爆弾を取り扱うように慎重な言葉で侯爵は問いかけた。

「ああ？　暇だから少し遊びにいくだけだ。ちゃんと出番までには戻ってくるさ。どうせテメェが集めた軟弱《なんじゃく》な騎士どもじゃあ相手にもならんだろうしな」

ヴォルフは鼻を鳴らして出ていこうとしたが、侯爵が焦ったように更に声をかける。

「戦力は四〇〇〇も集めたのだぞ？　情報通りならば相手は一〇〇人あまり、捻り潰すなど造《ぞう》作《さ》もないはずだ！　それにわかっているのだろうな！　お前の役割は私を守ることだぞ？」

「何度も確認すんじゃねぇよ！　怖ぇなら戦場になんて出ようとすんじゃねぇよ？　それにテメェこそわかってねぇんだよ！　数合わせの雑魚が何人いようが意味なんてねぇんだよ！」

そう言ってヴォルフは天幕を荒々しく出て行った。

「ッッッッどいつもこいつも私を馬鹿にしやがって！　何故黙って私に従わない！　私は侯爵だぞ⁉」

侯爵はヴォルフがいなくなった途端気が大きくなり、髪を両手で掻きむしりながら叫んだ。

「はぁ……、だが、最後に勝つのはこの私だ。天は私に味方した。いや、当然そうなるべくしてなっただけだ。この力があれば……。あのクソ王子も私を馬鹿にしよって。この戦いが終われば私こそが正しいのだと証明できるだろう。それすらわからぬ無能な王家になどもはや従う価値もないかもしれんな。この私が王としてこの国を統べるのも悪くないか？　……だが、そうなるとあの忌々《いまいま》しいダンケルノが邪魔をしてくるか。いや、今回の戦いに勝てば他の貴族どももこちらに付くだろう。どいつもこいつもあの家門には煮《に》え湯《ゆ》を飲まされているだろうからな。フフ、フフフ」

昔は典型的な権力を追い求めるバカな貴族という感じの侯爵であったが、娘ができてからは堅実に仕事をこなしていた。

だが、その娘を失った悲しみからか男は正常ではなくなっていた。

他者を追い落として自らが上に立ってやるという昔の思考に戻ってしまっていた。

娘が生まれる前に戻ることによって娘を失った悲しみを忘れるかのように。

「失礼しまッ」

報告のために入ってきた騎士は、不気味に笑う侯爵を見て顔を引《ひ》き攣《つ》らせ後ずさった。

「……なんだ」

侯爵は不機嫌そうな声でその騎士を睨みつけた。

「は、はい！　ダンケルノ家の軍はあと一日ほどでこちらに辿り着くとの報告をしに参りました」

その血走った眼で睨まれた騎士は内心即座に立ち去りたかったが、報告しなくても後で罰が下るため震える声でなんとか報告を終えた。

「そうか。もうよい。下がれ」

騎士が足速に天幕から出ていくと、また不気味な笑い声が天幕から漏れ出ていた。

「フフフ、そうか。やっとか。やっと殺せるのだな」

第三章　決戦

アーノルド達は最後に襲ってきた襲撃者《しゅうげきしゃ》を撃退し、森を抜ける前の最後の会議をしていた。

「既に相手はこのように陣取っております。少数を相手取る陣としては無難《ぶなん》なものでしょう。しかし想定よりもかなりの数を集めてきております。約四〇〇〇人です。そのほとんどが民からの徴発でしょうが、その中には人込みに紛《まぎ》れてよからぬことを企《たくら》む者もいるでしょう。十分お気をつけください」

アーノルド達は、最後の休憩場所で先行して相手の陣形や数などを偵察《ていさつ》してきた者から聞いた精度の高い情報を元に作戦を調整していた。

偵察に行ってきた者が地面に木の枝で敵の配置を書いていき、相手の陣形を伝える。

しかしアーノルドはそこに大事なことが欠《か》けていることに気づいた。

「相手の切り札はどこにいる？」

今回の特異点。

言ってみれば、そいつさえ押さえてしまえば今回の戦いは終わったようなもの。

「それが……見当たりませんでした。申し訳ございません」

戦場を偵察にいった者が頭を下げた。

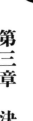

偵察にいった者も相手の切り札を捜しにいっていたのだが、侯爵《こうしゃく》のところにも、相手の将校らしきところにも、民兵達の集団の中にも、それらしき者はいなかった。

あまり時間をかけることもできず、帰ってこざるをえなかった。

だが、アーノルドは特に気にしてはいなかった。

いや、気にしていないわけではないが、そいつはコルドーに任せると決めている。

アーノルドがやるべきは侯爵の捕縛、もしくは殺害。

それ以外は些事《さじ》である。

「逃げたか？　どう思う、コルドー」

アーノルドはその男のことをよく知っているコルドーに意見を聞いた。

アーノルドに問いかけられたコルドーは思わずといった様子でフッと表情を緩《ゆる》めた。

「あの男が昔のままであるのなら逃げるということはないでしょう。大方どこかで暇を潰しているといったところではないでしょうか」

あの男が逃げることなどありえないと。

あの男ならば嬉々《きき》として挑んでくるだろうという確信をコルドーは持っていた。

「ならば、相手の数が増えただけで作戦に変更はないな。民兵がいくら増えようがどうでもいい。不測の事態には適宜《てきぎ》対処しろ。私の判断を仰ぐ必要はない。敵は、全員殺せ。それと誰も死ぬことは許さん。全員で生還せよ」

アーノルドは最後の命令を下した。

ここまで色々とあったが、あとは侯爵の首を取るだけだと気持ちが引き締まった。

マグル平原にある少し高くなった丘で、侯爵は焦燥感《しょうそうかん》に襲われ苛々《いらいら》しながらアーノルド達が現れるのを今か今かと待っていた。

「来たか」

丘の上にある天幕の前で、侯爵は遠くにある森の入り口からアーノルド達が出てきたのをこの世界では希少な双眼鏡《そうがんきょう》を使って目視した。

「報告します！　ダンケルノ軍が森より出てきたのを確認いたしました。数は約八〇から一〇〇ほどです‼」

「そんなことはわかっておる‼　いちいちそのようなことで報告に来るな！　射程圏内に入れば焼き殺せ。いいな⁉」

「よ、よろしいのですか？」

そこに空気を読まずさらにその騎士が話しかけてきたため侯爵の機嫌は最低値まで下がり、何日も寝ていないかのような血走った眼でギロリとその騎士を睨みつけた。

「何か問題でもあるのか？」

普通、戦争をする前には名乗りを上げるものである。

にもかかわらず慣例を無視していいのかという問いであったのだが、侯爵にとってそんなものはもはやどうでもよかった。

「い、いいえ、ございません」

下手《へた》を言えば殺される。

騎士は震える唇《くちびる》をなんとか抑え、そう返答した。

「そうか、ならばさっさと持ち場に行け！　それと奴はどこに行った？　さっさとここに連れてこい‼」

「――うるせぇな、まったく」

侯爵の機嫌など知るよしもないヴォルフが耳をほじりながら天幕の後ろから戻ってきた。

その手にはヴォルフと同じかそれよりも大きい大剣が握《にぎ》られており、その刃の片側は刃こぼれでもしているのかノコギリのようにギザギザと欠けていた。

何千何万と人を斬ってきたその剣は特に何も発しているわけでもないが、他を萎縮《いしゅく》させる何かを持っていた。

そしてそれを持つヴォルフの立ち姿は他を威圧《いあつ》するには十分であった。

だが、今の侯爵にはそんな威圧感など自らの怒りの前ではないに等しかった。

「おい！　今までどこに行っていた⁉」

侯爵は焦《じ》れたようにヴォルフに怒鳴《どな》ったが、当のヴォルフはどこ吹く風であった。

「どこだっていいだろうが。約束通り始まる前には戻ってきたんだからよ。少しは落ち着けよ。まだ始まってすらいねぇんだ。焦《あせ》ったところで結果は変わんねぇよ」

ヴォルフは天幕の前まで来ると近くにいる騎士に椅子《いす》をもってこいと命令し、そのままドカリと、足を組んで横柄《おうへい》な態度で椅子に座った。

侯爵相手にこの態度である。

文句《もんく》の一つも言ってやりたいが小心者の侯爵が言えるわけもなく、戦争のために自分が我慢するのだと自己弁護して気を鎮めていた。

侯爵は気持ちを落ち着けるために息を吐き、ジロリとヴォルフを睨《にら》んだ。

「それで勝てるのだろうな」

「さぁな。相手次第だろうよ」

だが、ヴォルフは侯爵の気持ちなど知ったことではないと素気《そっけ》なくそう返す。

「……貴様が弱音を吐くなんて珍しいではないか？」

侯爵も別にまともな返答を求めて聞いたわけではなかったが、いつも尊大な態度のこの男の弱気な発言は無視できなかった。

「俺はまだ殺りあったことがねぇから実際どの程度なのか知らねぇが、ダンケルノの騎士どもはこの世でも屈指《くっし》の強者が数多くいるっていうじゃねぇか。その中でも今回どれくらいのレベルの奴らが出てくるのか知らんが……、少なくとも少し前から俺の肌は今までに感じたことがないくらいビリビリときている。今まで殺ってきた雑魚《ざこ》じゃねぇ。それだけ強い相手がいるってことだ。テメェは精々《せいぜい》死なねぇように祈っときな」

そう言いながらヴォルフはニヤッと好戦的な笑みを浮かべて戦場を見下ろしていた。

（ッチ！　この戦闘狂め。だが、こいつの力は欠かせないものだ。奥の手を使わずに勝てるのならそれに越したことはない。教会に借りを作れば後々面倒なことになるしな。精々こいつには頑張ってもらうとしよう。フフフ）

侯爵が今後の展開に思いを馳《は》せ、悦《えつ》に入《い》っている間にダンケルノの軍が魔法の射程圏内に入ろうとしていた。

「お？　ガキはどこかで護られて待っているのかと思えば、ガキごと突っ込んでくるのかよ。いいじゃねえか！　評判通りダンケルノはイカれてやがるな。それとも護りながらでも余裕で勝てると舐《な》めているのか？　ククク、それに懐かしい顔もあるじゃねぇか。腕が疼《うず》くぜ」

ヴォルフは大剣を手に取り、今にも侯爵を置いて駆けていきそうな雰囲気であった。

そんなヴォルフを見た侯爵は焦った顔でヴォルフに詰め寄った。

「わ、わかっているな？　契約は守るんだぞ？」

ヴォルフはひどく面倒そうに舌打ちをした。

ヴォルフも即座に戦いに行きたかったが、金の分の仕事はきっちりとするというのが信条でもあったため嫌々ながら自制した。

金は裏切らねぇし、金を裏切ってもいけねぇと。

「ッチ！　心配すんな。金の分くらいはしっかりやるっつんだよ」

ヴォルフは荒々しくそう言うと、一度手に取り肩に担いでいた大剣を地面にもう一度突き刺した。

それを見ていた近くの騎士がびくりと身を震わせる。

地面に突き刺してなお立っている騎士よりも大きいその剣は、とても振り回せるようなものに見えなかった。

だが、ヴォルフはそれを紙でも持っているかのように軽々と扱っていた。

そしてその剣に見惚《みと》れていると、突然辺りに響き渡った大声に再びびくりと身を震わせた。

「魔法師団！　放て!!　地雷術式も展開せよ!!」

その声が張り上げられた瞬間、一気に戦場が騒がしくなった。

ついに始まったのかと、魔法の弾丸が相手に降り注がれる瞬間を緊張に身を包みながら皆が待っていた。

しかしいつまで経っても魔法は放たれなかった。

代わりに起こったのは味方の魔法師達による悲鳴の大合唱だった。

「何が起こった⁉」

侯爵は声を張り上げてキョロキョロと周りを見渡した。

なぜそんなことが起こるのか本気でわかっていなかった。

侯爵にとっては始まってすぐに起こった不測の事態である。

ヴォルフはそんな侯爵を冷めた目で見て鼻で笑った。

多人数の戦いにおいて魔法師を最初に叩くのなど定石《じょうせき》である。

魔法師どもは単体では弱いが、集団となると途端に厄介《やっかい》になる。

そんなこともわからず奇襲の備えすらしていない侯爵に、ヴォルフは呆《あき》れて怒りも起きなかった。

そもそも侯爵には期待すらしていない。

それを指摘できない騎士達にも。

「しゅ、襲撃、襲撃された模様《もよう》です‼」

今ごろになって騎士達が叫んでいる。

状況判断も遅い。

「何をやっている⁉　中央付近にいる魔法師達がなぜ襲撃されるのだ⁉　探知役は何をしておった⁉」

意味のわからない戦術を捲《まく》し立《た》て探知役を別のところに配置したのは侯爵自身であるが、既に忘れているらしい。

「た、探知には引っ掛からなかったようで……」

伝令役が尻すぼみに報告を上げると侯爵は我慢の限界が来たのか遂に殴りつけた。

「地雷術式はどうした⁉　別のところに配置していた起動する者達もやられたとでも言うのか？　どいつもこいつも役に立たんやつばかりだ！　私の足を引っ張りおって」

「い、いえ、その者達によればたしかに起動したとのことですが発動しなかったと……」

後ろでそのやりとりを見ていたヴォルフは小さく鼻で笑った。

「……何を笑っておる」

ヴォルフがニヤニヤ笑みを浮かべていることに気づいた侯爵が不機嫌そうに睨んだ。

だが、ヴォルフはそんな侯爵の態度に気を悪くするようなこともなくむしろ上機嫌だった。

「いやなに、これから死んでいく馬鹿《ばか》どものことを考えるとな……笑いも止まらねぇよ」

それを聞いた侯爵は上機嫌そうに笑みを浮かべた。

ヴォルフが言ったのはアーノルド達のことではなく侯爵に仕える馬鹿な騎士達のことであったのだが、侯爵はアーノルド達のことだと解釈した。

「そうだな。あと数時間後、いや、数十分後には奴らの悲鳴を聞けるかと思うと、少しはこの不機嫌さもマシになるというものだな」

ヴォルフはその言葉を鼻で笑う。

（自分のことを強者だと思っている馬鹿ほど滑稽《こっけい》なものはないが……、まぁこいつもここまでだろうな。相手には少なくともやりそうな奴が二人いやがるな。あれは今の俺には少しばかり手に余る。一人ならまだしも二人を相手にするのは確実に無理だ。あんなのが簡単に出てくるほどダンケルノの層は厚いってことか？　上がいるってのは張り合いがあって楽しいもんだが、流石に自殺願望はねぇな。どうにかしてサシで殺りあえねぇもんか）

アーノルド達は侯爵の陣営が混乱で騒々《そうぞう》しくなったのを感じ取った。

「襲撃は成功したようですね」

パラクが相手の後方で上がった狼煙《のろし》を見てそう言ってきた。

「……もう緊張は解けたのか？」

アーノルドが出陣する前に声をかけたとき、パラクは明らかに緊張している様子で少し震えていた。

「あ、あれは、初陣《ういじん》なら誰でもああなりますよ！　むしろ緊張しないアーノルド様の方がおかしいんですよ……」

「……そうだな。たしかにお前の言う通りかもしれんな」

アーノルドも前世の感覚で言うなら間違いなく緊張どころではなく、怖くてそもそも戦場にすら立てなかっただろうと思った。

アーノルドは自分も変わったものだと感慨深げに心の中で呟《つぶや》いた。

「で、ですよね？」

まさか同意が得られるとは思っていなかったパラクは少し驚いてしまい、疑問のような返事となってしまった。

アーノルドはいつでも勇猛果敢《ゆうもうかかん》に敵に挑み続け、恐れなどという感情とは無縁《むえん》の存在だと思っていたからだ。

そんなやりとりをしていたその時、地面に突然巨大な魔法陣がいくつも現れた。

地面を埋め尽くすように浮かび上がった魔法陣は、一つ一つがアーノルド達の小隊を丸ごと飲み込むような大きさであった。

「う、うぇ？」

パラクが素っ頓狂《すっとんきょう》な声を上げて足元をキョロキョロと周りを見回した。

アーノルドと並走していたクレマンが魔法陣を見つめ、それが何かを看破した。

「地雷術式ですか。腐っても貴族としては名門ということでしょうかね。ロキ、貴方の得意分野でしょう。さっさと対処しなさい」

クレマンは有無《うむ》を言わせずロキに命令した。

地雷術式は希少魔法と呼ばれる類《たぐ》いのものである。

限られた者だけが知っている魔法陣を予《あらかじ》め地面に描くことによって使える魔法の一種である。

たしかに結界魔法に比べればその希少さは及ぶべくもないが、それでも知っている者はごく僅《わず》かである。

大抵は貴族の中でも爵位《しゃくい》が高い当主のみが知っている秘術のような扱いである。

クレマンでも対処できるのだが、この手のことはロキの方が圧倒的に得意であるため丸投げした。

しかし任されたロキは不満そうな声を上げた。

「ええ⁉　僕が一人でですか⁉　人使い荒いですよ、クレマン様？」

クレマンはロキのその言葉を無視して、ただひと睨《にら》みした。

さっさとやれとその目が物語っていた。

ロキは渋々やっていますよ感を出しながら、この戦場全てに張り巡らされた魔法陣をその場で呪文《じゅもん》を唱えて一瞬で無効化した。

ほんの二秒程度である。

「はぁ、疲れたなぁ？」

一瞬で片付けたにもかかわらずかなり疲れたアピールをクレマンにしたが、当然ながらクレマンはそんな言葉に反応しなかった。

ロキはいっそ哀《あわ》れにも見える表情を浮かべてアーノルドの方に向き直った。

「アーノルド様、クレマン様が酷《ひど》いんですけどぉ」

その雰囲気はとても戦場にいるとは思えないものであった。

そんなロキをアーノルドも無視していると、全く主従揃って薄情者《はくじょうもの》ですね、などといじけだしたあたりで突然ロキの姿がアーノルドの横から消えた。

そこには空中で蹴りを放っている姿勢のメイリスがいた。

後ろでグヘェッッとカエルが潰されたような声が聞こえたたと思った次の瞬間には、ロキはメイリスの態度に傷ついたという大袈裟《おおげさ》な身振りを交えて文句を言いながらもアーノルドの前を走っていった。

無茶苦茶である。

「あの人も……何なんですかね？」

パラクが困惑気味に口を引き攣らせながらアーノルドへと向き直った。

「知らん。お前の方が詳しいんじゃないのか？」

「……あの人が鍛錬《たんれん》の場に来たのを見たことないんですよね」

アーノルドは同じダンケルノ家に所属する者として一緒に鍛錬をしたことがあると思っていたのだが、パラクは困ったような表情をするだけだった。

示し合わせたわけでもなく二人がロキの方へと目を遣ると、前線のダンケルノの騎士と相手の騎士が今まさに衝突《しょうとつ》しようとしていた。

戦いが始まったのを見たパラクが表情を硬くしたのがわかったアーノルドは、緊張を解きほぐしてやろうと声をかけた。

「そう緊張する必要はない。この戦いではどうせ私達の出番などない。経験を積みたいのなら私の護衛などではなく前線に行ってもいいぞ？」

アーノルドは笑みを深め余裕の態度を示した。

上に立つ者が焦れば焦るほど下の者も焦る。

逆に上に立つ者が落ち着いていれば落ち着いているほど下の者の精神にも余裕が出てくる。

「い、いいえ。私は私の務めをしっかりと果たします！　アーノルド様の臣下《しんか》ですから！」

パラクと話しているうちに前線にて作戦通りハンロットの一撃が相手陣を襲った。

凄《すさ》まじい轟音《ごうおん》とエーテルを凝縮《ぎょうしゅく》したオーラが発する輝かしい斬撃がアーノルドがいるところからも見え、悲鳴と怒号が戦場に響き渡った。


「な、なんだ……、あれは……？」

ワイルボード侯爵は大きく口を開けたままワナワナと狼狽《うろた》えていた。

本当にこの世の光景とは信じられないと言わんばかりに。

「何って、ただの基礎技じゃねぇか」

ヴォルフは当たり前のようにそう言うが、エーテルを放出する技は並の者が簡単に扱える技ではないし、放てる者がそもそも少ないため一般の者が見る機会も少ない。

侯爵も知識では知っているが、誰かが使っているところを見るのは初めてで想像上の威力と現実の威力があまりにも乖離《かいり》していたため、『オーラブレイド』であると思い至らなかったのである。

侯爵は焦りながらヴォルフの側に駆け寄り縋りついた。

「き、貴様ならば勝てるのだろうな？」

ヴォルフは煩《わずら》わしそうに侯爵の手を振り払うとギロリと侯爵を睨みつけた。

「誰にもの言ってやがる。あの程度の騎士なら相手にもならねぇよ。貴様の軟《なん》弱《じゃく》な騎士基準で話すんじゃねぇよ」

ヴォルフは不機嫌そうに侯爵を威圧《いあつ》し、もはや話す気はないと言わんばかりに前を向いた。

（あの程度もわからん分際《ぶんざい》でよくもあれだけの大口を叩けるもんだ。馬鹿というのはどうしてこうも……いや、知らんからこそ大口を叩けるのか？　馬鹿というのは見ている分には笑えると思っていたが、行き過ぎた馬鹿は案外イラつくな。まぁ所詮《しょせん》は雇《やと》われだし金払いはいいからな。貰った金の分くらいは働いてやるよ）

ヴォルフはまだ戦場に出る気はないのか、椅子にどっかりと深く座り直しアーノルド達が突撃してくるのを丘の上から退屈そうに見物していた。

緊迫感がない。

戦争が始まって少し経ったアーノルドの心の中を占めるのはそんな感情であった。

戦場でそれだけの余裕があるというのは良いことであるが、緊張感がなさすぎるのも良くはない。

流石《さすが》にこれだけの数が入り乱れる戦場では、たとえ周りに強い味方がいようが自分に少しは危険が迫るものだと思っていた。

だが、蓋《ふた》を開けてみれば、アーノルドはまるで安全な車の中から動物を眺めるサファリパークにいるような状況であった。

敵が弱すぎる、というのがアーノルドが抱いた感想であった。

ダンケルノ公爵家の騎士のただの訓練なんじゃないかと思うくらい相手は何もできずに次々と斬られていた。

アーノルドの横を並走しているパラクも同じような感想を抱いていた。

普段ダンケルノ家の訓練を受けているパラクからしたら今、突撃してきている相手の動きは素人《しろうと》同然であった。

もちろん中には、明らかに民が駆り出されて急いで作ったような粗末《そまつ》な革の鎧《よろい》を着ているだけの者もいる。

だが、アーノルドを狙ってくる者の大半は鉄製の鎧を着ている正規の騎士達である。

たしかにアーノルドを囲む布陣《ふじん》は鉄壁も鉄壁。

それを躱《かわ》してアーノルドまで辿り着くのは並大抵ではない。

だが、そもそもその鉄壁の壁にすら辿り着ける者がほとんどいない。

あれだけの数的有利があるにもかかわらず全く抜けてこないのである。

これにはアーノルドも内心驚いた。

ここまで、ここまで、想定よりも弱いのかと。

もしくは侯爵が臆病風《おくびようかぜ》に吹かれ、強い者達はまだ侯爵の側にいるのだろうと。

パラクもまた同じことを考えていた。

パラクはまた一人また一人と何の成果もなく斬り殺されるだけの民を見て、クッと苦悶《くもん》の声を漏らした。

目を逸《そ》らしたいが逸らすわけにはいかないとばかりに歯を食いしばっているパラクを見て、アーノルドはパラクに同意するように呆れたような息を吐いた。

「馬鹿が権力を持つと碌《ろく》なことにならんな」

その悲惨《ひさん》な光景に憐憫《れんびん》や憤怒《ふんぬ》の念を覚えることはなかったが、それでも皮肉の一つでも言いたくなる光景であった。

それほどこの戦場では人の命が簡単に散っていた。

魔法が発動しなかったことにより、それからは絶え間なく戦場に矢が降り注いでいたが、こちらにそれに刺さるような者はいない。

結局その攻撃は少しの間続いていたが、矢に当たったのは相手側の兵のみであり、無意味な死はこの戦場の至る所で見られた。

「おい、もうそろそろあいつらの首がここまで来るんじゃねぇか？　まぁ……来るのは首だけじゃなさそうだがな？」

小馬鹿にしたように自らの首を指差し笑っているヴォルフに、侯爵は構っている余裕などなかった。

殺したいほど憎いあの子供が、このままでは五体満足でここまで辿り着いてしまう。

それも必死に許しを乞《こ》い跪《ひざまず》くのではなく、自分を追い詰める形で。

自分の身の安全を図り、戦力の出し惜しみなどしている場合ではなかった。

「……あやつらを今すぐ出せ」

苦虫を嚙み潰したかのような表情で近くの騎士に命令した。

侯爵は予想に違わず強い者ほど己自身の側に置いていた。

「そいつらがダメなら俺も出るぜ？　どの道そこまでいきゃテメェを守る意味もないからな」

その者達が負けた場合、もうアーノルド達を止められる者はいない。

そうなれば、もはや侯爵を守る意味はなくなる。

ヴォルフでは全員を相手取り侯爵を守り抜くことなど不可能だからだ。

というより、するつもりもない。

これまでに貰った金はあれほどの強者から侯爵を守るのには釣り合っていなかった。

だからヴォルフはそうなれば自らの戦闘欲を満たすために出ていくつもりだった。

こんな馬鹿と心中するつもりはないと。

だが、丘の上から憎々し気にアーノルドを睨んでいる侯爵の耳には、もはやヴォルフの言葉など届いてはいなかった。

「紛《まが》い物《もの》の貴族の分際で純然たる貴族のこの私を煩《わずら》わせるなど万死《ばんし》に値する！　いや、そもそも私のかわいい娘を殺すなどという大罪を犯した時点で万死に値するな。なぜどいつもこいつもあのような紛い物の肩を持つのか理解できない。半分汚れた血の貴族など貴族にあらず。あの子供と私、その価値は比べるまでもないことだろう。そんなことすらわからないからこの国の王族はダメなんだ。私が間違ったこの国を正してやらなければ。フフフ」

アーノルド達は一切止まることなく順調に進軍していた。

まさしく計画通り、いや、計画していた以上に順調だった。

だが、まだ遙《はる》か前方、丘の上には銀色に輝く一際《ひときわ》目立つ鎧一式に身を包んだ数多くの騎士の集団が目視できた。

そしてその一団の中にあからさまに目立つ銀色の弓を構える者達がいる。

それは太陽の光が反射し真珠色に光り輝いていた。

だがアーノルドが次に認識したのは自分が吹き飛ばされ、体が宙に浮いていることであった。

地面にワンバウンドしたアーノルドを、即座にコルドーが腕全体で包み込むようにキャッチした。

アーノルドは体が軋《きし》むような痛みを我慢した。歯を食いしばりながら体を起こして目に入ったのは数メートル先、おそらくアーノルドが先ほどまで走っていたであろう場所でロキが素手《すで》で矢のシャフト部分を摑《つか》んでいる姿であった。

「ん……」

うめき声がして初めて、アーノルドは隣にいたパラクも吹き飛ばされていたことに気づいた。

パラクも体を起こして何が起こったのか把握《はあく》したのだろう。

そして慌てたようにキョロキョロと周りを見て、アーノルドを見つけると駆け寄ってきた。

「ッ、アーノルド様、ご無事ですか？」

パラクはそう言うとアーノルドの全身をあたふたとチェックしだす。

だがアーノルドにそれほど大きな傷はなく、飛ばされた際にできたかすり傷程度であった。

パラクはその傷を見つけると表情を翳《かげ》らせた。

パラクの方がアーノルドより大きな傷を負っているというのに。

アーノルドがそんなパラクに呆《あき》れたようにため息を吐いていると、ロキが少しばかり決まりが悪そうに近づいてきた。

「その傷は君のせいではないよ。君はあの攻撃を迎撃できぬと見るや自らが盾《たて》になろうとしたじゃないか。それだけでも立派なものだよ？　たとえ間に合ってなくてもね」

嘲りとも取れる言葉ではあったが、それもまた事実であった。今のパラクに完全にアーノルドを守れると期待している者はいない。

パラクも内心それをわかってはいるが、それでも納得はできなかった。

するとロキがアーノルドの前に跪いた。

「今回アーノルド様を傷つけてしまったのは私の責任です。申し訳ありませんでした、アーノルド様」

ロキが矢の衝撃を殺すように掴み方を考えていれば起こらなかった事故だと謝罪してきた。

ロキ曰《いわ》く、音速を遙かに超えて放たれた矢による攻撃は矢自体を止めただけでは止まらず、その衝撃波でアーノルドとその近くにいたパラクを軽々と吹き飛ばした。

「問題ない。……そういえば助かったぞ。感謝する」

ロキが止めていなければ確実に死んでいた。

それゆえ当然のように礼を言ったのだが、ロキは少しばかり面食らったような顔となり、ニヤリと笑った。

「一時的な関係とはいえ、主人を助けるのが従者の務《つと》めなので礼は不要ですよ。それでどういたしますか？　今は相手の方にも被害が出ているため戦いは小康状態《しょうこうじょうたい》になっていますけど、あの鎧を身に纏《まと》った騎士達はやる気満々みたいですよ？」

「その前に今のは何だ？　エーテルを纏った攻撃には見えなかったぞ？」

大騎士級ならば『オーラブレイド』のように矢自体にエーテルを付与し飛ばすことができる

のだが、アーノルドが見ていた限り奴らが撃つ前にエーテルらしきものは確認できなかった。

だが、先ほどの攻撃は並大抵の威力ではない。

その衝撃により矢が通った経路がクッキリとわかり、一つの道のようになっていた。

「太古《たいこ》のエルフが人類に齎《もたら》した兵器とでもいうべきものですよ。人によっては神具なんて言ったりもしますが、紛い物もいいところですね」

ロキはくだらなそうに銀の武具に身を包んだ一団を見ながらそう吐き捨てた。

「あれがそうか」

アーノルドは改めて騎士達が身に着けている武具をじっと目を凝《こ》らして見つめた。

アーノルドも歴史の勉強において幾度《いくど》か出てきたエルフの武器については知っていた。

その中でも一騎当千《いっきとうせん》の威力を持ったものは歴史を何度も改変するだけの力があった。

時の英雄と持《も》て囃《はや》された者達のいくばくかは、エルフの武具のおかげで功績《こうせき》を上げたといってもよかった。

「なるほど。少しは面白くなりそうだ」

アーノルドは殺る気満々だった。

騎士達が傷つき、戦局が動いた今、アーノルド達が突破するときだと。

あの者達を抜くことができれば、あとは侯爵のみ。

クレマンのあの凄まじい闘気、エルフの醸《かも》し出《だ》していた強者としての風格。

あれらを見てからアーノルドは滾《みなぎ》っていた。

戦いたかった。

戦う場が欲しかった。

そして一歩踏み出そうとしたとき前から声をかけられた。

「アーノルド様、どこに行かれるおつもりですかな？」

そこにはクレマンが笑みを浮かべながら立っていた。

「当然殺りにいく」

アーノルドは即答したが、クレマンによって止められた。

「なりません。アーノルド様は此度《こたび》の戦争では侯爵の打倒に専念なされる計画では？　それに失礼を承知でお聞きいたしますが勝算はおありですか？」

「知らん。戦ってみればわかることだ」

「なりません。アーノルド様、貴方様のその勇猛《ゆうもう》さは長所でもございますが、上に立つ者としての自覚が全くございません。それに強くなりたいという気持ちはわかりますが、がむしゃらに戦えばいいというわけではありません。戦うにしてもそれなりの準備というものが必要になります。勉学と同じです。基礎がしっかりしていれば多少のイレギュラーに対応することもできますが、いきなり応用問題から学ぼうとする者はいません。今のアーノルド様は、悪く言えば所詮《しょせん》付け焼き刃の状態です。今までは上手くことが進んでいましたし戦う相手もアーノルド様が十分戦える相手でした。しかし今は違います。もしアーノルド様が傷つけば敵味方の士気にも関わりますし、何よりアーノルド様にはあのような者と戦うよりも大事なことがおありでしょう。それに大将がそう易々《やすやす》と敵の雑兵などと戦ってはなりません。いいですね？」

クレマンは諫言《かんげん》を繰り返した。

「……ああ、わかった」

不満ながらもクレマンの言うことは理解できた。

「差し出口をいたしました」

クレマンはキュッと口を閉じると一礼した。

「かまわん。元々私が頼んだことだ」

「アハハ、戦いたい気持ちもわかりますが、どうせこれからの人生で何度も戦いはあるのですから大丈夫ですよ。早く力をつけなければと焦れば焦るほど結果というものはなぜか付いてこないですよ。どっしりと構えているくらいがちょうど良いんです。それに何もかもアーノルド様がやってしまったら、下の者が功績を挙げる機会もないでしょう？　たまには譲ってやるのも上の務めですよ」

ロキは相変わらずふざけた態度でニヤニヤとしていた。

だが、たしかにその通りである。

今回付いてきてくれた者はアーノルドの臣下ではなく、あくまでアーノルドの面倒事に善意で付いてきてくれた者である。

そんな者達に対して戦場で功績を挙げる機会もやらないのでは、たしかに不満も溜まるだろうと思った。

ただでさえ野盗《やとう》のときはアーノルドが頭目を叩きのめし皆の功績を奪い取っているのだから。

「そうだな。付いてきてもらった者達にも出番は要るか」

クレマン達が頭を悩ませる横で、ロキだけが必死に口角が上がりそうになるのを抑えていた。

（死にたがり？　狂人？　ここまでぶっ飛んだ思考は初めて見たよ。いや、戦闘狂の思考に近いか？　でも他者の言葉を聞いてその道理を理解できるということは、死へのリミッターが生まれながらに外れているってことだろう？　ただ単に強くなりたいと思っているだけの馬鹿なら他者の言葉なんか聞き入れやしないからねぇ。そういう奴は強くなるということ以外全てが雑事。それ以外のことに目を向けるはずがないからね。いいね、いいね！　ゾクゾクしちゃうよ！　ぶっ飛んでる人間ってのはどうしてこんなにも秀麗《しゅうれい》で甘美《かんび》なのだろうか？　ああ、目が離せないよ。このままただの凡人《ぼんじん》のように教育していくなんてもったいないんじゃないか？　僕に任せてくれたらこれ以上ないくらいに育てられるのになぁ）

ロキは必死に顔がニヤけすぎないように整えていたがクレマンはそれを見逃しはしなかった。

そもそもクレマンはロキならばアーノルドを守れるだろうと思い、あちらの矢を任せたというのに失敗した。

その失態《しったい》をクレマンは許してはいなかった。

「ロキ、あなたはカバーに入りなさい」

「うぇ？」

クレマンの有無を言わさぬ圧力を前にロキは文句を言うこともなく、渋々ながら前線へと向かっていった。

「素晴《すば》らしい！　素晴らしいぃぃ‼　もう少しであの子供を殺せそうだったが……、まぁ簡単に死なれても面白くない。あやつには苦しみという苦しみを味わわせてやらなければならぬからな。どうだ、ヴォルフ？　もしかしたらお前の出番はないかもしれんぞ？　ハハハハハハハ」

丘の上ではアーノルドが地面に転がるのを見た侯爵が歓喜の声を上げ、もはや勝ったかのように浮かれきっていた。

「どうだかな」

そんな侯爵とは対照的にヴォルフのテンションは全く上がっておらず、頬杖《ほおづえ》をつきつまらなそうに戦場を見ていた。

だが上機嫌な様子の侯爵にはヴォルフの言葉など耳に入っていなかった。

「素晴らしい。流石は神具と呼ばれるだけはある。いつも寄付《きふ》をしろ寄付をしろとうるさい教会のクソどもも少しは役に立つではないか！　まぁ代価は払ったのだ。文句は言わせんがな。如何《いか》にお前であってもあの軍勢の前には勝てんのではないか？」

調子に乗っていた侯爵は口が軽くなり要らぬことまで口にした。

だが侯爵はそんなことも気づかず、その有頂天《うちょうてん》になって浮かれている顔をヴォルフへと向ける。

「おい、俺が、この俺があんな雑魚どもに負けるって？　ええ？　……口には気をつけろ。まだ死にたくねぇならな」

ヴォルフは大剣を鳴らし、ギロリと侯爵を睨みつけた。

その眼光に射抜かれ、侯爵は小さく悲鳴を上げ、尻餅《しりもち》をついた。

さながら傲岸不遜《ごうがんふそん》な王の前で死刑宣告を受ける罪人のような構図であった。

どちらの身分が上か、いよいよわからなくなってきた。

「テメェはダンケルノを舐《な》めすぎなんだよ、バカが。お前の保有している騎士なんざ籠《かご》の中で傷つかないように育てられているだけのペットにすぎねぇんだよ。それに比べてあそこの騎士どもは丸腰で猛獣《もうじゆう》がわんさかいる中で四六時中戦っているような連中だ。そもそもの技量、練度、精神、覚悟《かくご》、経験が根本的に違うんだよ。弱者をいたぶって強い気になっている奴が、自分よりも強い奴と戦い慣れている奴に勝てる道理なんてどこにもねぇんだよ。戦いはお遊びじゃねぇ。強さとは、才があり、努力し、勝ち進める運があり、その末に手に入るものだ。武具なんてもんに頼っているだけのクズが勝てるのは同じクズだけだ。武具如《ごと》きで実力差が埋まるのはそもそもそれほど実力差がない場合でしか成りたたねぇよ。……ほらな、武具を過信した馬鹿が速攻でやられやがった」

ヴォルフが顎でクイッと指し示した方を見ると、ダンと戦っていた男の胴体《どうたい》と首が別れているのが侯爵にも見えた。

侯爵は苦虫を嚙み潰すような表情でアーノルドを睨みつけそれ以上何も言うことはなかった。

ヴォルフも大きく息を吐き、またつまらなそうな表情で戦場を見つめた。

アーノルド達よりも右翼に位置する小隊は、銀の矢の襲撃の後すぐにエルフの鎧を身に纏った一団と接敵していた。

「ツチ！　カール！　カァァァァァル！　返事をしろ！」

その小隊の隊長であるダンは後ろで倒れているカールを背に庇《かば》いながら、前から嘲笑《あざわら》うかのようにニヤニヤと進んでくる銀鎧の騎士の一団を睨みつけていた。

射線上に入っていたのは幸いにもカールだけであり、射抜かれたのは右肩の辺りだったため即死とまではいかなかったが、矢の衝撃波で右腕は消し飛び、肩がえぐれたショックで完全に意識を失っていた。

右肩からは夥《おびただ》しい量の血が流れ落ち、一見助からないように見えるが、この世界の基準ではまだ助かる可能性がある。

それに騎士や魔法師の生命力は実力があればあるほど強くなる。

普通の者ならば死ぬような傷でも致命傷でなければ生き永らえることもある。

ダンはなんとかカールを後ろに下げたかったが、目の前に迫る騎士達を無視して下がることなどできなかった。

一目でわかる銀装備。

ダンもダンケルノ家の騎士としてはそこそこベテランであるが、それでもエルフの武具を身に纏った相手との戦闘は初めてであった。

もし相手がエルフの武具を身に纏っているとわかっている任務であるなら、騎士級程度のダンに出番は回ってこないからだ。

エルフの武具は使い手や物にもよるが騎士の階級を最大二段階くらい上げられるなどと言われている。

それゆえエルフの武具を有している人物を処理する任務は、どれだけ相手が弱くても万全を期して大騎士級以上にしか任せられることはない。

ただ、だからといってダンもエルフの武具について勉強をしていないわけではない。

だが、エルフの武具は基本的にそれぞれが異なる能力を持っているので、基本的にはその場その場での柔軟な対処が要求される。

見た目からは能力を推測することができず、使用者が力尽きない限りエルフの施《ほどこ》した付与によってほぼ無制限に威力を落とすことなく能力を発揮できるという点が、人間が放つ魔法や技と違い厄介《やっかい》である。

ダンがその武具を観察していると、先頭に立つ騎士がおもむろに剣を振りかぶった。

「邪魔だ」

「ギャアァァァァ‼」

その男は味方であるはずの民兵や騎士を躊躇《ためら》いなく斬った。

「ククク、全くお前らも馬鹿な奴らだよな？　あんなクソガキのお遊戯《ゆうぎ》に付き合わされて勝てるはずもない戦いに挑まされているんだからよ！　見ろよこの装備！　この威容《いよう》！　羨ましいか？　嫉《ねた》ましいか？　全くそんな玩具のような武器しか用意できない弱い主人を持つと苦労するなぁ？　だがまぁ、娼婦《しょうふ》如きの子供にしてはよくやっている方か？　まったく同情するぜ？　ハハハハハハ」

ダン達が纏う装備と自分の装備を引き合いに出し、ダン達の装備の貧相《ひんそう》さ、平凡さをこれでもかとバカにしてくる。

挑発の意図などなくただ自分の装備を自慢したいかのように、思ったことをそのまま口にしただけであろう。

だがその男は、騎士に対して口にしてはならぬことを口にした。

主人を侮辱《ぶじょく》されること。

騎士としてそれだけは許せぬ。

許してはならぬ。

ダン達の怯《ひる》んだ心、押さえつけられていた心が一気に吹き飛んだ。

だが、いかに主人を侮辱されようと怒りに飲まれてはならない。

それでも騎士にとって主人を侮辱されることは何よりも許し難い。

ダン達は理性を失うことなく静かに怒りの炎をその瞳に宿していた。

敵なのだ。侮辱することは構わない。だがその言葉の代償《だいしょう》は軽くないと、その対価の取り立てを心の中で主人たるアーノルドに誓った。

だが男はそんなダン達の様子になど気づかずに話し続けた。

「ハハハ、見ろよ！　この鎧、剣、足具！　いいものだろう？　お前らの卑しいご主人様と違って我らが侯爵様は金だけは持っているからな！　全く天下に名高いダンケルノの騎士様の装備は随分《ずいぶん》貧相なもんだなぁ。ハハハハハハハ」

実際にはエルフの武具は金だけで揃《そろ》えられるようなものではないのだが、そんなことをこの男達は知らないのである。

普通これだけの数のエルフの武具となると、等級が全て下級だとしても一国の所有量と変わらない。

対して、ダンケルノ家の騎士達が装備している剣は基本的に支給品。

だが、支給品とはいえ一級品であることは間違いない。

支給品の方が優れていることが多いため、下手《へた》に自らの武器を持つよりも大半の者は支給品で済ませていた。

これらの支給品はダンケルノ公爵家が、いや公爵個人が契約しているドワーフ製の剣や鎧だからだ。

得意げに武具を自慢していた男は最も目立っているダンに狙いを定め、ニヤリと笑う。

「テメェは騎士級か？」

「……だったらなんだ？」

突然の男の問いにダンは意図がわからず怪訝《けげん》そうな顔をした。

「いんや？」

男はダンの返答を聞くとニヤリと相手を馬鹿にするような笑みを浮かべた。

ダンは首元にチリリと熱のようなものを感じた。

長年の経験から危険な香りを感じ取って咄嗟《とっさ》に上体を最大限後ろに反らした。

その瞬間首の辺りに何かが通りぬけたような感覚があり、ニヤニヤとしていた男が先ほどまで鞘《さや》に入っていた剣を振り抜いているのが目に入った。

それからすぐダンの首が薄皮一枚切れ、血が流れてくる。

ダンは思わず舌打ちをしながら後ろに飛び退いた。

「今のを躱《かわ》すかよッ‼　だが、そうじゃなくちゃな！　ダンケルノの騎士様は強いって噂が嘘じゃなくて良かったぜ？　一発で死んじまったらせっかくのこの武器を試す機会が失われちまうからよ‼　もっともっと試させてくれよ？」

男は嬉しさを滲ませた声でそう言うと、わざわざ振り抜いていた剣をもう一度鞘に戻した。

それを見たダンは目を細め、思案する。

（わざわざ抜いた剣を鞘に戻すか。わかりやすいな。抜剣特化の武具か。わかりやすいが、俺の眼では追えんほどの速度。それにあの足具が機動力をカバーしているのか？　この距離でもあぶ――）

ダンは肌がピリピリするような直感に従い、大きく避ける動作を取った。

二度目ともなるとダンにも余裕が出てきたので、自分がいた場所で剣を振り抜いている男を冷静にしっかりと観察することができた。

（なるほどな。……カールもなんとか後ろに下げられたか。あとの奴らも苦戦はしているようだが放っておいても問題はないな）

ダンと男の戦いの火蓋《ひぶた》が切られると、それに釣られるかのようにダンの部下と男の部下の戦いも始まった。

そしてその最中にダンの部下が負傷していたカールを戦線離脱させることに成功していた。

もはや後顧《こうこ》の憂《うれ》いはない。

おそらく男の部下達に与えられているような武具は、その動きから身体能力を少し向上させるような汎用性《はんようせい》の武具だと推測できた。

ダンの隊の者達も簡単に倒せてはいないようだが、それでも押されているような気配はない。

身体能力をいくら上げようと剣術が疎《おろそ》かであればダン達にとって物の数ではない。

本来の実力は騎士級にも及ばないだろう。

第三章　決戦

ダンは部下達のことは意識の外に追いやり目の前の男に集中することにした。

「お前達、残りの奴らを一人残らず始末しろ！　こいつは俺が殺る」

ダンは闘気を高め、目の前の男を睨《にら》みながら部下達に叫んだ。

下卑《げび》た笑みを浮かべている目の前の男を確実に殺すために剣を堅く構えた。

それから男は何度も攻撃するが間一髪《かんいっぱつ》でダンに避けられ、当てられたとしても一皮斬れる程度しかダメージを負わせられず、思わず焦ったように舌打ちをしてしまう。

少し、あと少しなのだが、そのあと少しが蜃気楼《しんきろう》のように掴《つか》めそうで掴めない。

「ッチ……、よく避けるじゃねぇか。この武具を持った俺に敵なんざいねぇ。雑魚《ざこ》がどれだけ頑張ろうが無駄なんだよ！」

ダンはこの男は自分の力に慢心しているタイプだとすぐにわかった。

強い力を持つとそれを過信し思考が疎かになるタイプ。

その手のタイプは自信の源を崩してやれば驚くくらい脆《もろ》く崩れていく。

ダンが避けるたびに焦りが顔を出し、動きの精細さが欠けていっているのがその証拠だ。

「よく言うぜ、武具頼りの三下風情《さんしたふぜい》が。それを使っても未《いま》だに俺一人仕留められていねぇ時点でテメェの実力なんざしれてんだよ」

ダンは男の言葉を鼻で笑った。

ダンが小馬鹿にするようにその男を挑発すると、その男は顔を真っ赤にして血走った眼でダンを睨みつけて乱暴に剣を鞘に戻した。

それがダンとこの男の違いでもある。

戦闘中に感情を露《あらわ》にするなど忌避《きひ》すべきことだ。

頭に血が上った状態では正常にものが考えられない。

どれだけ強かろうが冷静さが欠ければそれだけ視野が狭まる。

勝てる勝負も勝てなくなるのだ。

もちろんメリットもある。

怒りというのは時に普段以上の力を引き出すことがある。

しかしそれも自分自身の元の力があってこそ。

ただ挑発に乗ってしまっただけのこの男と、男の挑発に対しても己自身を制御できたダンとの力の差が埋まるほどではない。

「さっさと死ねぇぇ!!　雑魚風情がぁぁぁ!!」

男は頭に血が上ったまま全力で剣を抜き放った。

が、その攻撃もダンの残像を斬っただけに過ぎなかった。

「うぜぇ!!　ちょこまかすっ――――!!」

男は連続で攻撃しようとダンが避けた方を振り返ろうとするが、何故か体は反転したのにその目が映し出す視界は変わらなかった。

その後突然地面が目の前に迫ってきていよいよ何が起こっているのか理解できず、へっと間抜けな声を最後に男は絶命した。

男にはわからなかったが、ダンが男の剣を避けつつすれ違いざまにわずかな鎧の隙間を狙い首を静かに斬り飛ばしたのだ。

抜剣術などなくとも、能力など使わなくとも、簡単に相手を殺せるのだというお手本のような綺麗《きれい》な剣筋であった。

男はダンの力を完全に引き出すこともなく呆気《あっけ》なくその命を散らした。

「流石に目で追えない攻撃を避けるのはなかなか怖かったが、慣れちまえばそれまでだ。速すぎて腕の方が剣に振られて決まったところにしか斬撃を放てないのなら、せめて視線でのフェイントくらいしろよ。お前がどこ狙ってんのかバレバレだっての。剣を振り抜いた後もその速さについていけずに剣に振られているから隙がありすぎだったな。何度も見せられりゃ十分すぎたぜ。扱えない武器など戦場では役に立たん。……アーノルド様を侮辱した件はお前の命で償《つぐな》ったことにしてやるよ。さて、では残りを片付けるか……」

ダンは部下達のもとへ向かおうとしたが、自らが斬った男の首の方を振り返り、敵に回収される前に武具を回収するべきかと思い悩んだ。

アーノルド達がいる中央ではなく左翼の小隊の隊長であるラインベルトは、ドシドシと兵達を掻き分けてこちらに向かってくる、手に食べかけの骨付き肉を持ったデブの男を観察していた。

「ム？　誰も死んでないんだなぁ？　お前達役立たずなんだなぁ」

腹にも顔にも贅肉《ぜいにく》が溜まり、瓢箪《ひょうたん》のような体型をしている男はラインベルト達の部隊を見渡した後、矢を放ったらしき部下に自分が食っていた肉の骨を投げつけた。

肉がついた骨が部下の頭へと当たり、べちゃっと地面に落ちた。

その部下は当たったところを拭《ぬぐ》うこともなく地に手をついて謝罪の姿勢を取った。

「も、申し訳ありません、ガボル様」

「二度はないんだな」

低く鋭い声で自分の部下を叱咤《しった》している男はまたもや肉を取り出し食べ始めた。

「は、はいっ！　必ずや挽回《ばんかい》いたします！」

部下は地面に額を擦り付けて謝罪をしていたが、ここは戦場である。

それも敵を前にして土下座をするなど、ラインベルトを舐《な》めているとしか思えなかった。

舐められる。

それはラインベルトが最も嫌いなことであった。

ラインベルトは勃然《ぼつぜん》と怒りを露にした。

「おいデブ！　たかが少し強い武器を手に入れたくらいで調子に乗ってんじゃねぇぞ！」

そう言われたガボルは周りを見回し首を傾げた。

「まさかデブっていうのはオデのことかえ？」

「お前以外に誰がいるんだよ？」

ラインベルトは唾《つば》を吐きガボルを睨みつけた。

今回、アーノルドに同行している騎士達は志願してきた者の中から選ばれた優秀な者で、その中でもさらに優秀だと判断されているのが小隊長達なので、皆実力的には大騎士級といっても差し支えないのである。

しかし彼らが、何度昇級試験を受けても落とされているのには理由がある。

それぞれ克服《こくふく》すべき弱点とも言えるものがあり、それを修正できていないため階級を上げることを許されていないのである。

ラインベルトは舐められるという一点においてだけ異常に沸点《ふってん》が低く、すぐに頭に血が上るのが玉に瑕であり、いっこうに治る気配がないため未だに騎士級止まりなのである。

実力的には大騎士級といってもいいが、まだ経験も浅く大騎士級相当の任務を任せられるほどではなかった。

ダンケルノの騎士でなければ騎士団の団長を任せられるほどの実力はあるのだ。

実力だけは。

「おい、お前？」

ガボルはラインベルトではなく近くにいた自らの部下に声をかけた。

「は、はい、何でしょう？」

突然声をかけられた部下は震え声でなんとか返答した。

ガボルの部下達にとってこの男は恐怖の対象でしかないらしい。

その瞳には尊敬も崇拝《すうはい》も敬意も何もなく、ただ恐怖だけを映し出していた。

「オデはデブか？」

濁《にご》った目を向けられた部下は今にも泣きそうなほど震えだした。

しかし何か答えなければ間違いなく悲惨な未来が待っているとその部下は気力を振り絞った。

「い、いいえ。滅相《めっそう》もございません。そのお体は洗練《せんれん》されており誰もが羨《うらや》むほどの美ボディでごじゃ……、ご、ございます」

部下の男は噛《か》みながらもなんとかお世辞《せじ》を言うことができて安堵した。

「ふんふん。そうである。そうである。全く失礼な奴である。おい、お前、殺すことは元々確定であるのだが、念入りに痛めつけて殺してやるえ」

上から見下すように顔を上げ、太った腹を前へ出すような尊大な態度で、ガボルはラインベルトに言った。

「ハッ、やってみろよ、デブ風情が！」

ラインベルトはそう言うと同時に、理性を失った獣《けもの》のように勢いよくガボルに向かっていった。

だがそれからしばらく、ラインベルトは苦戦していた。

「ッチ!!　デブのくせに動けるじゃねぇか!!」

ガボルが体格に見合わぬ素早い動きでラインベルトに迫ってきて、手に持つ棍棒《こんぼう》を上から振り下ろしてくる。

「ぬうぅん!!」

ラインベルトは紙一重で避けたが叩きつけられた棍棒が地を割り、その土や石がすごい勢いでラインベルトに襲いかかった。

そのうちの一つがラインベルトの足に直撃し、バランスを崩す。

その一瞬の隙を逃さなかったガボルの棍棒がラインベルトを直撃し、ラインベルトは地を転がり吹き飛んだ。

「口ほどにもないのねん」

ガボルは倒れているラインベルトにそう吐き捨てると、その部下達を殺しにいこうとしたが、後ろで何かが動く気配がしたため足を止める。

「おい……。待ちやがれ、デブ野郎……ッ！」

腹を押さえ肩で息をしながらラインベルトは立ち上がる。

「あれを喰《く》らって立ち上がるタフネスと筋力は褒めてあげるのねん。でも、もう終わってるのねん」

ラインベルトは棍棒で殴られる直前、咄嗟に横にジャンプすることでガボルの攻撃の威力を減衰《げんすい》させることができた。

それでもダメージはあったのだが、戦うのに支障が出るほどではない。

問題はラインベルトがバランスを崩した要因である石。

しかし身体強化をしているラインベルトが、たかだか間接的に放たれた石の破片《はへん》を喰らっただけでバランスを崩すことなどありえない。

（足がいつもより重ぇ。体も重てぇ。剣も重てぇ。あの棍棒に触れたものの重さを増す能力か？　あいつの厄介《やっかい》なところはあの体格に見合わねぇ速さだ。対してこっちは戦闘が長引けば長引くほど遅くなるってわけか。相性としてはあいつにとっては最高、こっちにとっては最悪か。攻撃はこれ以上受けられねぇ。そして何より厄介なのがあれが触れたものに触れてもアウトってことだ）

今のラインベルトは最初に当たった石によって右足が重力二倍、砂に当たったことによって体にかかる重力がもはや何十倍というレベルで重くなっていた。

剣も棍棒の攻撃を受けたことで重みを増していた。

並の者ならば立つことすら不可能である。

脳筋のラインベルトだからこそなんとか立てていると言ってもいい。

身体強化もしていない常人ならばその重さに耐えきれず押しつぶされ圧死《あっし》するだろう。

身体強化が未熟な者でももはや指先一つ動かすことはできないだろう。

そんなラインベルトにガボルが冷酷な笑みを浮かべてゆっくりと近づいてきた。

「お前ムカつくやつだけどあまり遊んでもいられないのねん。さっさと終わらせるのねん」

ガボルが動けないラインベルトにトドメを刺そうと棍棒を振り上げた。

だがその動きは鈍重であった。

それゆえラインベルトはそれを避け、反撃に出ようとしたが、体がいつもと勝手が違いすぎたからか避けきれず、直撃を喰らってしまう。

「ガハッ……!!」

そのまま転がり、地に倒れ伏したラインベルトにガボルがドシドシと迫る。

「まだ意識があるのねん？　まったくゴブリンのようにしぶとい生命力ねん。でも今度こそ終わりだよん」

ガボルは今度こそラインベルトを仕留めようと棍棒を振り上げた。

もう動くことすらままならぬラインベルトを殺すことなど、ガボルにとっては蟻《あり》を殺すのと同じくらい簡単なことであった。

ただ踏みつけるだけ。

こった。


ガボルが棍棒を思いっきり振り下ろすと、その周辺の地面一帯が震えるほどの衝撃が巻き起こった。

「……ん？　なんなのねん？」

ガボルが首を傾げながら不満げな顔をした。

ガボルが振り下ろした先にラインベルトの姿がなかったからだ。

「アハハ、ギリギリセーフってね」

そう笑いながらラインベルトを抱えているのはロキであった。

「お前誰なのねん？」

いきなり現れたロキに怪訝《けげん》そうな顔を向けたのだが、ロキはガボルのことなど眼中に入っていなかった。

「ラインベルトちゃん、最初あんなにイキってたのに負けるなんてカッコ悪すぎるでしょ。アハハハハ」

ロキは小馬鹿にするようにラインベルトに声をかけたが、ラインベルトはうめき声しか上げられない。

ロキはそんなラインベルトを心配することもなく〝重すぎない？〟と言ってラインベルトをそのまま地面に投げ捨てた。

「しっかし、一番危ないのは中央部だと思ってたのに……頭に血を上らせすぎでしょ。そんなんだからいつまで経っても騎士級止まりなんだよ、君はね。ああでもこんな雑魚相手に苦戦してるんじゃ騎士級どころか従騎士級からやり直しかな？　ヒヒハハハハ」

ロキはふざけた態度でラインベルトを嘲笑っていた。

腹を抱えてそれはもう盛大に。

「無視するな、なのねん!!」

無視されたことでムゥと唸りながらガボルは地団駄《じだんだ》を踏む。

だがロキはそれでもなお、ガボルに言葉をかけることはなかった。

ロキにとって今、大事なのはラインベルトをからかうことであり、ガボルの相手をすることではない。

「ラインベルトちゃん、元々ミールちゃんの部隊だよね？　今の君を見たらさぞや面白いことになりそうだね」

ロキは底意地の悪い笑みを浮かべラインベルトにとっての死刑宣告をした。

「つぐ……、それは勘弁《かんべん》……して……」

ロキは芋虫《いもむし》のようにモゾモゾと動くラインベルトを見て、アハハと余計に笑みを深めていた。

ラインベルトは自らの上司であるミールの反応を想像し、腕の力でなんとか立ち上がろうとした。

だが、ずっと無視されている人物もずっと大人しくしているわけはなかった。

「オデを無視するなんて許さないんだぞ!!」

顔を真っ赤にしたガボルは痺《しび》れを切らしたようにロキに飛びかかっていく。

「お、おい……ッ!!」

ラインベルトがガボルに背を向けるように立っているロキに対して声を上げた。

「もう遅いのねん!!」

ガボルは飛び掛かりながら野球のスイングのように棍棒を勢いよく振り抜いた。

ラインベルトはロキが完全に無防備に見え、そのまま吹っ飛ばされるだろうと思った。

武具頼りとはいえ、このデブの攻撃力は生半可なものではないのだから。

その直後、ラインベルトは至近距離で起こった爆音に思わず目を瞑《つぶ》った。

そしておそるおそる目を開けると、そこには棍棒が当たっているにもかかわらず微動だにしていないロキが軽薄な笑みを浮かべて立っていた。

それを見たラインベルトもガボルも驚きに目を見開く。

（受けるならまだわかる。だが、防御すらせずにあの攻撃を喰らって無傷でいられるか？　いや……、俺には無理だ……）

ラインベルトも武の師匠でもあるミールを通して、たまにちょっかいを掛けてくるロキの性格と化け物ぶりは聞いていていた。

曰《いわ》く、人を弄《もてあそ》ぶのが大好きな男。

曰く、捉えどころがない男。

曰く、師匠でも敵わぬ男。

ラインベルトが手も足も出ないミールが、自分でも勝ち目がないと言う存在。

だが、今やっと本当の意味で自分などとは格の違う存在なのだと理解した。

「遅い？　君の基準でしゃべらないでほしいな。今ね、僕はとても不愉快《ふゆかい》だよ。僕の愉快な気持ちを邪魔されてとても不愉快だ。僕はつまらないものが嫌いなんだ。君は特につまらない。

容姿もつまらなければ喋り方も戦い方も何一つ興味をそそられない。そもそも避けるというのはその攻撃が脅威たりえるからする行動だ。君のその攻撃にそこまでの価値があるわけないじゃないか。実力差も測れないなら戦いなんて止めた方がいいよ。戦場は子供の遊び場じゃあない」

ロキは薄く笑みを浮かべているが、その目はまったくもって笑っていなかった。

そして固まるガボルをデコピン一つで弾き飛ばした。

「まぁ、このまま僕が殺っちゃってもいいけど、それじゃあ意味ないよね。それに、僕もアーノルド様にああ言った手前、面倒なことは下の者に押し……おっと、違った。下の者に功績《こうせき》を挙げるチャンスを与えないとね」

ロキはそう言いながら、ラインベルトにニヤリと笑みを向けた。

「できるよね？　できないならミールちゃんに告げ口しちゃうよ？」

ラインベルトはミールと聞いてビクンと体が反応した。

この男なら間違いなくする。

そしてあの地獄の訓練を受けているラインベルトを見ながら大笑いする。

そんな光景をまざまざと思い浮かべることができた。

「と、当然……ッ！」

そんな様子のラインベルトを見て、ロキはラインベルトが〝ミールちゃんを怖がっていたよ〟と告げ口することに決め……その反応を予想して面白がっていた。

何を告げ口するとも言ってないし何を告げ口しないとも言ってない。

結局はロキの気分次第なのである。

「まぁ、まずは君のその体の重さを治してあげるよ」

ニヤリと嫌な笑みを浮かべ手を触れてくると、ラインベルトに突然の不快感が襲ってきた。

マナを扱うものならば一度は経験させられる、他人のマナを体に入れられまさぐられるような嫌な感覚。

「ッぐ……!?」

ラインベルトは久々に感じた不快感に盛大に表情を歪《ゆが》める。

「あはは、今の顔はなかなか面白かったよ！」

ラインベルトはその不快感が治ると、ロキを鬼の形相《ぎょうそう》で睨みつけた。

「そう睨まないでよ。もう体の重さはなくなっただろう？　それと今のが奴の攻略法さ。極論を言ってしまえばその重ささえなくなればあんなの少し素早いだけの木偶《でく》の棒でしょ？　それともその程度の木偶の棒にも負けちゃう？　アハハハ、まぁ頑張ってよ。あまり僕を失望させるなら……もう助けてあげないよ？　その前にミールちゃんに殺されちゃうかな？　アハハハハ。あと最後に……力は使うためにあるんだよ？　出し惜しむ気持ちもわかるけど、使い時は間違えないようにね」

ロキはそう言い残し消えていった。

そこにガボルが鼻息を荒くして戻ってくる。

「ムガぁぁぁあああああ!!」

ガボルは血走った目で迫ってきて、ラインベルトなんて眼中にないかのように辺りをキョロキョロと見回した。

「おい、お前。あの男はどこにいった？」

その態度は明らかにラインベルトを舐めたものであったがラインベルトは冷静であった。

「はっ！　これから死ぬ奴がそんなこと気にしても無駄《むだ》だろうが」

「……お前生意気だで。さっきオデに殺される寸前だったことを忘れていないかえ？　今すぐ殺してもいいんだぞ」

さっきまでの悠々《ゆうゆう》とした態度ではなく今度はガボルの方が頭に血が上っている状態だった。

「ご託《たく》はいい。そんなことはもう一度やればわかるだろうぜ。俺が死ぬかお前が死ぬか」

ラインベルトは歯を剝き出しにしながら獰猛《どうもう》な笑みを浮かべ剣を構えた。

そして体からオーラを吹き上がらせた。

「もう出し惜しみはなしだ！」

そう言いながらラインベルトはガボルへと迫る。

「はっ、さっきより全然遅いのねん！　自分から死にくるなんて馬鹿なんだな！」

ガボルは踏ん張りながら棍棒をラインベルトへと振り抜く。

ガボルの棍棒とラインベルトの剣が当たるが、見た目以上の衝撃にガボルが仰け反《のぞ》り、ムゥと唸る。

「この程度――」

「そっちじゃねぇよ!!」

だが仰け反っていたのはガボルだけであった。

立て直した体の横から迫る刃が目の端に映り、ガボルは即座に反応する。

「ッ……!!　まだなのねんッ!!」

ガボルはそう叫びながら棍棒を剣と自分の体の間に差し込み弾《はじ》いた。

「残念だったの――」

「まだ終わりじゃねぇよ」

それから数回。

ラインベルトの剣は全てガボルによって防がれ、ガボルに距離を置かれる。

「はぁ……はぁ……、残念だったのねん。今のが最後のチャンスだったのねん。ムフフ、しかし学ばない奴ねん。それだけ攻撃を当てれば、また動けなくなるのは当然なのねん」

「五回か……、ギリギリ俺の体も持つか……？」

「五回？　違うのねん！　周囲に舞う砂も――」

「テメェの能力の話じゃねぇよ」

「な――」

ガボルが声を発そうとすると同時にラインベルトの姿が消え、ガボルの意識は二度と戻らぬ暗闇へと堕ちていった。

「……ガハッ!!」

崩れ落ちるガボルの背後でラインベルトは胸を押さえ、吐血《とけつ》した。

「やっぱり五回はまだ厳しいか……」

ラインベルトの能力は相手に攻撃を当てれば当てるほどに起こる力の倍増。

最初の一撃はデメリットとして力が半減するが、五回の攻撃を当てたことで一六倍にまで膨れ上がった力をもってすれば、ガボルなど簡単に処理できた。

しかし一六倍もの力を受け入れるとするとラインベルトの体の方がもたない。今回はガボルの棍棒のおかげで力の減衰が起こっていたからギリギリもったが、当てれば当てるほど力が増えるという能力は扱いやすいようで扱いにくいのだ。

「もっと鍛錬《たんれん》して、受け入れられる力の幅を上げねぇとな……」

ラインベルトは口元を拭いながら立ち上がった。

魔法師の一団を暗殺したシーザーの部隊は、そのまま近くの兵を根こそぎ蹴散《けち》らしながら侯爵のいる方へと進んでいた。

「シーザー様、この後どうするんですかぁ？」

どこか間延びしたような声で話しかけてきたのは、元々ダンケルノの騎士として任務を受けていた時にシーザーと同じ部隊であった直属の部下ミルキであった。

これまでは侯爵がいる方に向かって兵を蹴散らしながら一人たりとも逃さぬように殲滅《せんめつ》してきたが、アーノルド達が完全に歩を止めてしまったので、このまま侯爵の方に進むのか、はたまた挟撃《きょうげき》になるようにアーノルド達がいる方に向かっていくのか、選択の時であった。

シーザーは目を閉じ、ゆったりとした様子で思案していた。

そんな様子はミルキもいつものことと慣れているので、近づいてこようとする者、逃げようとする者を他の隊員とともに次々と殺していっていた。

第三章　決戦

しかしほとんどは作業のように殺戮《さつりく》を繰り返すミルキ達を見て逃げていくため、それを追う方が大変であった。

「……挟撃する。それがアーノルド様のご指示だ」

考えがまとまったのかゆっくり目を開け今後の指針を示した。

「か、しこまり！」

ミルキも戦場とは思えないようなふざけた口調で返事をした。

方針が決まり部隊が動こうとしたとき、それを止めるように大声が響き渡った。

「その必要はない‼　貴様らの命運はここまでだからな‼」

仁王《におう》立《だ》ちで腕を組みながら大声でシーザー達に声をかけてきたのは、銀鎧を身に纏ったいかにも体育会系といった暑苦しそうな男であった。

シーザーは何の感情もない様子でその男を見ていた。

「シーザー様、何ですか？　あの暑苦しい男は？」

ミルキは目の前に現れた男を見るなり嫌そうな顔をして鼻を摘《つま》んだ。

まるでその暑苦しさがここまで漂ってきて臭いと言っているかのように。

「女？　女がいるじゃないか‼　戦場に女を連れ込むとはけしからん‼　おい、貴様。この私が保護してやろう！　こっちへ来い！」

男はミルキを見るなり無理やり連れてこられた女だと思ったのか大声でそう命令してきた。

しかしミルキは明らかに戦闘用の服を着ていることから、誰が見てもダンケルノの騎士の一人だとわかる。

ミルキは戦場に女がいるはずがないなどという時代錯誤《じだいさくご》も甚《はなは》だしい男性優位主義を掲げて、女を弱者と決めつける男が大嫌いであった。

〝男が強くて女は弱い。何をやっても男が優秀で女は男より下〟

そういう連中はどこに行っても一定数いる。

ミルキはそんな連中を悉《ことごと》く封殺してきた。

物理的手段を用いて。

「何なんですかぁ、行くわけないじゃないですか。どうせそっちに行ってもあんなことやこんなことされて最後にはポイッってされるだけでしょう？　クスクスクス。それにぃ、私は自分の意志でここにいるんでぇ、正直ありがた迷惑ってやつですぅ」

ミルキは嫌味ったらしくわざと間延びした声を出した。

人間の言葉わかりますかと、猿にでも話しかけるかのように。

「私をそのような下賤《げせん》な輩《やから》と同じにするとは許《ゆる》し難《がた》い！　だが、今までの境遇を思えばそう考えるのも致し方あるまい。女、今の暴言を寛大《かんだい》にも許してやろう!!」

男はあくまでもミルキは無理やり連れてこられた女であるという考えを崩さなかった。

それを聞いたミルキの瞳の色が一段階暗くなったように見えた。

「話通じないいんですけどぉ。それにぃ、私、上からものを言ってくる人って大っ嫌いなんですよねぇ。女が下って決めつけて押し付けてくるタイプの人間って何なんですかねぇ。あはは、そんな女に負けたら少しはその足りない頭でも理解できるか、なッ！」

ミルキはその男を馬鹿にするように挑発しながら暗器を投げつけた。

「ふんッ！」

だが、男はいとも容易くそれを弾いた。

剣を抜くこともなく腕の甲で。

「あら、防がれちゃいましたかぁ？」

ミルキも別にそれで相手を殺せるなどとは思ってもいなかったし、むしろ防がせておいて、よく防げましたねと馬鹿にするのが目的であった。

それを体現するかのようにミルキは高らかに笑い声を上げた。

「ミルキ……」

だが、そんなミルキをため息を吐きながらシーザーが呼んだ。

シーザーに呼ばれたミルキは、尻尾を振った犬のように即座にシーザーのもとに擦り寄っていった。

「はい！　何ですか、シーザー様！」

さっきまでとは違いとても嬉しそうな声色であった。

「……お前達は途中にいる敵兵達を殲滅しながらアーノルド様との合流を目指せ。ミルキ、あとはお前が指揮しろ」

嬉しそうにしているミルキにシーザーは無慈悲《むじひ》とも言える命令を下した。

「え……」

ピキッと効果音が聞こえるくらいの見事な硬直具合。

しかしすぐに気を取り直し、シーザーに縋《すが》りついた。

「え、それじゃあ私が本当にあの男に攻撃して歯が立たなかったみたいになるじゃないですか！　酷《ひど》いですよぉ！　私にもやらせてください！」

ミルキは泣き真似までしそうな勢いで懇願《こんがん》した。

あの男をギャフンと言わせたい。

跪《ひざまず》かせどちらが上かわからせてやりたい。

そんな思いが滲《にじ》み出ていた。

しかしそんなミルキに対してシーザーの反応は淡白だった。

「ミルキ……、うるさいぞ」

「う、うるさい……？」

ミルキはショックを受けたようにパクパクと口を開き肩を落とした。

そしてその怒りを発散するべく男の方に向き直った。

「お前のせいで怒られたのです。この恨み、お前の命で贖《あがな》ってもらうのですよ！」

ミルキは男にビシッと指を差した。

しかしそれでもシーザーは変わらなかった。

「……さっさと行け」

「うえぇん！　シーザー様が冷たいー」

ミルキがついに泣き真似をしチラッチラッとシーザーを見た。

だが、それに対して返って来たのは悍《おぞ》ましいほどの冷たい視線だった。

「――ミルキ」

ミルキはびくりと肩を震わせ背筋を伸ばした。

その冷たい目が〝これは命令だ、それ以上は許さない〟と言葉に出さずとも物語っていた。

「は、はい！　了解いたしました！　すぐさま行動に移します！」

ミルキは先ほどまでのふざけた様子をなくし、ビシッと敬礼をしてすぐに他の者を率いて去っていった。

「……追わせないのか？」

ミルキ達が去っていくのをジッと見送っていたシーザーは、首を傾《かし》げながら男に問いかけた。

「女を追うのは趣味じゃないからな！　女は追わせるもんだ！　それに貴様はよほどあの女が大切なようだな？　殺気を向けただけで殺されるかと思ったぞ？　あいつを追わせて無駄にお前に部下を殺させる気もないし、ここで全員でお前を倒す方がいい選択になりそうだ！　ハハハハハハハ！」

腰に手を当て胸を張るような体勢を取っている男は、一帯に響き渡るような大声で豪快《ごうかい》に笑った。

「……それがわかっているのなら逃げればいいだろうに。……はぁ、面倒臭いな」

「逃す気がない奴のセリフではあるまい。見渡す限り死体の山、山、山だ。立ち向かった者より逃げた者の方が多いだろうにその全てを殺しているな？　この光景がお前達の、お前の行動を物語っているわ！　よくもまぁこれだけの数を殺して心が痛まぬな。とはいえ、一度戦場に出たにもかかわらず逃げるなど男のすることではあるまい？　たとえ個人の実力で負けていようと、我らが力を合わせれば不可能はないしな‼」

シーザー達はアーノルドの命令通りとにかく敵を殺しに殺していた。

命乞《いのちご》いしようが逃げようがかまわず皆殺しにしていた。

ほとんどの者がうつ伏せに倒れており、後ろから斬られるか刺されるかして死んでいる。

「……逃げる者を追う方が楽なんだが……仕方ない」

ため息を吐きながらシーザーは男を見た。

「俺の名はオウルだ！　お前を殺す男の名だ。冥土《めいど》の土産《みやげ》に覚えておけ‼　では、いざ尋常に！」

オウルがニカッと野性味《やせいみ》溢《あふ》れる笑みを見せ、大剣を構えた。

そのすぐ後に一つの集合体のように寸分違《すんぶんたが》わずオウルの部下達が剣を構えた。

訓練された軍隊のようにピタリと揃《そろ》っていた。

だが、シーザーはそんな敵の様子を見てゲンナリとした。

「……暑苦しいな」

シーザーはため息を吐きながら両手の短剣を逆手に持って構えた。

男は大きく飛び上がり重力と自分の体重の全てを乗せて大剣を振り下ろしてくる。

「おおおおおおおおおりゃあああぁぁぁぁあ」

エルフの武具を無策で受けることはできない。

シーザーがそれを当然のように避けると、後ろからオウルの部下が狙いすましたかのように攻撃してくる。シーザーがしゃがみながら足払いをしてその部下の体勢を崩し、そのまま倒れゆくその者を刺し殺そうとすると、即座に他の者がそれを邪魔するようにシーザーを攻撃してきた。

シーザーは舌打ちをし、体を反らしてその攻撃を避け、そのままそいつの顔を蹴り上げながらバク転して距離を取った。

そして自らの攻撃で体が宙に浮いている相手を刺し殺そうと足に力を込めたが、それは後ろから迫ってきていたオウルの気配を感じ取ったことで止められることとなった。

「……ッチ！」

シーザーは即座に体を反転させ短剣二本でオウルの剣を受け止めた。

凄まじい衝撃がシーザーの腕へと伝わってくるが、シーザーの表情は変わらなかった。

「ほう！　玩具のような短剣で我が剣を受け止めるか‼」

「……ッチ！」

オウルの剣を受け止めている間シーザーの足が止まっていた。

当然その隙を見逃す者はいない。

オウルの部下二人がシーザーを背後から突き刺しにきた。

オウルはそれを見て〝殺った〟と思いニヤリと笑ったが、すぐにその笑みは宙に消えた。

オウルの部下の剣が刺さるその瞬間、シーザーの体が霧散《むさん》した。

部下の剣に危うくオウル自身が刺されるところであった。

「やはりそう簡単にはいかんか。お前ら気を抜くなよ⁉　格上と思って……いや、間違いなく我らより格上の相手だ！　気を引き締めよ‼」

オウルが指示するまでもなく部下達は陣形を整えていた。

まるで一つの集合体。

声を掛け合うことなく、狙い澄ましたかのようなベストタイミングで攻撃が来る。

その連携のせいでシーザーは相手を殺すに殺せなかった。

（……面倒だ。あの連携は思った以上に厄介だな……。はぁ……、戦いは好きじゃない……。だがいつものように一人ずつ殺していくだけだ。エルフの武具っていうのが面倒だが。だが僥倖だったのは剣自体に触れても何もないってことがわかったことか……。遅効性ならそうとも言えないが、とりあえずは大丈夫そうだ。それがわかっただけでもかなりやりやすい。受けていいならば——殺れる）

エルフの武具と戦う時の基本はまずその能力がなんなのか見極めることである。

そして無闇矢鱈《むやみやたら》と相手の武具に触れてはいけない。

ラインベルトの相手のように、触れることで発動するような武具もあるためだ。

物によっては戦闘中ずっと状態異常を引きずることもある。

若いエルフが作ったような物ならばその実力に応じたそれなりの能力しかないが、長老クラスのエルフが作った武具は神具と呼ぶに相応しい力を持っていることもある。

それが騎士の階級を一、二段階上げるという、エルフの武具に纏《まつ》わる噂の正体である。

今のシーザーはオウル達から数十メートル離れたところに普通に立っているのだが、オウル達に見つかることはなかった。

これがシーザーの持つ能力の一つ。

自分自身を霧状化することで完璧に気配を断ち、誰にも見つからない暗殺者向けの能力。

発動は任意であるが、完璧に認識されれば術が解けてしまうのと、攻撃を当てる瞬間は実体化しなければならないというデメリットがある。

シーザーはオウル達に向けて一歩踏み出した。

だが、残り五〇メートルといったところで強制的に術が解除された。

「ッ⁉」

シーザーが驚きを露にしていると突然目の前にオウル達が現れた。

空間を移動してきたかのように一瞬で目の前に現れたオウル達を見てシーザーは舌打ちした。

「よう？　ガラ空きだ、なッ‼」

上段からの振り下ろしを短剣で受けたシーザーは腕がミシリと鳴ったような衝撃を受けたが、即座に中位魔法『土弾《どだん》』を無詠唱で発動しオウルを吹き飛ばした。

そしてシーザーは、そのままの勢いでオウルに次いで攻撃しようと近づいてきていた三人の懐《ふところ》に素早《すば》く入り込み首元を素早く一刺しした。

それ以上深く入るとその人数の多さによって囲まれる可能性があるため、先ほどの霧状化を使いバックステップで集団の中から離脱しようとする。

（ッ⁉　能力が発動しないだと……ッ⁉）

技が発動しなかったため相手の攻撃をギリギリ避けることとなり、そのまま幾重《いくえ》にも連続して襲いかかってくる相手の攻撃をすり抜けながらなんとか脱出した。

素早い身のこなしで集団から離脱したシーザーは、さっき首に短剣を刺した三人が普通に起き上がり、また陣形を組んでいるのを目にした。

それを見たシーザーの表情が僅かに険《けわ》しくなる。

(ありえないな。あいつらはたしかに殺したはずだ)

ダンケルノ公爵家で暗殺を主とする任務を数多くこなしているシーザーは、その経験からどの程度が致命傷に至るか判断できる。その点から言えば、あの三人は明らかに致命傷《ちめいしょう》。

だが、その三人は普通に起き上がり、よく見ると首から血すら流れていないことがわかった。

(……なるほど。これがエルフの武具の力か。ある程度のダメージまでは無効化するとかか？……一定以下の火力の攻撃は無効化とかなら面倒臭いな。それに……いきなり目の前に現れたあの能力も面倒だ。考える暇もない。まぁ、殺せないのなら殺せるまで殺すだけ。不死身の力なんてものはありえない。首を飛ばせば回復もできないだろう)

シーザーが頭の中で考えをまとめ終わったそのとき、辺りに大声が響き渡った。

「フハハハハ、効かん効かーん‼　その程度の攻撃では我らの牙城《がじょう》は崩せんぞ‼」

『土弾』で弾き飛ばされたオウルが遠くから大声で叫んでいた。

その体は元気そのものであり、ダメージを喰らった様子は一切なかった。

(姿が消せないのはたしかに厄介だが、頭を除けば所詮は烏合《うごう》の衆《しゅう》。予定変更、まずは奴からだ)

シーザーは部下達よりも先にオウルに狙いを定めた。

足に力を込め、姿を消せない代わりに気配を限りなく薄くし、一直線に駆け出して相手の陣形の中に突っ込んだ。

オウルがいるところまでにいる部下達は全て無視し、スルスルと間を縫《ぬ》っていく。

部下達がすり抜けていくシーザーを攻撃しようとするが、電光石火《でんこうせっか》の如く素早いシーザーの残影《ざんえい》を斬っているだけで、その速さについていけていなかった。

そしてシーザーはオウルのところまで辿り着くと短剣を構え直した。

「うおぉっ⁉」

オウルは突然部下の間を縫って現れたシーザーにギョッとし、咄嗟に剣を振るった。

しかし当たったように見えた攻撃はシーザーの残影を斬っただけであった。

「殺った」

シーザーは殺れることを確信した。

短剣にエーテルを込め、残像が残るほど素早くオウルの首を刎ね飛ばす。

オウルの首が飛ぶのを見届けたシーザーはオウルの死体に背を向けて、迫りくる部下達を殺すために短剣を構え直した。

だが、聞こえないはずの声がシーザーの後ろから聞こえてきた。

「――効かんと言ったはずだぞ？」

シーザーは驚愕《きょうがく》の表情を浮かべ、振り返りながら咄嗟に右手を後ろに振った。

「うぐッ⁉」

手に持っていた短剣でオウルの剣を何とか受け止めたが、不完全な体勢で受けたためかその衝撃に耐えきれず短剣は砕け散り、そのままの勢いでオウルに蹴り飛ばされ吹き飛んだ。

そしてそれが予めわかっていたかのように、オウルの部下が吹き飛ばされるシーザーに攻撃を仕掛けようとしていた。

「……ッチ」

このままでは攻撃が当たってしまうと思ったシーザーは、吹き飛ばされている最中に空中で体勢を捻り、攻撃を仕掛けられると同時に空中で回転し幾度も降り注ぐ剣の嵐を避けた。

さらに避けるだけじゃなく、相手に蹴りや短剣による攻撃まで加えて戦闘不能にしていた。

そのまま相手の陣形から抜け切ったシーザーは息を乱しながらも一旦距離を取った。

「今のをやり過ごすか……。なんとも優れた身体能力だな！」

シーザーは先ほど死にかけたとは思えないほど冷静に今ある情報を整理しだした。

（首を飛ばしたにもかかわらず再生したか……。全体に影響を及ぼす領域型の能力か……？武具の力かそれともそういう能力を使える者がいるのか……。だが、それほどの力が扱えるほどの強力な気配はない。となるとやはり武具による力と見ていいだろうか？　だが、あの武具の数は明らかにおかしい。元々持っていたものとは考えられない。連携は普段の鍛錬でどうにかなったとしても、手に入れて日の浅い能力をこれほどの人数ですぐに使いこなせるのはおかしい……）

シーザーは距離を取るために徐々に後退していたのだが、ある瞬間に自分自身の能力が復活したのを感じ取った。

そこで時間をある程度使い霧状化を使って姿を隠し、少し移動した後に少し近づくという検証を繰り返した。

そしてわかったのは、ある程度近づくと強制的に霧状化の能力が解除され、その瞬間見つかるということ。

全員が密集しているため誰の力かはわからないが、おそらくその者を中心とする半径数十メートルの円の中に入った敵を認知できる能力だと推測できた。

領域内に入った敵の能力を打ち消す力かとも思ったが、それは別の力が使えたことから霧状化の能力のデメリットである『認識されると能力の強制解除』が働いたと考えられた。

今判明している能力でも、『領域内にいる敵を認識する能力』、死者すら復活させるほどの『超速再生能力』、対象全員を移動できる『瞬間移動能力』。

（重要なのは武具だろうと術者だろうと変わらない。まずは再生能力を持つ者を殺さなければいくら殺そうが復活されてしまう。エルフの武具は下手したら数千年単位でもつからそれこそ半不死身に近いやもしれん。だがそれを使う供給者がいなくなれば殺せるはずだ。どいつかわからないが……そいつがこいつらの要となるなら一番安全なところで隠れるように動くような奴だろう。……しかしそれぞれが固有の能力を持っているとしたら厄介だな。これほど強力な力を持った神具はそうそうないはずだが……。……最も嫌な展開は再生能力持ちが複数いることだな。片方を殺してもすぐに蘇生《そせい》されればジリ貧だ。その場合は面倒だが奥の手を使うしかないか。はぁ、さっさと済ませて……）

やることを固めたシーザーは目には見えない認知される領域の境界を跨《また》いだ。

案の定、霧状化が強制的に解除されシーザーを取り囲むようにオウル達が現れた。

もはや何度も繰り返したこと。

何の驚きもなかった。

（さて、少し動いてどいつが近づいてこないのか見てみるか）

シーザーは突然目の前に現れたオウル達が襲ってこようと、まるで散歩でもしているかのような穏やかな様子で攻撃を捌《さば》きながら一歩一歩とゆっくり移動し、もはや攻撃してくる者のことなど見てすらいなかった。

先ほどまでの忙しない動きが嘘のようである。

またしてもハエを払うように無造作《むぞうさ》に腕を振り、オウルの部下の攻撃を退けた。

「……見つからないな。はぁ……」

攻撃されている最中であるにもかかわらずシーザーは余裕たっぷりにため息まで吐いていた。

先ほどまでのギリギリの戦いが嘘であるかのように。

「ちょこまかちょこまかと動きよって!! 貴様、正々堂々と戦わんか!!」

オウルは全く攻撃が当たらないシーザーに痺《しび》れを切らしたかのように叫《さけ》んだ。

そう言われたシーザーは面倒臭そうに振り返ると足を止め、迫ってきていたオウルの部下を八つ当たりのように原型も残さぬほど一瞬で斬り裂いた。

「……正々堂々？ アホなのかお前は。戦場に正々堂々などあるはずがないだろう。正々堂々などという言葉はこの戦場という場に最も似つかわしくない言葉であろう。汚く殺そうが綺麗に殺そうが殺しは殺し。それに何をもって正々堂々な戦いなどと評する？ お前にとって有利な状況をか？ 私にとって有利な状況をか？ どちらにとっても公平な状況などありえないぞ。そこに人の欲がある限りどちらか、あるいは両者の妥協《だきょう》があるだけだ。正々堂々というのならお前は今のこの多対一の状況をどうにかしたらどうだ？ 相手に不利な状況で更に相手に不利な状況を要求するために用いるのが正々堂々などという言葉とは……、クク、男らしさが聞いて呆れるな？　だが、私はそんなお前が嫌いではないぞ？　自らが正しいことを言っていると勘違いしている馬鹿ほど死に顔は醜《みにく》く面白いからな。ククク、……どうした？　攻撃する手が止まっているぞ？」

「き、貴様ッッッ‼」

だが、シーザーは激昂したオウルの言葉を遮《さえぎ》りオウルを指さした。

「勘違いするな。今の言葉は嘲笑ではなく賞賛《しょうさん》だ。戦いに勝つためならば手段すら選ばず非道になれる者こそ戦場では正しい。殺しを正の言葉で正当化しようとすることも人間としての道を踏み外さぬための防衛本能だ。そういう意味ではお前のその要求もまた正しい。たとえお前の行動がお前の信条に反していると気づかぬ姿が滑稽《こっけい》であってもな？　ククク」

面倒臭そうな表情から一転。

おもちゃを見つけた悪い子供のような笑みを浮かべていた。

「ミルキ隊長代理、シーザー隊長を一人で残しても本当に大丈夫なのか？」

今回のシーザーの隊の一員である男が前を走るミルキにそう問いかけた。

相手はざっと見えるだけで五〇人以上。

相手がただの騎士ならば別段心配などしない。

だが、本物かどうかはわからないが、相手はエルフの武具らしきものを身につけている五〇人ともなれば話が変わる。

歴史において武具一つで戦局が変わったことなど何度もある。

「何を心配しているのか知りませんが、エルフの武具といってもただの道具ですよ？　能力を使える者と大して変わらないじゃないですか」

実際には色々と違う点はある。

エーテルによる能力はその個人の性質などに左右されるし、個人の実力によって能力の強さに違いがある。

だが、エルフの武具を使ったならそんなことは関係なしに一定の効果を生み出すことができるため、経験豊富な者でも初見では手こずることがある。何よりも失われたエルフの魔法が込められた武具もあるため、見慣れない効果を生むことが多く初見では対処することが難しい。

「それにシーザー様は真面目なように見えてとても不真面目なんです。心配せずとも大丈夫ですよ。あんな連中、その気になればものの数秒でけちょんけちょんです」

ミルキは何かを押しつぶすようなジェスチャーをしてそれを表現した。

男は、不真面目なので大丈夫と言われても、と怪訝《けげん》そうな顔をした。

しかし前を向くミルキはそれに気づかない。

「あ、それとも私が隊長代理ってのが気に食わないとかですか？」

ミルキは声は普段と変わらないのだがその瞳にはどす黒い何かが滲《にじ》み出《で》ていた。

だが、男にとってそんなことはどうでもよかった。

「ん？　ああ、別にそれはどうでもいい。隊長が任せたのならそれが適任ということだろう。俺は隊長に従うだけさ。わざわざそれに逆らったりしねぇよ。まぁ何にせよ大丈夫ならいいんだ。邪魔したな」

男はそう言うとミルキから離れていった。

そしてミルキから離れてから男は小さな声で呟《つぶや》いた。

「不真面目？　あの人が？」


オウルはシーザーの言葉に到底賛同などできなかった。

それに賛同すれば、今まで歩んできた騎士道が、自分が信じてきたことの土台が、ガラガラと跡形もなく崩れ去ってしまう。

だからこそ認められるかと憤《いきどお》り、ニヤニヤと笑う目の前の男を生かしてはおけない、と剣を握る手にグッと力を入れて喉が張り裂けんばかりの大声で叫んだ。

「戦場にも美学というものが存在する‼　騎士たる者なら正々堂々と戦うことこそが本懐である！　騎士道に反する貴様のような貪汚《たんお》に心を侵された男など絶対に生かしてはおけん‼　騎士の誓いのもと、必ずや貴様を屠《ほふ》ってくれる！」

オウルは言い終わると息が切れたかのように鼻息を荒くしてシーザーを睨みつけた。

「いいぞいいぞ。自らの信条に酔いしれろ。その酔いが深ければ深いほどそれが覚めたときの輝きは甘美《かんび》なものになるぞ？」

ククク、と嗤笑《ししょう》しながら姿を消していくシーザーを見て、オウルは理性を半分失っていてもほぼ反射的に警戒の声を上げた。

「ッ⁉　警戒せよ‼」

先ほどまで姿を消す能力を使えていなかったはずのシーザーが姿を消したことで、オウルの頭の中に警鐘が鳴り響いていた。

油断などできようはずもない。

たとえ能力を封じようと、どれだけ仲間との連携で相手を追い詰めようと、まだ一度たりともシーザーに傷をつけられていないことには変わりないのだから。

戦いは終始オウル達が押しているが、押しているだけで決めきれていない。

オウルが叫んだときには全員が即座にフォローできるように陣形を組み終わっていた。

しかしそんな陣形など嘲笑うかのようにシーザーの声が陣形の内側から聞こえてきた。

「まず、一つ目。先ほどからずっと観察していて思ったのだが……お前はよほど部下が大切らしいな？」

シーザーはオウルから少し離れたところにいるオウルの部下の背後に現れ、その頭をガシッと鷲摑《わしづか》みにした。

部下も必死でその手から逃れようとするが、シーザーが何気なく摑んでいる手によって首から上が微動だにしない。

オウルは声がした方を振り返りながら叫んだ。

「当然だ‼　我らは一心同体である‼　部下を奴隷の如く扱う愚か者もいるが、私は違う！　部下とは戦場で我が身を預ける家族であり体の一部も同然である‼」

それを聞いたシーザーは握る力を強めているのか、ミシリと音がしそうなほど部下の顔が苦痛に歪み始めていた。

「そうかそうか。ククク。お前達の再生能力はたしかに大したものだ。だが、こんな風にしたらどうなるのだろうな？」

シーザーは子供が虫を遊びで殺すような無邪気《むじゃき》で邪悪な笑みを浮かべながら、鷲掴みにしている男の頭に短剣をゆっくりと突き刺した。

「あ……が……⁉」

脳を短剣で突き刺された男は、まるで魚が陸でピチピチと跳ねるかのように首から下がピクピクと痙攣《けいれん》していた。

シーザーはオウルに向かって、助けてみろと挑発するかのようにニヤリと笑い、男の頭をグリグリと短剣で抉った。

シーザーが放つ異様な空気に飲まれて固まっていた他の部下達も、すぐさま仲間を助け出そうと怒りの表情を浮かべ、シーザーに群がっていく。

シーザーはニヤッと陰湿に笑うだけで、四方八方から襲いくる攻撃を避けようとすらしなかった。

シーザーが攻撃をしているときは実体化しなければならないことはもう承知している。

だからこそ、攻撃を仕掛ければシーザーが霧状化して実体を持つものには触れられなくなり仲間は助けられる。

そう思っていた。

部下達の剣は霧状化によって当たることはなかったがたしかにシーザーを貫いた。

部下達は自分の思い通りに事が運んだと判断し、自然にニヤリと口角が上がる。

が、その口角はすぐに下がることとなった。

刺している。

何本もの剣がたしかにシーザーを貫いている。

そして思った通りにシーザーは霧状化の能力を使っている。

なのに何故、捕まえられている仲間はまだ苦しんだままなのか。

シーザーから逃れることができていないのか。

理解できない現象を前にして部下達はたじろぎシーザーから離れた。

違う。明らかにさっきまでとは様子が違うと。

オウルが先ほどまでの一連の戦いはただの演技だったのかと疑いを持ち始めるほどシーザーの纏う雰囲気、そして放つプレッシャーは段違いであった。

「ククク、そしてこうして……」

シーザーは実験でもするかのように、そのまま更に短剣をグリグリと捻り回し始めた。

「あ……あ、が……!?」

刺された男は更にピクピクと痙攣し口から泡を吹いていた。

その様子を見て、笑いが抑えられなくなったシーザーはさらにグリグリと深く突き刺した。

「ククク、アハハハハ、どうだ？　自分の家族を、体の一部を傷つけられた気分は？　さっきお前達を攻撃していたら気づいたことがある。再生しているだけで痛みは感じているのだと。たしかに即死の攻撃なら痛みは最小限で済むし、それ以外の攻撃もすぐに治せば痛みはほぼなくすことができる。その優れた連携があれば、たしかに持続的な痛みなんてないわけだ。なかなか考えられている」

シーザーは自分を先ほどまで苦しめていた戦術に素直に賛辞《さんじ》を送った。

だが、その言い草はとても苦渋を嘗めた人物のものではなかった。

シーザーは短剣を動かす手をピタリと止めてオウルの方に視線を向けた。

「それで？　君は家族を助けないのかい？」

いつまで経っても動かないオウルに痺れを切らしたかのように、そして少し遊びに飽《あ》きてきた子供のような雰囲気を纏い、シーザーは問いかけた。

オウルの固まっていた体も突然硬直が解けたかのように力が漲《みなぎ》ってきて、部下達に比べればだいぶ遅れながらも怒りの表情を浮かべ、なりふりかわまずシーザーに突っ込んできた。

「お前は部下が攻撃されるたびに顔を歪めていたな？　そんなに大事なら宝箱にでもしまっておけば良いんじゃないか？　家族と騎士道、一体どっちをお前は選ぶのかな？」

迫りくるオウルに向かってシーザーは嬉しそうに稚気《ちき》を感じさせる様子を見せていた。

自らが封じていたものを解き放ったかのような様変わり具合はもはや別人とも言えた。

ロキや『傀儡士《くぐつし》』が放つような相手を震え上がらせられるような気配。

オウルは心を侵すような波動を受けても、意志に反して進むことを躊躇《ためら》う自分の足を叱咤《しった》しながらシーザーのもとまで駆けた。

自分が目の前まで来てもまだニヤけているシーザーを視界に入れながら、オウルは剣を横なぎに振るった。

「ふんッ!!」

それはシーザーを狙った攻撃ではなく部下の首を飛ばすための攻撃だった。

だがオウルの攻撃はシーザーを攻撃したときと同じように部下の体をすり抜けていった。

シーザーが自らの能力を捕らえている男にも適応させたためだ。

今までシーザーを苦しめていた再生能力やその他の能力は、オウルの持つエルフの武具一つの力であった。

連携に特化した能力を持つ武具であり、仲間が多ければ多いほどその効果も高くなる。

オウルが身に着けている鎧とセットで用意された鎧を着た者が能力の対象となる。

実際オウル達が死ななかったのは仲間全てが運命共同体であり、一度の戦闘中に命が失われる攻撃を仲間の数だけ、なかったことにできる能力のためである。

オウル達はオウル含め五二人。

五二回分はたとえ何度殺されようと再生するということだ。

シーザーは何度か死に至る攻撃をしているが、まだ二一回。

そして細かなダメージが蓄積《ちくせき》したことによる死亡判定が二回。

計二三人分の命しか取っていない。

それゆえ、これから更にかなりの回数殺そうともオウル達は死なないのである。

そして死んだ回数が多くなるほどその連携にもバフがかかるようになるため、殺されれば殺されるほど強くなる。

エルフの武具の中でもかなり強力な部類と言ってもいい能力である。

だが、そうは言っても同時に全員が死ぬような攻撃を喰らえばその能力はないに等しいため、人によってはそれほど強い武具に感じるというわけではない。

それこそ熟達した魔法師ならば一撃で全員を屠り去ることもできるだろう。

ただ、戦いの場を選べばかなり使い勝手が良い武具ではある。

オウルは自分の部下を助けるために殺そうとした。

そのオウルの行為にシーザーは嬉しそうに口元を笑みで歪めた。

たとえ生き返るとわかっていたとしても、自分の中では仲間を助けるためと正当化されようと、仲間を手にかけようとしたことには違いはない。

先ほど騎士の誓いを口にしたその人間が仲間殺しという大罪を躊躇《ちゅうちょ》なく犯す。

自分の都合の良いことを優先する醜《みにく》さを目の当たりにして、シーザーは恍惚《こうこつ》とした表情を浮かべていた。

ああ、醜いと。

生き返るから。仲間も了承しているから。

そんな理屈はシーザーにとってはどうでもいい。

あるのは自らがした行為の結果だけ。

(ああ、これこそが人間の本質、本性……。口ではどれだけ綺麗なことを言おうが所詮《しょせん》そんなものは口先だけ……。命を賭《と》してまでそれを守れる者などいやしない。ククク、その自分は正しいという顔が崩れ去るときが見ものだ)

騎士として仲間を殺すという禁忌《きんき》を犯そうとしたオウルの頭を占めているのは、仲間を救えなかった自責の念でしかなく、そこに罪悪感が入るような隙間など微塵《みじん》もない。

だがそれも当然である。

オウルにとって先ほどの行為は正当なもの。

仲間を救い、戦いに勝つための手段でしかないのだから。

仲間殺しという考えすらない。

オウルは剣を振り終わった体勢で、シーザーを親の仇《かたき》とでも言いたげな血走った目で睨《にら》んでいた。

「どうした？　そんな怖い顔をして。騎士としての禁忌《きんき》、仲間殺しを〝防いで〟やったんだ。騎士として私に感謝の気持ちを表してはどうだ？　ククク」

「き、きさまぁぁぁぁ‼　このようなことをして心が痛まんのかぁぁ⁉　その男には妻子もいるのだぞ？　それを……、それをッ‼」

シーザーの残虐性《ざんぎゃくせい》について非難してくるのかと思えばまさかの情に訴える言葉。

シーザーは一瞬呆気《あっけ》に取られたかのようにキョトンとした表情を浮かべたあと、必死に笑い転げるのを我慢していた。

「だからなんだ？　まさか妻子がいるから傷つけるなとでも言うつもりか？　まさか……戦場で笑い殺されそうになるとは思わなかった……クク、お前は戦場をお遊戯《ゆうぎ》の場だとでも思っているのか？　まさか一方的に相手を殺すことができるとでも？　死ぬ覚悟どころか傷つく覚悟すらないとはな」

シーザーはため息を吐くと捕らえていた男の頭から短剣を抜き、その男の髪の毛をグイッと摑んで勢いよく投げ捨てた。

すぐさま抜いた短剣の部分が回復し男は意識を取り戻した様子であったが、シーザーはそんな男のことなどもうどうでもよかった。

「はぁ、興醒《きょうざ》めだ。まさかこれほどつまらない男だったとは。ただ傷つくのが、傷つけられるのが怖いだけとはな。うちの幼主様ですら傷つく覚悟ができているというのに、お前達はその歳で傷つくのがただ怖いだけとは。基本的に醜い人間というものは死に際が面白いから好きだけど……お前はダメだな。まぁいい。もう少しゆっくり遊ぼうかと思ったけど、お前達に戦場ではどういうことを覚悟しないといけないか、その身に教えてやる。ただ綺麗事を抜かすだけの紛い物の騎士ではなく真の騎士の力とはどういうものか」

一人だけ馬に乗っている男が馬上から飛び降り優雅《ゆうが》な礼をした。

「私は由緒《ゆいしょ》正しきワイルボード侯爵家に長年仕《つか》えるラーイン家の当主、ボード・ラーインと申します」

アーノルド達よりも前方にいた中央のハンロットの小隊。

アーノルドを狙って放たれた矢が多いため、被害が出たのもこのハンロットの小隊が最も多かった。

そして敵方も銀武具を持った騎士達を最も多くこの小隊にぶつけていた。

戦力差は一〇倍などでは利かない。

「……私が名を名乗ったのです。いくら敵対する者同士とはいえ、礼儀《れいぎ》くらいは弁《わきま》えてはいかがですか？」

ボードは名を名乗ったにもかかわらず無視されたことで矜持《きょうじ》でも傷ついたのか、一気に不機嫌そうな表情となった。

そう言われて改めてハンロットはその男を見た。

鎧を着ているためわかりにくくはあるが、武官より文官と言われた方がしっくりくるような細身の男。

しかしその醸し出す雰囲気は武人のそれであった。

「ダンケルノ公爵家に仕える臨時小隊長ハンロットだ」

「……姓はどうしましたか？」

怪訝《けげん》そうな顔をしながらボードは問いかけたが、ハンロットはめんどうそうに眉を顰《ひそ》める。

「ない」

「小隊長なのに平民だと？　全く……ダンケルノ公爵家は随分《ずいぶん》人手不足なようですね。お前のような平民が小隊長を任されるなど……ダンケルノ公爵家は貴族としてなっていませんな。いや、それともあのような卑《いや》しい血筋の子供には平民しかついてこないということですかね」

先ほどまでの優美な様子から一転してこちらを人とも思わぬ見下すような視線を送ってきた。

「貴様こそ家名があるだけのエセ貴族だろう？　俺らは職務上全ての貴族を覚えさせられるがラーインなんて家名聞いたことないぞ？　所詮、お前も俺と同じ平民だろうが。エセ貴族の分際で我が主人を侮辱してんじゃねぇよ」

顔は冷静であったが、公爵家を、そしてアーノルドを侮辱されたハンロットは、語気が少し強くなるくらいには静かにキレていた。

だが頭に血が上るほどではなく、ハンロットの頭の中は今後の展開をどうするかでいっぱいだった。

「私は騎士爵だ!!　貴様のような凡俗《ぼんぞく》と一緒にするな!!」

「騎士爵？　聞いたことねぇな。おままごとなら他所《よそ》でやってくれよ、騎士爵様」

ハンロットは虚仮《こけ》にするように冷笑を浮かべた。

ボードの言う騎士爵というのはワイルボード侯爵が優れた騎士の家系に与えている称号のようなもの。

実際に爵位をもった貴族などではなく、この侯爵領でのみ準貴族のような振る舞いを許される程度の権力を有しているだけである。

当然、ワイルボード侯爵領から出てしまえば効力などない。

「……流石は貴族の血を汚した娼婦の血が混じるガキが従えている騎士ですね。そのようなクズにはあなたのような平民騎士がとてもお似合いですよ。ですが、少しばかり教育を施《ほどこ》さなければならないかもしれませんね。このような者に騎士を名乗らせるとは。いかに娼婦の子といえど教育くらいは受けているでしょうに。それとも娼婦の子だから頭の方も残念なのでしょうかね？　侯爵様の前にお連れする前にこの私が直々に教育を施して差し上げましょう」

ボードは下品な笑みを浮かべながらそう言った。

要は、騎士の教育すらまともにできていないのはその主人の頭が悪いからだと、そう言っているのだ。

「その臭い口をいい加減閉じやがれ、貴族気取りのエセ野郎が。私が仕える公爵家を、そして主人を侮辱するその言葉――お前の命で償ってもらうぞ。楽に死ねると思うな」

その言葉を鼻で笑ったボードは自らの部下に行けと指示を出した。

数十、数百にも見える人数が一斉にハンロット達に襲い掛かる。

「……ッチ!!」

ハンロットは苦戦しながらも一人また一人と斬り殺していくが、いっこうに前に進めない。

「先ほどまでの威勢の良さはどこに行ったのですかね？」

未だに一切手を出さず全ての攻撃を部下に任せて高みの見物をしているボードは、部下がもう何人も斬り殺されているのに眉一つ動かしていない。

「はっ、それはこちらのセリフだぜ！　後ろでビビっているだけで前に出れねぇお前こそ、さっきまでの威勢はどこにいったんだ？」

ハンロットは迫る敵を斬り捨て、僅かに息を乱しつつ、ボードに対してそう挑発した。

「はぁ……、下賤《げせん》な者はこれだから。この私にわざわざお前ごときの相手をしろと？　少しは身のほどを――」

「結局のところ臆《おく》してるってことだろ？　部下どもがこうして殺られようとも助ける素振《そぶ》り一つ見せねぇんだからよ」

ハンロットにとって部下の危機には駆けつけて当然。任務の途中でどうしても犠牲が出ることはあるが、少なくとも助けられる場面で高みの見物などするはずもない。

それが部隊を任せられる者としての責任。

だがボードにとっては違う。

「この私の言葉を途中で遮《さえぎ》るとは……。しかし、助ける？　誰が誰を？　まさかこの私にそこな下民どもを助けろとでも？　ただの消耗品《しょうもうひん》を助けろとは……下賤《げせん》な者の思考ですね。消耗品など減れば補充すればいいだけでしょう。そもそも――」

ボードはそれからも長々と何かを喋っているが、ハンロットはそんなボードの話など聞いておらず、戦う部下達の状況確認と自分自身の体力と気力の回復に努めた。

開戦直後に放った『オーラブレイド』はハンロットのエーテル総量からすればそこそこ消耗が激しいものであった。

それゆえ、ボードと戦うにしても、考えなしに臨むことはできないのである。

「――であるからして、平民である貴様らは私にとっては無価値のゴミに等しいものであるため助ける価値などないのです。わかりましたか？」

「ああ、わかったぜ？　お前がただの臆病な腰抜け野郎だってことがなッ」

ボードはその言葉に激昂することもなく、ただ虫を見るような目を向けるだけだった。

「なるほど。下賤な者に理解力など期待したのが間違いでしたか。やはり平民にはその身に直接覚え込ませるに限りますね」

やれやれとわざとらしく首を振る仕草が癇《かん》に障《さわ》るが、ハンロットは自分の心を冷静にするように努め、ふぅっと息を吐いた。

「なら、俺は現実ってやつをテメェの身に刻んでやるよ!!」

ハンロットはそう叫ぶとボードに向かって駆け出した。

ボードの周りにはまだ何十人と護衛の騎士達がいるため、ハンロットは近くにいる部隊の者とアイコンタクトを取り、掩護を頼む。

そんなハンロットをボードは小馬鹿にするように鼻で笑う。

虫ケラを見るような冷めた目で部下達を一瞥し、さっさと行きなさいとハンロットへと向かわせた。

「無駄な足掻きを。第二小隊、通せば——わかっていますね？」

ここにいる者達の大半は家族を人質に取られ無理矢理連れてこられた者である。

ボードに連れてこられている部下達は、必死に表情を殺しながらその命令に従っていた。

誰も好き好んで戦争になど行きたくない。

基本的にこの国では、他国との戦争を除く国内の揉め事に際しては、民が貴族に従って戦争に行くかどうかは個人の裁量に委《ゆだ》ねられている。

自国内での争いなど何も生み出さないこともあり、無為《むい》に民を減らさないためである。

生活に困っている者が褒賞金《ほうしょうきん》目当てで行ったり、自らの武を認めてもらい出世するために赴《おもむ》いたりするが、基本的に自ら行こうなどと思う者はいない。

だが、ワイルボード侯爵はあまりの兵の集まらなさに暴挙に出た。

その結果がこの者達である。

そしてここにいる者は目の前にいるボードの残忍《ざんにん》さを知っている。

少しでもサボったり、わざと手を抜いたりすれば、たとえ相手に勝ったとしてもこの男は躊躇なく自分を、そして家族を殺すだろう。

そういう場面を今まで何度も見てきた。

村に突然来たと思えば、ただ顔がムカついたからなどという理由で村人を殺していく。

そういうことを繰り返している男なのである。

だからこそ、ここに集まる者達はボードが満足するような戦いぶりを見せるために死兵となるしかないのである。

ボードにとって平民など消耗品である。

その消耗品が命を惜しむことなどあってはならない。

それは自分に対する不敬行為であると考えるのだ。

だからここにいる者達は家族を守るために命を捨てる覚悟で戦うと決めている者達。

自らの生を諦め、家族を生かすために全力で戦う者達。

戦うことを少しでも渋った者達は家族ごと既に殺されている。

一瞬でも返事を躊躇えば殺された。

それゆえ選択権などなかった。

「チッ……。　なんだこいつら⁉」

ハンロットは攻撃をしかけてくる兵達を斬り捨てながらそう悪態《あくたい》を吐く。

ハンロット達に突撃してくる兵は、自分が傷つこうともまるで痛みを感じないかのようにそのまま突っ込んでくるのだ。

腕を斬り落とされようとも、腹を裂かれようとも、ハンロット達を殺そうと死兵のように突撃してくる。

その圧に押されたか、傷を負った者もいる。

動きに支障が出るほどの傷ではなさそうだが、明らかに普段より動きが悪くなっている。

「――なッ……⁉」

目を離したその一瞬、ハンロットは後ろから下腹部を刺し貫かれた。

ハンロットは痛みに顔を歪めながらも、前から迫る敵を斬り、そのまま後ろで刺したまま動かない敵の首を刎ねた。

その者を見たハンロットは驚きに目を丸くした。

その者の片腕、片足は既に斬られており、ハンロットが斬り殺したと思っていた者。

普通の者ならば確実に戦闘不能だった。

戦闘不能の判定を誤ったかとも思うが、ただの民兵ならばあれはどれだけ考えようとももう動ける状態ではなかったはずだった。

「ツチ‼」

だが、今はそんなことよりも更に迫ってくる敵への対処が急務であった。

ハンロットが怪我《けが》を負ったからか、先ほどよりも迫りくる敵の数が増えていた。

「ふふふ、良い気味ですねぇ。そろそろ私が出てもいいかもしれませんね」

ボードが薄気味悪い笑みを浮かべながらそう言うと、隣にいるフードを深く被った副官が口を挟む。

「今出ていくのは得策ではないかと。まずは私が出ましょう」

低く唸るような声で副官はそう言うと、ボードの隣から消えるように前へ出ていった。

「ツチ‼　やりにくぃなッ‼」

ハンロットは舌打ち交じりにそう悪態を吐いた。

死を厭わない兵というのはただ強い者よりも面倒臭かった
だが腹に一つ穴が開こうともその程度でやられるほどハンロットは甘くない。

刺されようとも冷静に対処したことで兵の数も減りだし、ボードへの道筋が見えた。

だが駆け出そうとしたハンロットは突如《とつじょ》地面に叩きつけられた。

「グハ……ッ⁉」

そのまま体全体が岩のように固まり、ハンロットの体の上に顔が見えないフードの人物がまるで重力を感じさせないかのように立っていた。

「……カハッ⁉」

退けと叫ぼうとするも、胸の上に立たれているからか出てくるのは漏れる空気の音だけであった。

「……標的ではないが、今後の邪魔になりそうな者は排除しておく。安心しろ。主はお前に安らぎを与えてくださるだろう」

そう言うとその者は足に力を込め始め、ハンロットの身体強化を施した体を貫いて骨がボキボキと折れる音が聞こえてくる。

だが――その足が急にピタリと止まった。

「――あはは、お姉さん。その子、一応僕の仲間なんだ。その足を退けてくれないかな？」

副官のすぐ目の前に気配もなく突然現れたロキは無邪気そうに愉しげな笑みを浮かべていた。

その笑みを見た瞬間副官の背筋にゾクリと冷たいものが走り、すぐにその場から飛び退いた。

何をされたのかわからない、わからないのだが、本能が逃げろと警鐘をけたたましく鳴らしている。

まるで死神の鎌が首元にかけられているかのように感じ、冷や汗が止まらなかった。

(何をした？　そもそも気配が全く読めなかった。それに私が女だと見抜いただと？)

ロキが言った通り副官は女であり、男に変装していただけなのだ。

いや、変装していたなどという生易しいものではない。

骨格ごと、声帯も含めて全て変えているのだ。

何があっても正体がバレないように。

たとえ顔を見られてもいいように。

(『愉楽の道化師』のロキか。他者の命を弄ぶクズ野郎。いずれは殺さねばならぬ相手だが、私よりも格上だと判断されている男。こんな奴がここにいるなんて情報はなかったぞ？　ッチ。あのクソ大司教に嵌められたか？)

ロキのことは知っていた。

ブラックリストに載っているにもかかわらず未だに生きている粛清《しゆくせい》対象。

自分が出会えば屠ってやると意気込んでいたが――実物を目の前にすれば、今なお生き永らえているのも頷ける化け物ぶりがたしかに肌で感じられ、冷や汗が流れる。

「どうしたの？　そんなに考え込んじゃって。そんなに怯えなくても良いんだよ？」

ロキは口を三日月に歪めて楽しそうにニヤリと笑った。

「ああ、別に逃がして跡を追うなんてことはしないよ？　逃げたければ逃げればいい」

副官は考えていたことを当てられてピクリと肩を揺らし、表情を僅かに歪めた。

ロキはそんな副官の反応をニヤニヤと楽しみながら剣をくるくると手で回して遊んでいた。

それは副官にとって見覚えのある剣であった。

よく見れば副官が腰に差していた剣と同じである。

副官は自らが腰に差す剣を、目はロキから動かさず手だけで確認した。

（……ない）

たしかにロキは先ほどまで何も持っていなかったはず。

いつの間に奪われたのかすらわからなかった。

――格が違いすぎる。

要はロキがその気であれば、気づく間もなく自分は殺されるということだ。

副官は思わず眉を顰め、奥歯をギリッと噛んだ。

「安心しなよ。僕は女を嬲《なぶ》る趣味もないし、怯《おび》える者を追い詰める趣味もない。そのまま帰れば爆発するといった仕掛けもない。文字通り君は五体満足のまま帰ることができる。まぁ帰ってからそっちのゴタゴタに巻き込まれるのは知らないけどね」

「逃げる……？　私はこの部隊の副官だぞ。……それに敵前逃亡は死罪だ」

「ああ……、そういうのはいいよ。お姉さんの〝所属〟がどこかくらいはわかっているからね」

その言葉を聞いた副官は言葉に詰まったような何とも言えない声を出した。

「まぁこれからここを通るアーノルド様の邪魔をしなければ、逃げようが、何をしようがどうでもいいけどね」

好きにしなよとロキがそう言うと、副官の視線がチラッと別の場所に向けられる。

そして未だに胸が苦しいのか、呻《うめ》き声《ごえ》を上げているハンロットもまたそちらに視線を向け、小さく呟いた。

「ア、アーノルド様……」

侯爵のいるところを目指してかアーノルドの部隊が近づいてきていた。

「手酷くやられたようだな」

アーノルドが淡々とそう言うと、ハンロットは申し訳なさげに顔を歪めた。

「ハッ、飼い主のお出ましですか……。私はボード・ラーインと申します」

ボードが小馬鹿にするように鼻で笑うが、アーノルドは一瞥するだけで歯牙にもかけない。

その反応が気に入らなかったか、ボードの眉がピクリと動いた。

「は、はは……、下手に出れば……、この私にそのような振る舞い。たかが娼婦の子の分際で……ッ！　いいでしょう。やはり私が直々に教育を施してあげましょう」

ボードはそう言うと剣を構え、悠然と歩いてくる。

「ハンロット、もう限界か？」

「いいえ、まだやれます……！」

ハンロットは苦しげな声色であるが、歯を食いしばりながらも立ち上がった。

「あはは、それなら回復してあげるよ」

ロキがそう言うと、ハンロットの体が僅かに光り、傷と痛みが消えていった。

アーノルドは今なお睨んできているボードに鋭い眼光を向けた。

「一介の騎士風情が私に話しかけるな。せめて自分の力を示してから話しかけろ。戦いすらしない腰抜けに用などない。煩わしい。では、行くぞお前達」

するといつからかクレマンと話していたロキが、あー、と声を出す。

「アーノルド様、私はもう少しここにいてもいいですか？　久々に力を使ってみようかなと」

「……好きにしろ」

薄く笑みを浮かべるロキを一瞥したアーノルドはそう言い、そのままボード達の隣を通り過ぎていく。

だが誰も手を出そうとはしない。ただ見送るだけであった。

それはアーノルド達の周りを囲む者やその場に残るロキが、主に手を出せば殺すと、ちょっとした意志程度では動けぬほどに重厚な殺意を向けていたからであった。

「さて、僕は少し準備があるからね。ハンロット君、それまでに君が彼を倒せなかったら僕が貰っちゃうからね？」

ロキは去るアーノルドの方を見ながら笑みを浮かべていた。


「さて、俺もそろそろ出るか」

ヴォルフは入り乱れる戦場を見て大剣を手に取った。

半数が殺され、残りの奴らが殺されるのも時間の問題。

ヴォルフにはもはや結末が見えていた。

それならば時間のあるうちに自分の用事を済ませておこうと。

「お、おい、待て‼」

「そこの雑魚どもでも時間稼ぎくらいはできるだろうよ。テメェが殺される前には戻ってきてやるよッ！」

ヴォルフはそう吐き捨て、豪快《ごうかい》に地面を踏み抜いて侯爵がいる丘の上から去っていった。

アーノルド達が進む前方に突如轟音《ごうおん》が鳴り響く。

急停止したアーノルドの周りをすぐさまコルドーとパラクが固めた。

砂煙が晴れてくると巨大な大剣を携えた大男のシルエットが見えてくる。

「よう。遅せぇから挨拶《あいさつ》に来てやったぜ？」

ヴォルフは片手一本で大剣を担いだままこちらに向かって悠々と歩き出す。

だが、当然それ以上近づかせるわけがない。

するとヴォルフは嬉しそうに野性味溢れた笑みを浮かべてピタリと足を止めた。

「いい気迫じゃねぇか！　それ以上近づくなってか？」

ヴォルフは殺気を向けてくるクレマン達へと視線を向け、白い歯を見せた。

「当然です。私達を無視して進もうなど随分《ずいぶん》舐めた真似を」

クレマンは自分達など取るに足らないと思っているのなら後悔させてあげますよ、とでも言わんばかりに鋭い目つきで睨みつけた。

しかし、返ってきたのは戦場に響き渡るかのような大きな笑い声だった。

「ハハハハハ、いいじゃねぇか！　爺《じい》さん、テメェか、ずっと肌にビリビリと来る鳥肌の正体は。……テメェとも殺りあってみてぇが、言っただろう？　俺は挨拶に来たって。今はそこのガキにもテメェらにも興味ねぇんだわ。どうせあとで殺り合う機会があるだろうよ」

ヴォルフはそう言うと、もう興味がないとばかりにコルドーの方へと向き直った。

「おい、コルドー、久しぶりじゃねぇか。そんなところで縮こまってねぇでとっとと出てこいよ。こんな奴らに睨まれながらじゃゆっくり昔話もできねぇだろ？」

戦う気満々といった様子――闘気を溢れさせながら、ついてこいと指で示す。

コルドーはこの状況でアーノルドから離れるべきかどうか迷ったが、当初の予定でもヴォルフの相手はコルドーがする手筈《てはず》だった。

アーノルドの方をチラリと見て、頷くのを確認してからヴォルフの方へと近づいていった。

ヴォルフは鼻を鳴らし、アーノルドを一瞥《いちべつ》すると、来たときと同様轟音と共に跳び立ち、コルドーもそれに続く。

アーノルド達から離れるように場所を移動したヴォルフとコルドーは、屍しか転がっていない場所で静かに向かい合っていた。

草原の草の匂いなどなく、血と死臭しかない場。

そこに漂うヴォルフの野生の獣のような気迫。

「どうした黙っちまってよ？　久しぶりすぎて俺のことなんざ忘れちまったか？」

コルドーは相変わらずの巨体にゴクリと喉を鳴らした。

身長は二メートルをゆうに超え、その体はまさに筋肉の塊。

コルドーも相当大柄な方だが、そのコルドーですら霞《かす》む巨軀《きょく》。

「いいえ、お久しぶりです、ヴォルフ先輩」

ヴォルフはコルドーが通っていた学院の一つ上の先輩であった。

「ククク、どうした怖い顔をしてよ？　昔ボコボコにしたのを根に持ってんのか？　楽しい思い出だったのは俺だけか？」

「いいえ、むしろあの件は感謝しておりますよ。あのおかげで騎士としての心構えができましたよ」

それを聞いたヴォルフは愉《たの》しげに口角をニヤリと上げた。

「そうかよ。そりゃボコボコにした甲斐《かい》もあるってもんだ。それで？　昔話に花を咲かせて終わりじゃあねぇだろ？　久々に遊んでやるよ。だが、俺を失望させせんなよ？」

ヴォルフが肩に担いでいた剣をブンと横に振るうと、地面に触れていないのにその剣圧で地面が砕け、地に伏していた屍《しかばね》が宙を舞った。

「オラァ、来いよ‼」

ヴォルフは白い歯を見せながら凶悪な笑みを浮かべた。

コルドーは顔を強張《こわば》らせ、緊張したように剣を握る手に力を入れ、駆け出した。

コルドーが突っ込んできたのを見てヴォルフは笑みを深める。

コルドーが振るった剣に合わせるようにして振るわれた大剣は、いとも簡単にコルドーの剣を弾いた。

「おいおい……、まさかその程度か？」

嬉しそうな表情から一転して、不機嫌そうに目を眇めたヴォルフは、大剣を片手で上に掲げそのまま無造作に勢いよく振り下ろした。

それだけで溜めなど一切ない『オーラブレイド』が放たれた。

そんな適当な『オーラブレイド』であるにもかかわらずハンロットが放った一撃よりも威力が高い。

だがコルドーはヴォルフが大剣を掲げた時点で動き出しており、ヴォルフの一撃を避けたあとすぐにそのままヴォルフへと肉薄したが――。

「遅ぇよ」

その瞬間コルドーは右の頬を勢いよく蹴られて吹き飛ばされた。

その様子を見ながらヴォルフは臨戦態勢を解き、剣を構えるのもやめた。

「……舐めてんのか？」

怒るでも嘲るでもなく怪訝そうに眉を顰め、その程度なのかと失望の色を浮かべていた。

「まだまだこれからですよ」

コルドーは、本気でいきます、と己自身のエーテルを可視化できるほどの高純度にまで凝縮し剣に纏わせた。

「いいぜ、来いよ！　そうでなくちゃ面白くねぇよな！」

ニヤリと笑ったヴォルフも同じく剣にオーラを纏わせた。

それぞれの性質を表すように、コルドーの剣は緑色の穏《おだ》やかで澄《す》んだオーラを、ヴォルフの剣はトゲトゲしい攻撃的なオーラを放っていた。

先に動いたのはコルドーであった。

弾丸のように素早くヴォルフへと迫ったコルドーは、至近距離からの『オーラブレイド』を放つ。

「はっ、その程度でやられるかよ!」

ヴォルフはその斬撃を大剣で斬り、上段からの振り下ろしの一撃を放ってきたが、コルドーはそれを受けることなく相手の懐に入ってそれを避けた。

しかし、そのヴォルフの攻撃の余波によって地面が割れたことで足を一瞬掬《すく》われたコルドーは、一歩遅れヴォルフとの距離ができてしまった。

「いいじゃねぇか。悪くねぇ」

ヴォルフは相変わらず余裕のある笑みを浮かべていた。

コルドーはそのままもう一度肉薄しようと駆けるが、ヴォルフはニヤリと笑って自分の下に転がっている民兵の死体をコルドーに向けて蹴り飛ばした。

その威力は凄まじく、肉片や血が飛び散り目潰しのような効果を生んでいた。

コルドーは咄嗟に避けられず、腕でそれらの肉片をガードせざるをえなかった。

「天下のダンケルノの騎士ならその程度避けろよ!」

当然ヴォルフから目を離すことなど許されるはずもなく逆に肉薄することを許してしまった。

ヴォルフは顔をガードをしているコルドーの胴体に拳打を放つ。

だがコルドーは、その拳が自分の体に当たる寸前、冷静に体を反らし逆にヴォルフの腕をそのまま摑み取った。

「あ?」

予想外の動きに驚いたヴォルフは、その驚きの声とは逆に嬉しそうな表情をしていた。

コルドーは片手一本で、ヴォルフの腕を掴んだまま投げ飛ばそうと相手の巨体を宙へと浮かび上がらせ、そのまま地面へと叩きつけるように振り下ろした。

しかしヴォルフは背中から落ちる瞬間、コルドーに掴まれていない腕一本で叩きつけられる衝撃を受けとめ、倒立したような体勢で己自身の体を支えていた。

腕が手首あたりまで地面にめり込み、血管がはちきれんばかりに浮き出た凄まじい筋肉が波打ったかと思うと、そのまま凄まじい勢いで放たれた蹴りを喰らいコルドーは吹き飛ばされた。

凄まじい体幹力に腕力。

そして素早い身のこなし。

体勢を立て直したコルドーは思わず歯噛みする。

そしていつの間に投げていたのかわからないが、大剣が宙から落ちてきてヴォルフの手に収まった。

「体技を覚えたか」

ヴォルフは余裕綽々《よゆうしやくしやく》たる佇《たたず》まいでコルドーから視線を外したまま先ほどの腕に力を入れて腕の調子を確かめていた。

流石にあの衝撃を腕一本で支えるのは堪えたのかもしれない。

そんな隙だらけに見える立ち姿であったが、コルドーは無闇にヴォルフの領域内に足を踏み入れることはできなかった。

ヴォルフの雰囲気がさっきとは様変わりしていたからである。

コルドーの頬に汗が滴《したた》ってきた。

「当然です。それを教えてくれたのは他でもない貴方ですから」

「ハッ、そのわりにはお粗末《そまつ》な技だったがな。もっと練習した方がいいぜ？　だが、あんなクソみたいな思想を捨てたのは褒めてやるよ」

ヴォルフは少し嬉しそうに口を緩めた。

「いえ、私は元々あんな思想など持っていませんでしたよ。ただあれしか知らなかっただけです。ヴォルフ先輩、貴方のおかげで戦いとは剣術だけではないと知れました。そこは感謝申し上げます。しかし……、なぜ貴方は教師を殺したのですか？　貴方はたしかに教師からは嫌われていましたが同じ生徒達からは人気がありました。貴方の考えに賛同する者も多かったではないですか。あの時まで何を言われようと無視していたのに……なぜあんな最後の最後に……」

殺された三人の教師は見るも無惨な状態で見つかった。

それも卒業をあと数日後に控えたときであった。

「クソどもから人気があったなんてどうでもいいんだよ。むしろそのせいであいつらを殺すことになったんだからよ。まぁ奴らを殺したことは俺にとっちゃどうでもいいことだがな」

ヴォルフはさっきまで浮かべていた笑みを引っ込めて、当時を思い出しているのか不機嫌そうにしていた。

「私にとってもそれはどうでもいいです。ですが、なぜあと数日待たなかったのですか？」

「あそこの卒業にそこまで意味なんざねぇだろ？　殺りたいときに殺っただけのことだ。卒業したからといって強くなれるわけじゃねぇんだからよ」

ヴォルフは愉しげに笑みを深めると、大剣を振りかぶる。

「悪いがあんまり悠長に遊んでいると雇い主が煩くなりそうだからよ。一応あんなんでも雇い主には変わりねぇからな。もう遊びはいいだろう?」

途端ヴォルフの体から尋常《じんじょう》ではない量のオーラが吹き上がった。

空間が軋《きし》むような、何かが書き変わっていくような異様な重圧。

コルドーはこれを知っている。

一度だけ公爵直属の部下が使うのを見たことがある。

騎士達がそれぞれ使う小手先のような技ではなく周囲一帯に影響を与える、いわば騎士達にとっての目標点とも言える技『皇神扑拝《フィーネ・エンデ・レルム》』。

超越騎士級の者達が〝超越〟騎士と呼ばれる所以でもある一種の到達点。

「見せてやるよ。騎士とは、己とは何かをな」

ヴォルフは真っ赤なオーラで辺りを塗り替えていきながら楽しそうに笑った。


ハンロットとボードの戦いは一方的ともいえるものとなっている。

「……ッ！　愚民風情がこの私にぃぃいい!!」

ボードの剣術は弱くはないが、ハンロットに通用するものでもなかった。

それでもなお、ボードがまだ生き永らえているのはボードの持つエルフの武具の力。

自分自身が負った傷を他者に肩代わりさせるというもの。

それゆえ、ボードの部隊員の数だけその命には届かない。

「チッ……！　胸糞悪ぃやつだ」

ハンロットはそう小さく吐き捨てた。

兵となっている時点で擁護するつもりもないが、それでも強制的に肩代わりさせられている者には少なからず同情の念も生まれてくるもの。

だがそれでもボードが焦っているのは明らかに部隊員の数が減ってきているからだろう。

そんな中ハンロットが気にしているのは、自分が傷を負った原因であるあの副官の存在。

だが副官はロキしか目に入っていないのか、常にロキが視界に入る位置にいた。

余裕の態度で副官を見ているのが気に入らなかったのかボードが激昂しながら迫ってくる。

「下民がぁあああああ！」

だがボードの剣はハンロットには届かなかった。

「――残念、時間切れだ」

突如ハンロットの耳元で声が聞こえると同時にボードが吹き飛んだ。

ハンロットはそれを唖然《あぜん》として見ていた。

吹き飛ばしたのはロキであり、何よりまだ部隊の人間が残っているのにボードが苦しみの声を上げているのだ。

そんなロキは少し離れた場所にいる副官に視線を向けていた。

「ああ、君もまだいたのかい？　教会の者まで巻き込むのは面倒だから逃げてほしかったのだけど……、逃げないなら仕方ないよね？」

そう嗤《わら》ったロキの表情はハンロットでも背筋にゾクリと冷たいものが走るほどであった。

それは副官も同様であったのか、それともロキの異様な雰囲気を感じ取ったのか、ハンロットが気がついたときには既にその姿がなかった。

「ああ、流石に素早いね。もうあんなところまで逃げているなんて」

何が愉しいのか、嗤っているロキはその両手に怪しげなオーラを纏わせた。

「さぁ、始めようか。君達に地獄の一片を見せてあげるよ」

——顕界せよ『魂の収穫祭』

「——さぁ楽しい楽しいショーの始まりだ」

ロキはそう言うと、怪しげな笑みを浮かべ嗤った。


副官はロキから少しでも離れるために全力で走っていた。

その速度はロキの言う通り並大抵のものではなかった。

女は教会所属の異端審問官。

所謂《いわゆる》エリート中のエリートであり、信義のためならば何をすることも厭わない者も多いイカれた集団である。

この女はまだベテランというほどでもなく、かといって新人というわけでもない。

さっさと出世したいなどとぼやいたがために送り出された者であった。

簡単な任務。

そう聞いていた。

ついてくる者は大騎士級程度であり、直接手を下す必要はない。

ただ公爵の後継者が如何ほどのものか見極めればいいだけ。

だが、女は欲を出した。

殺せばもっと出世できるのではないかと。

後に厄介になるかもしれぬ相手ならば、どさくさに紛れて殺してしまえばいいのではないかと。

自分の実力にも自信を持っていた。

大騎士級程度の護りならばすり抜け殺すことなど簡単にできるだろうと。

（なんだあの化け物は‼　さすが教会のブラックリストに載っているだけはある……。審問官のわたしですら全く敵う気がしなかった……。逃げてもいいなど……ッ！　屈辱だッ‼）

女は顔を歪めながら憎々しげに歯を食いしばる。

だがある程度戦場から離れたとき、後ろから先ほどの比ではない禍々しい気を感じ取り、咄嗟に振り返った。

振り返らざるを得ない気配であった。

が、振り返った女は後悔した。

なぜ前だけ見て走り去らなかったのかと。

それを目にし、今までに感じたことのない怖気《おぞけ》が全身を襲った。

もはやそれを見てしまえば目を離すことすらできぬ。

恐怖というものは、それを見たくないと感じると同時に、見なければすぐにでも自分がどうにかなってしまうのではないかと思い、目が離せなくなるものだ。

「なんなのだ……。なんなのだあれは。あれはなんなんだッ!!」

叫ばずにはいられなかった。

この世の理不尽に、不条理に。

逃げなければと心は思うのに、そいつから目を離すことができず自分が思うように足が動かなくなり尻餅《しりもち》をついた。

それでも審問官《しんもんかん》としての意地か、それとも生への渇望《かつぼう》か、ギリッと歯を噛み砕く勢いで体に力を入れなんとかその場から離れていった。


侯爵を守る騎士を斬り殺し、空を見上げたアーノルドはじっとその光景を見ていた。

驚きも、怯えも、恐怖も、何もその顔には浮かんでいなかった。

「な、なんですか、あれは？」

パラクは顔を引き攣らせながらもアーノルドの前に立ち、護る姿勢を忘れなかった。

しかし、パラク自身もそんな行動に意味があるのかすらわからないと思える光景。

どんな場面でも臣下として主君を護る姿勢を忘れないパラクの姿を見て、クレマンは感嘆《かんたん》の声を漏らした。

（ふむ、やはりあのパラクという少年、なかなかの逸材《いつざい》ですね。あれを見て腰を抜かしませんか。ロキ……、貴方に任せるのは少々不安がありますが、貴方もダンケルノ公爵家の使用人の端《はし》くれならば私欲に走ることはないと信じていますよ。そしてアーノルド様、此度《こたび》のご無礼《ぶれい》

……どうかお許しください。全ては貴方様のため。その心に嘘偽りは一切ございません。どうかご無事で）

クレマンは空を見上げながら目を閉じアーノルドへの謝罪と決意を心に抱いた。

アーノルドはその間もただ無言で空を見上げ、這い出てくるその存在を見つめていた。

ロキの大声が戦場に響き渡ってから少しして、異変は起こった。

初めは何も起こらないことに皆が訝しんでいたが、空でピキリと何かが割れるような音がしたと思い空を見上げると雲一つない碧空に小さな亀裂《きれつ》が走っていた。

そして次第にガラスにひびが入ったかのようにその亀裂が複雑に拡がっていくと、その亀裂からとても大きな白く角ばった指のようなものが這い出てきた。

——ギギギギギギギギギギ。

耳を塞《ふさ》ぎたくなるような不快音が空から響き、無理矢理こじ開けるようにその指が亀裂を引き裂いていくと、空の亀裂がどんどん大きくなっていった。

敵も味方も誰もが言葉を発することもなく、逃げることもせず、ただそのあり得べからざる光景に見入ることしかできなかった。

そして突然、クハッと笑い声のようなものが響いたかと思うと、一気に亀裂が大きく切り開かれ空一面がひび割れているような異様な光景が広がる。

空に開いた穴の中は何も見えないほど漆黒の闇に染まっており、その穴からは薄っすらと滅《めっ》紫色《ししょく》のモヤのようなものが溢れ出てきていた。

現実離れしたその光景を見た者は顔を恐怖に歪め、だが、目を離せば死ぬかもしれないという恐怖から瞬き一つできはしなかった。

数秒、数分、数時間の時が流れたかと思うほどのほんの短い時間が経ったあと、指に宝石のようなものを嵌めた——地上から見ても超巨大な骨のような手が穴の縁を力強く摑み込んだ。

空間が悲鳴を上げているかのような音が鳴り響き、その不快さに思わず耳を塞ぐ。

それからすぐその巨大な何かが穴の中から這い出ようとしてきていた。

マグル平原と同じかそれ以上の大きさの、空に開く穴から覗いているのは痩せこけた頰に闇を映し出したかのような窪んだ双眸。そして真っ白い骨のような顔。

カタカタと笑い声を上げているかのような剝き出しの歯。

さながら死神のような風貌であった。

そして何より空を覆うように顔を出しているにもかかわらず、まだ穴から出てきているのは顔だけという巨大さ。

その顔を見ると、アーノルドの背筋にゾッと冷たいものが走った。

そして誰かが叫び声を上げた。

恐怖というものは感染《うつ》り連鎖していく。

誰かが叫べば、固まっていた人も現実逃避していた人も皆、恐怖を思い出す。

生物としての根源的な恐怖。

たとえどれだけ恐怖に耐性があろうとも、それを見続ければいずれ精神に異常を来すほどの恐怖が心の底から沸々と湧き出てくる。

死神がゆったりとした動作で穴から腕を前に出すと、そこには巨大な天秤が掲げられていた。

ゆっくりと口を開け、もはや衝撃波ともいえるような聞こえぬ音が辺りに叩きつけられた。

聞こえないにもかかわらず頭が割れるような、脳がぐちゃぐちゃにされるような感覚にアーノルドはギリッと音がするくらい歯を噛み締めながら耳を塞いだ。

地上にいるほとんどの者が頭を抱えたり耳を塞いだりして悲鳴を上げていた。

精神に異常を来す者や耐え切れずその場で絶命する者。

未曾有《みぞう》の恐怖に囚われ生を諦め、死を望んだ者達である。

死神は恐怖に負けた者の魂を徴収する。

頭が割れるような衝撃が終わり、ガゴンと聞き慣れぬ音がしたためアーノルドが空を見上げると、死神が持っていた天秤《てんびん》に青白い炎のようなものが点々と現れ天秤が傾いていった。

そしてどんどんとその炎は増えていき天秤が片側に完全に傾くと、ゆったりとした動きで死神が手を動かしその上に乗っている炎を鷲摑みにした。

するとアーノルド達の頭の中に大量の人間達の悲鳴が鳴り響いた。

――『うわぁぁぁぁぁぁ！　助けてくれぇぇぇぇ‼』

――『痛い痛い痛いぃぃぃ！　やめてくれぇぇぇ‼』

――『ぎゃあああぁぁぁあぁぁぁ！　死にたくないぃぃ‼』

耳を塞ごうが大声で叫ぼうが頭の中で鳴り響き、拷問《ごうもん》を受けているような人間の悲鳴を聞いて心の弱い者達は恐怖の心がむくむくと芽生え、精神が衰弱《すいじゃく》し臨界点を迎え死に至る。

死神はゆっくりとその手を自らの口に運び、その炎らしきものを頰張った。

すると頭が割れんばかりの悲鳴や怨嗟の声が先ほどの比ではない大音量で頭に鳴り響いた。

「……ッ‼」

もはや声も出せず、その延々と頭に鳴り響く声に耐えきれずアーノルドも片膝をついた。

常人ならば間違いなく精神がおかしくなる。

パラクも耐えきれなかったのか、嘔吐《えず》きながら胸を押さえ過呼吸のような状態になっていた。

だがアーノルドはこの程度のことで屈して膝をついてなるものかと、気力を振り絞って自力で起き上がる。

片膝をついたアーノルドを見て助言をしようと近づいてきていたクレマンは、自力で立ち上がったアーノルドを見てその目を細めた。

（少しばかり半信半疑でしたが……、やはりこの後のことは我々がアーノルド様を支えるには必要なこと……。いいえ、その思いもただの我儘かもしれませんね。従者ならば何があろうと主人を支えるのが務め。……従者としてはあるまじきことですがどうかお許しください）

クレマンは気丈《きじよう》に立ち続けるアーノルドを見つめ、声は出さずに自らの不明を詫《わ》びた。


ヴォルフは地に倒れ伏しているコルドーの前で静かに立っていた。

よく見ればコルドーの体はまだ呼吸によって動いている。

だが、意識はなさそうであった。

ヴォルフがため息を吐くと、ロキの術が発動し空にヒビが入るのが見えた。

ヴォルフはそんな光景を目にし、髪をガシガシと搔きながらコルドーをもう一度見て、トドメを刺すことなく侯爵のいるところに戻っていった。

戻ってからは侯爵の文句を聞き流していたが、死神が出てきたあたりで即座に侯爵を殴り気絶させた。

生物としての圧倒的な格の違いによる圧に耐えきれず死ぬかもしれぬと思ったためであった。

こんなのでも一応は雇い主。

まだ助かる可能性があるのなら一応は最善を試みる。

この行為が結果的には本当に侯爵を延命させていた。

ヴォルフですら死神の圧に耐えるのは簡単ではなかった。

侯爵を守るために配置されていたエリート騎士達は既に地に伏し、息絶えている。

(わざわざこんな化け物を顕界させて何をやるつもりだ？　皆殺しにするにしても戦力過剰だろうよ)

ヴォルフは死神の攻撃を受け流しつつ、仁王立ちで死神を睨みつけていた。

誰もがあの化け物の注意を引きたくないと言葉を発しない中、一人の男が嬉しそうに、楽しそうにはしゃいでいた。

「アハハハハ、相変わらず素晴らしい‼　いい、良い！　だが、この能力の本領はまだまだこれからだ。さて、果たして何人が生き残れるかな？　アハハハハハハ」

気でも触れたかのように醜悪《しゅうあく》な笑みを浮かべるロキを地に伏しながら見上げているボード。

(イ、イカれてる……。このような化け物にどう対処しろというのだ)

ボードは最初の音波による攻撃で見事に精神に異常を来す寸前までいき死にかけたのだが、神具の能力によって死を肩代わりされたため生き延びていた。

二度目の攻撃でも、今まで何度も拷問まがいのことを繰り返してきたため他人の悲鳴を聞いた程度では全く動じることはなかったので、今なお生き永らえていた。

ボードがロキを見ているのに気づいたのかその稚気を帯びた双眸《そうぼう》がボードの顔に向いた。

「アハハ、やるじゃないか。まだ生き残れているとはね。さぁそれじゃあご褒美《ほうび》の時間だ。これから君達が見るのは天国と地獄。さぁ這い上がって来られるかな？」

ボードはロキに視線を向けられてびくりを体を震わせた。

もはやこれほどの力を前にしては平民がどうなどと言う気力も起きなかった。

生命の危機を前にしてそんなことが思い浮かぶほどの貴族としての誇りなど持っていない。

他の者と同じく目立たぬように、注意を引きつけないようにやり過ごしたかった。

望み通りとでも言うべきか、ロキはそのまま宙に浮かび上がり化け物の前まで飛んでいった。

そしてくるりと向きを変えると地上にいる者達に対して話しかけた。

「さぁて、まだ生き残っている優秀な諸君。次がラストのゲームだ。勝てば晴れて解放。負ければ永劫《えいごう》の囚獄《しゅうごく》の中で苦痛の日々を過ごすことになる。もうわかっているとは思うけど、このお方は負の感情を好む。恐怖、絶望、怒り、憎しみ、恨み、苦しみ……それら全てが大好物なんだ！」

ロキが楽しそうに演説していると、ワイルボード侯爵がいる丘の上がキラリと光った。

「ん？」

ビル一つは吹き飛びそうな威力の攻撃が超高速でロキに向かってくる。

しかし、突如どこからともなく現れた一つ目の悪魔のような怪物二体がロキの前に立ちはだかった。

「「キャキャキャキャ」」

怪物は愉しげな声を上げるとともに、いとも簡単に攻撃を防いだ。

そして穴の中から同じような怪物が数十、数百と出てきて空を埋め尽くしていく。

死神ほどのデカさはないがそれでも一体一体が人の何倍もデカい。

「ああ、ごめんね。この技の発動中はこのお方を倒さない限り僕には攻撃が通らないと思ってくれていいよ？　ああ、それとこの眷属達《けんぞくたち》は僕の支配下にはないから手を出すなら自己責任でお願いいね？　僕に止める権利はないからね」

ロキが攻撃が来た方に向かってニコリと笑うと先ほどの技をロキに向かって撃ったヴォルフも分が悪いと思ったのか大人しく剣を下ろした。

これはヴォルフが行ったような『皇神抃拝』とは全くの別物。

怪人と怪物によるただの祭宴《さいえん》。

人理すら超越《ちょうえつ》した化け物どもによる遊戯の宴。

「さて、それじゃあ始めようか」

ロキがそう言うと死神が持っていた天秤の片方に大量に何かが乗り、傾いた。

そして各々の目の前に小さな天秤が現れた。

アーノルドの前にもそれは現れ、アーノルドの体の中から突然出てきた真っ黒い炎のようなものがフヨフヨと片方の皿に乗り、天秤が傾いた。

「さぁ、さぁ、準備は整ったね？　ああ、そこの君。天秤を破壊しようとしても無駄だよ。この場は既に僕の能力の領域さ。このゲームが終わるまでは君達はルールに従わなければならない。だが、安心してくれ。代わりといってはなんだがこのゲームをしている最中に君達が死ぬことはない。僕が君を、君達を殺すこともできない。君達が本当に強い心を持っているのなら何も心配する必要はないよ。生きて帰れるさ。これはただのゲームだ。ただし命懸けのね。さぁ楽しもうじゃないか」

アーノルドが周りを見渡すとそれぞれの天秤は傾いているが、その上に乗っているであろうものは見えなかった。

「それじゃあゲームの説明をするよ。君達の目の前にあるのが君達の命の重さを測った天秤だよ。左が君達、右が死神の領域さ。そしてそこに乗っているものは君達の根幹、恐怖を形作った魂のようなものさ。ああ、安心してくれ。本人以外にそれが何かは見えないようにしておいたよ。まぁ見えたとしてもそれが何かはわかるものでもないけどね。そしてルールは簡単。君達の心がどれだけ強いか、それだけだよ。全く揺れることがなければ天秤が動くことはない。勝利条件は制限時間の後に天秤が左に傾いたままならば君達の勝ち。右に傾いていたなら死神の勝ち。君達の魂は死神によって徴収されてしまうから気をつけてね。さっきの者達のようになりたくはないだろう？」

楽しげなロキの声が辺り一面に響き渡った。

これが敵を殲滅するためだけの手段ならば問題はないがアーノルドもその対象になっている。

というよりも味方全員が、ロキの能力の対象になっている。

クレマンが申し訳なさそうにアーノルドのことを見ているが、今のクレマンはアーノルドに語る言葉など持ち合わせてはいない。

（しかし、アーノルド様まで攻撃範囲に含めるとは……。奴め……、その辺は分を弁えているかと思ったが……。それに私の思考にも介入《かいにゅう》しましたか）

クレマンは何かに気づいたらしく凄まじい殺気をロキに飛ばした。

その殺気を受けたロキがブルッと体を震わせる。

（おお、こっわ。この領域内でそこまで自由にできるのなんて爺さんくらいだよ。なんだったらこの神様も殺せちゃうんじゃない？　うーん、ありえないと断言できないところが本当に怖いよね。しかし気づかれちゃったか。いやむしろ成功したのが奇跡だよね。まさかあそこまで心に隙ができているとは思わなかったよ。天は僕に味方しているってことかな？）

ロキはクレマンから飛ばされる怒りの波動をどこ吹く風と飄々と受け流した。

（でも、安心してよ。たとえ魂が取られるような結果になったとしても本当には奪いやしないからさ。それに、あんたも本当は知りたいだろう？　何が彼をそこまで焚き付けるのか。なぜそこまで死への恐怖を消せるのか。何がアーノルド様をあのように形造っているのか。アーノルド様が生まれてから今までの間にああなる原因などなかったはずだ。生まれで不遇な環境に身を置いていたわけでもないし周りの者もまともな者しかいなかったはず。そんな環境であんなイカれた精神を持つようになるか。死ぬことよりも大事なものがあると、それを実行に移せるか。サイコパスならばありえるかもしれないがその人物像にはどうも当てはまらない）

ロキがアーノルドの方へと目を向けるが、アーノルドは目の前の天秤を凝視してロキの視線に気づかなかった。

（それに、彼は公爵になることなど最終目標にしていないとも言ったらしい。公爵になるためだけの人生を歩まされていたはずなのに、いつどこでそれ以外のものを、今までの人生の全てを捨ててまで手に入れようと思える何かを見つけたんだ？　それを手に入れるためならば死んでもいいと思える何か。それが何か僕は知りたい。そしてそれを手に入れた果てにアーノルド様は何を望むのか。強さを求めているのはその行動からわかっている。だが、なぜ強さを求める？　強さを手に入れた末に何を望んでいる？　それを成すためならば死んでもいい？　ああ、気になって仕方ない――あの爺さんはアーノルド様に自制してもらうのが目的なんだろうけど、利害は一致しているんだ。少しばかり私情を挟んだって問題ないだろう？　僕も彼にはできるだけ長く生きてもっと楽しませてもらいたいからね。ちゃんとやるさ。ちゃんとね）

第四章　饗宴

「いつまで寝てるんだい‼　ほら、さっさと起きな！　いつものようにサボることは許さないよ‼」

突然頭に響き渡った女性の声。

クレマンが目を開けるとそこは見慣れた自分の部屋。

自分はベッドに寝ており、眉間《みけん》に皺《しわ》を寄せて上から見下ろしてくる女性と目が合った。

「げっ、ク、クソババア。無断で部屋に入ってくんなよ！」

クレマンは心底嫌そうな表情を浮かべて暴言を吐いた。

「師匠《ししょう》とお呼び‼　それに私はまだ三〇代だ。ババアなんて歳じゃないよ。全くもう少しレディの扱いも学ばせるべきだね」

師匠ことエレナがクレマンの頭に拳骨《げんこつ》を落とし、文句《もんく》を言いながら部屋を出ていこうするが振り返る。

「朝ごはんだよ。さっさと起きな」

クレマンは痛みで涙目になり、頭をさすりながらベッドから降りて顔を洗いにいった。

鏡に映るクレマンはまだあどけなさが残る美少年であった。

「いってぇ……、絶対タンコブになっているよ」

顔を洗いブツブツと文句を言いながら食卓へと向かった。

そこでいつものように今日の鍛錬《たんれん》のメニューが発表された。

「今日はガボン山でブルックホーンを一撃で一〇〇匹沈《しず》めてきな」

「えぇ、無理だってそんなの！　あいつの皮めちゃくちゃ硬いじゃん⁉」

ブーブーと不満を言いながら顔を顰《しか》めるとエレナが大声で怒鳴《どな》り散らす。

「良いからやるんだよ‼　この前死にかけたあとに、師匠俺強くなりたいー、って泣いて懇願《こんがん》してきたのは嘘だったのかい？」

エレナがニヤニヤとクレマンをからかうように声真似をしたことで、クレマンが焦《あせ》る。

「な、泣いてなんかいねぇよ‼」

クレマンは顔を赤くし否定したが、エレナは真剣な目でクレマンへと近づいた。

「でもね、強くなることも大事だけど……無茶はしちゃダメだよ」

優しい目でクレマンを見ながらその頭を撫《な》でた。

最初は少し嬉しげでもあったクレマンの目は徐々にジトッと呆《あき》れを含むようになる。

「……その無茶をさせてくるのが師匠なんだけど」

師弟愛《していあい》による感動など微塵《みじん》もない。

だって無茶させてくる張本人が、無茶するな、などと言っても何の説得力もないのだ。

しかし、エレナはニンマリと笑みを浮かべクレマンの髪の毛をぐちゃぐちゃと乱す。

「たかだかブルックホーンくらいで何を言ってるんだい。お前なら大丈夫さ」

「クソババアの基準で言ってんじゃゃねぇよ!!　硬えんだよ!!　あいつ殴る度に拳が砕けたかと思うくらい硬えんだぞ⁉」

クレマンは必死に自分にとってはどれほど辛いことかを訴えた。

「でも砕けてはいないじゃないか」

だがエレナは心底わからんとキョトンとした顔でそう言った。

「クッソおおぉぉぉぉ」

クレマンは叫びながら駆け出していった。

結局その日クレマンは一〇〇匹のブルックホーンを一撃で仕留めることはできたが、その拳は二倍ほどに腫《は》れ上《あ》がりベッドで涙していた。

それから数日が経った。

クレマンは毎日何らかの課題を与えられ、ときにはエレナとの組み手をして一日を修練に費《つい》やしていた。

辛いがクレマンにとっては楽しい、いつもと変わらぬ平和な日常が続いていた。

そんなある日、エレナが朝食の際にクレマンに嬉しそうに話しかけた。

「まさかあのサボりにサボっていたお前がこんなにも修行に打ち込むとはねぇ。師匠としては嬉しい限りだよ」

エレナはしみじみとそう言った。

「はぁ？　何言ってんだよ！　そんなこと当然だろ？　もう二度と……、もう二度と……？」

クレマンは自分が言おうとしたことに僅《わず》かに違和感を抱いた。

「どうしたんだい？」

突然考え込んで動かなくなったクレマンを心配したエレナが問いかけたが、彼自身何なのかわかっていない。

「え？　……いや、……なんかわからないけどモヤモヤするというか」

「なんだいそりゃ？　また山で変なもん食ったんじゃないだろうね？」

エレナはクレマンがまた言い返してくるだろうと思ったのだが、クレマンは俯《うつむ》いたまま何も言わなかった。

それを見たエレナは椅子《いす》から立ち上がりクレマンの傍《そば》へと寄った。

「本当に大丈夫なのかい？」

エレナに心配そうに呼びかけられ、クレマンはゆっくりとエレナの方を向いた。

「師匠……、師匠は最近いつ死にかけたっけ？」

弱々しく震える声でクレマンはそう問いかけた。

ありえない。ありえないのだ。

師匠が最近死にかけたことなどないはずだ。

師匠が死ぬことなどありえない。

だが、なぜかクレマンの心の奥底から師匠は死んだという声が聞こえてくるのだ。

「何を言っているんだい？　向かうところ敵なしの私が死にかけるはずないじゃないか」

エレナは自信満々に胸を叩きながらそう答えた。

望んだ回答だった。

だが、違う。そうではない。

どれだけエレナが、そしてクレマン自身が否定しようとも、もはや否定できぬほどエレナの最期の光景が頭から離れない。

今、目の前にいるエレナと地に伏《ふ》して血を流し動かないエレナがどうしても重なってしまう。

クレマンは、ああこれは幻だ、と理解した。

師匠はたしかに向かうところ敵なしだった。

その強さゆえに先代の公爵様が自らスカウトに来るくらいには。

だが、その強さも護る者がいては万全ではなかった。

あの日も特に変わりのない日であった。

だが、日常というのはいつだって突然壊れるのだ。

そいつは突然やってきた。

今思えば、そいつは師匠のその力が公爵家へ流れるのを恐れていたのだろう。

エレナの技は一子相伝《いっしそうでん》の技。

そのために先代の公爵がここに来るよりも先に自分の陣営に引き込もうとした。

だが、エレナはどの陣営にも従うつもりなどなかった。

クレマンがいたからだ。

クレマンが一人前になるまでは何があっても面倒を見ると決めていた。

それゆえそいつの頼みを断ったのだが、そいつは。

——なら、その子がいなくなれば解決だね。

そう不気味《ぶきみ》に笑ってクレマンに襲《おそ》いかかってきた。

そのときのクレマンにはその攻撃など気づくことすらできなかった。

気づいたときにはエレナの腕の中におり、師匠が血を流していたのである。

――へぇ、今のが間に合うんだ。余計に欲しくなっちゃったな。僕の玩具《がんぐ》になれば生きていなくても別に問題ないよね？

当時、クレマンはそう言い邪悪に笑った『傀儡士《くぐつし》』を前に震えることしかできなかった。

師匠の邪魔にしかならないクレマンは逃げるべきだった。

だが当時は逃げることすらできなかったのだ。

エレナはそのまま『傀儡士』との戦いに臨んだのであるが、『傀儡士』はことあるごとにクレマンを標的にしたため、エレナも自由に動けなかったのだ。

さらに最初にクレマンを庇った際の傷が浅いものではなかったため、徐々にエレナの動きが精細《せいさい》を欠《か》いてきていた。

そして遂にそのときが訪れた。

クレマンはなんとかしようと短剣を取り出したが震えからそれを取り落としてしまった。

それを『傀儡士』の操る傀儡に拾われたのである。

そして襲いかかる傀儡からクレマンを庇《かば》いエレナは胴体部分を貫かれた。

わざわざその短剣を使わずとも殺せたにもかかわらず、悪趣味にも『傀儡士』はそれを使ったのである。

――あはは、僕も結構玩具を消費しちゃったよ。でも君一人いればお釣《つ》りが来るから問題ないね。

そう言い、取り憑かれたように笑っている『傀儡士』の姿と師匠の背中をクレマンは今でも鮮明に思い出せる。

その後、クレマンのことなど眼中にないのか、『傀儡士』がその場でエレナを自らの傀儡にしようとしたときにさえクレマンは動くことすらできなかった。

しかしその時、先代の公爵とその配下が来たのである。

『傀儡士』は結局、師匠を傀儡にすることはできずに撤退していった。

その後、クレマンは公爵とともにダンケルノ公爵家についていき騎士となった。

自らの不甲斐《ふがい》なさ、修行をサボっていなければという後悔。

それら全てがクレマンを修行へと打ち込ませ、それからの人生で一切の妥協《だきょう》を許さなかった。

そしていつしか公爵家の使用人達の中で他の追随《ついずい》を許さぬほどの強さを手に入れていた。

エレナの技は全て継承《けいしょう》させてもらうことはできなかったが、自分なりに考え、改良し、エレナの技をどうにか再現していった。

先代公爵に自らの直属の騎士にならないかという勧誘も受けた。

使用人としては最大級の評価であり、これ以上ない名誉なことであった。

だが、クレマンはその勧誘を断った。

自分の胸にあるのは『傀儡士』への復讐心だけだと。

先代公爵には助けてもらった恩も師匠をしっかり弔うことができた恩もあった。

だが、それゆえに迷惑はかけられなかった。

もし任務の最中に『傀儡士』と遭遇《そうぐう》した場合、クレマンは自らを抑え付けられるのかどうかわからなかったから。

公爵の命令と己の悲願。

これら二つを天秤《てんびん》にかけ、命令を選び抜ける自信がなかったのである。

絶対に無理だという確信もあった。

しかし、それをクレマンが幻であると理解すると同時に、目の前の情景《じょうけい》がまるで蠟《ろう》が溶けていくかのようになくなっていった。

クレマンは、蠟のように頭から溶けていきつつ心配げな表情で自分を見ているエレナを悲しくもあり、嬉しくもあるような表情で見つめた。

そして突然、場面が変わり〝あの日〟になった。

エレナが死んだあの日。

目の前にはあの『傀儡士』がいる。

そしてエレナがクレマンの前に立ち、逃げろと叫んでいる。

選択の時が来た。

昔のクレマンは足がすくんで動くことすらできなかった。

だが、今のクレマンは違う。

「――いいえ、師匠。逃げる必要などございません」

今まで使ったこともないような丁寧《ていねい》な口調で話すクレマンは、そのことに一瞬戸惑《とまど》いの表情を浮かべるエレナを庇うように前に出た。

「ば、ばかっ――――⁉」

エレナは慌てて下がるように言おうとしたが、それを遮《さえぎ》るように『傀儡士』がクレマンに話しかけた。

「へぇ、君が囮《おとり》にでもなるのかい？　それとも彼女のために死ぬ覚悟ができたとか？」

「いいえ、どちらも違います。私はあなたを倒すために来たのです」

少年のものとは思えぬ鋭い目付きで『傀儡士』を睨みつけた。

「ははは、あの程度に反応できなかっ……、ゴフッ、え……なん……で？」

『傀儡士』の顔より下が一瞬にして消失した。

何一つさせずに、喋《しゃべ》ることすら許さずに殺した。

自らの欲など満たす必要もない。

ただ師匠を護れればいいだけ。

それだけがクレマンの望み。

「あ、あんた……」

エレナは突然の出来事に言葉を紡《つむ》ぐことすらできなかった。

今のクレマンの実力はエレナの比ではない。それがエレナにはわかるのだ。

「あのとき、あのときの私にこれほどの力があれば……。はぁ……、いえ、無意味な仮定《かてい》ですね。師匠……、どうですか？　あなたの弟子は立派になったでしょうか？」

たとえクレマンが真面目に修行していたとしても、逃げることも『傀儡士』を倒すこともできなかっただろう。

だが、そうわかっていても、考えるだけ無駄だとしても、考えざるを得ない。

それほどクレマンの後悔の念は深い。

既に本物ではないと認識しているが、それでも師匠の形をした、当時の記憶から作られた師匠に今のクレマンを認めてほしかった。

それがたとえ仮初《かりそめ》のものだとわかっていても。

「……ああ、お前は今も昔もどこに出しても恥ずかしくない立派な弟子さ」

エレナが微笑《ほほえ》みを浮かべてそう言うと、目の前の情景《じょうけい》が光の粒子となって消えていった。

「さようならです。師匠」

それからすぐに意識が暗転し、目を覚ましたクレマンだったが、ひとまず周りを確認し時計を見た。

一五分。

夢の中では数日以上過ごしていたが実際にはその程度の時間しか経過していない。

「はぁ、『傀儡士』に一撃入れたことで気が緩みでもしましたか……」

クレマンがロキのこの術を受けるのは初めてではない。

そもそもこの術を発動するだけならあの死神の力など借りる必要はない。

これだけの人間全てにかけるための大規模魔法にするためにあの死神を顕界させたのだ。

それにロキが単独で発動するよりもかなり強力な術になる。

ロキのこの術では、まず本人が目指すものや望むもの、望んだものなどを見せられる。

それを本気で目指す者ほど現実との差に違和感を覚え抜け出すことができるが、幻程度で満足してしまう者ではその状態に満足してしまい、まず抜け出すことはできない。

己自身の精神力が試されるテストのようなものである。

しかもとても悪質な。

どれほどそれを手に入れたいのか。

口では本気であると言っていても本当かどうかわからない。

だが、この術はその程度を測ることができる。

口先だけの者ほど術に完璧にハマりその快楽に身を委ねてしまうのである。

そしてその快楽から抜け出せた者が次に見せられるのは、その人物が最も悔《く》いていることや恐怖していること、やり直したい場面など、負の出来事である。

クレマンならば師匠を殺されたあの日、あの時がそれに当たる。

その日のやり直しが強要される。

精神が弱く、その重さに耐えきれず壊れてしまう者。

同じことを繰り返す者。

違う行動をしたが同じ結末を迎える者。

その結末を変えるために自分自身がどれほど強く渇望《かつぼう》し努力してきたのかが試される。

実際やっている本人はこの間、術の影響を受けているという自覚はないため、その渇望した結果が現実で起こるものとして直接的に反映される。

一回目のクレマンがこの術を受けたのは数十年前。

未《いま》だに破られぬ記録は現実世界で五秒というものだった。

復讐の熱が全く冷めていない状態のクレマンにとって、師匠に対面した瞬間にその違和感を口にして終わった。

そして『傀儡士』との対戦。

何故かはわからないが自分が師匠を護るのだという、少年時代の当時ならばありえない想いを胸に抱き『傀儡士』相手にエレナと共闘することとなった。

結果は相打ち。

エレナを死なせることはなかったが、その代わりクレマンが『傀儡士』との相打ちで死ぬこととなった。

だが、その結果はクレマンにとっては勝利であった。

当時、公爵の直属の部下ではないにもかかわらず使用人の中で最強と謳《うた》われていたクレマンに興味を持ったロキが、今回アーノルドにしようとしていることと同じようにその精神世界に入り込んだ。

だが、たったの五秒での帰還という結末にロキの顔も流石《さすが》に引《ひ》き攣《つ》った。

ロキはそのときクレマンの過去を知った。

だが、大変なのはそこからであった。

現実に戻ってきたクレマンは、より鮮明に思い出されたエレナと『傀儡士』の記憶に触発され怒りを消すことができなかった。

その結果、クレマンの目の前にいたロキは失神し、その怒りの余波を喰らい他大勢が被害を被ったのである。

結局、暴走状態となっているクレマンを止めるために先代公爵とその直属の部下達が動かざるを得なかった。

そうでなければクレマンの怒りを収めることなどできなかった。

ロキに対して激昂するかと思われたクレマンであるが、ロキが目を覚ますとまず謝罪してそのあと感謝の言葉を送るだけであった。

――貴方のおかげで私のやるべきことが再確認できました。

そう言うクレマンの顔を見てロキは必死に取り繕《つくろ》わざるを得なかった。

畏怖《いふ》の念とでもいうのか、クレマンがどうしようもなく怖かった。

クレマンは『傀儡士』の顔を忘れることなどなかったが、幼いときにパニックになっている状態で見たためしっかりともう一度確認できたのもよかったと、その顔には畜生《ちくしょう》に落ちた獣のごとき表情が浮かんでいた。

それがクレマンの一回目であった。

それに比べれば今回の結果は耄碌《もうろく》していると言えるだろう。

だが、クレマンの心は満たされていた。

もう一度会えたなら聞きたい言葉。

師匠がクレマンに望んだこと。

それが果たして成し遂げられているのかどうか。

復讐しか胸にない自分が果たして立派なのかどうか。

自分自身の心が作った幻とはいえ、その答えが聞けたのはよかった。

クレマンの頬を一筋の涙が滑《すべ》り落《お》ちた。

涙を指で拭《ぬぐ》うと周りを再確認した。

未だクレマン以外に目覚めている者はいそうになく、ロキも化け物どもに支えられ空中に浮かんでいる状態になっていた。

（この術が発現している間は誰にも危害を加えることはできませんが、警戒はしておかなければなりませんね）

ロキの意識がないということはおそらく、宣言通りアーノルドの精神世界に旅立っているのだろう。

この術の制限時間は現実世界で三時間。

その間にクリアしなければその魂はロキの自由となる。

殺すも生かすもロキ次第。

それがこの術なのである。

最短記録はクレマンが所持しているが、そもそも術にかけることができなかった者が二名。

それが先代公爵と現公爵なのである。

それゆえ基本的にこの術は必中と考えてよい。

だが、その結果は相手の行動、精神によって左右され、殺すことを目的にしていない。

人間観察が趣味のロキらしい能力なのである。

むしろ強い者ほど術を破るため、相手を殺すという意味ではこの術は大して強くない。

ただ、ロキのお気に入りをキープしゴミクズをすぐに処理するために、両者を短時間で見分けるためだけにロキが考えた能力である。

実際、殺すだけならば、より凶悪な術をロキは使えるのである。

今回ロキがこの術を使ったのはアーノルドの過去や未来を覗き見したいという欲望のほかに、民兵などの残存兵の取りこぼしをなくすためである。

この術で手っ取り早く相手の命を握ってしまえばいつでも殺すことができる。

「ロキがまだ戻っていないということはそれだけの何かがあるということですね」

ロキの性格上、それが興味を惹《ひ》くものでなければ途中であっても切り上げてくるだろう。

まだ戻っていないということは、アーノルドにそれだけ価値のある過去か未来があるということである。

主君の考えを覗き見するようで申し訳ない気持ちもあるが、クレマンはアーノルドの成長を己の使用人としての一線を越えてでも望んだ。

たとえそれがロキによって増幅されたものだとわかっていても――。


「パパ‼　寝るならベッドに行った方がいいよ?」

娘である真由《まゆ》に声をかけられ、ソファでうたた寝しかけていた『???』の意識が覚醒した。

「ああ、少し疲れているようだね。最近仕事が忙しかったからかな……」

『???』はなんだか悪夢でも見ていたかのように気分が悪かった。

「それじゃあ肩を揉《も》んであげる!」

真由はそう言い、小走りでソファの後ろに回った。

「そうかい？　ありがとう」

娘の真由の優しさに『？？？』は嬉しそうに声を上げた。

なんだか気分も少し晴れた気がする。

しかしふと疑問に思った。

「そういえば真由は今、何歳だっけ？」

なんでこんな疑問が浮かんだのかわからない。

でもなぜだか聞かないといけないと思った。

「えぇー、忘れちゃったの？……一一歳だよ？」

明らかに不機嫌そうな声になった真由に『？？？』は慌《あわ》てて弁解した。

「あ、いや、忘れたわけじゃないぞ？　ただ寝ぼけて記憶が混乱していただけで……」

真由はジトーッと『？？？』を見たが、やがて諦《あきら》めたようにため息を吐いた。

「まぁ、そういうことにしてあげる。あ、それじゃあ今度ライムズモールに連れていって!!　買いたい服があるの！」

ニンマリと笑みを浮かべ抱きついてきた娘の頭を撫《な》でながら『？？？』は満足そうな笑みを浮かべた。

「わかったわかった。今度のお休みに連れていってあげよう」

娘を宥《なだ》めていると別の人物の声が聞こえてきた。

「どこに連れていくの？」

娘とじゃれていると、妻である優奈《ゆうな》が洗濯《せんたく》が終わったのかリビングにやってきた。

その妻を見た瞬間に『???』の目から一筋の涙が出てきた。

「どうしたの?」

「大丈夫?」

娘と妻が心配そうに聞いてくるが、『???』にも原因はわからない。

「え? ああ……、ちょっと目にゴミが入っただけだよ」

手で目を擦りながらそう答えた。

「そう、それなら良いんだけど……」

それでも心配そうに見つめている妻であったが、『???』は自分でも何故出たかわからない涙に困惑していた。

だが、その時はとくに気にすることもなかった。

それからは毎日仕事に行って、家に帰ってきては妻と娘と団欒《だんらん》するというごくありふれた幸せな日々を送っていた。

仕事も順調であり、このままいけば近いうちに昇進することが決まっている。

これ以上ないくらい幸せの絶頂であった。

だが、『???』は幸せを感じるたびに胸の奥がチクリと痛んだ。

最初は小さな針で刺されるような痛みだったそれも日が経つごとに、まるで太い大きな針で刺されているかのような痛みになってきた。

一度病院にも行ったが何も異常はなく、これ以上ないくらい健康であると言われた。

病院に行って、問題ないと言われたためか、幸せを感じても胸の痛みが起こることはなかった。

それに、幸せを感じて胸が痛むなど聞いたこともない。

ただの気のせいだったのだろうと、幸せの日々を送る中でその痛みのことも忘れていった。

毎日変わらぬ日々を過ごして一月が経過した。

今日は家族で出かける日。

朝から車で出かけライムズモールへと向かった。

娘も妻も上機嫌である。

服を買ったり、アクセサリーを見たり、玩具屋に行ったり。

娘を甘やかしすぎて色々買いすぎてしまい妻に怒られるといういつもの日常を何気なく送っていた。

――イツモノ？

「パパ、トイレに行ってくるね？」

『？？？』が自分の思ったことに疑問を抱いていると娘が無邪気《むじゃき》な笑顔を見せてくる。

「ああ、行っておいで」

娘と妻がトイレに行き、『？？？』はその間一人で待つことにしたが、いかんせん荷物が多いため、座れるところを探して人通りの少ない隅に向かい、長椅子に荷物を置いて座って待つことにした。

椅子に座って一息ついていると、服を引っ張られる感覚がした。

「――ねぇ」

人通りの少ない隅のベンチに座った『???』は、さっきまで自分以外に誰もいなかったと思っていたベンチに金髪で黒目の西洋風の顔立ちの子供が座っており、自分の服をちょこんと持って引っ張っているのに気づいた。

「えっと、……何かな?」

明らかに日本人ではない容姿《ようし》ゆえに一瞬日本語が通じるかと考えたが、先ほど日本語で話しかけられたようが気がするのでとりあえず日本語で返した。

「いつまでそうしているの?」

「え? ……いつまでって妻と娘が戻ってくるまでかな?」

「——妻と娘なんてもういないのに?」

薄く笑みを浮かべたその子供のそのこともなげな言葉に『???』は一瞬固まる。

「え……? いやいや? 普通にいるけど? さっきまで一緒にいたし……。えっと、誰かと勘違《かんちが》いしているのかい? それとも迷子とか?」

突然の言葉に当惑した『???』は、意味のわからないことを言う子供は日本語が一見流暢《りゅうちょう》に思えたが、実はうまく扱えていないのかもと考えたりしていた。

「——ねぇ」

そう考えていると再び子供に呼ばれた。

考え込んでいた『???』が再び子供を見ると、その黒い瞳を直視することとなった。

黒より更に黒い漆黒《しっこく》の瞳に『???』は薄気味悪さを覚え目を逸《そ》らそうとしたが、意志に反してその瞳から目を離すことができなかった。

吸い込まれるようなその瞳を見つめていると、少年は歪んだ、嫌な笑みを浮かべ始めた。

「君の妻と娘は殺された。仕事から帰ってくると無惨《むざん》に凄惨《せいさん》に殺されていた。そうだろう？」

一瞬この場で妻と娘に何かあったのかと思いガタッと椅子から立ち上がったが、その後の子供の言葉でそうではないのかと、むしろ困惑が広がった。

「えっと……、今、子供の間で流行《はや》っている遊びか何かかな？　ごめんね。私はそういうのに詳しくないんだ。他を当たってくれるかな？　それとも迷子センターにでも連れていった方がいいのかな？」

流石に真に受けるには支離滅裂《しりめつれつ》すぎだ。これ以上相手にしていられないと『？？？』は言った。

そのとき、待ち望んでいた声を聞いた。

「パパ、その子だぁれ？」

如何《いか》にありえないとは思ってもやはりあんなことを言われれば不安にもなる。

「ああ、おかえり。えっと、それがパパにもよくっ……う、うわぁぁぁぁぁぁぁ!!」

『？？？』が娘と妻の方を振り返ると、目が窪《くぼ》み、首が折れ曲がり、至る所から血を流している娘と妻の姿が視え、思わず叫び声を上げた。

「今、お前は幸せか？　万福《ばんぷく》か？　だが、そんな幸せはただの幻想に過ぎない。間違った世界のもしもの話だ。さっさと目を覚ませ。手遅れにならないうちにな」

声がして咄嗟《とっさ》に振り返ると、先ほどの子供がそのまま少年になったような人物がそこに立っていた。

その腰には剣らしきものを携えている。

それを見た『???』は顔を引き攣らせ、一歩後ろへ下がった。

もう何がなんだかわからず頭が真っ白になった。

が、すぐに『???』の娘と妻が、突然叫び声を上げた『???』に駆け寄ってきた。

冷静になり改めて見ると娘と妻の姿は普通であり、叫《さけ》んだことで掛けつけてきた他の客からも視線が集まっていた。

(げ、幻覚か？　だが、幻覚にしては……)

『???』は恥ずかしくなり頭を下げながら足早にその場を離れていった。

車での帰り道で『???』はあの男に言われた言葉が耳にこびりついていた。

(間違った世界ね……。この世界が間違っているのならその考えこそが間違いだな。こんなにも平和で幸せなんだ。……ん？　そう言えば)

「なぁ、この前の戦争ってどうなったんだっけ？」

特になんでもない風に、それこそただの日常会話の延長のように『???』は妻に対して問うた。

「え？　なんの話？」

突然の突拍子《とっぴょうし》もない話題に面食らった妻は困惑顔になっていた。

だが、『???』は運転しているためそんな妻の表情になど気がつかない。

「いや、ほら、ダンケルノとワイルボード侯爵家《こうしゃくけ》の間でやったじゃないか。どうも結末がどうだったのか思い出せないいんだ」

「……なんの話？　ドラマかしら？　あなたドラマなんてあんまり見ないのに……」

貴族の話が出て流石に現実の世界ではないと思った妻は、知らず知らず安堵《あんど》の息を漏《も》らした。

心の底で最近のおかしな夫の言動を心配していたのだ。

「違う違う。私が参加したじゃないか！　ほら、クレマンとかコルドーとかパラクと一緒にさ」

『？？？』は必死になって説明した。

だが、それに反比例するかのように再び妻の困惑は深まった。

「ゲームの話？　会社のプレとかで何かに参加したの？」

「いやいや、現実の話だよ。剣を持って戦ったじゃないか」

少し懐《なつ》かしげにも誇らしげにも見える表情を浮かべる『？？？』を見て、妻の困惑は最高潮に達する。

「何を言っているの、あなた？　やっぱりどこかおかしいんじゃないかしら。……やっぱりもう一度病院に行きましょう？」

妻は本気で心配そうな表情を浮かべ、泣きそうになりながら病院に行くことを勧めてきた。

「ええ？　なんでだい？　たしかに叫んだのは悪かったけどあれは疲れていただけだって。今だってちょっと忘れてしまっただけで……」

しかし『？？？』にはこんなに鮮明に記憶があるのに、何が何やらわからなかった。

「忘れたとかそういうことではないの。この平和な日本のどこで戦争なんてやってるのよ。ダン……なんとかって貴族が日本で戦争なんてするわけないでしょう？　ねぇ、本当に大丈夫？」

妻は本当に心配そうに眉を寄せながら『？？？』に縋った。

「パパ、大丈夫？」

娘もまたそんな妻の様子を見て、心配になったのか不安げな表情を浮かべていた。

『？？？』は一旦車を止めた。

そして妻と娘を見た。

妻と娘は本当に心配そうに『？？？』を見ていた。

――だが『？？？』は。

「疲れているのよ。早く家に戻って休みましょう？」

妻は『？？？』をそう急かした。

「パパ、早く帰ろう！　お腹すいたよ！」

だが『？？？』はもう帰ろうとは言えない。

未練はある。

後悔もある。

だが、気づいてしまったからには行かねばなるまい。

そうでなければ、更に後悔することになるのだ。

それにもう十分だった。

「ごめんね。行かなくちゃいけないところがあるんだ。パパはね、……帰れないんだ」

『？？？』がそう言うと世界がぐにゃりと曲がった。

娘はまだ困惑したような表情を浮かべたまま、妻も心配そうに見つめているまま。

二人の姿が消えると、『？？？』は家の前に立っていた。

だが、まだ昼だというのに空は真っ赤に染まり、家に入るなと心の奥底で誰かが叫んでいた。

心が家に入ることを拒否しているが、『？・？・？』は一歩、また一歩と家に近づき玄関の扉に手をかけた。

「さぁって、そろそろ行こうかな？　アーノルド様の世界はどうなっているのだろうか……アハ……アハハ、楽しみだなぁ」

ロキは楽しそうに笑い声を上げるとアーノルドをターゲットに定めてその精神世界へと入っていった。


ロキが目を覚ますと、とても大きな見慣れない廊下《ろうか》に寝ていた。

成功、成功、とロキは愉《たの》しげな笑みを浮かべ立ち上がった。

人が一〇〇人くらい横に並んで歩いても大丈夫なくらい通路は広く、天井も目を凝らしてやっと見えるくらい高かった。

巨人のための通路と言われた方がしっくりくるくらいだ。

そしてその廊下の至る所に高級そうな調度品が飾《かざ》られており、一般人が足を踏み入れられるようなところではない。

どこぞの王か成金か、いやたかだか一国の王だろうと成金だろうとこんな廊下を造ることなどできないだろう。

「城？　宮殿かな？　見たことがない場所だな。王城もこんなところじゃなかったし……。ということはこれがアーノルド様が未来に望む光景ということなのかな？」

ロキの術で映すのは何も過去だけではない。望むことが未来にあるのならば未来に自分がどうなっていたいかという心象《しんしょう》なども再現される。

それゆえロキはこの宮殿が将来アーノルドが望む未来であると考えた。

トラウマにしてもこんな宮殿に行ったことなどあるはずがないし、こんなものが近くにあるなどロキの知る限りはない。

アーノルドの望みの一旦を感じ取ったロキは愉しそうに、見知らぬ場所を探検する子供のようにその宮殿の中を歩き回った。

だがしかし、ある程度歩いたが、ずっと同じような通路が続くだけであった。

そして気づいたのは、人が一人もいないことである。

これだけの大きさの城だ。

使用人の一人くらいいても良いはずだ。

「人が一人もいないのはアーノルド様が真に人を信じていない証《あかし》……かな？　なるほど。だから周りに頼らずあれほど自分で力をつけようとしているということなのかな？　まぁ本人を見つけないことにはなんとも言えないけどね」

この場所はある種夢の中とも言え、人の在《あ》り方《かた》を映している鏡と言ってもいい。

ロキは謎を一つ一つ解いていくような楽しさに上機嫌になっていた。

「しかし、これは広すぎないか？　いくらなんでも歩くだけで疲れちゃうよ。出口すら見当たらないし。こんな宮殿が本当に欲しいのかな？　それに本人もどこにいるのか……」

ロキがこの宮殿を見て回り始めて既に半日が経っていた。

しかしいっこうに通路の終わりが見えず誰もいないため、この宮殿について聞くことすらできない。

ループしているわけでもない。

廊下に置かれている芸術品は見ているだけでも面白いのだが、流石に飽《あ》きてきた。

ロキは人並みには芸術品に興味があるが、最も興味があるもの以外は基本的にどうでもいいと考える性質だ。

それゆえもう限界であった。

ロキは無作法《ぶさほう》であるとはわかっているが、窓から宮殿を出ようとした。

今、興味があるのはアーノルドだけだ。

アーノルドがこの世界で一体何を見ているのか、何を感じているのか。

それが早く知りたいのだ。

窓の外は大禍時《おおまがとき》のように薄暗く、暗紅色《あんこうしょく》の空模様《そらもよう》であった。

ロキは窓を開き、その縁《ふち》に手をかけそこから飛び降りようとしたが、窓の外に出ようとしたそのとき、見えない壁のようなものにぶち当たり廊下の中に勢いよく弾き飛ばされた。

ズサァと勢いよく床を転がったロキは、ゆっくりと体を起こし、ついた埃《ほこり》を取るかのように服を手で払いながら起き上がった。

「いたたたた。入れないようにするならわかるけど出られないようにする意味ある？　何これ、侵入者用の罠……とか？」

ロキが思い至ったのは、そもそもこの宮殿自体が罠なのかもしれないということである。

歩けど歩けど出口は見つからないしこれほど広いのに使用人の一人も見つからない。

「これは他人が自分に関わるなってことなのかな？　でも残念だけど……」

この術はロキのものである。

それゆえ、たとえこの世界にどんな罠や攻撃を仕掛けられようと術者特権でこの術の中にあるものはなんであっても弄《いじ》ることができる。

「申し訳ないけど、ちょっと壊させてもらうよ」

ロキは窓に張ってある結界のようなものを弄り外に出ようと試みた。

だが――。

「……ッ⁉　グハッ⁉」

その瞬間ロキに得体の知れない力が襲いかかり、窓とは反対側の壁へと勢いよく叩きつけられた。

壁が凹むほどの威力。

（ば、馬鹿な……。この中は僕の領域内だぞ？　なんでダメージを受けるッ⁉）

ロキは痛みに顔を歪《ゆが》め、驚愕《きょうがく》の表情を滲《にじ》ませた。

不測の事態であると理解し、ロキは即座に壁から抜け出し一旦この世界から出ようと試みた。

だが、出ることができない。

「なんでだ？」

初めての事態にロキは怪訝《けげん》な表情に僅かに焦りを滲ませていた。

一瞬罠に嵌《は》められて別の術の中にいるのかと思ったが、己自身の術が正常に作動していることは感覚的にわかる。

己の術の中にいるが、ロキ以上の術者が何らかの干渉《かんしょう》をしてきているのかもしれない。

そうでなければ辻褄《つじつま》が合わない。

ロキは自分のダメージの回復を試み、それができたことに安堵した。

事態の状況を把握《はあく》し心に余裕ができると、廊下の向こう側から先ほどまではたしかになかった風が僅かに揺らぎ流れているのがわかった。

まるでロキを誘っているかのように。

「誘われている？　……面白い。僕の術に干渉できるだけの使い手か。あの中にそんな奴が紛《まぎ》れていたか？　まぁ僕よりも実力が高いのなら気づかなくても無理はないか。それとも……。アハハ、いいね面白くなってきた。予定調和なんてつまらないもんね。予測できない未来があるから面白いんだ」

ロキは迷うことなくその誘いに乗ることに決め、スキップする勢いで風が流れる方へと向かっていった。

それから少し、ロキが辿り着いたのは凄《すさ》まじい大きさの大扉。

扉は閉まっている。

どこから風が吹いていたのかはわからないが、そんなことはどうでもいい。

扉は横幅二〇メートル、縦幅は一〇〇メートルほどもある。

どうやって開けようかと考えていると、ゴゴゴッと音を立てながら扉が開いた。

明らかにロキを招いている。

「アハ♪」

ロキは愉しげな声を上げ、躊躇せずにその扉に入っていく。

「なんだろうか、ここは？」

ロキが扉に入ってまず目に入ってきたのはただただ、だだっ広い空間だった。

一〇〇〇〇人は入れるかという凄まじい広さの空間。そしてその奥に上り階段が続いていた。

今まで入ってきた部屋とはまた違う豪華さ、抑えられた豪華さとでも言えばいいのか、実に瀟洒《しょうしゃ》な部屋であった。

その広さからダンスホールのようでもあり、この部屋が纏《まと》う雰囲気から謁見《えっけん》の間のようにも見える。

だが、何にしろ広すぎる。

人の気配もしない。

ハズレだったかと、ロキはこの部屋を改めて見渡そうと階段の下の方から上へと視線を上げていった。

だが、それも突然体に襲いかかった怖気《おぞけ》によって途中で止められた。

「――誰の許しを得て俺を見上げようとしている？　痴れ者《しれもの》が」

その言葉を聞いた途端、ロキは無意識に床の上で平伏する姿勢を取らされていた。

平伏している床が冷たいのか、体が寒がっているのか、ロキの体は一瞬にして底冷えしてしまっていた。

このまま寒さで死ぬ方がまだマシかもしれない。

それほど今、ロキを襲う殺意すらないただの重圧が恐ろしくてたまらなかった。

だが、無情にもここの〝主人〟はロキに声をかける。

「この俺の領域に無断で侵入し、あまつさえ我が城を弄ろうなどとは……よほど死にたいらしいな、愚物めが」

言葉の重みに対して怒りの感情は見えない。

だが、それも当然だろう。

虫けら相手に本気で怒るような王など──神など──存在しないだろう。

本物の強者は弱者に怒りの念を抱いたりしない。

軽蔑《けいべつ》や嘲笑《ちょうしょう》を浮かべるだけだ。

同じ舞台に立つだけでも屈辱ものだ。

闘争とは同じレベルの者達の間でしか成り立たない。

だからこそ真の強者が弱者に対して怒りという闘争の念を抱くことはない。

戯《たわむ》れを除き、自ら舞台に上がってきたりはしない。

(これは参ったな……。ああ……、これは予想すらしていなかったよ。最悪だ……)

ロキは息すらできないような凄まじい重圧感に襲われていた。

そして弁解しようと口を開こうとしたのだが、更に重圧が強まり話すどころではなかった。

一瞬でも気を抜けば即座に気絶するであろうことは確実であった。

それほどまでに隔絶《かくぜつ》した力の差がある。

この存在の前でそんな粗相《そそう》をすれば間違いなく終わりだ。

心臓の音がやけに騒々《そうぞう》しい。

吐き気すらしてきた。

まさしく血の気が引いた状態になっているだろう。

「……許可なくしゃべろうとするでないわ。久方ぶりの客かと思い、戯れに待ってみれば……、自らここに辿り着くことすらできぬ凡俗《ぼんぞく》とはな。その上、鑑賞するだけならばまだしも、我が城に手を加えようなど――分を弁《わきま》えよ」

ロキは久方ぶりに冷や汗と動悸《どうき》が止まらなかった。

姿すら見ることができぬ声の主人が話す一言一言がロキの心の臓を抉り取っていく。

恐怖とはこういう感情であったなと、内心自嘲《じちょう》の笑みを浮かべる。

(まずいな……。これは勝てる勝てないの次元じゃないね。なんだってこんなところに……。死神を呼び寄せたことで次元が交差でもしたのか?)

ロキにはこの威圧感に身に覚えがあった。

かつてロキが死を覚悟したあの時。

(死神と契約した時の威圧感。それよりも更に上だ。あのときあのまま見上げていれば死んでいただろうね。というよりいつ死んでもおかしくないか。ハハハ……)

もはや乾いた笑いしか出てこなかった。

人間などがどうあっても抗《あらが》えぬ存在。

ロキが死神と遭遇したのも偶然であった。

そのときもこのようにひれ伏すことになった。

あれを前に平伏しない者などいない。

ロキが顕界させた死神はいわば仮初《かりそめ》の体。

本体ならばあの比ではない。

だが、この存在の前ではあの程度の経験は無意味であったなと自嘲した。

明らかに死神とはまた違う強烈な死の気配。

ロキがここに入った時に何故気づけなかったのだと思うほどの濃密な、そして空間が慟哭《どうこく》しているかのような憤怨《ふんぬ》と厭世《えんせい》。

話せる理性があるだけまだマシと言うべきだろう。

(あのお方なら時間稼ぎくらいはできるのかな？　僕が戦うなんて選択肢はありえないね)

まだこんな馬鹿《ばか》なことを考えるだけの余裕はあった。

だが、その心の余裕すらも次の一言で消し飛んだ。

「亜神如《あじんごと》きと俺を同列で語るとは……そこまで死に急ぎたいか？」

不機嫌そうな声が、いやむしろ、もはや不機嫌なのかどうかわかりさえしない声が、平伏《へいふく》すロキの背中に圧力となってのしかかった。

(こ、心が読めるのか？　ま、まずい……ッ)

ロキの表情が崩れ、背筋にゾクッと冷たいものが走った。

本気でまずい。

もはや声だけでもロキを殺せるであろう目の前の化け物相手に、逃げる逃げない勝つ負けるなど考える意味もない。

さらに心が読めるということは下手なことを考えればアウトである。

本当の意味で無心などでいられようはずもないし、もしいられたとしてもこの存在の前でそんなことをすれば間違いなくそのままお陀仏だろう。

王や神を前にして放心するなど不敬以外の何物でもない。

この空間で死んだとしても現実のロキが死ぬとは限らない。

本当にロキの術の中ならば死なない。

だが、もはや己自身の術の中とは思えなかった。

もう詰んでいるのである。

ここに入った時点で、いや、この空間の中に入った時点で。

相手の気分次第。

久《ひさ》しくなかった完全に命を他者に握られている状態。

だが――未来がわからぬ状態に、ロキの心は体とは正反対にウキウキとしていた。

欲情していたと言ってもいい。

それこそがロキの性質。

そしてそれだからこそ、あの死神と契約できたのである。

「ほう？　この状況に愉悦《ゆえつ》の感情を浮かべるか……。愚物風情《ぐぶつふぜい》が随分《ずいぶん》思い上がるではないか」

当然実際に表情に出したわけではない。

だが、目の前の存在相手に心を隠すことなどできない。

心の有《あ》り様《よう》がこの状況を楽しんでいると、ありありとこの存在に伝えてしまう。

「だが――良いぞ？　その程度の肝魂《きもだましい》も持たぬ者が我が視界に入ることなど許されぬからな。喋《しゃべ》ることを許してやろう。この俺を前にして笑みを浮かべた褒賞《ほうしょう》をくれてやる」

王の中の王とでも言うべき存在か。

なるほど、たしかに王に直言するなど褒美でもなければ許されるはずもない。

それはたとえ神であろうと変わらない。

「……では、僭越《せんえつ》ながら。この度はこのような褒賞を戴《いただ》き恐悦《きょうえつ》至極《しごく》に存じます。並びに貴方様の居城へと無断で侵入してしまったこと深くお詫《わ》び申し上げます」

ロキは決して顔を上げずに、そして敬意を示しながらそう言った。

吃《ども》ることもなく、噛《か》むこともなくスラスラと。

こういうところは流石の度胸である。

「……まぁ、良いか。だが、足りんな。貴様の契約する死神とやら呼べるのならば呼ぶといい。久方《ひさかた》ぶりの客だ。貴様のような凡俗を食らおうが何の腹の足しにもならん。その死神とやらならば暇潰《ひまつぶ》しにはなろうよ」

その言葉にロキの体が僅かに強張《こわば》る。

相手は暇潰しをしたいと所望した。

しかし、ロキに死神の本体を顕界させる力などない。

そもそもこの領域すら何なのかわかっていない。

しかし、ロキが心の中でどうすべきかと葛藤《かっとう》していると、失笑が響く。

「そう身構えずとも良い。ただの冗談だ。貴様如きにそのようなことなど期待するわけがなかろう。たかだか貴様如きが俺を愉しませようなどという思い上がり――いっそ不敬ですらあるぞ？」

その無茶苦茶な言い分にロキの表情が僅かに引き攣る。

だが、その無茶苦茶すら罷《まか》り通《とお》るのが強者の特権、王の権利。

「城への侵入といい、手を加えようとしたことといい、あまつさえこの俺を嘱《しょく》目《もく》しようなどと、身のほどを知らぬ者というのは度《ど》し難《がた》いな。だが、人間とは間違える生き物であるということを俺は知っている。それに愚物風情に粗相をされた程度で激昂《げきこう》するほど狭量《きょうりょう》でもない。――ゆえに、一度の間違いは許そう。一度はな。せいぜい賢く生きよ」

その言葉を最後にロキの意識がフラッと堕《お》ちていく。

「――」

消えゆく意識の中、ロキは何か言葉を聞いた気がした。

ロキの意識が完璧になくなった後、その存在が手を無造作に振ると、もはや意識のない抜け殻でしかないロキの体は切り刻まれ、跡形もなく消え失せた。

そして男は玉座から立ち上がるとそのまま不機嫌そうにどこかに消えていった。


「はっ⁉」

意識が現実世界へと戻ってくると同時にロキは浮遊魔法を保《たも》てず地面へと墜落していった。

ロキを支えていたはずの怪物達は、恐れ慄いているかのようにロキから一定の距離を取っていた。

ロキが落下していくのを見ていたクレマンは、既に目覚めているパラクとメイリスにまだ目覚めぬアーノルドを任せると言い、ロキのもとへと駆けていった。

そしてクレマンが見たものはロキが盛大に吐いているところであった。

あのロキが吐くほどひどい光景を目の当たりにしたのかと、すぐに駆け寄り声をかけた。

「大丈夫ですか？」

ロキはチラリとクレマンを見たが、はぁはぁと息を吐くだけでそれに答えることはない。

答えられるだけの余裕もない。

正直、今すぐ気絶しても良いくらいであった。

見ていただけのロキがこれなのである。

それを実際に体験したアーノルドは大丈夫かと心配になり、クレマンは戻ろうと踵を返した。

ロキが現実に戻ってきたということはアーノルドの試練も終わったということだろうと思ったからだ。

だがそれは、ロキがクレマンの服を摑んだことで阻止された。

「……話せますか？」

クレマンが振り向きそう言うと、ロキは口元を拭った。

「まず……、結論から言うと……。アーノルド様の世界には入れなかった。いや、入らせてもらえなかったのかもしれない」

震えるような声で話すロキの言葉を聞いたクレマンの表情が困惑したように歪《ゆが》んだ。

ロキの能力は発動してしまえばそれこそ必中であり、その術の中では術者が神に等しい権限を持つといってもいい。

入れないなどというのは最初の段階で術を弾かれなければ基本的にはありえないのだ。

精神世界に入ってからロキを拒絶することはクレマンですらできない。

だがそれならば、入ることができなかったロキはなぜこれほどまでに疲弊しているのか。

見たところ肉体的なダメージはない。

精神力でいうと目の前のロキはかなり上の方である。

何があろうと動じず、ふざけた態度で余裕がある。

たとえどれだけ傷つき追い詰められようと、その片鱗《へんりん》すら見せない異質さを持っている。

だが、今のロキにはそれが全くない。

常に被っていた表情という仮面《かめん》すらも落ちてしまっている。

アーノルドの精神世界に入れなかったのなら、なぜそんなことになったのか。

クレマンは緊急事態であると判断した。

ロキほどの者を追い詰める敵がいるのならばそれに備える情報はとても大事なのである。

それも現実ではなく術の中、精神世界の中でなど尋常《じんじょう》ではない。

「アーノルド様は――」

ロキが喋ろうとしたその瞬間、ロキの周囲に漆黒《しっこく》の魔法陣が展開した。

血の色を連想させる真紅の色を放ち始めた魔法陣を目にしたクレマンは瞠目《どうもく》し、即座にその場から飛び退いた。

ロキを起点にした魔法の律動《りつどう》である。

そのときロキの脳内にあの存在から言われた言葉が再生された。

——一度の間違いは許そう。一度はな。

そして走馬灯《そうまとう》のようにその言葉を思い出している間に魔法陣は消えていった。

「い、今のは……」

クレマンが額に汗を浮かべながら消えた魔法陣を思い出していた。

魔法陣というのは魔法それぞれに固有の文字、固有の魔術回路で描かれているものである。

理論上その文字を読み解けば相手がどんな魔法を使うのか読み取ることができる。

だが、その文字は未だに解明しきれていない。

解明されているのはほんの取っかかりの部分だけ。

それ以外はまだ未知の領域だ。

とても異質で不吉な気配がした魔法陣。

ひとまず安全であることを確認したクレマンは再びロキの所へと戻っていった。

「クレマン様。アハハ……、しくじったみたいです」

べっとりと汗を掻き、力なく笑うロキには普段のような余裕などなく、諦念を滲ませたような表情をしていた。

クレマンもそんなロキを見て察した。

「話さないではなく話せない、なのですね？」

ロキはこくりと頷いた。

言われるまでもなくありありとわかった。

あれはある種の呪いだ。

不言《ふげん》の誓約《せいやく》の呪い。

魔法陣は読み解けなかったが、それに込められた怨情《えんじょう》はクレマンをして震駭《しんがい》せしめた。

その一端に触れただけでも、体の強張りが取れない。

「わかりました。おそらくあれほどの魔法陣を使えるとなると、どのような手段を用いようと無駄でしょう。それはたとえあなたの命と引き換えにしようとおそらく得られない情報でしょう。あなたが胸に秘めておき、必要な時にあなたが動きなさい。いいですね？」

他の者が情報を得られないのであれば、その情報を唯一《ゆいいつ》持っているロキがどうにかするしかないのは自明である。

話せなくとも動くことで間接的に伝えることもできる。

だが、それすらもトリガーになる可能性があるため慎重に事を進めなければならなかった。

あれは最悪の場合、周囲すら巻き込む恐れがある。

先ほどは魔法が発動し切らずに魔法陣が消えたが、話すのを止めた途端消えたことからもまるで警告のようであり、二度目は話すのを止めても魔法陣は消えないかもしれない。

どう足掻いても今、そのような危険を冒すことは絶対にできない。

「……あの存在を相手にどこまでできるかはわかりませんけどね。……まぁ、やれるだけはやりましょう」

ロキは最初あの存在をアーノルドに全く関係のない存在であると考えていた。

だが、ロキが入ったのはアーノルドの世界のはずであり、それと最後にかけられた言葉も気になる。

その言葉から、もしかするとロキと死神との契約関係のように、アーノルドもあれと契約を結んでいるのではないかとロキは考えた。

ロキが契約を結んでいる死神は神と名がついているが、実際には神ではなく亜神と呼ばれるものである。

神には劣るが人の世では過ぎたる力を持つものを亜神と呼ぶ。

そうしたものは知性を持っており運が良ければ契約することができる。

運が良ければというのは、出会えればではなく、殺されなければ、である。

もちろん殺されなかったからといって絶対に契約できるというわけでもないので、単純に運というのも正しいかもしれないが。

死神も亜神の一柱であり、ロキが偶然巡り合い契約に至った存在であった。

しかし基本的に亜神とは契約だけしてその後は関わりを持たないことがほとんどである。

そもそも亜神はこの世にほとんど存在しない。

異なる次元に住む生き物と言っていい。

だが、今回通ってきたフォグルの森の奥深くにも亜神の一柱が暮らしている。

あの森を荒らさぬ限りは基本的に無害であり、国と契約を交わしていることからもそれなりに温厚で知性のある存在である。

だからこそアーノルド達はあの森で極力暴れることを避けていた。

深層に行かなければ基本的には大丈夫であるが、それでも万が一があるためだ。

だが、絶対的な力を持つ亜神達は、たかが人間などという矮小な種族に興味などない。

大抵は遭遇《そうぐう》した瞬間に殺される。

人間が虫を殺すのと同じように。

周りで虫がウロウロしていたならば駆除《くじょ》しておこうとするようなものである。

異なる次元に住めるような亜神が、アーノルドの精神世界を住処《すみか》にしているということはありえないわけではなかった。

特に契約しているのならば魂に繋がりができるため、より容易になるだろう。

ロキが契約している死神は戦闘力でいえば亜神の中でもほぼ最高峰のクラスに位置している。

生命を司《つかさど》っているからだ。

それを軽々と超越《ちょうえつ》するような存在がそうそういるとは思えなかったが、あの宮殿内だけでの話ならばそれもたしかに可能となる。

あらゆる能力は縛りが強ければ強いほど、発動が困難であればあるほど強くなる性質がある。

あの領域内だけならば――己自身が定めた領域だけならば、神にも到達するほどの力を手に入れることも可能なのではと考えていた。

だが、その考えは先ほどの魔法陣で崩れ去った。

あれは明らかに領域外でのことだ。

何をしようが逃れられないと、抵抗の意思すら消滅させるほどの異彩を放っていた魔法陣。

その禍々《まがまが》しさは、上にいる超常の存在である死神に頼んだとしても解除できたのかどうかわからなかった。

クレマンが目をゆっくりと閉じ、覚悟を決めた顔をした。

「あとは私がやります。あなたは休みなさい」

「申し訳ありません……」

ロキは最後の役目をやり遂げたと気を抜いた途端に気絶し地面に倒れたが、突然生えてきた骨の手が地面の中へとロキを吸い込んでいった。

そしてロキが気絶したことで全員にかかっていた術が強制的に解け、死神と化け物どもが空の裂け目から引き上げていく。

引き裂かれていた空が何事もなかったかのように戻っていく様子を、クレマンは静かに見ていた。


玄関の扉を開けた『???』はいつもとは違う家の異様な雰囲気に気圧された。

何が違うなどということは説明できない。

だが、説明できなくともわかる。

これは違うと。

無始曠劫《むしこうごう》の記憶の奥底を逆撫《さかな》でされるような不愉快《ふゆかい》さが、体を弄《もてあそ》ぶように駆け抜けていく。

家の中に一歩入ると、先ほどまでたしかに空は晴れていたにもかかわらず、外で雨が降っている音が響く。

振り返ると真っ赤な雨が――まるで『???』を家に閉じ込めるかのような血の如《ごと》き雨が沛《はい》然《ぜん》として降りそそいだ。

不気味ではあるが、外に出るという選択肢はない。

「……優奈？　真由？」

掠《かす》れるようなか細い声で妻と娘の名を呼ぶが、返ってくるのは暗澹《あんたん》とした廊下の静寂《せいじゃく》のみ。

陰気に満ちた玄関の明かりをつけようと思い、壁沿いに移動すると何かが足に当たってガシャンと金属が倒れるような音が響き渡った。

明かりをつけて何が倒れたのか見てみると、それはダンケルノ公爵家の紋章《もんしょう》が刻まれている剣であった。

『？？？』は剣などという非現実的な武器に対して何の疑問も持たずにそれを当たり前のように拾うと、帯剣しようとして剣を止めるためのベルトがないことに気づく。

そのまま手に持ってリビングに向かって歩を進めようとしたが、なぜだか足が思うように動かない。

そこに行かなければならないと心が訴えかけている。

だが同時に、その場所に行くことを体が拒否している。

そんな相反する想いに戸惑い、二の足を踏んでいると、『？？？』はドンと後ろから押されたような衝撃を受け、前につんのめった。

咄嗟に後ろを見たが誰もいない。

『？？？』は薄気味悪さを覚えながらもリビングのドアの前に立った。

普段ならば何も考えず開ける扉がまるで金庫の扉のようにやけに重厚に感じられた。

ゴクリと唾《つば》を飲み込み、一呼吸置いてからガチャリとドアノブを引いた。

リビングの中は真っ暗で物音一つしない。

今まで感じていた嫌な感じは気のせいだったのかもしれないと思い、緊張からかいつの間にか止めていた息を吐き出しながらリビングの電気をつけた。

だが、嫌な予感というのは当たる。

『？？？』の目に入ってきたのは、うつ伏せで倒れている優奈と真由の姿であった。

そして何よりも信じたくないのが、目を覆《おお》うような赤黒い血溜まり。

着ている服も明らかに血で染まり、切り刻まれているかのように所々肌が露出していた。

「な……、え……？」

状況が理解できず、いや、理解したくなく、『？？？』の口から発せられるのは言葉にならない言葉だけであった。

幻であってくれと、二人に近づこうと手を伸ばしたとき――。

――グサッ。

脇腹の辺りに熱を感じた。

熱を感じた脇腹をゆっくりと見る。

「よっしゃ‼　俺の勝ちッ‼」

突然、部屋に響き渡った声に『？？？』は悲愴《ひそう》な面持ちでその声の主を見た。

三人の高校生らしき若者達が我が物顔でダイニングにある椅子に座っており、そして『？？？』の目の前で血のついたナイフを持ってニヤニヤと嗜虐的《しぎゃくてき》な笑みを浮かべる者が一人いた。

「おいおい、見ろよ、あの顔！」

「アハハハハ、傑作《けっさく》だな！　おい、このおっさんにこいつらで遊んだ時の動画でも見せてやるか？　そうすりゃ、もっといい表情が撮れそうじゃねぇ？」

「ああ、そりゃいいな！　でもそれなら刺すんじゃなくて殴っておけばよかったぜ！　今からでも間に合うか？」

「はっ、このくらい刺した程度で人間は簡単に死にやしねぇよ。特等席でも作ってやろうぜ」

高校生くらいの少年らしき四人が楽しいお遊びの真っ最中だという感じで盛り上がっていた。

だが、『？？？』にとってはお遊びだなんて風には思えない。

悔しさ、怒り、憎しみ、あらゆる感情が一気にその身に襲いかかってき、歯を噛み砕かんばかりに体に力を入れた。

「お、お前達がやったのか？　なんでこんなことを……？」

震える声で弱々しくそう問うた『？？？』は渾身《こんしん》の力を振り絞り、仲間の方を振り返っていた少年Aの肩を砕かんばかりに全力で摑んだ。

「いっ、痛ってぇな！　なに摑んでだよ、屑《くず》がッ!!」

肩に痛みが走るほど強く摑まれたことに腹を立てた少年が『？？？』を一切の手加減なく蹴り飛ばした。

格闘技でもやっているのかその蹴りの威力は凄まじく、『？？？』は部屋の壁に叩きつけられる。

「おいおい、今から愉しむんだから殺すんじゃねぇよ。ＶＩＰなんだから丁重《ていちょう》に扱ってやれよ」

少年Ｂの口調は責めるようなものであるが、その口元は笑っている。

少年達には罪悪感も感傷も微塵《みじん》たりともなさそうであった。

無慙無愧《むざんむき》な人間。

非道を非道とも思わぬ真正の外道ども。

「ああ、すまんすまん」

少年Bの言葉に対して悪びれた様子もなく笑う少年Aは、心など全く籠もっていない形ばかりの謝罪をし、その特等席とやらに連れて行くために、蹴り飛ばした『???』に近づいてこようとした。

だが、その最中に少年Aは何かを足で蹴飛ばした。

「何だこれ……？　玩具の剣か？　へっ、その歳でなんでこんなもん持ち歩いてんだよ？　ガキかよ！　アハハハハハ」

高笑いした少年Aはその玩具の出来を確かめるべく鞘から剣を引き抜いた。

「へぇ、結構リアルじゃね？」

刀身を眺め、ブンブンと振り回しながら仲間達に見様見真似の無様《ぶざま》とも言える構えを見せて楽しそうに笑い合っていた。

「なぁ、それを使ってやればいいんじゃねぇの？」

名案とばかりに一人の少年が少年Aの持つ剣を指さした。

「思いっきり突けば刺すくらいはできるんじゃねぇの？　自分の玩具で刺されるなんていい絵が撮れそうじゃね？」

少年Aはその少年の言葉には特に反応を示さず、刀身に見惚《みと》れているかのように薄く笑みを浮かべ眺めていたが、嗜虐的《しぎゃくてき》な笑みを浮かべながら『？？？』に近づいてきた。

『？？？』はぐったりとした様子で壁にもたれた状態で何やらぶつぶつと言っていた。

「あぁ？　なんだ？　もう壊れちまったのか？」

つまらなそうな表情を浮かべたかと思えば、すぐに残虐《ざんぎゃく》な少年の笑みへと変わる。

「……ああ、そういえばなんでそんなことをするんだ、だっけか？」

嘲るような笑みを浮かべる少年Aは『？？？』の髪をグッと掴《つか》み、無理やり視線を合わせてきた。

「そんなもん面白いからに決まってんだろ？　大抵の遊びはやりつくしたし、次の遊びをしてるだけだっつの」

まさに悪鬼《あっき》のような動機。

そんなくだらない、陋劣《ろうれつ》な動機で妻と娘はあんな変わり果てた姿になったかと思うと、腑《はらわた》が煮えくり返るような激情が心のうちから沸々《ふつふつ》と湧《わ》いてきた。

少年Aは馬鹿にするように舌を出して挑発し、髪を持っている手を離すと『？？？』を再度蹴飛ばした。

「おい！　もう蹴るなって。そのせいで楽しみが減ったらお前の負けにするからな？」

ぐったりしている『？？？』が死んでしまうのではないかと思った一人がそう言った。

だが、そこに心配の色はない。

あるのは自分の楽しみが半減することへの心配だけ。

「ああ？　そりゃ違うだろ。そもそも最初に刺すこと提案したのお前じゃねぇか！」

「うるせぇよ！　ほら、さっさとこっちに連れてこいよ」

少年達は何が面白いのか笑っていた。

『？？？』はそれを信じられない思いで見ていた。

こんな非人道的な行為をしておいて、言うに事欠いて〝遊び〟とは。

『？？？』の心にこの世の理不尽さを呪う感情と、そしてこんなクズどもがのうのうと生きているこの世界に対する憎悪の感情が芽生えてきた。

「なんで、何でこんなひどいことができるんだ。たかがそんなことで、そんなことで……」

『？？？』は拳に力を入れ、泣き声とも言える呻《うめ》き声を上げた。

今までの平和な日常がこんな理由で壊されるなんて許せなかった。

自らの欲を満たすためだけに、他者の命を脅《おびや》かす行為など到底容認できなかった。

「はぁ？　たかが、だと？　俺達が退屈していることがたかがだと？　むしろ俺達のためにテメェらのような屑が役に立ったんだから感謝しろよ。ほら、ありがとうございますってよ！　ほら、さっさと言えよ!!　言えって言ってんだろ？　アハハハハ」

少年Aは『？？？』に軽く蹴りを入れながら高笑いをしている。

『？？？』はその少年の足にしがみつき、心のうちから湧き出る魂の悲鳴を口にした。

「お前達は……ッ、お前達は人を殺していいと思っているのか!?　そんな玩具のように他人の命を奪ってもいいとでもッ!?」

――無駄。

無駄だと誰かが叫び、嗤笑《ししょう》しているような声が頭に鳴り響く。

「はぁ……、もうそういうの聞き飽きたんだよ」

少年は心底面倒臭そうにため息を吐いた。

「良いかって？　良いんだよ。良いに決まってんだろ。俺達がそう決めたんだ。お前ら屑は大人しく従っておけば良いんだよ。なんで俺達が何の面識もないお前らに対してそこまで考えなきゃいけねぇんだよ。死にたくなきゃ俺達の目に入らないところにでも行きゃいいじゃねぇか。俺達の視界に入った時点でお前らは俺達の玩具になることを許容したってことなんだよ。それにこの世界はな、強い者が弱い者を虐げても良い世界なんだよ。お前らは弱いから何をされようが文句なんて言えねぇんだよ！　ほら、わかったか？　一つ賢くなれて良かったな？」

カラカラと笑い醜悪《しゅうあく》な笑みを浮かべる少年の顔は、本当に同じ人間なのかと思うほど悍《おぞ》ましい。

「そうそう。俺達の目に入るところにいるってことは俺達の玩具になってもしょうがないってことなんだよ。アハハハハ」

「はぁ、うぜぇな、このおっさん。誰に説教してんだよ。これならこいつらも、もう少し生かしておけば良かったな。目の前で痛めつけりゃ、そのイライラする面もマシになっただろうに」

少年達が口々にその悪鬼に同調する。

少年Bが妻の方へと近づいていき、自らの怒りを発散するかのようにその体を蹴った。

――だがそれがきっかけとなった。

「……るな」

声になっていない小さな声がその部屋に異様に響いた。

それからすぐ、鬼哭啾々《きこくしゅうしゅう》として空間が小さく鳴き始める。

しかし、少年達は笑っているためそれに気がつかない。

「あ？　なんだって？」

『？？？』に何かを言われたのがわかった近くにいた少年Aが苛立《いらだ》ったように声を上げた。

少年達にとっては他者など自分達が何をしてもいい奴隷《どれい》のような存在。

奴隷如きが勝手に口を開くだけでも癇《かん》に障《さわ》る。

「触るなッ!!」

「……あぁ？　なにお前如きが俺に命令してんだ⁉」

『？？？』の言葉に激昂した少年Aが手に持っている剣で『？？？』を突き刺そうと近づく。

衝動的に。

何の躊躇《ためら》いもなく。

奴隷の叛逆《はんぎゃく》など許さないと。

――だが、その剣が『？？？』を貫くことはなかった。

「……あ？」

『？？？』は剣の刃の部分を素手《すで》でがっしりと摑んでいた。

手の平からはポタポタと血が垂れているがそんなことはお構いなしに更に強く握り込んだ。

「ッチ!!　なんだッ！　う、動かねぇ……。おい、テメェ離せよ!!」

少年Aが摑まれた剣を引き戻そうとしたが、引こうが押そうが全く動かない。

「お、おい、あれ血が出てるじゃねぇか？　本物の剣か⁉」

「おい、本物かよ！　ちょっと俺にも貸せよ！」

「何やってんだよ。さっさと蹴るなり殴るなりして引き剝がせよ」

少年達は口々にそう言うが、少年Aはそれどころではなかった。

「な、んで……ッ‼」

少年Aはプルプルと腕を震わせ、表情を歪めながら必死に剣の柄を握り込んでいた。

「さっさと返しやがれ‼　うぜぇんだよ‼」

少年Aは剣を取り返すのを諦めたのか柄から手を離し、そのまま『？？？』の顔面めがけて蹴りを放ってきた。

しかし、その蹴りは失敗に終わる。

足首を摑まれ、少年Aの攻撃は『？？？』によって軽々と阻止された。

自分の攻撃を屑如きが止めたその事実が許せず、少年Aはより苛烈《かれつ》にその双眸《そうぼう》を怒りに燃え上がらせた。

「クソッ！　ぶっ殺してやる‼　離しやがれッ！　テメェ――う、うぐぁぁぁぁぁぁあ」

『？？？』に足首を摑まれ逆さまになっていた少年Aはジタバタと暴れていたが、突然悲鳴を上げた。

『？？？』が凄まじい握力で少年Aの足首を握り締めたからだ。

『？？？』はそのまま少年Aを片腕一本で軽々と持ち上げたかと思うと、渾身《こんしん》の力で床に叩きつけた。

「ガハァッ……⁉」

床に叩きつけられたことによって凄まじい音が鳴り響き、少年Ａが叩きつけられた床は凹み破壊されていた。

受け身すら取れなかった少年Ａは思いっきり叩きつけられたことで呼吸ができないのかピクピクと動き、必死に呼吸しようと胸を掻いていた。

「テメェ、よくも……ッ!!」

仲間を攻撃されて怒った少年が『？？？』に殴りかかろうと一歩踏み出したとき、視界にいたはずの『？？？』がいなくなった。

「は……？」

突然目の前にいたはずの人物が消えた状況に頭がついていかず、少年は困惑の表情を浮かべて仲間を振り返った。

「お、おい……」

仲間の一人が声を上げ、指を差した。

そこにいたのは涙を流しながら優奈と真由を腕に抱いている『？？？』の姿であった。

そしてもう一人の少年は何かに気づいたのか『？？？』とは別の方を向き、それを仲間に伝えることもできず恐怖に震えて目を見開いて固まっていた。

「あ？　いつの間に……、テメェ」

『？？？』を見つけた少年Ｂは、最初は理解できない状況への困惑が頭を支配していたが、『？？？』の姿を見ていると徐々に仲間を傷つけられた怒りに支配されていった。

だが、そこに今までのようにただやられるだけの玩具はもういない。

「──うるさいぞ。少し黙れ」

その声はあまりに平坦で、さっきまでと同一人物が発したものとは思えなかった。

突然の口調の変化に驚いた少年Bであったが、すぐに格下に舐《な》めた口を利かれたと激昂した。

「テ、テメェ……。誰に舐めた口利いてやがる！　殺すぞクソがッ‼」

だが、『？？？』にとってはそんな怒りなど、そよ風にすらならない。

そうでなくとも、普段から口癖のように言う言葉などに重みは生まれない。

少年達は妻達を殺したと言っていたが、『？？？』にとってはまだ二人の命の灯火《ともしび》が完全に消えた状態ではなかった。

『？？？』の体から黒い靄《もや》が出てきて妻と娘を覆って見えなくした。

その光景を見た少年達は、一様に引き攣ったように顔をしかめた。

「舐めた口か……。そうだな。君達と私、果たしてどちらが舐めた口を利いているのか……、試してみるとしよう」

未だ穏やかな面影《おもかげ》を残した『？？？』がそう言った刹那、四人の体に何かがのしかかるような重みがかかり、とてつもない勢いで顔面から床へと突っ込んだ。

それをただ冷淡に見ている『？？？』がゆっくりと口を開く。

「──たしか、君達は自分が楽しいから、気に入らないからという理由で他者を傷つけようが殺そうが問題ないと言っていたね？」

元々床に倒れていた少年Aは重圧によってさらに押さえつけられたことで気絶し、少年Bは床に衝突したことで血が出ている鼻を押さえながら『？？？』を睨んだ。

「て、テメェ⁉　何しやがった！　殺す！　ぜってぇ殺してやるッ‼」

未だに状況を理解できていないのか、血気盛んな少年Bはその程度で心が折れることもなく、まだ強気な態度で『？？？』を怒鳴りつけてくる。

他の二人の少年達は今のありえない状況を理解しており、もはや恐怖に抗う術もないというのに、自分が強者だと勘違いしている愚者は自分が弱者であると気がつきもしない。

「まだそのような口を利く余裕があるとは……その喉《のど》、よほどいらないか」

「何言って――」

その瞬間、少年Bの喉元から血が勢いよく吹き出し、驚愕の表情を浮かべながら床に倒れて動かなくなった。

残された少年達は地面に飛び散った血を見て、『？？？』の注意を引いてはならないと思いながらも恐怖に抗えず声にならない悲鳴を上げてしまう。

少年Cと少年Dは目の前の存在が常識外の存在であるともう気づいている。

なにせ、今いる部屋がいつの間にか数倍に広がり、元々あった家具は『？？？』の心の内を表すかのように見る影もないほど禍々しき装飾品へと変貌《へんぼう》を遂げているのだから。

そこに先ほどまでの一般家庭の様相《ようそう》は微塵もない。

そして、壁に浮かぶ無数の無垢《むく》な瞳が少年達を見つめている。

まるで見定め、監視するかのように。

目の前の怪物《かいぶつ》はいつの間にか椅子に座っていた。

玉座のような優美な椅子に尊大に座っている『？？？』を前に頭を上げることすらできない。

俯き床を見ていた二人の近くでガシャンと何かが投げられた音がした。

反射的に音の発生源を見ると、先ほどのダンケルノ公爵家の剣が二つ、手を伸ばせば届く位置にあった。

それを見た二人の少年の心臓が騒めいた。

「拾え」

そう言われた二人の体が氷になったかのように強張る。

先ほどまでなら嬉々として拾っただろう。

それは己自身が強者であったから。

拾ったところで自分の命を脅かすものなどないのだから。

しかし、今は違う。

拾えばあの馬鹿げた存在と戦うことになりかねない。

扱い方も知らない剣を持ったところで勝てるような存在ではないとわかる。

それとも二人で殺し合えということなのか。

どちらにしても愉快なことにはならない。

それがわかるからこそ安易に拾うことはできない。

だが、命じられたことに逆らうことも怖く、呼吸が荒くなって自分の鼻息と心音がやけに大きく聞こえてくる。

そのとき、気絶していた少年Aが目を覚ました。

「……テメェ。ぜってぇ、生かしておかねぇ。クソの分際で俺に歯向かいやがってッ！」

少年Aは頭に血が上っているのか周りが全く見えておらず、状況を把握できていない。

なぜ自分が気絶していたのかも。

だが、少年Aにとってはやられたならばやり返すのが当たり前。

相手が泣いて懇願してこようが徹底的に叩き潰す。

自分に歯向かう者などこの世に一人たりとも許さぬと。

殴られたなら殴り返した上でそいつの持つもの全てを奪わなければ気が済まないと。

血走った眼で『？？？』を睨みつける少年Aを見た二人は、そのまま少年Aに興味が移ってくれればいいと少年Aの蛮行《ばんこう》を止めようともしなかった。

それどころか助かったと感謝すらした。

『？？？』は呆れたようにため息を吐くと、どこからか生まれ出た新たな剣を少年Aに向かって投げた。

「拾え」

『？？？』が無感情でそう言うと少年Aの顔がみるみるうちに赤くなる。

「俺に命令してんじゃねぇ！　クソ風情が!!　ぶっ殺してやる!!」

激昂した少年Aは怒りのままに投げられた剣を拾い、そのまま止まることなく『？？？』に向かって駆け出していった。

なんの技もない、ただの突進。

だが、いくら近づこうと『？？？』は少年Aに一瞥《いちべつ》もくれない。

ただ瞳に虚無《きょむ》を浮かべ、どこか遠くを見ているだけ。

その尊大な態度に少年Aの顔にさらに怒りが滲《にじ》む。

今まで自分の前でそのような態度を許したことなどない。

「テメェェェェエ‼　死ねぇぇ‼」

怒りに身を任せ、頭をかち割ってやろうと剣を振り下ろしたそのとき、剣を持っていた少年Aの腕が爆ぜるように斬り刻まれた。

それはもう跡形もなく。

「ぎ、ぎぃぃぃやぁぁぁぁぁぁぁっっぁっぁっぁああ‼　いたッ、いたっ、いてぇ、いってぇよ‼　クソ、なんで俺が、俺がっ……こんな目に……ぐぁぁぁああああ！」

痛む腕を押さえようにも押さえる腕がない少年Aは、目に涙を浮かべ蹲《うずくま》ることしかできない。

生まれて初めて味わう死んだ方がマシとも言える痛み。

だがこの空間では、どれだけ血を流そうが『？？？』の赦《ゆる》しなくして死ぬことすらできない。

少年達をどれだけ痛めつけようが、未だに『？？？』の表情には何の感情も見えない。

それでもやっと『？？？』の瞳が少年Aを映した。

「なぜか……。そうだな敢《あ》えて言うならば、貴様らが私の視界に入ってきたからだな。退屈していたところだ。玩具がわざわざ目の前にあるのだ。遊ぶのが道理であろう？」

「ふっざけるなッ‼　こんなことをして赦されると思っているのか⁉」

「クハッ、赦す？　誰が私を赦さないと言うのだ？　貴様か？　それともこの世界か？」

その声は氷点下のように冷たく、冷徹であった。

「はっ、俺の親父に言やぁテメェなんざすぐに豚箱行きだぜ！」

少年Aは自信満々にそう言い放った。

目の前の怪物相手に。

法などというくだらぬ物に縛られぬ相手に。

「クク、クハハハハハハハハハハ‼」

突然の高笑いに少年Cと少年Dはビクリと肩を震わせ縮こまり、それとは逆に少年Aは歯を嚙み締め怒りを露《あらわ》にした。

その怒りのためか、少年Aは腕の痛みがもうないということに気づいてすらいない。

腕が治っているなどという異常事態にも疑問を持たない。

「阿呆《あほう》もここまでくれば、もはや道化だな」

『？？？』は先ほどまで大笑いしていたとは思えぬほど無感情に、無表情にそう言った。

「なんだとテメェッ‼」

「貴様――ここから生きて帰れるとでも思っているのか？」

淡々と告げられた言葉。

少年Aはこの世界が自分のために あると本気で思っていた。

自分が死ぬなどということはありえないと。

「な、なにを言って……。はっ、殺す度胸すらない……、そもそも社会のゴミクズ風情が俺を殺すだと？」

少年Aはいつだって相手を虐げる側。

何をしようが、何を言おうが、親の権力で闇に葬り去れる。

だから生まれてから一度たりとも相手を尊重する、敬意を払うなどといったことをしたことはない。

鉛筆で誰かを刺そうが、誰かを虐めて自殺に追い込もうが、女を好きに犯そうが、いつだって最後に勝ってきたのは自分だ。

どれだけ悪行を積もうが最終的に謝ってくるのは相手。

金と権力さえあれば、相手を追い込むことなど簡単なこと。

生きるためには誰しも金がいる。

そこさえ押さえてしまえば、相手は何もできない。

だからこそ、自分が謝ることなんて何一つない。

悪いのは金も権力もない弱い奴。

そんな少年Aでも自分を殺しにくる奴は別だった。

だが、今まで虐めてきた奴も、権力で黙らせてきた奴も、結局そいつらは法を犯すことを恐れ、報復という手段を用いることはなかった。

だからこそ、少年Aは何をしても赦される。

赦されてきた。

自分は何をしてもいい人間なのだと退屈しのぎに殺人に手を出した。

だがだ、だがここで、少年Aが予想だにしていなかった者が現れた。

自分を殺すことに躊躇いのない者。

全てを捨てられる者。

初めての痛み。

初めての死というものの実感。

少年Aの頭には逃げなければならないということしか、今は頭になかった。

逃げさえすれば、あいつを逮捕することも陥《おとしい》れることも容易なのだから、と。

たとえ罪がなかろうが証拠がなかろうが、冤罪《えんざい》を着せて逮捕《たいほ》してしまえばいい。

今までもそうやってきた。

そう考えていた矢先。

「拾え」

またしても剣が目の前に転がってきた。

『？？？』が何をしたいのか少年Aにはわからなかった。

だが少年Aはその剣を手に取ると今度は反転し、この部屋の出口へと駆け出していった。

「おい、お前ら‼　あいつを足止めしとけ‼　さっさと行け！　殺されてぇのか⁉」

少年Aは蹲っている少年Cと少年Dにそう命令しつつ出口へと走る。

自分のためならば仲間すら躊躇なく使い捨てにする。

所詮仲間といってもただの他人。

奴らの親に何か言われるかもしれないが、それはお互い様。

知らぬ存ぜぬで通せば何もできはしない。

それに自分が殺したわけでもない。

悪いのは自分を殺そうとした『？？？』だ。

生き残れば良い。

そして扉へと辿り着いた少年Aは笑みを浮かべた。

だが——扉は開かなかった。

押せども引けども蹴ろうともびくともしなかった。

「……んで……？」

なんで、と言葉すら満足に出なかった。

「どうした？　仲間さえ——いや、仲間ですらなかったか。この部屋から出たいのであれば、この私を殺す以外にないぞ？　これも所詮、貴様らの言う——ただの遊びだ。気負うことなど何一つない。負ければ死ぬだけだ」

「ふ、ふざけるな！　遊びだと？　そんなことするわけがないだろうが！　さっさとここから出しやがれ、このクソ野郎!!」

「なぜだ？」

「なぜ……だと？　なんでこの俺がテメェ如きと命を賭けてやり合わなきゃならねぇんだよ」

「それが貴様が定めたルールだからだろう」

そう断じた『？？？』に返ってきたのは嘲笑であった。

「はぁ？　何言ってんだお前？　俺が殺すのは良いが俺が殺されるなんざ、あって良いはずねぇだろ？」

何の迷いもなくそう言う少年の顔には僅かな笑みが浮かんでいた。

他者を虐《しいた》げるときに浮かべる笑みが。

「そうか。ならば仕方ない」

『？？？』がそう言うと、少年Ａは安堵したように息を吐き、口角を歪《いびつ》に上げた。

「はっ、バカは理解すら遅いから嫌いだぜ。ほら、さっさとここから出せよ」

『？？？』がやっと自分に従ったかと、手の平を返したかのように嘲罵《ちょうば》してくる。

「何を言っている？　お前がどう思おうが関係ない。この場では私の言葉が絶対だ。この世には理不尽が溢《あふ》れている。ただ気に入らないというだけで殺されることもある。弱者たるお前が私に暴言を吐いたのだ。それは死ぬには十分な理由だろう？」

「……はぁ？　弱者だと？　お前如きがッ‼」

言い終わる前に少年Ａの首が飛んだ。

「うるさくて敵わんな。これ以上聞くに耐えん」

少年達にはなにが起こったのかすらわからない。

『？？？』はその場から動いてすらいないのだ。

手も、足も動かしていなかった。

少年達は、自分達もいつでも、それこそなんの予兆もなく殺されるかもしれないと思い、体の震えが止まらなかった。

「それで、貴様らは私を楽しませてくれるのか？」

残った少年の方に視線だけを向けて問うてきた『？？？』に震えながら口を開く。

「た、楽しませたら、い、生きて返してくれるのか？」

震える声を必死に我慢して聞き返したが、それに対する返答は僅かな嗤《え》みであった。

「ギャァァァアァッァアァアア⁉」

『？？？』に問うた少年の両手首から先が、キレイに斬り落とされた。

叫ぶ少年に侮蔑の視線を向けた『？？？』は嘆息《たんそく》した。

「まだ立場をわかっていないらしいな。貴様らが私に問える立場だとでも思っているのか？

私と対等だとでも？　貴様達は玩具であろう。玩具とは最終的に壊される物の代名詞だ。死ぬ以外にお前達の行く末などあるわけなかろう？」

そうこうしていると少年Aの首が再生し、再び意識を取り戻した。

「死んだ気分はどうだ？　楽しかったか？」

少年Aもやっと立場がわかったのか、意識が戻ってすぐ喚《わめ》くことはなかった。

少年達を傷つけるほどに『？？？』は厭世の念が大きくなるとともに、今まで必死に抑えてきた憎悪の念も大きくなってきていた。

そもそもなぜ私が我慢しなければならないのだと。

人としての一線を越えてはならぬと？

——そも、人としての一線とはなんだ。

ただただ、残虐に凄惨に惨烈《さんれつ》に惨憺《さんたん》に——そして無慈悲に鏖殺《おうさつ》することの何がいけないのか。

なぜ我慢する？

——人を殺すのは悪いことだから。

なぜ悪い？

――人を殺すことは人の道義に反するから、そしてそれこそが人と獣の境界だから。
人を殺せば獣だとでも？
――否。
道徳、道義、道理、そんなものは人間が定めた秩序のために作られたものに過ぎない。
古今東西、人間の営みは罪に始まり罪に終わる。
生きるために生命を喰《く》らい、死に至るまで生命を侵す。
原罪を背負いし人間にそれも今更な話だ。
人を殺せば悪？
人を救えば正義？
家族を、友を殺そうとする野盗どもを殺すのは悪か？
困窮《こんきゅう》に喘《あえ》ぐ貧民どもに食事を与えることが正義か？
否、断じて否だ。
平和な日常を壊す者が生き残り、ただ幸せに生きている者が抵抗も許されず死ぬ世界。
ただその日限りの施しを与えて満足げに正義を為《な》したと嘯《うそぶ》く者どもが蔓延《はびこ》る世の中。
そんな不条理で不合理な世界など滅んでしまえばいい。
そもそも、何をもって悪とし、何をもって善とする？
法か？
だが、法というのは貴族のため、そして権力者が優位に立つためのものだ。
換言すれば犯罪者どものためにあると言ってもいい。

たとえどれだけ殺そうが、罪を犯そうが、その犯罪者の命は法のもとに保証される。

クソくらえだ。

──鏖殺だ。

生かしておく価値もない者に、見ていて不快になるだけの者に、人間としての道義や理性に、そして誰が決めたかもわからぬ法などというものに従って、奴隷の如く生きよと？

──くだらん。

殺せ。

心の赴《おもむ》くままにただ殺せ。

それでこそ自分が望む世界が出来上がるというものだ。

それでこそ二度と後悔せぬ道を歩めるというものだ。

先ほどまでの『？？？』とは様子が異なり、少年達の顔が一層青く染まる。

さながら殺生を犯した者が堕ちる等活地獄の門が開いたかのような濃密な死の気配と重圧。

空間が軋みだし唸り声を上げるが、それでもなお少年達に気絶することなど許されない。

そして先ほどまでただ見つめるだけだった壁に生える無垢な瞳から血のような黒い物体が滴り落ちて床を侵食していく。

逃げようにも逃げられなどしない。

恐怖で固まった体は動かないし、そもそも血のような物質が部屋の壁から徐々に近づいてくるため動こうなどという気も起きない。

だが、少年達が動こうと動かなかろうと、『？？？』の歩みは止まらない。

周囲から黒い光が『???』の手に収束していき、装飾が施された漆黒の禍々しい剣が創られた。

少年達の歯が奏でる大合唱が『???』の耳に入り、その黒い双眸が少年達を貫いた。

目を逸らせない。

目を逸らせば死ぬかもしれない。

ただ震えることしかできない少年達の視界から突然『???』が消えた。

少年達が気づいたときには『???』が隣に立っている。

ビクッと体が強張り、必死に逃げようと動き出すが――遅い。絶望的に遅い。

動き出す一歩よりも『???』の振るう剣の方が圧倒的に速い。

そして見えもしない神速の剣が少年達を襲う――はずだった。

その剣は少年達に当たる前に、『???』の意志を阻むかのように見えない壁に衝突し、甲高い音と火花が飛び散った。

少年達は吹き飛ばされたかのように尻餅をつき、驚きに目を見開いた。

怪訝そうに目を細めた『???』がもう一度攻撃を繰り出す。

しかし、またしてもよくわからぬ強固な壁に攻撃が阻まれる。

少年達は己自身に攻撃が当たらないとわかると、もう心に余裕でも出てきたのか挑発するようにほくそ笑んだ。

その精神力を賞賛するべきか、それとも憎むべきか。

だが、『???』がそれで終わるはずもない。

再び空間が軋《きし》むような唸り声を上げ始めたかと思うと、漆黒の光が『？・？・？』の持つ剣に集まっていった。

だが、その程度では収まらず、空間が軋むなどという生易しいものではなくなっていった。

空間が沸騰《ふっとう》したかのように歪みはじめ、床一面を蠢く赤黒い闇が部屋全体を覆うように這い、幽鬼のように踊り始めた。

その張り裂けんばかりの脈動が頂点に達したとき、『？・？・？』の一撃が放たれた。

凄まじい威力の余波で部屋にあった形ばかりの装飾品などは崩壊し、空間すら耐えきれずヒビ割れていた。

しかし、たとえ空間が壊れようとも少年達だけは守るという誰ぞの意志なのか、それでもなお少年達は健在であった。

引き攣った笑みから安堵の表情を浮かべたのも束の間、すぐに少年Aと少年Bは『？・？・？』を嘲るような笑みを浮かべてきた。

――あれほどの攻撃が当たらないとなれば、もう自分が死ぬことはない。

――自分は神に愛されている。

――やっぱり、何をしようが自分は赦される。神が赦すのだ。

そう思い、自然と醜悪な笑みを浮かべ始める。

だが、『？・？・？』の憎悪に満ちた吸い込まれるように黒く濁った黄金の瞳と目が合い、すぐにその得意げな笑みを浮かべる口角が引き攣るように下がる。

それと目が合ってしまえば、たとえ自らが安全だと思っていても死への恐怖を思い浮かべずにはいられない。

だが、それもここまでであった。

再び『???』が黒いオーラを剣に集中させ始めたそのとき、『???』の体から漏れ出るように力が抜けていき、マナもエーテルも何も感じ取れなくなった。

そしてどこから現れたのか金色に輝く鎖が桎梏《しっこく》となり、『???』の腕、脚、首、胴体、あらゆる箇所を縛り上げ、暴れようとも徐々に指一つ動かせなくなっていった。

握ることすらできなくなった漆黒《しっこく》の剣も、手から滑り落ちると同時に幻であったかのように消滅していった。

そして『???』が憎しみに吼《ほ》えるよりも前に、この空間そのものが崩壊し始める。

まるで壁が剝がれ落ちるようにペリペリと空間が崩れていき、ガラス細工《ざいく》のように粉々に砕け散っていく。

「……はっ、結局は俺が生き残る。テメェはただ俺の前に跪いておけばいいだけなんだよ！」

先ほどまでは呆然としていたにもかかわらず、我を取り戻すや否や、顔はまだ引き攣ったまま高笑いする少年Aの声が『???』の耳を貫いた。

憎悪など生ぬるいほどの激情が迸《ほとばし》ったが、『???』にまとわりつく鎖はビクともしない。

そして気がつけば『???』が匿《かくま》っていたはずの妻と娘が少年達の側に横たわっている。

『???』は悲鳴を上げるように口を開いた。

だが、声すらもはや出すことができない。

それだけはダメだ、と必死に手を伸ばそうとするもピクリとも動きはしない。

第四章　饗宴

空間が消滅していき、妻も娘も少年達さえもただのガラスの破片《はへん》のように砕けていった。

──必ず殺す。

薄れゆく意識の中、それだけを胸に抱いて一つの世界が崩壊していった。


その部屋は壮麗《そうれい》にして荘厳《そうごん》。

たった一人、広々とした空間で椅子に頬杖をついて傲然《ごうぜん》たる様子で座っている男が、何やら嬉しそうに微笑を浮かべていた。

「やっとか……。やっと……。ク、ククク、クククク、クハハハハハハハハハハ」

男は何が嬉しいのか、その広い空間に響き渡るくらいに高笑いをしていた。

だが、男以外誰もいないはずのこの空間に第三者の声が響いた。

「──ずいぶん楽しそうですね」

鏡花水月《きょうかすいげつ》のように儚《はかな》げで、透明がかった純白のドレスを身に纏った女性がキラキラと黄金の眩い光を伴いながら顕現してきた。

その双眸《そうぼう》は金色に輝き、髪は水色と銀髪が交じった透けるような長髪。

その美貌はエルフに匹敵《ひってき》すると言っても良いだろう。

だが、あのエルフとは違い、その表情に人間味はない。

視界に収めるだけでも目の保養になりそうな女性を見た男の口角が、誰が見てもわかるくらいに下がり、不機嫌そうな表情を浮かべながら睨みつけた。

「はっ、久《ひさ》しいじゃねぇか、クローシス。だが……、俺の領域に無断で侵入するとは……、随分偉くなったもんだな？　……人形風情がその狼藉《ろうぜき》。その罪科《ざいか》、貴様の命で洗い落とすか？」

ロキが感じた比ではない重圧がその場を支配するが、クローシスと呼ばれた女性の表情は一切動かない。

その淡白な様子はまるで人形のようでもある。

「今の貴方がそれをできるとは思えませんが」

ただ、淡々と事実を述べただけ。

顔には嘲笑も憫笑《びんしょう》も浮かんでいないが、ある種の挑発とも取れる言葉に場が一瞬静まる。

「……ハッ、よく言うぜ。誰のおかげで、それだけ多忙を極めたと思っているんだ？」

だがクローシスの体を押さえつけるような重圧がなくなり、男はクローシスの言葉に怒るどころか、むしろ冷笑を浮かべるだけだった。

しかし、それに対してクローシスは何も言わず目を閉じるだけ。

心なしか不機嫌そうにも見える。

男の皮肉に対して何も答える気がないクローシスを見て、男が鼻を鳴らし、つまらなそうに嘆息した。

「それで？　何の用だ、クローシス」

問われたクローシスがゆっくりと目を開き、男から視線を外して虚空を見ながら返答した。

「……些《いささ》か、行き過ぎた干渉《かんしょう》を感知したため出向いた次第です」

警告を孕《はら》んだ声色。

しかし、その言葉には個人の感情は何も乗っていない。

ただ義務を遂行しているというだけの態度。

「行き過ぎた干渉だと？　心当たりがねぇな」

男は頬杖をついたまま、クローシスの言葉を鼻で笑い飛ばした。

その表情からは、故意によるものなのか、本当に心当たりがないのか読み取れない。

しかし、クローシスにとってはどちらでもいい。

クローシスは男の瞳を直視し、言い放つ。

「――契約は絶対です」

その言葉には有無を言わせぬ重みがあった。

だが、男は吹き出すように笑いだし、嘲《あざけ》るような視線をクローシスへと向ける。

「なんだぁ？　あまりにも上手いこと事が運んでいるから是正《ぜせい》でもしに来たつもりか？」

今のこの状況はこの男にとって都合がいい。

いいや、最善とも言える。

「では、この状況をどう説明するつもりですか？」

本来であるならば、有《あ》り得《う》べからざる未来。

何らかの干渉なく起こり得るはずのない未来。

「ハッ、知らねぇな。全てはこの暗冥《あんみよう》に導かれただけのことよ。なるべくしてなった、それだけだ。それに、これは俺が直接手を出したわけじゃねぇよ。あの愚物が勝手に見せただけだ。愚物の行いの責までこの俺に面倒を見ろとでも言うつもりか？」

嘲笑を孕んだ笑みがクローシスへと向けられるが、それでもなおクローシスは言い募る。

「ですが、あの者を客人として迎え入れたのもまた貴方でしょう？」

「迎えただと？　俺がただの人間如きを客人に迎えたとでも？　……その減らず口──舐めているのならば舌を切り落としても良いのだぞ？」

男から初めて微笑が消えた。

居心地の悪い静寂《せいじゃく》の中、二人の視線が交差するが、クローシスには焦りの色はない。

何故ならば男の手には未だ武器が握られていないから。

そもそも、目の前の男がその気になればわざわざ口で言いはしない。

口よりも先にその凶撃《きょうげき》がクローシスを襲うだろう。

だからこそ、言葉になど反応する必要もない。

それに、今は前ほどの脅威も感じられない。

何も反応しないクローシスにつまらなそうに鼻で笑う男は、どこから取り出したか、黒くすんだ金の器に入る葡萄色《ぶどういろ》の酒を呷《あお》った。

その器は決して汚れているわけではない。

その黒は金に交じり、純粋な金色以上に典麗《てんれい》な器になっている。

「はっ、テメェは見目はいいが、本当に面白みのねぇ奴だな。俺の臥所《ふしど》に土足で上がり込んできたんだ。少しは楽しませようと嬌声の一つでも上げてみてはどうだ？」

下品極まりない物言いであるが、そこに色情の色は微塵たりともない。

それどころか怒りも嘲弄《ちょうろう》も侮蔑《ぶべつ》もそこにはない。

何一つ含まれない空虚な言葉。

「貴方が何に楽しみを感じるかなど、私には興味がありませんので」

生娘のように恥じらう素振りもなく、ただ平然とそう宣うクローシスに男は満足そうに含み笑いを漏らすだけであった。

「違いない。なら、少し話に付き合えよ。それくらいは礼儀ってもんだろ」

二人は親しいわけでは決してない。

言ってみれば、ただの顔見知り程度の関係でしかない。

「話……ですか」

クローシスは困惑の表情を浮かべた。

なぜなら、この男とこんなに長い間、話をしたことはないから。

そもそも、この男がこんなにおしゃべりであるということも知らなかった。

もっとも、それを知るだけの時間を過ごしたことなどないのであるが。

「ああ、気負う必要はねぇよ。暇潰しに過ぎねぇただの戯言《ざれごと》だ。貴様は適当に相槌でも打っておけばいい」

男は困惑したような表情を浮かべるクローシスに構うこともなくそのまま話を続けた。

「貴様は人間という種についてどれだけ知っている？」

その問いを聞いたクローシスが今度は怪訝そうな顔をした。

質問の意図がわからない。

「……特に何も。興味がありませんので。ただ……、強いて言うなれば脆弱《ぜいじやく》で暗愚《あんぐ》なこと、そして致命的な欠陥品であることを伝え聞いた程度ですね」

クローシスの知り合いにはその手のことを嬉々として話してくる者がいる。

その者は、その愚かしさが愛おしく、見ていて面白いらしいが、クローシスには共感など微塵たりともできない。

「十分だな。まさしくその通りだ。人間ほど愚かで救いようのねぇ種はいねぇだろうよ」

カラカラと嗤い、満足そうに笑みを浮かべて杯を呷ったその表情に意図せず翳りが見えた。

「どうせ、ちょっと前からテメェも覗《のぞ》いてたんだろ？　あのクソガキどものことをどう思う？」

覗いていたというのは『？？？』の精神世界のことである。

「……どう思うと言われましても、興味がないとしか……。どうでもいいですね」

クローシスの金色の瞳の奥では、今も『？？？』と少年四人が対峙しているのが見えている。

だが、正直どうでもいい。

興味がない。

興味が湧かない。

「ククク、まぁそうだろうな。これは俺の聞き方が悪かったか。あのクソガキどもの言い分をどう思う？」

面白そうに微笑を浮かべる男は質問の仕方を変えた。

「その前に一応聞いておきますが、クソガキ……というのは、あの、今にも殺されそうな四人のことであると定義してもよろしいのでしょうか？」

クローシスにとって人間の見分けもつきはしない。

一人を除いては。

「ああ、そうだ」

「そうであるならば、あのクソガキ、もとい男達の言っていたことは間違っていないでしょう」

クローシスはただ淡々と私見を述べた。

そこに迷いなど一片たりとも抱いていない。

だからこそ、何の懐疑もなくそう断じる。

「ほう」

興味深げな眼差しをクローシスに向けた男は、声には出さぬ笑いを心の中に浮かべる。

男は相槌《あいづち》を打っておけばいいと言っていたが、相槌を打つのは男の方であった。

クローシスがジッと男の方を見るが、面白げに薄く笑みを浮かべる男は何も言わず見つめ返してくるのみ。

続きを言え、とその目が語っていた。

クローシスはそんな男に呆れたように嘆息し、続きを言うべく口を開いた。

「……この世の生き物は全て強い者が生き残るのが定め。なぜ強者が弱者などのことをいちいち考えて行動しなければならないのでしょうか。生物ならば弱い者はいつ喰われてもおかしくないでしょう。それが世の摂理《せつり》。食われたくないならば視界に入らないようにする。至極当然の考えなのではないですか？」

それこそが絶対不変の世界の真理。

弱い者が生き残るにはより強くなるか、強い者の庇護下《ひごか》に入る他には、そもそも見つからぬように隠れて生きるしかないのだ。

だからこそ、『???』の妻と娘があの少年達の目に留まり殺されるのも道理であるとクローシスは考える。

隠れきれなかった者の末路は喰われるだけなのだから。

そこに善悪が介在する余地などないと。

「そうだ。生き物である限り逃れることのできない弱肉強食の掟《おきて》。弱い者は淘汰され、強い者だけが生き残る。元来、生き物というのはそういう風にできている」

つまらなそうに吐き捨てながらも、口角は愉しげに上がっている。

だが、それと対照的にクローシスの表情は一切変わっていない。

「喰らうために殺そうが、ただの戯れで殺そうが、気に入らぬから殺そうが、慈愛の末に殺そうが、それは強者のみが持ちえる特権だ」

そう断じた男の言葉には万感《ばんかん》の思いが込められていた。

この男が何を思い、何を感じ、その結論に辿り着いたのかは誰にもわからない。

だが、それでもその言葉からは、その思想に他者が介入できる余地など一欠片たりともないのだと痛感させられた。

クローシスは自分だけ立ったままというのが嫌だったのか、突然、半透明な碧色の椅子を顕現させた。

水晶宮にでもあればお似合いだろうが、ここでは非常に浮いている。

しかし、その場の雰囲気など気にした風もなく、重さなどないかのようにそのままふわりと座った。

その突然の蛮行《ばんこう》を訝《いぶか》しんだ男にジッと見つめられたクローシスはコテッと少し首を傾け、その秀美な口を開いた。

「……客人に椅子も出さない主人の代わりに自分で用意いたしました」

何か文句でもあるのかとその澄ました顔が言っていた。

だが、自分の城に勝手に物を持ち込まれた男の心中は面白いとはとても言えない。

「はっ、佳賓《かひん》でもあるまいに、囀《さえず》るではないか。俺と貴様が対等だとでも？」

呆れるように鼻で笑うが、その顔に笑みは浮かんでいない。

かといって、怒っているという雰囲気でもない。

皮肉の一つでも言わなければ気が済まないから言っただけだ。

だが、それに気づいていないのか、気づくつもりもないのか、クローシスはなおも飾らぬ言葉を口にする。

「女性を立たせたままというのも男性の沽券《こけん》に関わると聞きました。出来の悪い男性に対する気遣いというやつです」

声色は、できる私に感謝しなさい、といった風態であるが、その口元に得意げな様子はない。

言うなれば、人形が無理やり感情を持つ生物を演じている不気味さがある。

だが、その言葉を聞いた男は盛大に笑い飛ばした。

「誰だ、そんな出鱈目《でたらめ》なことを言った馬鹿は。立つ立たないに性別なんざどうでもいいだろうが。座る権利も、座らない権利も、それを持つのは強者だけだ」

男にとっては強さこそが全てにおける基準である。

強ければ何をしても赦される。

いや、赦しなど求めてはいない。

ただ、その強さ故に罰せられる者がいないだけだ。

「……ならば、貴方は立つべきでは？」

驚くことに——憚《はばか》ることを知らぬくらい無遠慮《ぶえんりょ》に、クローシスは男に対してそう嘯《うそぶ》いた。

当然ながら、男を舐めたその言動に対する返答は血が通っていないような冷たいものである。

「——ほう、この俺を下に見るか雑兵風情が。如何《いか》に全盛期と言えずとも、貴様程度を屠《ほふ》ることなど容易いぞ？」

目に見えぬ死神の鎌がクローシスの首に纏わりつくが、クローシスはなおも表情を変えはしない。

クローシスもその言葉が虚勢ではないことはわかっている。

「たしかに今の貴方でも全力でぶつかれば、私とてタダでは済まないでしょう。ですが、全力で来れるのですか？」

煽りなどではない。

ただ純粋なる疑問。

そもそも、クローシスに誰かを嘲笑するといった感情はない。

そんなことをする必要はないのだから。

それがわかるからこそ男もまた舌打ちをするしかない。

しかし、次に男が口を開く前に、クローシスが口を先に開いた。

「冗談です。やはり、私には言葉によるコミュニケーションというものはわかりませんね。楽しませる、というのはかくも難しいものなのですね」

わざとらしく、少し落ち込んだような表情をしているクローシスに、男は口元を歪めて睥睨《へいげい》した。

「……この俺を弄《ろう》するか。貴様はある種、純粋すぎるな」

呆れを含む声色で、馬鹿にするかのようにそう吐き捨てた。

先ほどの言葉といい、男への言葉といい、少々真に受けすぎである。

目の前の女には冗談も通じぬかとつまらなそうに嘆息した。

そんな男の様子など気にもせずクローシスは続きを促す。

「それで、先ほどの話の続きは？」

だが、それもまた珍しい光景だ。

「なんだ？　珍しく積極的じゃねぇか」

「……詫びのようなものです」

クローシスは詫びのつもりか目を閉じ、声の語調が少しだけ弱い。

「はっ、随分しおらしいじゃねぇか。どうせただの戯言だ。そう気にすることはない」

所詮、今までのやり取り全てが暇潰し。

戯言の相手に怒る気も、気分を害することもない。

そのくらいの軽口を許すくらいには目の前の存在を認めている。

「続きか……、まぁ、それこそどうでもいいが、どうせまだあの三文芝居も終わらねぇんだ。舞台の幕間《まくあい》に話を弾ませるのも一興か」

男は『？？？』の振る舞いを見るに堪えなかった。

弱者の振る舞い、弱者の思考。

どれも許容できるものではない。

今すぐに己自身の手で殺したいほどに。

劇というものは共感でき、先がわからぬからこそ面白い。

ただグダグダと先の読める展開を見せられるなど興醒めもいいところ。

だからこそ、今なお『？？？』が少年達を痛めつけるだけの舞台を観るのに飽いていた。

「そうだな、人間という種がどれほど愚かなのか。それを貴様に教えてやろう。強き者が生き残るのは自然の摂理だ。覆しようもない事実だ。だが、その理に背くのが人間という種だ。誰がそんなくだらねぇ道理など奴らに与えやがったのか」

男は非難するような流し目をクローシスに送るが、クローシスは不思議そうに小首を傾げるだけであった。

「……人間どもの愚かしさの象徴とも言えるのが法だ」

「法、ですか」

クローシスはおうむ返しのようにそう聞き返した。

「ああ、人間どもはわざわざ弱者を守るための法を作る。弱者が弱者のままであっても生きられるように、強者が強者として振る舞えぬように……。誰もが平等に、そして不平等に。強者が弱者を自由に食えないように法で縛るんだ。信じられるか？　強者が弱者の顔色を窺いながら、我慢しながら暮らしてるんだ。そして、弱者はそれを当然の権利だと、我が物顔でその権利を行使し、強者はそれを仕方なしと甘受《かんじゅ》する」

傲岸なる目の前の男の嘆きとも言える言葉。

その言葉にどのような思いが込められているのかクローシスにはわからない。

だが、それを考える必要はない。

口にするのは自らの思いのみ。

「正気の沙汰《さた》ではありませんね。だから、私は人間というものに興味が持てません。一体あの者達は何が楽しくて人間などを観察しているのでしょうか」

理解できない存在であり、理解するつもりもない存在。

それがクローシスにとっての人間と呼ばれる種族。

男は、そのクローシスの言葉への答えを持ち合わせていたが、それを言うことはない。

言っても無駄だからだ。

無駄なことはしない。

「ああ、くだらねぇな。だが、そんな法を制定しているのも当然強者だ」

その言葉が吐き捨てられてから、時が止まったかのような静寂が少しの間この場を支配した。

クローシスが男の言葉の意味をすぐには消化できず、訝しげな表情を浮かべたからだ。

「……それならば別におかしくないのではないですか？　強者が定めた法ならば従うのが道理です。強者の箱庭にいる者は悉《ことごと》くが弱者であるのですから」

予想していた返答に男が含み笑いを漏らす。

男は存外静かなる声で、そして今までにないほど真剣な眼差しで問うた。

「――ならば、お前らの強者の基準とはなんだ？」

「……？　それは当然位階の高さでしょう」

さも当然のように、それ以外の強さなどあるのかと言わんばかりの態度であった。

この者達にとっては純粋な力こそが自らの価値であり、全て。

それ以外の要素全てが瑣末《さまつ》なこと。

「そうだ。より強い力を持つ者が上に立つ。そしてその者が統《す》べる。それが当然だ。それこそが俺らの大義であり、真理である。だがな、人間の言う強者ってのは単純な強さじゃねぇんだ。権力、金、武力……、奴らの考える強さには種類がある。その中で最も影響を与えるのが権力だ。あの世界で最も強い人間は、騎士か？　魔法師か？　いや違う。たかがふんぞり返っているだけの貴族という弱者が強者として君臨している。何もできぬ王などという存在が、己自身よりも強い者に命令を下す。おかしいと思わないか？　騎士どもも、魔法師どももその気になればあんな弱者、いつでも殺せるのに殺しやしねぇ。たとえ自らが殺されるってときでさえ奴らは抵抗しねぇ」

そんな馬鹿な行いをする者を軽蔑するかのように男は吐き捨てた。

なぜ至極簡単な強さの基準を持てないのかと。

不快と感じれば殺せばいい。

そのせいで誰かが襲ってきたら、そいつも殺せばいい。

戦いの末に死んだのならばそれは弱い自分が悪いだけ。

だからこそ、この男は憚りなど持たぬ。

自らの思うまま、したいままに振る舞う。

「……何故なのです？」

クローシスのその言葉にも、表情にも、微塵たりとも興味の色はない。

だが、どことなく不機嫌そうな声色であった。

が、男にはクローシスの態度などどうでもいい。

別に何かを言うことでそれに対する同意を求めているわけではないのだから。

舞台の幕間のただの雑談。

そこに意味などない。

にもかかわらず、言いたいことを言うだけのはずの男が刹那《せつな》、口籠《くちご》もる。

何を躊躇うことがあるのか、その方がクローシスの興味を惹いた。

「……貴族どもが決めた法があるからだ。貴族であるというだけで、たとえ何の力も持っていなくとも身分が下の奴は逆らえねぇ。所詮《しょせん》、王侯貴族など、奴らが勝手にそう定めただけの見せかけの権力でしかねぇのによ。王も、貴族も、元を辿ればただの人間だ。平民と同じ血が流れている」

生まれながらに貴族であるなどという種族は存在しない。

貴族というのも勝手に人間が定めた身分。

所詮は同じ人間。

国ができる前まで遡れば、誰もが同じ身分。

だが、クローシスは男の言葉に釈然としない思いを抱いていた。

この男がこんなくだらないことをわざわざ話すかと。

「……生態系の構成はその種族によりけりでしょう。人間という種族が愚かであるということに変わりはありませんが、彼らがそう定めたのならそれが道理なのでは？」

その言葉を聞いた男は耐えきれないかように哄笑した。

その憚りを知らぬ笑い声にクローシスが困惑の表情を浮かべるほどに。

だが、一頻り笑い終わった男の表情が一変した。

いや、変貌した。

悪魔のような形相に。

「貴様がそれを言うか。人形風情が」

その声は針のように鋭く、鈍器のように重たい。

何が男の逆鱗に触れたのかはわからない。

だが、男が戯言で処理できぬほどの激情をその身に迸らせたのはわかった。

「さらに、度《ど》し難《がた》いのは、奴らのように弱者の分際で勝手な法を作る下郎どもの存在だ。武力も持たぬ権力者が強者として振る舞うのはまだ許せよう。そいつらの箱庭でどうしようが俺には関係がないからな。俺に干渉してくるならば殺せばいい。だが、人間は何も持たぬ弱者であるにもかかわらず法を敷く。これは度し難い、赦し難い、見るに堪えん」

椅子に座っていた男がいつの間にかクローシスの目の前に立っている。

その手には装飾が施された赤黒い光沢を発する漆黒の剣が握られている。

この男がただ一つの願いを叶えるためだけに創造した、万物全てを因果に関わりなく屠る宝剣であり、神剣、魔剣とも言える至上の一振り。

因果の枠からはみ出している死せぬ神々すら消滅させ得る理外の一刀。

それを見たクローシスは顔を僅かに歪め、たじろいだ。

舐めていた。

目の前の男に、その剣を顕現させられるほどの力があろうなどとは思っていなかった。

だがよく見れば、その威容は本物には遙かに及ばない。

贋作《がんさく》──だが、それでも油断できるほど、優しいものではない。

何せオリジナルを持つ目の前の男が創った剣だ。

しかし──もう目的は達成したとクローシスの口元に僅かな微笑みが浮かんだ。

その微笑みを見た男はクローシスから視線を外し、何かを見て憎々し気に歯嚙みした。

「……貴様、これが目的か」

刺すような鋭い声がクローシスの耳に届いた。

舞台上では今まさに『???』の四肢が鎖によって縛り上げられている。

『封神天鎖《ふうしんてんさ》』──万物全てを縛る牢乎《ろうこ》の鎖。

力、記憶、感情、ありとあらゆるものを対象とし封じることができる神々を封じるために創られた百世不磨《ひやくせいふま》の神鎖。

「ええ、私は最初に言ったはずです。契約は絶対であると。それに、私にも思うところはあったので、個人的に謝罪もいたしました」

いつ戦いになってもおかしくないと心の中だけで身構えたクローシスを嘲笑うかのように響いたのはまたしても嗤笑であった。

男の遠慮の欠片もない大笑がその口から放たれていた。

部屋にコダマする笑い声が消え、静寂がこの場を支配する。

男は誰に言うでもなくボソリと声を出す。

「舐めているのは、お互い様か」

それは静寂が支配していたこの部屋に殊《こと》の外《ほか》響いた。

男の顔には先ほどまでの怒りも、嫌悪も、嘲笑も何一つ浮かんでおらず、ただただ愉悦の笑みを浮かべているだけである。

クローシスは、怒るどころか笑みすら浮かべる男の様子に困惑し、尋ねずにはいられなかった。

「……どういうことでしょうか」

その視線は刺すように鋭い。

美女の表情というのはたとえ怒っていたとしても、斯《か》くも美しいという言葉を体現したかのような表情である。

クローシスは自らの目的は達成した。

いや、契約の義務を遂行した。

本来ならば、この男の目的とは遠ざかるその行為に、激昂し襲いかかってきてもおかしくはない。

むしろ、襲いかかってこないのが不思議ですらある。

この男がその気になれば誰であろうと活殺自在《かっさつじざい》に殺し尽くし、世に放たれれば屍山血河《しざんけつが》となるのが如実《にょじつ》に目に浮かぶ。

だからこそ、封じられている。

いや、封じさせてもらっていると言った方が正しい。

実際には封じているということすら正しくないのであるが。

本来ならばあり得るはずもない変異種。

最上級の神格を持つクローシスでさえも、一度はこの男の前に膝をついた。

「貴様ら、あの程度で封じたつもりなんだろうが……、俺の根源はあんな玩具で抑え切れるほど軽くはねぇよ」

そこに浮かぶは、今度こそクローシスを嘲笑するような笑みであった。

神々すら縛る神鎖を玩具呼ばわり。

たしかに、神々の中でも頂点に属する神々ならばあの鎖すら退けるかもしれない。

だが、あの人間にその因果を断ち切れるほどの力があるなどとは思えない。

「しかし、記憶も消えてしまいます。それに、漏れ出た力程度では――」

僅かに焦ったように言い募るクローシス。

だが、その言葉も男の笑い声によって遮られる。

「クハハハハハ、記憶が消えようが、その内に秘める想いまでは消えねぇよ。まぁ、見てろよ。すぐに現世に地獄が顕現することになるからよ」

クローシスはもはや何も言えない。

ただ見ていることしかできはしない。

「だが、安心しな。貴様らの言うことにも一理あると思ったからこの契約を受けたんだ。なればこそ、それを疾くも破る気などありはしない。せいぜい貴様らは祈っときな。どうせお互い干渉することなんざできやしねぇんだからよ」

舞台に干渉できるのは役者のみ。

観客でしかない男とクローシスはただそれを眺めるだけ。

そうあるべきであり、それでこそ己の渇ききった盈虚《えいきょ》な心を慰撫《いぶ》できると満ち足りた笑みを浮かべる男は崩れゆく世界を視界に収め、その笑みを邪悪に染めていった。

ロキの術が解けたことによって、まだ幻の世界を彷徨っていた者達も強制的に現実世界へと帰ってきていた。

アーノルドもそうやって現実世界へと帰らされた者の一人であった。

自らが王となり、この世を統べるという快楽に酔いしれていた者。

最強の騎士となり誰からも敬われ、どんな者でもその者の前ではひれ伏すという夢に浸っていた者。

叶わないはずの恋を楽しみ新婚生活を満喫していた者。

トラウマを刺激され震え縮こまっていた者。

そうした夢を見て、ロキの術中に完全にハマっていた者達は、幻の世界が終わった後も現実世界と精神世界の境が曖昧になり混乱していることが多かった。

アーノルドもまたそのうちの一人であった。

だが、他の者と違うのは、アーノルドには精神世界で何があったのかの記憶が一切なかったこと。

ただ激しく身を焦すほどの憎悪が際限なく心のうちから溢れ出てきており、押し留めることすらできずに呻き声を上げていた。

――殺せ。

――壊せ。

絶え間なく心の底から湧き起こる破壊への衝動。

まるで己自身の体が己自身の物ではないかのような感覚。

どれだけパラク達が呼びかけようが、アーノルドは一切反応を示さない。

そこに急いでロキのもとから戻ってきたクレマンが早口でアーノルドの様子を尋ねた。

「アーノルド様のご様子はいかがですか？」

クレマンは、ロキの話を聞いてからアーノルドに何があったのかを考えていた。

ロキが第三者から攻撃を受けたのは確定である。

それがアーノルドと何も関係がなければいいのだが、ロキはあのとき、アーノルド様は、と口にした。

その時点でロキのあの状態がアーノルドと関係がない可能性は低い。

最も最悪なのはアーノルドの精神世界にロキの術を介して第三者が侵入しアーノルドに攻撃を加えた場合。

この場にそれを止める術を持つ者がいない。

クレマンの武は『傀儡士』を倒すためといった分野は専門外であった。

破壊することは得意だが、治すなどといった分野は専門外であった。

そのため現在でも攻撃されているとしても直接助ける手段が存在しない。

その次に考えられるのは、アーノルドの精神世界でアーノルドが見ていた敵が幻想であるにもかかわらず、ロキに危害を加えられるほどの実力をもっている誰かだった場合。

もし、夢の中に出てきたのがダンケルノ公爵だった場合、たとえそれがロキの術で生み出された幻想であってもロキに危害を加えられる可能性はたしかにある。

理の外にいるような存在ならば十分可能なのである。

だが、ロキは〝あれ相手〟と口にしたため公爵が現れた線も消える。

ロキが公爵をあれ呼ばわりすることはない。

ならロキが契約しているような亜神ならばありえるだろうが、亜神にも格が存在する。

死神のお気に入りであるロキを、人間ならともかく別の亜神に傷つけられたとあっては流石に放置はしないだろう。

それはあの死神の沽券に関わる。

下の者に舐められ、それを放置するのは強者の世界ではありえない。

死神の格は亜神の中でもかなり上位。

それ以上の存在がアーノルドの中にいるなど常識的に考えづらい。

いたとしても一方的にロキが、その契約主の死神がやられることなど考えづらいのだ。

死神のように己自身の創造した亜空間にいるような者もいるので、アーノルドが幼いときになんらかの拍子に出会いそのまま居ついたということは考えられる。

それならば、アーノルドが一切外に出ていなかろうがあり得るのだ。

アーノルドの今の高い能力も亜神との契約によるものだと考えればたしかに筋は通るし、その力の代償があの異様なまでの力への渇望であると考えればそれも筋が通る。

だが、それは現実的ではない。

力を持つにも器がいる。

もし自分の許容量以上の力を注がれればまず間違いなくその器は壊れるのだ。

死神以上の格をもった存在が、あれほど小さいアーノルドと契約したなら今頃アーノルドは生きてはいない。

魂が亜神の格に耐えきれず壊れているだろう。

だが、契約せずに居座っているということもありえない。

どれほど強い存在であっても、繋がりがなくては居座るために永遠に力を使い続けることになる。

力に拘泥《こうでい》する彼の者達が自らを弱体化させるなんてことをするはずがない。

そんなことをしてまでアーノルドの中に居つくメリットなどクレマンには思いつかない。

代価を支払ってまでアーノルドに力を貸す利がないのだ。

あるとすればただの暇潰しといった、常人には理解できないような動機だけであろう。

クレマンにアーノルドの様子を問われたパラクは困ったように口を開いた。

「それが……理由はわかりませんが、ずっと苦しんでいます。治癒魔法をかけましたが特に効果はないので肉体的なことではなく精神的なことかと思われます」

パラクは何もできない自分が悔しいのか拳を握りしめていた。

クレマンは目の前で胸を押さえて苦しんでいるアーノルドに声をかけるが、聞こえていないのか、返事をする余裕もないのか、アーノルドがその声に反応することはなかった。

目は開いているが、その意識がここにあるようには思えない状態。

（やはり誰かから精神攻撃を受けているということでしょうか。そうなるとまずいですね。ロキはおそらく死神に連れていかれたため呼び戻せません。最悪の場合、私が強引に入ることも考えますが、それは本当に最後の手段ですね）

クレマンは拳を握りしめ、珍しく焦っていた。

こういう精神に関する治療ができる者は限られている。

今来ている者の中でならロキが最も適任である。

だが、そのロキはおそらく死神に連れていかれた。

ただ能力を使うだけならば問題ないが、死神自身が動く術ともなればそれなりの代価が要求されるだろう。

今回ならば、おそらく奪い取った敵の魂を献上《けんじょう》するつもりだったのだろうが、不測の事態で術が強制終了してしまったため規定量の代価を用意できなかったのだろう。

殺されることはないだろうが、おそらく数日の間は戻ってこられない。

問題なのはまだ戦争中であるということだ。

このままアーノルドを連れ帰るということになれば、その経歴に汚点が付く。

それは避けたい。

しかし、アーノルド以上に優先するものはない。

それならば、とクレマンは先にこの場にいる敵全てを自らが鏖殺してしまおうかと考えた。

正直な話、クレマンが本気でやれば一瞬でこんな戦いにはケリがついていた。

それをしなかったのは、主にアーノルドの成長のため。それとこれからのダンケルノを担う他の若い騎士達も実戦を通して成長させるべきだと考えたからである。

それくらいの余裕はこの戦いにはあった。

エルフの武器というイレギュラーがあったが、それでもダンケルノ公爵家の騎士達が本来の力を出せていれば負けることなどない。

それに当然ながらこの戦いは覗き見られている。

敢えて覗き見ることを許しているのだ。

アーノルドの苛烈《かれつ》さは隠すよりも見せる方が断然いい。

だからこそ、アーノルドの勇姿が霞《かす》むようなことはするべきではない。

だが、それをクレマンは緊急事態になったために為すべきではないかと考えていた。

侯爵を殺すのはアーノルドでなければならない。

だが、そんなことを言っている場合ではない緊急事態である。

そこに聞き覚えのある調子のいい豪胆《ごうたん》な声が聞こえてきた。

「なんだぁ？　術が解けてからもいっこうに来ねえから、こっちから出向いてやったら……、はっ、味方の術で死にかけてやがんのか、そいつ」

気配なく忍び寄ってきたのはヴォルフであった。

いや、気配がなかったわけではない。

クレマンは考えに耽ってしまいヴォルフの接近に気づけなかっただけだ。

（不覚。こういう時こそ冷静にならなければなりませんね）

いくら物思いに耽っていようとも普通の相手であれば気がつく。

それに、この男が生きているということはコルドーは――。

「そう、睨むなよ。あの野郎ならまだ息があるだろうぜ。まぁテメェらの仲間に殺されてなければだがな。それに、別に戦いに来たわけでもねぇ。テメェら二人と戦って勝てるなどと思い上がっているつもりもねぇしな。危ない橋を渡ることはあろうが、落ちるとわかっている橋を渡るほど馬鹿じゃねぇ」

ヴォルフが顎で指し示したのはクレマンとメイリスの二人である。

戦う気はないという意思表示なのか肩に背負っていた大剣を地面に突き刺した。

「そうですかな？　あなたならば十分勝機はあると思いますが」

お世辞《せじ》抜きの本心であった。

アーノルドがいないならともかく、今のアーノルドを護りながら戦うとなると目の前の相手は油断できるほど甘い相手ではない。

「はっ、思ってもねぇことを。俺にはわかんだよ。お前とそこの女。お前らはなんだ？　本当に人間か？　今の俺には人間の皮を被った化け物にしか見えねぇよ」

ヴォルフは腕を組み、嬉しそうに口角を上げ、その目を眇《すが》めた。

戦ってみたくて仕方がないのだろう。

だが、一度ヴォルフと戦ったコルドーに言わせれば、それを言うヴォルフもまた化け物の仲間であるのだ。

「ほう。それがわかっていながら何故顔を出したのですか？」

それは純粋な疑問であった。

普通の人間ならば、自ら危険地帯に踏み込むことはしない。

それだけに、緊張した様子もなく薄く笑みを浮かべる目の前の男が何を考えているのか理解できない。

「テメェら、ここにいる奴ら全員殺す気だろ？　追われる生活ってのは面倒だからな。一応挨拶だけはしておこうと思ったわけよ」

そう豪気に言い切ったヴォルフにクレマンの目が細まった。

「しかし、ヴォルフ様。我々があなたを逃す理由などないのですが。後の厄介《やっかい》な芽は潰しておくのが道理でありましょう？　何か相応の条件をお持ちとでも言うのですか？」

普段ならば言わぬ最後の言葉。

クレマンの内心の焦りから出た言葉であった。

それほど、今のアーノルドの様子が気がかりだった。

今、目の前の男の相手などしている場合ではないのだから。

ヴォルフもそれがわかっている。

だがこのまま話が拗れれば、一人がアーノルドを守り、もう一人がヴォルフと戦う。

自分が望む一対一で戦うことができるかもしれぬという思いも少しある。

有象無象《うぞうむぞう》もこの場には多くいるが、ヴォルフにとっては数に入っていない。

が、ヴォルフとしても、今、目の前の爆弾を処理しなければどのみち戦えやしないだろうと、相手の弱点でありその爆弾でもあるアーノルドを盾に戦いに持ち込むことはしなかった。

そしてその代わりに口にしたのが、

「お前のご主人様を治してやるよ」

ヴォルフは何の気負いもなくそう言った。

それに対してクレマンは怪訝な表情を浮かべざるをえない。

「……それを信じろと？」

「信じるしかねぇだろうよ。ほっとけば……そいつ壊れちまうぜ？」

ヴォルフは底意地の悪そうな笑みを浮かべながらアーノルドを指差した。

ヴォルフには見えていた。

今にも溢れそうな、決壊しそうなアーノルドの心の有り様が。

「今のアーノルド様の状態がわかるというのですか？」

クレマンは表情を取り繕うのも忘れ、焦ったように問うた。

本来であるならばそのような切羽詰《せっぱつ》まった状態を見せれば足元を見られるだけであるが、クレマンは憎悪とは違うが『傀儡士』を前にしたときのような気迫を伴っていた。

だが、そんなクレマンの様子を見てもヴォルフの顔に浮かぶのは好戦的な笑みだけ。

それでも渋ることなくヴォルフは簡単に口にした。

「ああ、わかるぜ。そいつの心は今にも壊れる寸前だ。このまま放置すりゃ間違いなく廃人になるだろうよ」

「それをあなたならばどうにかできると？」

「ああ。だがタダでとはいいか――」

ヴォルフがそう言葉を発したそのとき――。

「Uaaaaaaaaaaaaaaaaaaaaaaaaaa」

アーノルドが乱心したかのように大声を上げ、それに呼応するかのようにアーノルドを中心にその周囲にある草花が黒く染まり枯れ始めた。

「ッ⁉」

ヴォルフはゾワリと虫が這ったかのような戦慄を背中に覚え、地に刺した剣を引き抜くとアーノルドから離れるように大きくジャンプし宙に逃げた。

クレマンも一拍遅れて同じように宙に舞い、他の者達もアーノルドから離れるように距離を空けた。

アーノルドの体という器から溢れ出るように、どす黒いオーラが噴水のように天に向かって噴き上がる。

そしてそのオーラは次第に物理的な闇へと変化していった。

アーノルドから絶え間なく吹き溢れてくる闇。

見ているだけでも吸い込まれそうなほどの黒暗。

それを見たクレマンは本能的に危険を悟った。

「メイリス様、他の者を回収してください」

クレマンと同じように宙に逃げていたメイリスにそう頼む。

まだ地上にはロキの術から生還したダンケルノ公爵家の騎士が残っている。

誰も彼もが空を飛べるわけではない。

というよりも、飛べる者の方が圧倒的に少ない。

メイリスは無表情のままチラリとヴォルフのことを見ると即座に行動を起こした。

「おお、怖いねぇ。気の強い女ってのはそそられるもんだが、ありゃ相手にしたくないわ。愛が重すぎて相手が死ぬタイプだな」

何をもってそう判断したのかはわからないが、ヴォルフはそう口にした。

「今、アーノルド様の状態はどうなっているのですか？」

クレマンはヴォルフのメイリスへの感想などどうでもよかった。それより何か知っていそうなヴォルフが情報を出し渋るならば手荒な真似をしてでも聞き出すつもりだった。

ヴォルフはそんな雰囲気をありありと醸し出しているクレマンの様子に呆れたようにため息を吐き、ガシガシと頭を掻きながら口を開いた。

「……心が憎悪に押し潰されているんだよ。さっきの術で何を見たか知らんが、爺《じい》さん、あんたが抱えているのと同等か、それ以上の身に余るほどの憎悪だ。あの黒い物体もおそらくはあいつの抱える憎悪が実体化したものだろう。まぁ、如何に俺達であっても触れねぇ方がいい代物だわな」

クレマンは思わぬところからアーノルドの情報を得られたと喜びたかったが、喜ぶにも喜べない状況だった。

「一つお聞きしたいのですが、あなたがどのように何を見ているのかは知りませんが、アーノルド様の中に何かがいるというのはおわかりになりますか？」

クレマンは亜神がアーノルドの中にいるのかを知りたかった。

そのための質問である。

だが、返ってきたのは鋭い眼光であった。

「――爺さん。いくらなんでも欲張りすぎだぜ」

ヴォルフも先ほどまでのようにクレマンに唯々《いい》諾々《だくだく》と答えることはなかった。

先ほどの質問への回答は、元々は敵だったため、信用とその義理を果たすために答えたにすぎない。

それ以上を求められて素直にタダでやるほどヴォルフはお行儀《ぎようぎ》がいいわけではない。

「何がお望みですか？」

クレマンも無理やり聞き出すよりもまずは望むものを聞くことを選んだ。

無理やり聞き出すのにも時間がかかるからだ。

少なくとも目の前の男は数秒で仕留められるほど容易くはないだろう。

だが、目の前の男がすぐに仕留められるくらいの実力であるならば、クレマンは迷わず半殺しにして情報を聞き出すことを選んでいただろう。

「望むものは三つだ。一つは俺より強そうなお前らの実力が見たい。そのために今回わざわざこんなクソみたいな戦場に参加したんだ。それを見ずに帰ったらせっかく参加したのに時間の無駄だろう？　二つ目は俺を見逃すこと。お前ら皆殺しにするつもりだろう？　そうなれば当然俺も入っているわけだ。一人ならともかく二人で本気で来られたら流石に面倒だからな。それにテメェらがダンケルノでどのくらいの強さなのかも俺は知らねぇからな。逃げたあとにお前らよりももっと強い奴らがわんさか追ってきたら鍛錬どころじゃねぇ。それは流石にめんどいし俺もわざわざ効率の悪い無駄な戦いはしたくねぇんだ。そして三つ目、あのガキの将来を純粋に見てみてぇって気持ちだな。あのガキは見ての通り化け物だ。だが、今はまだ幼体も幼体。だが、それでもこの威力だ。これを使いこなせるようになったあいつが何をするのか気になるじゃねぇか。この世を壊すのか。この世を統べるのか。そしてそんな奴と戦ってみてぇ。それまで俺は更に腕を磨く。至極の一戦だ。そのためにお前らに追われるってのは面倒だからな。だから二つ目の条件だ。どうだ？」

最後の一つはもはやクレマンに対する願いですらない。

だがそれでもそれは後にアーノルドの敵になるという宣言。

しかし、それでもクレマンはその条件を即座に撥《は》ね除《の》けられはしない。

「本当に貴方はあれをどうにかできるのですか？」

今も絶え間なく流れ出るドロドロとした闇の塊。

既に地面の大半を覆っており、その勢いはクレマンやヴォルフのいる空中にも迫ってきていた。

――た、助けてくれぇぇぇ!!

――来るな、来るなぁぁぁ!!

地面を見下ろすとワイルボード侯爵家の騎士や民兵達が闇に飲まれ引き摺り込まれているのが見えた。

まるで意志を持っているかのように人を喰らう闇の異様さは、化け物を見慣れているクレマン達の心胆すら寒からしめるものであった。

オウルやボードの姿もあり、必死に逃げている。

――お前ら先に行け！　ここは俺が……ッ！

――この私がこんなところで死ぬわけにはッ!!　お前達、私を置いていくな!!　さっさと私の盾にならんかぁぁぁぁぁ!!

次々と人が闇に飲み込まれていくその光景は、さながら阿鼻叫喚の地獄絵図であった。

「はっ、さながら地獄の幕開けだな。……できるかどうかは正直わからねぇ。だがまぁやってみる価値はあるんじゃねぇか？」

ヴォルフは不敵に笑い、大剣を肩に担ぐ。

そこに先ほどダンケルノの騎士を回収しにいったメイリスが戻ってきた。

「戻りました」

相変わらず無愛想なメイリスの報告はそれだけだった。

だが、その手には何も持ってはいない。

「全員確保できましたか？」

「はい。ついでに気絶していた侯爵も回収しておきました」

「そうですか。ありがとうございます。コルドーはどうでしたか？」

ヴォルフの言っていることが本当ならばまだ生きているはず。

「意識はありませんでしたが、息はありました。傷もそれほどは」

メイリスはチラリとヴォルフを見て、クレマンに一礼すると一歩後ろに下がり、今なお言葉になっていない叫び声を上げている痛々しいアーノルドの方をじっと見つめていた。

クレマンはメイリスに鷹揚に頷くと、地を睥睨《へいげい》した。

見渡す限りの闇。

（もはや生き残りはいないでしょうな。しかし大変なことになりました。早急に救出しなければまずいですね）

あのおどろおどろしい闇の塊は触れればクレマンとて無事では済まないと肌で感じ取れた。

そしてそれを際限なく噴き出させているアーノルドにもどれだけの負担が掛かっているのか想像もできない。

ヴォルフの言う通り、このままでは廃人になる可能性が高いだろう。

身に余る力は器すらも破壊する。

「残ったのは我々三人だけですか。いいでしょう。一つ目は私に限り認めましょう。彼女がどうするかは彼女次第です。それと見逃す件も、認めましょう。私の権限をもって今回の件であなたに責が及ばないように手配いたします。しかし、私は一介の使用人の身。必ず為せるという約束はできませんがよろしいですか？」

「いいだろう。どうせ二つ目のはできたら儲けもんって程度だ。別に戦いになろうがそれはそれでかまわねぇよ。今更、戦うのが嫌だ……なんてことを言うつもりもねぇしな」

カラカラと楽しそうに笑うヴォルフは今のこの状況に対する気負いなど微塵も感じさせない。

「それでは先ほどの問いに答えていただけますかな？」

契約はここに成ったと、クレマンは先ほどの問いへの答えを急かした。

「あのガキの中に何かが見えるかだっけか？　いや、俺には見えねぇな。あいつの中にはあいつしかいねぇよ。これで満足か？」

訝しそうにクレマンのことを見るヴォルフは、クレマンのことを鼻で笑い、その後ニヤッと笑みを浮かべた。

「はい。お答えいただきありがとうございました」

（亜神ではなかったということですか……。それでは一体アーノルド様は何を見たのでしょうか。ロキも入ることができなかったと言っていましたし、結局誰にも真相はわかりませんね）

ある意味悠長《ゆうちょう》にそんなことを考えていたが、急激に状況が変化した。

突然夜が訪れたかと思うほど辺りが暗くなった。

アーノルドが出している闇がこの三人を逃さないとばかりにドーム状の空間を作り、空、地面ともに、どこにも逃げられないように閉じ込めたからだ。

それに闇が放つ禍々《まがまが》しさが先ほどの比ではない。

差し出されたご馳走《ちそう》全てを喰らった怪物が、貪欲にも更に獲物を探しているかのような薄ら寒さを覚える。

だが、視界一面は闇で覆われているのに何故か視覚はある。

夜目が利くからなどというわけではない。

よく見れば闇が赤黒く発光しているのだ。

それがこのドームの中の光源となっている。

その赤さが飲み込んだ者の血を連想させ、より一層不気味さを底上げしていた。

「はっ、血でも啜《すす》ったかのような威容だな。だが、これは、まるで『皇神扑拝《フィーネ・エンデ・レルム》』のようだ」

ヴォルフが周りを取り囲む闇を見て、顔を顰めながらそう言った。

「ですが、これは違います」

クレマンが言うようにこれは違う。

だが、これが何かと問われればそれに対する答えはクレマンの中にもない。

「……それでアーノルド様をお助けするために何をすればいいのでしょうか？」

契約が成立したならば、悠長にしている暇はない。

すぐさま行動に移し、アーノルドを少しでも早く助けなければならない。

「とりあえず近づかなきゃ話になんねぇ。あいつを取り囲むあの周囲の闇、吹き飛ばせるか？

もしくはあいつをぶっ飛ばすための隙を作れ」

ヴォルフは大剣を握る手に力を入れながら真剣な表情を浮かべた。

油断をするつもりはないが余裕はある。

この程度で臆《おく》するほど今ここに集っている三人の実力も精神も弱くはない。

「いいでしょう」

クレマンは返答しメイリスはコクリと頷いた。

「大事なご主人様を傷つけたくなきゃ、せいぜい上手いことやるんだな‼」

ヴォルフ、クレマン、メイリスは三手に分かれた。

アーノルドが生み出す闇は既に止まっている。

だがそれは包囲が完成し、生ける者を粗方飲み込んだからだろう。

その大きさ、そして広さは尋常ではなく周囲一帯が巻き込まれている。

一体何人が犠牲になっているかわからない。

ヴォルフがアーノルドを観察していると、アーノルドは先ほどのように叫ぶことなくただ俯いているだけで、武器も持たずただその場に立っているだけであった。

まるで発条《ぜんまい》が切れた人形のようである。

だが、その体からは黒いオーラが湯気のように滲み出ている。

まるで悪霊でも取り憑いているかのような有り様だ。

(動かねぇ。……いけるか？)

甘い予想をするつもりはないが、それでも行かなければ何も進まない。

ヴォルフが覚悟を決めたそのとき、アーノルドの姿が視界から消えた。

「――ッ⁉」

アーノルドの姿を目で追っていたヴォルフは、大剣の腹に迫る素手で放たれた攻撃をガードした。

だが、しっかり防御したにもかかわらず一〇メートルほど飛ばされるほどの威力。

「ガキの威力じゃあねぇなっ⁉」

その幼く、小さな拳から放たれたとは思えぬほど鈍く重い一撃であった。

空中戦は得意じゃねぇんだよ、とぼやきながらヴォルフはアーノルドの方に向かっていく。

アーノルドも当然のように宙に浮いている。

だが、そこに生気のようなものは感じられない。

自動人形のようにただ迎撃してくるだけだ。

ヴォルフは武者振《むしゃぶ》るいすると共に思わず歯を剝き出しにし、嬉しそうな笑みを浮かべた。

音を置き去りにするかのような超加速。

もう、当初の目的を忘れたかのように、ヴォルフはその剣の腹ではなく刃でもってアーノルドへと攻撃を加えた。

だが、その凄まじい斬撃も目にも止まらぬ裏拳の一撃で弾かれる。

弾かれた剣から伝わる衝撃でヴォルフの腕がビリビリと震え、その心地よさにヴォルフが笑みを深めるが、すぐにその顔が歪むこととなる。

間髪を容れずに放たれた回し蹴りを紙一重で避けると、ヴォルフは歯を剝き出しにして大剣を振り下ろす。

その一撃は意外にもあっさりとアーノルドに届いた。

だが、その一撃はアーノルドを吹き飛ばしたが、斬れた感触ではなかった。

ヴォルフは舌打ちを漏らすと共に、目を細めた。

たしかに殺すつもりはなかった。

だが、斬れる一撃は放ったつもりであった。

アーノルドが着ているダンケルノ公爵家の鎧、それすら傷一つ付かないことなどありえない。

――変容している。

もはやあれは見た目どおりのものではないと剣を握る力を強めたそのとき、ヴォルフの背中に怖気が走った。

すぐに直感に従って右後頭部を守るために手を上げた。

するとアーノルドがヴォルフの右後ろから光のない瞳のまま無表情に蹴りを放っていた。

腕を挟んだため、直撃は免れたが、大きく吹き飛ばされ、少しの間右手が使い物にならなそうだと呻き声を上げる。

ヴォルフは追撃するでもなくただその場に佇むアーノルドを睨みつけ、力が徐々に上がってやがると奥歯を噛んだ。

もちろんヴォルフもまだ全力にはほど遠い。

だが、アーノルドを助ける、つまりは殺さずに無力化するには同じ程度の実力では全然足りない。

相手の実力が高くなればなるほどそれを為すことも難しくなる。

早々に決めなければそれこそ決死の戦いになりかねないと表情を歪めた。

しかし、ヴォルフは気づいていなかった。

戦闘の最中いつの間にか天井付近まで移動しており、天井から生み出された闇の槍が雨のように降り注いできていることを。

そしてそれを避けることに気を取られたヴォルフは、アーノルドの攻撃を回避することが一拍遅れた。

「ッチ‼」

ヴォルフは被弾を覚悟し筋肉を固め、身体強化を全力にした。

だが、それを遮るようにクレマンが現れ、アーノルドを横から殴り飛ばした。

「おせぇよ‼　覚悟は決まったのか⁉」

ヴォルフは咆哮《ほうこう》のような怒声《どせい》を上げた。

如何にヴォルフとアーノルドが高速で移動しながら戦闘をしていたといっても、クレマンとメイリスならば乱入してくるのは容易なはず。

それをしてこないということは主人に牙を向けるのを躊躇ったからか。

「貴方はアーノルド様を殺す気ですか？」

だが、クレマンはヴォルフの戦い方に厳しい視線を寄越《よこ》すだけだった。

「はっ、俺の方が殺されかけてんだよ‼　テメェこそ殺す気じゃねぇのか？」

ヴォルフはアーノルドを押していたようで押されていたといってもいい。

それに比べれば、クレマンの一撃は主人に放つようなものでは到底なかった。

クレマンに殴られたアーノルドは凄まじい勢いで地面に飛ばされていったが、地面に激突する前に黒い闇の塊が地面から飛び出してきてその体を包み込んでいた。

クレマンは目を細めアーノルドが沈んだ闇の箇所を見るだけで、ヴォルフには取り合わなかった。

少しの静寂《せいじやく》の後、闇が蠢《うごめ》き出したかと思うとアーノルドの姿が闇の中から悠然と顕現《けんげん》した。

その荘厳たる様を見て、ヴォルフは思わず舌打ちをした。

「……たとえ首を飛ばしたとしても再生してきそうだぞ、ありゃ」

クレマンが放った一撃は当然普通の殴打などではない。

並の者なら爆散し肉片になるほどの威力だ。

そうでない者でもまず戦闘不能になる。

そういう一撃だった。

だが、アーノルドの体に外傷らしきものは見られない。

それだけでなく、先ほどまでダンケルノ公爵家の鎧だったはずのアーノルドの装いが黒い鎧へと変貌していた。

その鎧が放つ異様さは周りを取り囲む闇のそれと遜色《そんしよく》ない。

「おい、女‼　テメェも遊んでないでどうにかしろよ！」

何もしないメイリスに対してヴォルフが唾を飛ばした。

「私に命令するな」

だが、メイリスは取り付く島もなかった。

メイリスはずっとアーノルドから視線を外していなかった。

相変わらず無表情だが、どこか痛ましそうな表情を浮かべているようにも見える。

「……おい、ジジイ。あれでいいのか？　お前からも言ってやれよ」

ヴォルフはメイリスのあんまりな言動に抗議の声を上げた。

だが、そんなふざけたやり取りをしているくらいがちょうど良かった。

そうでなければ、この周りを覆う瘴気じみた何かに侵されるかもしれない。

「私には彼女を動かす権限はないのですよ。ですが、心配せずとも大丈夫でしょう。彼女がアーノルド様を見捨てるとは思えませんので」

クレマンはそう断じると、アーノルドを見据え覚悟を決めた目をしていた。

そのアーノルドは感情のない無機質な目で三人がいる空中を見つめていた。

アーノルドが虚空に手をかざすと、地にある闇が、空中に漂っている闇が、あらゆる闇がアーノルドの手へと吸い込まれるように集まり、禍々しく黒い一本の剣を創造した。

その手を起点とし、赤黒い閃光が生き物のように脈打ちながら剣全体へと伸びていく。

それを見たヴォルフの背中にピリピリと電気のようなものが迸った。

「おいおい、まじかよ……」

ヴォルフが歓喜とも、怖気《おぞけ》とも取れるような声色で呟くや否や、アーノルドがその剣の調子を確かめるかのように上に振りかざした剣を無造作にブンッと振るった。

すると、先駆けのように地に稲妻《いなずま》のような赤い閃光が迸り、遅れて全てを破壊する黒い光線が地面を這うように駆けていく。

その光線は侯爵の住んでいた街を完全に飲み込み、アーノルドが作った黒いドームすら貫通し空へと駆けていった。

空いたドームの穴は即座に闇が群がるように埋め尽くす。

そのあまりの威力に三人の表情が一斉に変化した。

先ほどの一撃によって生じた、空間が軋むような唸りが今でもヴォルフ達の耳の中で鳴り響いている。

ただの凡人ならば、先ほどのあれを『オーラブレイド』であると思うかもしれない。

だが、此処に集う三人にはあれが『オーラブレイド』とは根本的に違う何かだと、認知できていた。

ヴォルフの頬に一筋の汗が滴る。

「悪いが俺一人であれに手加減して技を当てるのは手に余るぞ？　助けたきゃ死ぬ気でやれ。テメェらがやらねぇなら、俺があれを殺るぞ？　悪いが自分の命を差し出してまで助ける気はねぇからな。それに、やらなきゃ俺らが死ぬぞ？」

ヴォルフの顔に戦闘を楽しむ余裕の笑みは浮かんでいなかった。


人里離れた山岳の上からマグル平原を見下ろす影が二つ。

そこはマグル平原からはかなり離れた場所である。

「おい！　呆けてないでさっさと記録をつけろ！」

とある国の諜報員。

記録係として今回派遣されたのは新人であった。

（なんでこんな重要な任務が初の任務なんだよ！　それに……なんだよあれは？）

新人は自らの境遇を嘆き、天を裂いて現れた死神を見て以来、体の震えが止まらなくなっていた。

「クソ‼　貸せ、お前‼　上は何を考えてやがる。こんな重要な任務に、運悪く人がいないにしても新人を派遣するか？　こういうときにこそふんぞり返っているテメェらがちゃんと働けってんだよ！」

本来ならばこの男が遠くから魔法を使って状況を観察し、記録係がそれを暗号にて記録するのだが、死神の圧に当てられた新人はそれを記録するペン型の道具を持つことすらままならなかった。

痺れを切らした観察係が記録係の用紙を奪い取って記録していった。

手元を見ずに文字を書いているため、何を書いてあるのかわからないようなミミズ文字が出来上がっていた。

本人ですら解読できるのかどうかは定かではない。

それから幾許《いくばく》かの時間が経過した後、突然宙に浮いていた術者に異変が起きた。

「なんだ？　……こりゃいい。あのダンケルノ公爵家に属する騎士の実力が垣間見えただけじゃなく弱点までわかるかもしれんか？　昇進待ったなしだな！」

ロキが突然倒れたことで何らかの情報が得られると思った男はかなり気分が高揚《こうよう》していた。

しかし未だに震えの取れぬ新人にはそんなことで喜ぶ余裕などなかった。

手首を強く握ることで今すぐにでも逃げ出したい臆した気持ちをなんとか抑えていた。

「でも……あんなのに本当に勝てる人いるんですか？」

恐る恐るか細い声で呟くように尋ねるが、それに対する返答は素っ気ないものであった。

「知らねぇよ。それを考えるのも実行するのもお上の人さ。俺は死んでもごめんだね。あんなのと戦うのはな。流石は化け物貴族の騎士だな。化け物の騎士も化け物ってか」

男は話ができるくらいに調子が戻ったならさっさとペンを持て、と記録用紙を新人にぞんざいに返した。

「でも……覗いていて……バレないんですか？」

これはある意味、この男の能力を疑っている発言でもある。

人が人ならば激怒され、下っ端の記録係など殺されることもありえるだろう。

だが、男は気を悪くした様子もなく平然と答えた。

「どうだろうな。俺も自分の能力に自信は持っているが……正直あんなものを見せられちゃ絶対大丈夫なんて言えないわな」

男は苦笑いを浮かべてそう言った。

次元が違う。

人の領域すら超越した能力を見せられ、人でしかない自分が自信があるなどとは口が裂けても言えなかった。

それから少しして事態は急変した。

「なんだ……ありゃ……？」

死神を見たときでさえ冷静だった男が初めて狼狽《うろた》えるような声を出した。

記録係の新人はその声色に何かを感じ取ったのか、ビクリと肩を震わせた。

「ど、どうか……したんですか？」

新人がそう問いかけたが男からの返事はなかった。

そして――。

「やべぇ!!　おい、今すぐ逃げるぞ⁉」

男が立ち上がり、すぐに今まで取った記録用紙が入ったバッグを手渡してきた。

それ以外のものは全てそのままである。

「え……？」

だが新人は突然の事態に対応できなかった。

事態の変化についていけず、まるで時が止まったかのように体が硬直していた。

「早くしろ!!　死にてぇのか⁉」

大声で怒鳴られてやっと石のように固まっていた体が動かせるようになった。

しかし、もはや遅かった。

「せ、先輩？」

新人の恐れ慄《おのの》いた顔を見て男が振り返る。すると生物の如く蠢く闇が口を開け、今まさに男を飲み込まんとしていた。

「ッ⁉　行け!!　逃げろ!!　逃げて絶対にあのガキの能力を本国へ伝えろぉぉぉ!!」

男は闇に絡め取られ自分が助からないことを悟り、せめて自国のために新人が逃げ切れることを祈って息絶えた。

「はぁ……はぁ……」

新人は後ろを見ることもなく、走りに走った。

一目見た闇が恐ろしく、足が縺《もつ》れ、転びながらもただひたすらに走った。

しかし、恐ろしいが故に闇が後ろに迫ってきていないか確認せずにはいられず、途中で振り返ったときに巨大な黒いドームを目にする。

あれが何だったのか。

先輩が何を見たのか。

それは記録用紙には書かれていなかった。

戦場の付近では自国他国組織問わず、かなりの諜報員が偵察していたが、黒いドームの内部を見た者は全員闇に飲まれて死んでしまった。

皆が皆、あのドームの領域の外にいたのに。

生き残ったのはあの新人一人のみ。

第五章　終結

それから半年あまりが経過した。

季節は秋も終わり。

アーノルドはあの戦いから三ヶ月の間ずっと目を覚まさなかった。

目覚めたアーノルドはロキの術を見たのを最後にそれ以降のことは何も覚えていなかった。

ロキの術の中で何を見たのかも、その後の暴走も何もかも。

それゆえ、闇のドームの中で何があったのかを知っている者はあの三人だけ。

そしてその報告を受けた公爵《こうしやく》のみである。

闇のドームは辺り一帯を覆《おお》い、その内部にあるもの全てを飲み込んだ。

その中にはマグル平原にあったワイルボード侯爵《こうしやく》が普段暮らしている街も当然あった。

だが、侯爵は小汚い平民をあまり見たくなかったため、その街に暮らすことを許されていたのは騎士の家族、そして僅《わず》かな商人のみだった。

そのため、侯爵領に住まう民達の被害はあの戦いに兵士として赴《おもむ》いていた者達だけで済んだ。

その代わりといってはなんだが、侯爵の家族、そして侯爵領に向かったと思われる第一王子の姿も消えた。

王族を殺害したということで問題となり、ダンケルノ公爵家はハイエナのように腐肉を漁《あさ》る複数の貴族からの糾弾《きゅうだん》を受けた。

だが、当の本人のアーノルドは目覚めていなかったし、そもそも第一王子が本当に侯爵領に行ったという証拠は何一つなかった。

実際に侯爵領にいたのだとしても、戦場になるとわかっている所にわざわざ自分から来ている時点で糾弾内容としては弱い。

それでも、王族の殺害というのはどんな理由であれ、責める理由にはなりえる。

当然だ。

身分というものはそうそう覆《くつがえ》るものではない。

だからこそ、身分が上の者には誰も表立って逆らえないのだから。

だが、国にとって重要な第一王子がアーノルドの攻撃に巻き込まれたという証拠《しょうこ》もなかった。

愚鈍な貴族は声を上げ、理知的な貴族ほど沈黙を選んだ。

そして、バカな貴族は公爵によって処理された。

処理されたと言っても殺されたわけではない。

相手が公爵家の弱みを見て攻撃してきたように、公爵も丁寧《ていねい》に丁寧に追い詰めただけだ。

ダンケルノ公爵家をダシに自らの権威を高めようとした者達は挙《こぞ》って権威を下げる結果になった。

アーノルドは目覚めてから休む間もなく忙しい日々を送っている。

まずは今回の騒動の事後処理について。

そのほとんどはアーノルドが眠っている間に今回のことに責任を感じているクレマンが陰で動き、公爵が表立って動いたことによって解決していた。

だが、当然ながら解決したからとそれで終わりにして良いわけではない。

本来ならばアーノルドがやるべきことを肩代わりしてもらったのだ。

当然その代価を支払わなければならない。

この家に家族だからなどという理屈は通用しないし、アーノルドもそんなことを言うつもりもない。

アーノルドは戦争で得たワイルボード侯爵領を原資に色々と環境を整えるつもりだった。

侯爵領を持っていることによって得られる収益は魅力的ではあるが、公爵に預けようとも将来アーノルドが公爵になれば戻ってくるものである。

渡そうが問題ない。

それに今の状況でまともに運用することなどできない。

それゆえ目先の利益よりもまずは環境を整えることを優先するつもりだった。

だが、今回のアーノルドの暴走でそれは御破算《ごはさん》になった。

のみならず侯爵はエルフの武具を借りる担保に鉱山《こうざん》の所有権を教会に渡していたらしい。

それも面倒事に発展した。

鉱山はこの王国にとっては重要な資源なので、勝手に教会へと渡すのは王国への裏切りとも取れる行為である。

当然そんなことは王国としては認められなかったし、公爵家としても教会の言い分など知ったことではなかった。

鉱山が侯爵領に存在しているとはいえ、それら全ては所詮《しょせん》王家が侯爵に所有を許している国の財産に過ぎない。

国内における貴族同士の悶着ならば王家もとやかく言わないが、鉱山を王家の許可なく勝手に他国に売り渡すことなど到底容認できないし、それはブーティカ教の総本山であるブーティカ聖国も承知のはず。

にもかかわらずそのような行為をするというのは、国に喧嘩《けんか》を売ってきているようなものだ。

だが、そんなことを表立って非難することはない。

裏の目的があるはずだと探りを入れるのは当然だ。

それはもうアーノルドがどうこうできる領域を超えている。

一体如何《いか》なる約定があって公爵がこの国に貢献《こうけん》しているのかはわからないが、この件に関しては国のために公爵本人が出張って解決したようだ。

そうしてアーノルドが寝ている間に戦争の後処理は全て済んでいた。

もっとも、その代価としてアーノルドは今回の戦争で敵が使っていたエルフの武具を一つ残らず公爵へと献上することとなり、手に入れた侯爵領も公爵の手に渡ったのだが。

だが幸いにも、公爵もアーノルドから取り上げるだけではなかった。

今回の騒動、最後の詰めは甘かったが、それでも事の顚末《てんまつ》を知っている者はごく僅かである。

また、誓約魔法《せいやくまほう》でクレマンとヴォルフを縛ったため、何が起こったのかが外に漏れることはない。

結果だけを見れば、アーノルドの能力によって残っていた相手の全兵力が失われ、街一つが壊滅《かいめつ》した。そう取れなくもない。

それに、その考えに追い風を送るかのような情報もダンケルノの与り知らぬところで拡散されている。

あの惨劇《さんげき》を齎《もたら》したのはダンケルノ公爵家の三男だと、それも五歳というありえない年齢で。

噂はこの時代では類を見ないほど急速に拡散されていた。

この情報を唯一《ゆいいつ》得られたあの新人が属していた国が秘匿《ひとく》ではなく売買を選んだからだ。

それによって、彼の国の国庫はかつてないほど潤っていた。

だがそれでも、あの闇がアーノルドの能力であるというのには確証がない。

闇についての情報はあの観察員の最後の発言によるもので、推測されているだけだ。

生き残った新人記録係もアーノルドが生み出した闇を直接見たわけではない。

それゆえ、半信半疑な者、誇張されているだけだと思う者、箔付《はくづ》けのための偽情報であると考える者など議論は絶えなかった。

ほとんどの者はアーノルドの能力などと信じていない。

あの惨憺《さんたん》たる現状を直接見ていないのだから。

どれだけ噂から想像しようが、どれだけ状況証拠からあの惨劇を齎したのがアーノルドであるという可能性があろうが、そんなことは常識的にありえないと判断されるだけ。

人間は己自身が知っていること、想像できることしか受け入れることはできないのだから。

だが結果として、今回の戦いは対外的にはアーノルドの勝利で終わっており、ダンケルノの力を世に知らしめたのも事実。

信賞必罰《しんしょうひつばつ》の罰は支払ったので、あとは賞であった。

そこに例外はない。

それに公爵は公爵で、何かを得られたように満足げでもあった。

その何かに興味などないアーノルドがいくつか提示された中から選んだのは、公爵がいくつか持っている爵位の中から一つ男爵位を貰うことであった。

王国からダンケルノが与えられている爵位は公爵位だけではない。

公爵家には、功績を挙げるたびに歴代公爵達が貰ってきた爵位が山ほど存在する。

今回の男爵位は何の価値もない形だけの爵位だが、王国から与えられたれっきとしたものだ。

使わぬ権力などもはや形骸化しているし、別段領地があるわけではないが、書類上では有効な爵位である。

公爵家の子息という立場はたしかに強力であるが、爵位を持たない立場であるのも確かだ。

爵位があろうがなかろうが、アーノルドの振る舞いは変わらないが、面倒事が減るのは間違いないことである。

特に貴族でありながら娼婦《しょうふ》の子供という汚点を持つアーノルドには重要な要素であった。

男爵位を貰ったことによって、公爵領内でそれ相応の領地も与えられた。

公爵領の端にある村二つ。

そこをアーノルドが治めろということらしい。

ただの厄介払《やっかいばら》いのようにも思えるが、それでも自由に扱えるところが増えるのはアーノルドにとっては好都合である。

アーノルドはそこを基盤に技術開発をしていくつもりであった。

アーノルドが目覚めてからかなり経っているが、もう一つのやるべきこととしてワイルボード侯爵との面談がある。

メイリスがついでに捕らえていたため勝手に殺すわけにもいかず、地下牢で最低限生き残れるだけの糧を与えられ侯爵は——いや、元侯爵は生き永らえていた。

既に侯爵は対外的には死んだことになっている。

亡骸《なきがら》すら見つかっていないのだ。

それにワイルボード侯爵家は既に滅んでいる。

婿養子もおらず、親族も全員が消息不明。

実質的に継げる者が存在しないため存続できなくなった。

アーノルドもやるべきことがあらかた片付き、余裕ができたため、やっと地下牢へと向かうこととなった。

正直、もはや侯爵のことなどどうでも良い。

アーノルド個人としては別段侯爵自身に恨みなどない。

強いて言うならばあんな娘を育て上げたことに関する文句がある程度だ。

既に死んだことになっているためどう扱っても良いのだが、それでも生かしてここから出すこともできない。

それに聞きたいこともある。

だからこそ赴《おもむ》かなければならなかった。

冷たい石が敷き詰められ、壁にある燭台《しょくだい》の蠟燭《ろうそく》のみが光源となっている地下牢はとても侯爵を捕らえておくような気品ある場所ではなかった。

アーノルドが指示したわけではないが、ダンケルノ公爵家の使用人達も侯爵に配慮するつもりなど微塵《みじん》もないことが窺《うかが》える扱いだ。

アーノルドが地下牢に来て初めに目に入れたのは、手と足が鎖に繋がれてぐったりとしている痩せ細った男の姿であった。

侯爵は報告では中年腹の、デブとまではいかないが脂肪を丸々と蓄えているような人物であるとなっていた。

だが、目の前のげっそりとした男は、それとは似ても似つかぬただの小汚い男であった。

スラムにいる浮浪者と言われても納得しただろう。

まぁ、数ヶ月間最低限の食料しか与えられなかったのだから無理もないのだが。

「さて、貴様がワイルボード侯爵、いや元侯爵か」

アーノルドが鷹揚《おうよう》に問いかけるとジャラリと小さく鎖の音が鳴った。

「ふっ、……やっと……来たか……やっと」

笑みを浮かべて自嘲気味に笑っている侯爵は、数ヶ月間ほとんど喋ることがなかったからか声を出すことが苦しそうであった。

「水でも持ってきてやれ」

アーノルドは目の前の男を改めて観察した。

なんの覇気もないただの凡夫《ぼんぷ》。

たとえ万全な状態であったとしても、アーノルドの目に留まることはないだろう。

だが、一つ評価する点があるとするならば、このような状況になっても未だ冷めやらぬ憎悪の瞳をアーノルドに向けることができていることだ。

侯爵は貪るような勢いで水を飲み干し、改めてアーノルドを睥睨した。

「ついに、私を……殺しにきたのか？　この悪魔がッ！」

まだ三、四〇代のはずであるが枯れた声とその姿からまるで老爺《ろうや》のように見え、その瞳には燃え盛らんばかりにアーノルドへの憎悪が満ちていた。

アーノルドはその瞳に臆することなくただ悠々《ゆうゆう》と、そして傲岸《ごうがん》たる態度で返答した。

「ああ。だが殺す前に貴様に聞きたいことがある」

声を荒らげる侯爵に対し、アーノルドは冷静そのものである。

それにアーノルドの瞳は、それこそ侯爵など映していないかのように無機質なものであった。

自分など眼中にないといった様子のアーノルドを見て、侯爵は怒りに表情を歪《ゆが》めながらギリッと歯噛みをした。

「私も、私も貴様に聞きたいことがある」

侯爵の態度は、鎖に縛られ自由すらないこのような状況であっても不遜《ふそん》であった。

それはアーノルドに対して決して媚《こ》びぬという意志を体現しているかのようであった。

アーノルドの付き添いとして来ていた騎士が侯爵の言葉遣いに不満を露《あらわ》にし剣を鳴らすが、アーノルドはその行為に対して嘆息するだけであった。

「余計なことはするな」

侯爵の態度などアーノルドにとってはどうでも良い。

自分に遜《へりくだ》ろうが、横柄《おうへい》だろうがどうでも良い。

侯爵の態度によってアーノルドが変わることなど何一つないのだから。

だが、形ばかりの敬意を払う者よりよっぽど好感が持てる。

この別邸の使用人もあれからかなり様変わりした。

早速ダンケルノとしての頭角を表したアーノルドへと鞍替《くらが》えしようとする者。

噂を聞き、恐《おそ》れ慄《おのの》き、もはやこんなイカれた子供には付き合ってられないとばかりに逃げ出した者。

何も学習せず、今回のアーノルドの功績を娼婦の子供如きが上げられるわけがないと別邸内で陰口を叩き、アーノルドが目覚める前にクレマン達によって処理された者。

もはやアーノルドに付くと決めたクレマン達は、様子見を決め込むほど気も長くはない。

たとえ別の後継者候補の間者であろうと丁寧に送り返した。

今、斜め後ろに控えているのは今回の戦争に同行した騎士の一人である。

臣下ではなく配下に加えてくれと言う者が多かった。

それは実質アーノルドの下に付くという宣言だ。

アーノルドが今回の戦いで得た戦利品の一つとも言えるだろう。

「さて、数ヶ月……まさか相見《あいまみ》えるのにこれほどの時がかかるとは思わなかったが、私も暇ではない。さっさと済ますとしよう。まったく面倒なことだ」

その言葉を聞いた侯爵は、鎖をジャラジャラと盛大に鳴らしながらアーノルドを血走った眼で睨《にら》みつけてきた。

貴様がそれを言うのかと。

こうなった全ての原因を作り出した貴様が言うのかと。

侯爵はアーノルドの言葉を看過《かんか》できなかった。

怒りで鼻息を荒くし、必死の形相《ぎょうそう》で鎖に繋がれた手を伸ばし、アーノルドを締め殺さんとしていた。

だが、その手が届くはずもない。

護衛騎士は暴れる侯爵を押さえつけるために動こうとしたが、アーノルドがそれを手で制し、代わりに粛然とした様子で口を開いた。

「何をそんなに怒る。私と戦わずして負けたことか？　それともこんなにも来ることが遅れたことか？　まさかとは思うが……馬鹿な貴様の娘を殺したことか？」

何に怒っているかなど聞くまでもない。

娘を殺されて怒らない親などいないだろう。

いや、貴族ならばいるのかもしれない。

だが、この目の前の男はそうではない。

侯爵からすれば、アーノルドは娘をただの癇癪《かんしゃく》で殺した上に家族すらも殺しにきた、理不尽で横暴で貴族としての道理すら弁えない子供でしかない。

人の心など持っておらず、礼儀すらなっていない。

ただ本能のままに行動する獣。

ダンケルノ公爵家という猛獣に護られているから好き勝手できる獣。

そんな身勝手な獣に娘を殺された侯爵は、今すぐにでもその獣であるアーノルドを殺してやりたかった。

だが、侯爵が激怒しているのと同じようにアーノルドとてそれなりに怒っている。

あの馬鹿な娘のせいで一体どれほどの時間を無駄にすることになったのかと。

得られたものも多いが、失ったものもそれ相応に多い。

侯爵が直接的な原因ではないが、それでも好意的な態度など取れようはずもない。

「貴様が、貴様がそれを言うかッ‼」

だがそんなアーノルドに侯爵は大声で叫ぶ。

突然大声を出したためか、侯爵は咳き込み苦しそうにしていた。

だがこんな有り様になってもまだ侯爵はアーノルドに強い意志を持った目を向けていた。

だがアーノルドはそんな侯爵を鼻で笑った。

どれだけ威張ろうが、どれだけ声を荒らげようが、痩《や》せこけ鎖で繋がれ余喘《よぜん》を保《たも》っているだけ。

この結末は必然である。

この世は正しい者が勝つのではない、強い者が勝つのである。

それをアーノルドは知っている。

正しさで集められるのはただ、人だけ。

いや、それすらも集まらないこともある。

だが、強い者には全てが集まる。

人も権力も金も。

そうなるようにできている。

いや、そうなるように創られているのだ。

他でもない人間によって。

アーノルドは権力という強さを持っていた。

生まれながらの強さを。

それだけで侯爵は負けたのだ。

何も不思議なことはない。

アーノルドがそもそも侯爵よりも権力がなかったならば、あのような暴挙、戦争すら生じてはいないのだから。

だが、それでもアーノルド自身の力によって今回の戦いを勝ちで終われたことには違いない。

侯爵は自らを見下すような尊大な態度のアーノルドが気に障《さわ》ったらしく充血した眼を血走らせ、今にも叫びださんとしていた。

だが、その前にアーノルドが侯爵の前に進み出た。

「侯爵、なぜ激怒する？　何を悲嘆する？　これは貴様の望んだことであろう？」

アーノルドは怒るでもなく、見下すでもなく、何の感情もない表情を浮かべていた。

ただ心底理解できないと、冷たく暗い双眸《そうぼう》が侯爵を直視するだけだった。

「な、何を……」

侯爵はアーノルドが何を言っているのか理解できず言葉に詰まった。

だが、すぐに目の前のこの子供は人間などではなく怪物なのだと思い直す。

怪物に人の心などわからない。

大事な者を殺される痛みや苦しみなど到底考えもつかないのだろうと。

親の愛情すら知らず、誰からも祝福されぬ娼婦の子。

見下ろしてくるアーノルドの目が人間を人間とも思わぬ冷酷なものに見え、侯爵は意図せず体が強張った。

だが、そんな侯爵の心が整う前にアーノルドは更に言い募った。

「貴様の娘は貴様の思い通りにちゃんと生贄《いけにえ》としての役割を果たしたではないか。まぁ肝心《かんじん》の貴様が失敗したのではあの娘も浮かばれないがな」

アーノルドはフッと憂いを帯びた笑みを浮かべた。

亡き娘を偲ぶような表情を浮かべるアーノルドを見て、侯爵はより混乱した。

「い、いけにえ……？」

辛うじて言葉を絞り出したがまったく話についていけていなかった。

「そうであろう？　あの娘は晴れて生贄としての役割を全うしたのだ。よかったではないか」

「生贄だと？　そんなものを差し出した覚えはない‼」

ずっと言葉に詰まっていた侯爵は二度言われたことでやっと頭が回転しだしたか、そんな言葉など認められるかと大声で反論してきた。

我が娘は断じて生贄などではないと。

「そうか、奴は生贄ではなかったのか。それではあの娘はただの馬鹿であったということだな。まぁ、あの娘もお前の被害者なのかもしれんがな。なぁ、侯爵」

「貴様！　貴様はさっきから何を言っている!!　この、この！　殺す!!　殺してやる!!　よくも娘を！　よくも！」

侯爵はアーノルドの言葉などまともに聞いても意味がないのだと、そして目の前の子供が改めて娘を殺したのだと再認識し、殺意が沸々と湧いてきた。

だが、いくら暴れようと手や足に嵌められた枷は外れない。

籠の中に囚われた鳥のように、ただ鎖が伸びる範囲でジタバタともがくことしかできない。

何一つ自由がない侯爵を見て、アーノルドは憫笑《びんしょう》した。

「一つ聞くが侯爵。貴様は己自身より身分の低い者に暴言を浴びせられたらどうするのだ？」

アーノルドの突然の問い。

侯爵は足掻《あが》くのを止め、アーノルドを忌々《いまいま》しげに睨んだ。

だが、どれだけ睨もうがアーノルドは何も言わない。

侯爵だけがアーノルドを睨んでおり、その温度差が激しい。

ただ閑寂《かんじやく》さだけがそこにはあった。

騎士達が侯爵を見つめる中、他人の目を気にして生きてきた侯爵はその滑稽《こっけい》な構図に耐えきれず、その重たく閉ざされていた口を開いた。

「そんなもの決まっておる。それ相応の罰を与えるまでよ」

フンッと鼻を鳴らし、答えるのも嫌だと言わんばかりに顔を背けてそう吐き捨てた。

だが、アーノルドに言わせれば、それもまた滑稽であろう。

他者の目に縛られて己自身の行動を変えるなどアーノルドならばありえない。

「例えば？　そうだな……、平民ならばどうだ？」

侯爵は怪訝そうにアーノルドを見たが、本人の表情は至って真剣である。

これ以上目の前の怪物と話などしたくもないが、もう、一度は返答したのだ。

ここで答えぬというのもおかしな話と、少しばかり荒々しく返答した。

「そんなもの決まっておる。死刑だ。死刑以外にあるはずもなかろう」

それ以外にあるのかと、くだらん質問をするな、と、アーノルドを睨みつける。

だが、アーノルドはそんな視線など気にせず、少しばかり口角を上げて話を続けた。

「だが、平民どもはそんなことは横暴だと言ってきたぞ？　ほらどうする？」

薄暗い牢屋を照らす燭台の上にある蠟燭の火が揺れ動き、アーノルドの顔に一瞬影が差した。

そのとき闇に輝くアーノルドの双眸を見て、一瞬怖気《おぞけ》が侯爵の体を突き抜けた。

なぜだかよくわからぬが恐怖の心が芽生《めば》えたのだ。

石畳の殺風景《さっぷうけい》なこの空間で、侯爵が吐く荒々しい息遣いだけが聞こえてくる。

アーノルドは別に威圧したわけではない。

だが、あの戦い以来アーノルドの纏う雰囲気が変わった。

それは確かなのだ。

「どうした？　答えられんか？」

アーノルドは嘲《あざけ》るでもなく、ただ淡々と侯爵に問うた。

だが、今の侯爵にアーノルドを見る気力などなかった。

それでも亡き娘を想ってか、目の前の怪物だけには屈せぬと、下を向きながらではあるが声を張り上げた。

「き、決まっておる！　叩き潰すのみだ！　平民の納得など知ったことではない！」

侯爵は自らを奮い立たせるように大きな声を出した。

それでも、アーノルドはただ淡々と続ける。

返答などわかりきっているとばかりに。

「では貴族はどうだ？」

「貴族ならば……然るべき措置《そち》をする」

侯爵は少しだけ言葉に詰まり返答した。

平民とは違い、あらゆる状況が頭の中を駆け抜けたからだ。

「例えば？」

「程度にもよるし、身分にもよる。酷いのならば鉱石の取引を一切取りやめるとかだな」

「その違いはなんだ？」

「違い？　侮辱《ぶじょく》の程度の――」

「違う。死刑とそうでない場合の違いだ」

その言葉を聞いた侯爵は、予想だにしない発言に呆気《あっけ》に取られて目が点になっていた。

侯爵に貴族を殺すなどという発想などそもそもない。

「貴族だぞ？　そう簡単に殺せるものではない！　それに殺すことに意味などないだろう！　それならば、賠償金《ばいしょうきん》やら利権を要求した方が後々の面倒を考えても断然いい。殺せば禍根を残すだけだ！　今後の付き合いが一切なくなるわけではないのだ！　殺せるわけがなかろう！」

侯爵はこれでもかとばかりに己自身の理を捲《まく》し立《た》てた。

ただ感情に任せて損しかない行動をするなど、貴族としては考えられない。

だが、そんな必死な言葉もアーノルドの心には届きはしない。

「意味か。なら意味があれば殺しても問題ないということだな」

「なッ……⁉」

暴論だと叫びたかったが驚きのあまり言葉すら出てこなかった。

侯爵の吐く息がどんどん荒くなっている。

「侯爵、貴族の侮辱罪に対する刑罰が何かは知っているか？」

それはこの国で定められている法。

だが、目の前の怪物が法を熟知しているとも思えず懐疑的な表情を浮かべた。

「……それぞれの貴族の裁量に任せられておる」

侯爵は貴族として当然のように法を熟知しているので、その問いへの解を述べたが、アーノルドの真意を探るような弱々しい声色となっていた。

「そうだな。その通りだ。国の司法に任せても良いし、貴様の言う通りそのまま平民を殺しても問題はない」

侯爵の返答に満足げな表情を浮かべるアーノルドに、侯爵は眉を寄せてその真意を問うた。

「何が言いたい」

「いや、なに、ちょっとした確認だ。さて、侯爵、本題に戻ろう。事の発端は貴様の娘が堂々と衆人環視の中で私を侮辱したことだ。それは知っているな？」

アーノルドが侯爵に問うが、侯爵は否定も肯定もしなかった。

だが、アーノルドはそのまま続けた。

「当然放置できない問題だ。あの娘は私よりも自分の方が身分が上だと思っていたらしい。貴様はそれを聞いてどう思う？」

侯爵は言葉に詰まった。

娼婦の子などを貴族として認めたくない。

そういう選民思想を持っているのは侯爵自身なのである。

純粋な血統こそが尊ばれるべきだと。

だからこそ娘達にもそういう教育を施《ほどこ》したし、それを当然だと思っている。

だが、いくら侯爵がそう思おうが現実は変えられない。

書類上では、たとえ娼婦の血を引いていようが公爵家の子は公爵家の子。

それもダンケルノ公爵家の後継者候補。

侯爵の娘が侮辱していい相手ではない。

それも衆人環視の場ならば尚更《なおさら》だ。

そうでなくとも、たとえ嫌々であろうが自らが仕《つか》えている主人に対して使用人がとっていい行動ではない。

侯爵の品位も疑われる。

まともに教育すらできないのかと。

だが、それでも侯爵は叫ばざるをえなかった。

「だが、殺す必要はないだろう……ッ‼」

殺す必要などどこにあると、心からの叫びであった。

侯爵家に謝罪を要求し賠償請求《ばいしょうせいきゅう》するなど、貴族としてまずやるべき対応があるだろうと。

周りの者もなぜアーノルドを止めなかったのかと。

百歩譲って、子供の癇癪《かんしゃく》としてアーノルドが突発的に殺そうとしたとしよう。

だが、その〝命令を受けた者〟が諫言《かんげん》し、貴族としての道理を教えるべきではないのかと。

だがそれはあくまでも貴族的な考え、それも勝手な思い込みに過ぎない。

当然のようにそんな考えもばっさりと切り捨てられる。

「馬鹿か、貴様は。殺す必要があるのかどうかを決めるのは貴様ではない。私だ」

先ほどまでとは違い、明らかに鋭く冷たい声。

越えられない壁があるかのように突き放したような鋭利な言葉。

侯爵はその言葉に何も言えなかった。

この目の前の怪物には人間の理《ことわり》など通じないのだと。

そしてそれを放置する公爵家の当主、騎士、使用人の全てを憎悪した。

「どうせ貴様は、貴族同士の揉め事は慎重に事を運ぶべきだ、貴族を殺すことなどあってはならぬことだ、などと戯言をほざくのだろう？　それが普通だとでも言うのであろう。だが、知ったことか。それはお前の価値観、考え方だ。自らの考えを他者に求めるなど馬鹿のすることだぞ？　他者には他者の考えがある。当然だ」

「そ、それは暴論だ！　貴族にも繋がりがある。だからこそ勝手なことはできんのだ！　それによってお互いがバランスを取りながら自らの権利を主張するのだ！　それこそが人だ!!　自らのやりたいようにやる者などもはや人ではないわ!!　言葉すら交わさぬのは、それはもうただの怪物だ!!」

ガシャンガシャンと鎖を鳴らしながら唾を盛大に飛ばす侯爵に、アーノルドはデキのいい生徒に向けるような、それでいて相手を嘲《あざけ》るような歪な笑みを浮かべた。

「そうだ。よくわかっているじゃないか。お前は相手が人の形をしているからといって人間であるとでも思っているのか？　この世には人の姿をした怪物がたくさんいる。野盗などがいい例であろう。あいつらは法など守らず、奪い、犯し、喰《く》らう、まさにやりたいようにやるだけの怪物ではないか。なぜ他者が怪物ではないと思っている？　信じられるのは己自身だけであろう。だが、勘違いするなよ。私は己を人であるなどと言い張るつもりはないが、かといって無差別に誰も彼も殺す怪物でもない」

アーノルドは見下すような視点から、侯爵の目線に合うようにわざわざしゃがんだ。

「侯爵よ。この世は法があるからこそ人が人らしく生きていける。だが、罰を受ければ法を破ってもいいと言うのなら身分制度など、それこそ要らぬではないか。貴様は与え甘やかすばかりで肝心なことを娘に教えなかった。たかだか他人にすぎない親の権力を自分自身の権力と勘違いさせ、なんでも許してきたのだろう？　自分が何をしても父である貴様がどうにかしてくれるだろうと。そうやって増長した結果があれだ。侯爵よ、貴様がしっかりと娘に教育を施していれば今回のような顚末《てんまつ》にはならなかったのだ。他者に期待などするな。自分が何をしても相手がこのようにしてくれるだろうなど、それはお前の幻想にすぎぬ。常に最悪の事態を想定しておくんだったな。少なくとも私は、お前如きの娘のために我慢することも死んでやることもごめんだ」

「し、しぬ……？」

突然の予想だにしない言葉に侯爵は狼狽を隠しきれなかった。

娘を殺すことと、アーノルドが死ぬことの因果関係が見出だせなかった。

「当然だ。私は舐《な》められればいつ死んでもおかしくないような立場だ。まぁ舐められていなくても殺しにくるがな」

噂を信じず、弱いからこそ誇張した噂を流し、大きく見せているのだろうと思った者達や真偽のほどは如何《いか》にと考える者達が、暗殺者を送ってきているのである。

特にアーノルドが賜った村に赴いた時にはほぼ毎回。

自らの失点を隠すために、全てを消し去ることはよくある。

それができるだけの力をダンケルノ公爵家の騎士達が持っているのも知っている。

ならば、アーノルドが何かしらの失点をした場合、それがバレないように全てを屠《ほふ》り去ったと考える方が自然なのである。

しかし、暗殺しに来る者全てを殺しているからか、最近は少しそれも落ち着いた。

弱い者から殺される。

ダンケルノでは今までもそうやって何人もの候補者が死んできている。

それにアーノルドはただでさえ、身分という貴族社会の楔《くさび》に苛《さいな》まれる立場だ。後ろ盾が弱い分だけ他の二人に比べれば殺しやすいと思うのも当然である。

それに噂が真実だとしても強くなる前に叩くことなど常識だ。

もし噂が本当であるならば、それこそ今しか叩く機会などないのだから。

「たかだか小娘の狼藉すら見逃せば、こぞって暗殺者が私のもとに来ただろう。そういう意味では貴様の娘は運も悪かった。いや……、運などではないがな。まぁとにかく一番最初でなければ死ぬことはなかったかもしれん。だが最初が肝心だ。侯爵、貴様もそれくらいは理解できるだろう？」

理解できる。

当然だ。

一番最初、そこが一番大事なのだ。

侯爵も爵位を継いだ際にどれだけ毅然《きぜん》とした態度を取ることに苦労したか。

舐められぬようにと横柄に、尊大に映るようにと振る舞ったか。

だが、わかりたくないし、理解もしたくない。

それでも殺さずになんとかする方法もあったのではないかと。

「殺す。殺さない。この選択には天と地ほどの違いがある。そうだな、貴様にもわかりやすく例を出してやろう。貴様が平民に侮辱された時、その平民を死刑にすればその後貴様を侮辱する平民は増えると思うか？　減ると思うか？　逆に平民をただの罰金刑や従軍刑に処した場合、増えると思うか？　減ると思うか？」

侯爵は何も答えなかったが言うまでもなかった。

わかってしまった。

アーノルドにとって自分を侮辱したのが貴族か平民かなど関係ないことも、自分を侮辱した相手を殺さなければならぬ理由も。

だが、それでもなおそれは全てアーノルドの都合であり、極論とも言えるものだ。

侯爵が心から納得するにはまだ弱い。

「私がリスクを負ってまでわざわざ貴様の娘を生かす理由などない。生かして返してほしければ、そもそもまともな教育を施してから寄越《よこ》せ。使用人の分際で分を弁《わきま》えん言動など論外だ。それは私に対してだけではない。貴様とてそうであろう。身分を弁えず僭上な振る舞いをした奴を何度も殺しているのだろう？　それだけでなく、ただ気に入らないと殺した者もいるそうじゃないか。他者に求めるならせめて己自身はするな。そうでなければ筋が通らない」

侯爵にとって貴族と平民は違う。

平民などいくらでも代わりがいる消耗品。

消耗品と己自身の娘を比較されても何一つ納得などできはしない。

だが侯爵はもう何も言えなかった、何を言う気力もなかった。

どのみち、もう娘は返ってこないのだと心が理解してしまった。

目の前の怪物を殺そうが傷つけようが、どう足掻《あが》いてももう娘は返ってこない。

侯爵は項垂《うなだ》れるように地面に腕をつき、動かなくなった。

アーノルドの揺るがぬ心に侯爵の心が先に折れた。

その後、アーノルドはエルフの武具の入手先などについて聞いたが、侯爵はもはや抗う気もないのか従順に質問に答えていた。

だが、アーノルドには聞いていて一つ気がかりなこととももう一つ聞きたいことがあった。

「貴様、エルフに会ったことはあるか？」

突拍子《とっぴょうし》もない質問。

されることすら意味のわからない質問。

だが、侯爵はゴクリと唾《つば》を飲んで返答した。

「あ、あるわけなかろう」

見ようによってはそんなことを聞かれることに驚いているようでもあるが、アーノルドは侯爵の些細《ささい》な表情の変化を見逃しはしなかった。

「どうした？　冷や汗が出ているぞ？」

アーノルドの言葉にビクリと侯爵の肩が跳ねた。

ギリッと歯を食いしばったが、まだだ、まだ、となんとか堪《こら》えた。

「どうやら知っているみたいだな」

アーノルドが寝ている間にあらゆることが起きていた。

当然あの戦争の背景やそれぞれの思惑なども調べられている。

公爵は必要以上の情報をアーノルドに渡してはいない。

自分で調べろということだ。

本当に必要最低限しか関わる気はないらしい。

教会がエルフを探しているという噂がここ最近出ている。

その理由はわからないが信憑性《しんぴょうせい》は高いらしい。

そして今回の戦争におけるエルフの武具の入手先は教会であることが判明している。

それと交換で教会は鉱山の権利を手に入れているのだから。

だが、普通ならばありえない。

たとえ向こう何十年何百年と鉱石が手に入れられるとしても、あれほど大量のエルフの武具と釣り合いが取れるなどとは考えられない。

ならば教会がエルフの武具を放出してもいいと考えるほどの何かが他にあったはず。

そこでまず最初に思い浮かぶのがあのエルフの存在だ。

どこに捕まっていたのか、どこから来たのか、何もわからないが、それでも怪しさは満点である。

侯爵は焦ったような怒ったような憮然《ぶぜん》たる表情をした。

その表情はアーノルドにとってよくわからないものだった。

だが、それを顔に出すわけにはいかない。

「どうした？　私がエルフと会っていたら何か不都合なことでもあるのか？」

アーノルドはできるだけ不敵な笑みを浮かべた。

「フフフ、騙されん。騙されんぞ！　教会の者どもから聞いたのであろう？　そんな小細工《こざいく》は無駄――」

「逆だ。私が聞きたいのはそのエルフを使って教会の狗《いぬ》どもが何をしたのかだ。ああ、エルフに会ったのを疑っているのなら、あいつらにはフォグルの森の中で会った。結界魔法まで使ってさらに怪しさ満点の薄茶色いコートを身に纏った七人組にな。子供が四人に大人が三人、貴様らのところにいく一、二日前にな」

合っている、遭遇《そうぐう》するとしたらそのくらいであることも合っている。

だが、それでも教会から聞いたのではないという証拠にはならぬと侯爵は強く信じた。

アーノルドがエルフと会っていてここにいるのならば妻と娘は……。

そんなことは考えたくもなかったし、認められもしなかった。

侯爵の唯一《ゆいいつ》の希望。

アーノルドの攻撃によって辺り一帯が破壊され、皆が死んだ。

侯爵夫人や侯爵令嬢も例外ではない。

そうなっている。

だが、実際には違う。

侯爵夫人と侯爵令嬢は第一王子に連れられたエルフと共に侯爵領を事前に出ていたのだ。

ダンケルノの監視すら逃れて。

本当なら死ぬはずだった妻と娘が生きている。

それだけが侯爵の希望であり、死ぬまで隠すと決めていることである。

だが、もしや既に――。

考えたくなかった。

信じたくなかった。

もし本当に既に妻と娘を殺されているのなら、是《ぜ》が非《ひ》でもアーノルドを殺さねば死んでも死にきれないと。

侯爵から殺意のようなものが漏れ出ていた。

先ほどまであれほど弱々しかった者が突然活力を取り戻した。

それを見て剣呑《けんのん》な雰囲気となった騎士にアーノルドは手を出すなと合図した。

死にかけの侯爵がアーノルドに殺意を持つほどに活力を取り戻させるもの。

家族関係しか思い浮かばない。

だが、夫人と娘は既にアーノルドの暴走に巻き込まれて死んだと伝えられているはず。

そのときの反応も抜け殻のように淡白であったらしい。

今更思い出し殺意を滲《にじ》ませるというのは考えづらい。

やはり家族関係。

夫人や娘が死んだという情報は手にしているが、状況証拠でしかない。

ならば――。

「夫人と娘の最期を知りたいか？」

実際には知らない。

たとえアーノルドの暴走に巻き込まれていようとどこかに逃げていようと、そんなことは知らない。

だが、今の侯爵には効果覿面《こうかてきめん》だった。

「きさまぁぁああ！　殺す。殺してやる!!　クソ、外れろ！　殺す!!　殺すぅぅ!!」

侯爵は自分の腕など全く気にせずガンガンと鎖を引きちぎらんばかりに引っ張り、アーノルドへと手を伸ばしてきた。

手枷が嵌められている侯爵の手首からは血が滴り落ちている。

今にも憤死《ふんし》しそうなほど怒りに身を震わせ、ものすごい剣幕《けんまく》で食ってかかってきていた。

夫人と娘は生きている。

侯爵の反応からわかった。

だが、二人が生きていることはどうでもいい。

アーノルドにとって夫人と娘の命などどうでも良いのだから。

ついでに言うと、侯爵の命ですら正直どうでもいい。

侯爵の反応を考慮すれば、あの集団のうち今、正体が判明しているのは、トーカと呼ばれた女エルフ、侯爵夫人、侯爵令嬢、そしておそらく第一王子。

あとわかっていないのが子供二人に大人一人。

だが少なくとも子供一人はエルフの子供だろう。

不明なのはあと二人。

単純に考えれば、エルフの子供がもう一人と、侯爵夫人と侯爵令嬢を世話する使用人といったところ。

だが、もう一人のエルフという線もありえる。

「ふっ、安心しろ。まだ死んではいない。まだな。どうなるかは、侯爵、貴様の態度次第だ」

アーノルドは別に侯爵夫人と次女を捕らえているわけではない。

だが、侯爵はそんなことは知らない。

「き、貴様！　エルフにまで手を出したのか⁉　わかっているのか⁉　エルフを殺せばどうなるのかッ！」

アーノルドの口ぶりからもまだ殺してはいないのだろう。

そう信じたかった。

そしておそらくあのエルフごと捕らえられているのだろうと推測した。

侯爵はエルフを持ち出すことでアーノルドを説得しようとした。

だが、侯爵はまだわかっていない。

アーノルドにそんな理屈など無意味なのだと。

「二度言わせるな。他者のために犠牲《ぎせい》になるつもりなどない。必要ならば誰であろうと殺す」

アーノルドの本心からの言葉である。

そこに演技はない。

その態度、その毅然とした言葉を聞き侯爵の方が折れた。

妻と娘が助かる可能性があるのならそうするほかないと。

「……何が聞きたい」

「教会がエルフに何を要求したのか、それを吐け」

全てを聞き終えたアーノルドは、喚くこともなくただ項垂れるだけの侯爵の首を何の感傷もなく淡々と刎《は》ねて今回の戦いの幕を閉じた。

何とも締まらない幕切れだと嘆息しながらアーノルドは地下牢を後にした。

幕間　エールリヒの願い

会議室を追い出された後、第一王子エールリヒは自室で考えていた。

どうにかしてダンケルノ公爵家《こうしやくけ》に、アーノルドに罰《ばつ》を下したい。

だっておかしいではないかと。

なぜ侮辱《ぶじよく》したというだけで貴族を、人を殺したのかと。

なぜ一族全員が殺されるのかと。

そんなことは認められない。

だからこそ、エールリヒはワイルボード侯爵側の勝ちを祈っていたし、どうにかして勝たせたかった。

それらの思いはエールリヒが持つ道徳という名の正義から来ているものだ。

エールリヒは王族としての教育を受けながらも、非常に庶民的《しよみんてき》な考えを持っていた。

それは上に立つ者としては美徳でもあり、悪徳でもある。

ただし王族に限っては悪とも言えるだろう。

エールリヒはアーノルドの事情など知らない。

だからこそ結果からしか物事を判断していない。

だが、エールリヒはアーノルドの事情を知ったとしても、敵対する道を選ぶだろう。

それがエールリヒが持つ正義なのだから。

だが、どれだけ想いを巡らせようと、まだ年若い王子にできることなどそう多くはない。

勝手に王の騎士達を動かすこともできぬし、自らの護衛騎士程度、参戦させたところで意味がないことはわかっていた。

なにせ記録上、ダンケルノ公爵家は建国当時から公式には戦いにおける負けがない。

それこそ信じられないことに王家相手にもだ。

王家に牙を剝《む》くということも信じられぬし、その後もそのままの関係を保てているというのも理解し難《がた》いが、歴史がそれを証明している。

それに色々と謎も多い。

ダンケルノ公爵家に関することは嫌と言うほど教えられてきた。

だがそれでも、未《いま》だ空白の部分——教えてもらえていないであろうことが多くある。

それが何かは推測すらできない。

徹底的に情報が制限されている。

王子であるエールリヒですら知らされていない理由がわからない。

だが、ダンケルノ公爵家はただの公爵家ではないと何度も言われてきた。

それは圧倒的な強さからくる言葉だと思っていたが、違うのかもしれない。

エールリヒは冷静にそう考えた。

強さだけでこれほどまでのことを為《な》せるはずがない。

だがそもそも、エールリヒには王の考えが理解できなかった。

身分による絶対性を主張するならば、それこそ王家を慮《おもんぱか》ることなく好き勝手に振る舞うダンケルノ公爵家を放置する理由がわからないし、王が自らの欲を捨て、民のために尽くすべきだという意味もわからなかった。

なぜ己自身の欲を捨てる必要があるのか。

なにも暴君になると言っているわけではない。

民のことだけを考える王など意味がない。

それはもはやただの空虚《くうきょ》な人形と何が違うのかと。

国のために、ときには民にも苦労を強《し》いるべきであろう。

国民ならば国のために尽《つ》くすべきだろう。

なぜ王だけが民に尽くさねばならぬ。

なぜ我慢せねばならぬ。

エールリヒにはついぞ理解できなかった。

しかし、生まれで生き方の全てが決まるなどという世の不条理を許すことはできなかった。

いくら考えようと何も策が浮かばないエールリヒは焦《あせ》っていた。

そのとき、ふと思い出した。

数年前のある日、王城を散策しているときに偶然遠目に見たエルフの存在を。

王すら知らぬ、母である王妃が奴隷《どれい》として飼っているエルフの存在を。

史実に基《もと》づくならばエルフはかなりの強者のはず。

もし戦場に投入できれば敵にかなりのダメージを与えられるのではないか。

だが、当然ながらエルフに会うのは至難の技だ。

王妃が誰にも見つからぬように護衛を置いているのだから。

だが、エールリヒは何度も幼い頃に探検しているため王城の秘密の通路を熟知している。

一度近くまで行ったときは護衛に見つかり、危ないからダメですよとそれとなく連れ戻されたが、やりようもある。

そして鍵の在処《ありか》も知っている。

エールリヒは決意した。

決行するのに最善の日は意外にもすぐだった。

時間がないエールリヒには僥倖《ぎょうこう》である。

鍵は昼間の間にくすねておいた。

王妃がエルフのところに行く日は規則的であり、決まっている。

今日はその日ではない。

それに数日の間、王妃は幸運にも地方に行く。

王妃が城を出ることなど珍しいが、それでもエールリヒにとっては天運に違いなかった。

その間はエルフがいなくなってもバレないのだから。

たとえバレて王妃に連絡が行ったとしても少しの猶予《ゆうよ》がある。

あとは護衛《ごえい》達の排除である。

倒すか、どこかに行かせるかだが、倒すとあとが面倒であるし、そもそもエールリヒ一人で護衛達を倒すのは物理的に無理だ。

極力エルフの存在を知る者が少ない方がいいのはエールリヒにも理解できた。

なので協力者を募《つの》ることはない。

それは王妃のためではない。

国のためだ。

逃がすのが一番いいのだろうがそれも無理だ。

奴隷紋を消せるのは契約者本人だけ。

エールリヒは護衛をその場から動かすために、トリックを使い魔獣《まじゅう》の鳴き声とエールリヒの悲鳴を演出した。

昔よくやった魔法を使ったイタズラである。

追いかけても追いかけても姿は見えず、ずっと悲鳴だけが聞こえるのである。

当時は騎士達が総出で捜索することになり、かなりの大騒動になったので使うことを禁止されたが、今はそれを守っている余裕もない。

エールリヒは自分の母親に愛情など抱いていない。

反面教師《はんめんきょうし》のような存在であり、悪の限りを尽くすような母親を見てきたからこそ、逆に善や正義というものに敏感《びんかん》に反応する。

魔獣の鳴き声とエールリヒの悲鳴を聞いた護衛は一瞬顔を見合わせたが、すぐに声のする方へ駆けていった。

エールリヒは護衛二人に心の中で謝罪しながら牢《ろう》の方へと駆けていく。

一人は残る可能性もあったが、扉《とびら》に鍵が掛かっているため二人で行くことを選んだのだろうとエールリヒは深く考えなかった。

まるで天がエールリヒに味方しているかのように全てが上手《うま》いことといっている。

だが、バレるのは時間の問題である。

すぐに交渉《こうしよう》しなければならない。

エールリヒは重厚な金庫のような牢の扉の前へと辿り着いた。

エールリヒは焦っているのか、覚束《おぼつか》ない手で鍵を扉の鍵穴に差し込む。

中に入ると罪人が入れられるような牢ではなく、それこそ王妃のような高貴な者が過ごす豪《ごう》華絢爛《かけんらん》な部屋が目に飛び込んできた。

そしてその部屋に置いてあるベッドの上、寛《くつろ》ぎながら本を開いているエルフが、突然入ってきたエールリヒを警戒の目で見ていた。

そのエルフとはトーカである。

思っていたのとは違いすぎるその部屋の有り様に一瞬呆《ほう》けていたエールリヒは、トーカの存在を確認し、我に返った。

トーカの方へ近づこうと一歩踏み出すと、何か圧のようなものがエールリヒの体に叩きつけられ、見えない壁にぶつかったように足を止めた。

「――何用だ。人の子よ」

透き通るような凛《りん》とした声。

焦っていてちゃんと見ていなかったが、そのエルフの容姿を見たエールリヒは思わず固まる。

そんなエールリヒの様子を見たトーカはため息を吐くと手に持つ本を側に置き、ベッドから起き上がった。

警戒の目で近づいてくるトーカに気づき、エールリヒは当初の目的を思い出して慌てたように声を発した。

「け、契約をしてもらいたい」

エールリヒの言葉がその部屋の中で思《おも》いの外《ほか》響いた。

トーカもその言葉に歩みを止め、訝《いぶか》しむように目を細めてエールリヒを見据《みす》えた。

「人の子よ。貴様はたしかこの国の王子であったな？」

その態度にはとても友好的な様子は見られない。

だが、それも当然だろうとエールリヒは内心の動揺を抑え込んで返答した。

「あ、ああ」

「ならばそれは、私がなぜこのようなところにいるのか――知った上での発言か？」

一段と声が低くなりエールリヒはピクリと肩を震わせた。

契約とは対等な者がすることだ。

それに両者の合意がなければ成り立たない。

己自身の意志でここにいるわけではないトーカは契約を交わそうなどとは思わないだろう。

しかしここで引くわけにはいかない。

「そ、それについては申し訳なく思っている。私もそなたらを解放したい。国のためにもな。だが……、今の私には母上をどうにかできるような力はない。だが、いずれ、いずれ必ず助け出す」

エールリヒは震《ふる》える体を無理やり押さえ込みながら、強い意志を伴《ともな》った瞳でトーカのことを見つめ返した。

それが功《こう》を奏《そう》したのかトーカの険悪な雰囲気が少しばかり和らいだ。

「……とりあえず、その契約とやらの内容を聞いてからだ」

その言葉にエールリヒは知らず知らずのうちに入っていた肩の力を抜いた。

そしてエールリヒは淡々と語り始める。

「……ということだ。そなたの力を借りたい」

エールリヒは今のダンケルノ公爵家とワイルボード侯爵家の状態を話し、戦争に参戦してほしい旨《むね》を伝えた。

だが、帰ってきたのは嘲笑《ちょうしょう》を伴った冷酷《れいこく》なる視線であった。

「——貴様は私に死んでこいと言っているのか？」

首を斬られたと錯覚するような重く鋭い声。

エールリヒはその圧倒的な暴力に晒《さら》され声すら出せなくなってしまった。

だがだからこそ、これほどまでに強いのだからこそ、可能なのではないかと歯を食いしばる。

エールリヒの覚悟は本物であった。

その言葉の圧に気圧《けお》され声は出せず、恐怖に体も震えているが、それでも目だけは決して逸らさなかった。

そんなエールリヒの様子に思うところがあったのか、トーカは嫌そうに顔を顰《しか》め、ため息を吐く。

「……死んでこいというわけではないのだな？」

先ほどのような圧はなくなり、トーカは呆れたような表情を浮かべていた。

「あ、ああ」

トーカはエールリヒのその返答を聞いて再度ため息を吐いた後、口を開く。

「無理だ」

素っ気《そっけ》なくそう言い、話は終わりだと言うようにトーカがベッドの方に戻ろうとしたので、エールリヒはここに来て初めて焦ったように声を張り上げた。

「なぜだ⁉　エルフは強いのであろう？　それほどの、それほどの力があればきっと――」

だが、エールリヒが言葉を言い終えるより前にトーカが振り返り言葉を紡ぐ。

どこか突き放すように凛然《りんぜん》と。

「ダンケルノは貴様らの国の貴族であろう。あれに挑めだと？　はっ、貴様は知らんようだな、あれに属する者達がどれほど異質なのか。まぁそれも仕方ないか。貴様ら王子はそれほど歳を取っていないとあの女が溢《こぼ》していたからな。だが、一国の王になるならば手にする情報というものは正確でなければならん」

トーカは厳然《げんぜん》とエールリヒにそう言った。

「……私が知る限り、ダンケルノには少なくとも五人、私が及びもつかない正真正銘の化け物どもがいる。あれはもはや一種の到達点だ。いかにエルフが長命種といえど我らは既に進化が止まっているようなもの。ここ数千年、敵という敵がいなかったのだからな。私には何としてでも子供達を助ける使命がある。それは譲れない。子供達を残して死ぬ可能性があるような場所に行くことはできん。それにその対価が数年後に王妃から逃すという口約束など信用ならん。今更あの王妃の子供である貴様を信用しろと言うのか？　いやそうでなくとも、自ら捕らえておいてそれを解放するのが報酬などとは話にならん」

トーカはもはや交渉の余地なしといった様子であった。

エールリヒは取り付く島もなさそうなトーカの様子に歯噛《はが》みし俯《うつむ》いた。

その姿には最後の希望すら断たれ、死を前にした囚人《しゆうじん》を思い起こさせるような悲愴感《ひそうかん》が漂《ただよ》っている。

だが、トーカもまた自分の反応が八つ当たりであるということはわかっている。

王族が犯した罪は同じ王族も負うべき――などとエルフであるトーカが言うつもりはない。

親の罪は親の罪であり、子に責任はない。

だが、頭でそう思っていても心までは制御できなかった。

憎き女の子供。

エルフの子供達は人質のような窮屈な生活を強いられているというのに、煌《きら》びやかな服を身に纏《まと》い何の苦労もしていなそうな子供。

だが、それはエールリヒが悪いわけではないとわかっている。

だからなのか、トーカは諦めかけていたエールリヒに再度声をかけた。

「……貴様が真にしたいことは何だ。過程はどうでもいい、どうあれば貴様にとって最良だ？　それはダンケルノにダメージを与えることか？」

トーカのその目にはどこか哀愁《あいしゅう》とも取れる色が浮かんでいる。

エールリヒは考えた。

自分が何をしたいのか。

なぜこんなにも憤《いきどお》っているのか。

自分の行動の原点を――。

「いや……、そうじゃない。私はミオを助けたい。あんな意味のわからない理不尽なことで死なせたくない」

エールリヒは己自身の考えを整理し、呻《うめ》くように絞り出した。

「そうか。ならば敵と相見《あいまみ》える必要はない。見つからぬように逃がせば良い」

「だが、ダンケルノ公爵家の追跡力は……」

ダンケルノ公爵家がその気になれば対象を見つけることなど容易《たやす》い。

王家の王子としてダンケルノ公爵家がしてきた仕事には目を通している。

どうやって見つけているのか、始末しているのかわからないものも多々ある。

追跡能力と捜索能力に優れた人物がいるのだろうと思っている。

ならばどこに逃げても結局は捕まり殺される。

だからこそ、その大元を叩かなければならない。

エールリヒはそう考えている。

だが、それもトーカの言葉で消し飛ぶ。

「エルフの境界までは来られまい」

エールリヒはバッと頭を上げてトーカの方を見た。

トーカの瞳はエールリヒを真っ直ぐ射抜いていた。

冗談で言っているのではないと。

エルフの境界はたしかに誰も知らないはずの場所だ。

そこならばたしかにダンケルノ公爵家の追跡を断つことができるかもしれない。

「だが、……ッ！」

エールリヒはトーカの手の甲《こう》に刻まれている奴隷紋を目にし盛大に顔を歪《ゆが》めた。

奴隷紋がある限り王妃にバレれば戻されるし、最悪の場合死に至る。

王妃が可愛がっている貴重なエルフに死ねという命令を下すことはないだろうが、絶対にここに戻されるだろう。

「……できるかどうかはわからんが、できたなら貴様のその想い人をエルフの境界まで連れていってやろう」

トーカの決意を秘めた瞳を見たエールリヒは困惑したような表情を浮かべた。

そしてその〝できる〟という言葉に違和感を持った。

ただ逃げるだけではないと確信させる何かがあるのか。

だからこそエールリヒは希望があるのかと勇《いさ》んで尋《たず》ねる。

「何をするんだ？」

「貴様の血を貰う」

トーカの予想外の言葉にエールリヒは口をぽかんと開けて間抜け面を晒《さら》していた。

「……血？」

「ああ、本来ならば本人の血でしかこの忌々《いまいま》しい紋は解除できん。だが、同じ王家の血、あの女の血を引く貴様ならば、私が魔術で干渉すれば何とかなるやもしれん。そのときは子供達と共に貴様の想い人もついでに連れていってやる。だが、貴様の想い人がそれを了承するのかどうかは知らんがな」

「想い人……」

エールリヒは顔を少し赤くして繰り返すように呟《つぶや》いた。

「なんだ、違うのか？　まぁそれはどうでもいい。それにその場合は貴様にも一緒に来てもらうぞ。でなければ、私だけが行っても説得などできぬし、そもそも説得するつもりもない。あくまで契約者は貴様だ。私がやることは無事に対象を境界まで連れていくこと。それ以上は知らん」

「わかった。それでいい」

エールリヒは神妙《しんみよう》な表情で頷《うなず》いた。

まだミオを助けられると決まったわけではないが、それでも希望が見えただけでも今のエールリヒには十分であった。

その瞳にはここに来た時と変わらぬ強い意志が漲《みなぎ》っていた。

その意志は最初にこの場に来た時とは全く異なるものとなっているが、その表情はここに来た時よりも晴れやかであった。

「明日もう一度来い。貴様もそれまでに準備を整えておけ。おそらく成功したとしても私は弱体化する。それでも並大抵の者には負けることはないが、私を捕らえた存在がこの城にはいるはずだ。注意しろ」

部屋に戻ったエールリヒは、ワイルボード侯爵家に着いてからすぐに説得できるように前もって侯爵に手紙を送った。

手紙を送ったこと自体は後にバレるが、本人しか手紙を開けられないため送った内容はバレることはない。

そしてトーカの奴隷紋の解術は成功した。

今、エールリヒはエルフのトーカと子供二人と共にワイルボード侯爵領へと必死に馬を走らせている。

「なぁ、本当にバレないのか?」

馬は厩務員が常に管理している。

何の申請もなく二頭もいなくなればそれなりに騒ぎになるだろう。

「認識《にんしき》阻害《そがい》の魔法をかけておいた。今の私では気休め程度しか保たんだろうが、逃げきるまでは支障あるまい」

エールリヒ達自身にも認識阻害の魔法をかけている。

ダンケルノ公爵家の監視がいるならば、今この時点でも見つかれば追跡を免《まぬか》れないからだ。

だが、トーカの宣言通り、無理矢理術に介入《かいにゅう》した影響によってトーカの実力は相当落ちている。

万全な状態の半分にも満たないだろう。

一行は遂にワイルボード侯爵領に入った。

開戦間際ということで領内はかなり慌ただしい。

商品を売り終えた商人達は足早に去っていき、少数ながら住民らしき者達も避難しているのが見える。

エールリヒはギリッと歯を噛んだ。

民を守るのが王の役割と豪語《ごうご》するならば、なぜこの光景を放置するのかと。

「──目的を違《たが》えるなよ」

雰囲気が険しくなったエールリヒの様子を見ていたのか、トーカがそう忠告した。

王家の者としてこの国の状態を憂える気持ちもあるが、今、第一にすべきことは侯爵令嬢のミオを救い出すこと。

誰も彼もと助ける余裕などないし、そんな実力も今のエールリヒにはない。

王に言わせれば、ダンケルノ公爵家との確執を生まぬため、ひいては国のために、侯爵家を犠牲《ぎせい》にしろと言うのであろうが、エールリヒにはできなかった。

幼い頃に何度も遊んだ女友達。

今でもその笑顔を鮮明に思い出せる。

それが数日後には死に顔となる？

無惨《むざん》で凄惨《せいさん》な状態となる？

断じて認められない。

姉のユリーとも何度か遊んだことがある。

お淑《しと》やかで優しい人であった。

殺されたと聞かされどれだけ愕然《がくぜん》としたか。

助けなければ後悔する。

今はその思いしかなかった。

絶対に後に責任問題にはなるだろう。

だが、国のため王家のためと貴族の蛮行《ばんこう》を見過ごし、のうのうと王子として、そして将来、この国の王として胸を張って君臨《くんりん》できるのか。

その問いに胸を張って回答することなどできはしない。

若気の至りかもしれない。

だが、少なくともエールリヒにとって、この選択は後悔のない選択であった。

そして侯爵邸へと辿り着いた。

「ようこそいらっしゃいました、第一王子殿下。なにぶん今はゴタゴタとしていましてね。たいした歓迎ができず申し訳ない限りです」

腰を低くして迎えてくれたワイルボード侯爵は、何日も寝ていないかのように目の下に隈があった。

だが、その言葉にはどこか棘《とげ》があるようにも思えた。

挨拶も上辺《うわべ》の言葉だけで、実際には歓迎するつもりなど元よりないのだろう。

「いえ、お気遣いなく。あまり悠長《ゆうちょう》にもしてはいられませんので。早速ですが、送った手紙は届いておりますでしょうか？　今日こちらに来させていただいたのは……」

社交辞令《しやこうじれい》など不要とばかりに早速本題を切り出したのだが、それを遮《さえぎ》る者が現れた。

「──おや？　これはこれは」

エールリヒが話しているときに割り込んできたのは、ブーティカ教の大司教の祭服を身に纏った小太りの中年男性であった。

エールリヒは、この場にいるなどとは思っていなかった大司教の登場に、訝しげな表情を浮かべる。

「第一王子殿下、ご機嫌麗《きげんうるわ》しゅうございます。私、ブーティカ教の大司教を務めさせていただいております、ガーボ・ミーティアと申します。以後お見知りおきください」

まるで全身を舐《な》め回《まわ》すかのような嫌な目をしているこの男に、エールリヒは嫌悪感を覚えた。

だが、今は緊急時、あまり邪険にもできなかった。

「覚えておこう。だが、優遇するようなことはない」

ピシャリとそう言い切り、視線を切る。

教会では地位が上に行けば行くほどがめつい者が多くなる。

それゆえ、エールリヒは先に釘を刺した。

だが、ミーティア大司教は気を悪くした様子もなく、むしろガマガエルのような嫌な笑みを浮かべてなおも話しかけてくる。

「ところで殿下。このような火急の場に何用ですかな？」

ミーティア大司教は揉み手をしそうな勢いで手を前に組んでいた。

エールリヒからすればその言葉はそっくりそのまま突き返してやりたかった。

だが、そんな時間などない。

「貴様には関係がないことだ」

エールリヒは突き放すように吐き捨てたが、ミーティア大司教は悠々と笑みを浮かべる。

「つれないではないですか、殿下」

流石《さすが》にイラッとしたエールリヒは怒鳴り声を上げようとミーティア大司教に視線を向けたが、大司教は薄く笑みを浮かべ、有無《うむ》を言わせぬ圧力を放ってきた。

それは大司教という権力が為《な》せる重圧。

エールリヒが気圧され言葉に詰まっていると、ワイルボード侯爵が険《けわ》しい顔でエールリヒに話しかけてきた。

「第一王子殿下、貴書を拝見させていただきました。しかし殿下、あれは私を侮辱しているのですかな？　この私が負ける――そう仰りたいということですかな？」

痛いところを突かれたエールリヒは顔を顰めた。

顔に出すあたりがまだまだ甘い。

ワイルボード侯爵への手紙には、もしものときに備えて夫人と令嬢を避難させてはどうかというようなことを書いた。

しかしそれは侯爵のことを信用していないと言っているようなもの。

あなたは負けるだろうから逃がせ、と遠回しに言っているのだ。

でなければ、関係のない第三者がわざわざ手を貸しはしない。

「それは……」

エールリヒは言葉に詰まった。

何を言ってももう言い訳でしかない。

そもそも今からエルフの境界に連れていくという説明をしなければならない。

いや、そこまで説明する必要はないだろうが、エールリヒはこのままワイルボード侯爵がダンケルノ公爵家に勝てるなどとは思っていない。

どう言い繕っても信用していないと言っているようなもの。

何を言っても無駄なのである。

トーカは沈黙を貫いている。

宣言通り、説得に協力するつもりなどないようだった。

エールリヒもそこは期待していたわけではない。

だが、エールリヒの考えは甘すぎる。

昔の侯爵はもっと友好的であったから、今回もそこまで邪険にされることはないだろうと高《たか》を括《くく》っていた。

だが、救いの手を差し伸べたのは意外にもミーティア大司教であった。

「まぁまぁ侯爵様。第一王子殿下はまだまだ幼いのですからそれほど虐《いじ》めてやりなさるな。焦っておられるのであれば、誤解のある書き方をなさることもありましょう。それに何事も余裕を持つことは大事ですぞ。弱いところを突くのは戦の常。弱点となりうる奥方とご息女を避難させておくことは合理的なことでございましょうよ」

ミーティア大司教は聖職者らしく慈愛の笑みを浮かべ侯爵を諭《さと》した。

だが、エールリヒはどうもこの男のことが好きになれなかった。

いくら外面がよかろうと、その滲み出る腐った内面を隠しきれていない。

それはもはやこの人物の魂にこびり付いた腐臭とも呼べるものだ。

「――ところで、殿下。そちらの方々をご紹介願えませんでしょうか？」

ミーティア大司教は口角をこれでもかと上げ、今までで一番下卑《げび》た笑みを浮かべた。

本人は隠しているつもりかもしれないが、まったく隠せてなどいない。

いや、実際隠す気などないのだろう。

温室育ちの坊ちゃん程度、百戦錬磨《ひゃくせんれんま》の大司教が手の平で転がすことなど容易い。

トーカ達はコートに身を包み、顔がわからなくなっているが、エールリヒの護衛というには明らかに背丈《せたけ》の低い者が二人いる。

だからこそ認識阻害の魔法をかけて大人に見えるようにしているが、トーカの力が弱まっているのか、目の前の男が優れているのか、子供達にかけられた魔法が効いていないのかもしれない。

それならば下手《へた》なことを言うと逆に追及される。

それにエルフであるということがバレるわけにはいかない。

「悪いがそれはできん」

だが、ミーティア大司教は引き下がらなかった。

「そこをなんとか。チラッと見えましたがさぞや美女であるとお見受けしました。それほどの美姫、一目だけでも拝見し、ご挨拶《あいさつ》申し上げることをお許しいただきたい」

大司教は顔の周辺に蓄えられた脂肪によって目が細まり、ニチャァッと聞こえそうなほど醜悪《しゅうあく》に口角を上げてトーカの方を見た。

トーカの身長はそれほど低くないので男なのか女なのかわからないはずだ。

にもかかわらず女と断言した。

ということはこの男に認識阻害は効いていない。

エールリヒは歯噛みしミーティア大司教を睨みつけた。

だが、大司教はエールリヒの睨みなどそよ風のように受け流し、その隠しきれない嫌な笑みを滲《にじ》ませた口を開いた。

「さぁ、殿下。どうかご紹介ください、そちらの〝エルフ〟の皆様を」

その瞬間トーカが動いた。

だが、トーカは一歩動いただけですぐに動きを止めざるをえなくなった。

既に囲まれている。

黒い服に身を包んだ者達が何十名と、エールリヒ達を取り囲むように忽然《こつぜん》と現れていた。

周囲を取り囲む者達だけでなく天井にもいる。

今の今まで全く気がつかなかった。

一人一人がかなりの実力者である。

子供達を守りながら戦うのは、今の弱体化しているトーカの手に余る。

ミーティア大司教はそんなトーカの反応など気にした様子もなく、ガマガエルのような嫌な笑みを浮かべて話を続けた。

「手を出すつもりはございませんよ」

「……ならば此奴《こやつ》らはなんだ？」

たしかに殺気はない。

だが、こいつらが纏う魂に染み付いた血の匂いまでは無視できない。

「逃げられないようにです。あ、いえ、その言い方では語弊《ごへい》がありますね。交渉の前に逃げられないように、です。我々は何も貴女方を害したい訳ではございません。願いを叶《かな》えていただけるのなら、その後はお望み通り解放いたしますよ」

菩薩《ぼさつ》のような笑みを浮かべているが、トーカに外面など意味を為さない。

それに願いを聞かないのならば解放しないと言っているようにも取れる。

「貴様ら人間の言うことなど信じるに能わぬ」

トーカは脅しになど屈さぬと毅然《きぜん》とした態度で臆《おく》すことなくそう言い放つ。

だが、ミーティア大司教は少し困ったような表情を浮かべるだけで、その余裕の笑みは一切消えていない。

「困りましたねぇ。ですが、それでは悲しき結果になりますよ？　どうやら貴女様は今、弱体化しておられる様子。それが幸運なのか不運なのか我々にとってもどちらとも言い難いのですが、しかし我々はどちらでもいいのです。ですが、素直にお聞きいただけるのなら貴女方の願いも叶えた上で解放することを約束いたしますよ。なんでしたら誓約魔法《せいやくまほう》をお使いいただいても構いません」

腐っても大司教。

そうは見えないが相応の実力者。

魔力という超常の力が蔓延《はびこ》るこの世界では、見た目など何の役にも立ちはしない。

まだまだ未熟なエールリヒには全然わからなかったが、トーカにはその目を通してミーティア大司教の実力がわかった。

自分の力が回復していない今、この男とこちらを取り囲む者達全員を相手取るのは不可能であると。

「……わかった。従おう」

トーカが渋々《しぶしぶ》ながら頷いたのを見た大司教は満面の笑みを浮かべ、侯爵の方へと振り返った。

「では、侯爵様。約定《やくじょう》をお忘れなきよう」

「ああ、そちらもな……」

嬉しそうなミーティア大司教とは対照的にワイルボード侯爵は不機嫌そうに鼻を鳴らし、相手を一瞥すらしなかった。

「既に運ばせておりますよ」

そう言う大司教にワイルボード侯爵は忌々《いまいま》しげに舌打ちをするだけ。

が、そんな態度の侯爵に対しても大司教は満足そうな笑みを浮かべるだけである。

「では、場所を変えましょうか」

大司教はそう言うと我が物顔で侯爵の屋敷の奥へと歩いていった。

そのときにはすでに周りを取り囲んでいた黒い服の者達はいなかった。

エールリヒが顔を顰めながらキョロキョロしていると、大司教がさっさと着いてくるようにと目で言っていた。

大司教はそのまま進んでいき屋敷の奥の方にある、とある一室へと入った。

「この部屋には防音の魔法がかけられております。部屋の外に声が漏れることはありませんよ」

防音魔法は魔法陣で為される魔術だ。

用意周到なことだなとエールリヒは嫌そうに鼻を鳴らした。

ミーティア大司教はわかりやすいエールリヒの態度などに反応せず、ニコニコとしたままその部屋にあるソファーへどっしりと腰をかけた。

一瞬だけ座るのを躊躇《ちゅうちょ》したトーカであったが、もうここまで来ればどうしようもないとため息を吐きながら対面のソファーに、エールリヒと一緒に腰をかけた。

子供達は当然、すぐに護れる位置に置いている。

「さて、先ほどの無礼はお詫《わ》びしましょう。しかし我々も手段を選んでいる余裕などないのをご理解ください」

ミーティア大司教は席につくなり形ばかりの謝罪をした。

それに対して、トーカもエールリヒも顔を顰めるだけである。

もはや脅迫されて連れてこられてきたようなものだ。

選択権を与えず謝罪などされても何の慰《なぐさ》めにもなりはしない。

「ご理解くださいなどと言われようとも私の知ったことではない」

「たしかにその通りでございますね。さて、無駄話をしている余裕はありませんね。お互いにね」

トーカの刺々《とげとげ》しい物言いにも全く臆することなくミーティア大司教は口角をニヤリと上げる。

「本題に入りましょう」

大司教がそう言い、しばらくして話し終えた後トーカはガバッと立ち上がった。

「馬鹿《ばか》な⁉　あれらは……」

エルフの子供達は突然声を張り上げたトーカの様子にビクッと体を震わせる。

だが、トーカには今、その子達を気にかける余裕はなかった。

それほどまでにミーティア大司教に聞かされた話は信じられないものであった。

そして大司教はそんなトーカを見てニコニコと悪どい笑みを浮かべるだけである。

断られることなど微塵《みじん》も考えていないかのように。

そんな選択肢などないと突きつけるかのように。

「我々も手段を選んでいられないのです。お互いのために、ね」

そう言った大司教の顔を見たエールリヒは思わず顔を顰めそうになった。

トーカも誰にもわかららぬくらいに歯噛みした。

誓約魔法で契約したことは、端的に言えば『トーカがミーティア大司教の話を聞き、その後解放すること』であり、大司教の誘いを叶えるかどうかは一見トーカに委ねられているようだが、その実、選択権などない。

先ほどはわからなかったが注意深く気配を探れば、今この屋敷には先ほどの黒服がこれでもかというほど潜んでいる。

まるで蜘蛛《くも》一匹といえど逃がさないと言わんばかりに。

断れば、たとえ解放されようがその後即座に子供達が人質に取られるだろう。

己自身で選択させているようで、実際には選択肢などないのだ。

ミーティア大司教の話を承諾することは普段であるならばありえないことだ。

だが、子供達のためを思えば受け入れざるを得ない。

脅されるようで不愉快《ふゆかい》ではあるが、命を賭《と》してまで抗《あらが》う内容ではない。

「……いいだろう。だが、それをするために貴様に付いていくような時間はないぞ」

トーカはこれ以上は譲歩《じょうほ》するつもりはないとミーティア大司教を睨《ね》め上《あ》げた。

「ええ、ええ、賢明な判断ですな。それに関しては大丈夫です。こちらに施していただければ」

大司教は心底嬉しそうな笑みを浮かべ、丸い透明な水晶のようなものを取り出した。

「だが、これに施す前にもう一度誓約魔法をかけることを要求する」

トーカは目の前の男が信用できなかった。

信用などできるはずがない。

脅すようにトーカ達に要求してきたのだ。

人間とはどこまでも欲深い。

事を為した後に、ついでとばかりに襲ってこないとは限らない。

ミーティア大司教はピクリと動きを止め、トーカを少しの間見つめた後に薄らと笑みを浮かべた。

「ハハハ、用心深きことは美徳ですな。いいでしょう。私にとってはこれさえ為していただければ他のことは些事《さじ》に等しきゆえ。それで貴女に安心して実行していただけるのであれば是非もありませんよ」

誓約魔法は魂を縛る魔法。

そう易々とするものではないのだが、ミーティア大司教は悩むことなく了承した。

その後いくつかの誓約による縛りを設け、トーカが作業を終えると大司教は足早に去っていった。

ここには長くいたくないとばかりに。

濃い血の臭いを放つ気配も同様に離れていった。

トーカ達もすぐに出発しなければ危うい。

ダンケルノ公爵家からどれほどの猛者が来るのかはわからないが、常に最悪を想定しておかなければならない。

特に今、トーカの実力はかなり落ちている。

戦闘になればほぼ勝ち目はない。

エールリヒにとっての敗北とは侯爵令嬢が捕らえられ、殺されること。

見つかった時点でほぼ敗北が確定する。

侯爵はエールリヒ達がエントランスまで来ると、あからさまではないが忌々しそうに睨んでいた。

その隣には女性が二人と使用人らしき者が一人。

侯爵夫人と侯爵令嬢のミオが不安そうに侯爵の隣に立っていた。

ミオを見たエールリヒは顔を綻《ほころ》ばせた。

まだ生きていた。間に合ったと。

あの大司教も約束を守ったらしい。

説得するまでもなく、二人はこの家を出る準備をしているようだった。

だが、この準備の良さも当然、ただ単にミーティア大司教の善意などというものではない。

大司教にとってもここでエルフが捕まるような事態になるのは避けたいのだ。

逃げてくれた方が好都合。

ただそれだけのことである。

だが、侯爵は夫人と令嬢を逃がすということを完全に納得した様子ではない。

そこに大司教とのなんらかの取引でもあったのだろう。

誓約魔法がある限り契約というものは曲げられない。

「えっと……、久しぶり」

エールリヒが恥ずかしそうにミオに話しかけた。

「エールリヒ第一王子殿下、お久しぶりでございます。このたびは私どものために格別なご配《はい》慮《りょ》を賜《たまわ》り誠にありがたく存じます」

幼きときとは違う言葉遣いに、エールリヒは一瞬眉《まゆ》を寄せ悲しそうな表情をした。

だが、今はそんなことを気にしている暇はなかった。

「第一王子殿下、くれぐれもよろしくお願いいたしますよ。あくまでこれは避難です。それをお忘れなきようお願い申し上げます」

侯爵の表情は自国の王子に見せるようなものではなかった。

エールリヒはそんな侯爵の様子に内心ため息を吐いたが何も言うことはない。

侯爵夫人とミオを奪っていくようなものだ。

言う資格すらエールリヒにはない。

だが、これで良いとエールリヒは信じている。

侯爵と別れを終えた侯爵夫人とミオを連れてエールリヒ達は歩いていた。

馬は使えぬ。

戦場の近くで馬になど乗っていれば侯爵側の人間と思われてマークされるやもしれない。

それに注意しなければならないのはダンケルノ公爵家だけではない。

この戦いを覗《のぞ》き見《み》しようとしている全ての者の監視から逃れなければならない。

今ならばまだ、馬を持たぬ一攫千金《いっかくせんきん》を狙って商品を売りに来ている中堅商人達の足音に紛《まぎ》れて、それほど目立つことなく離れていくことができる。

そもそも夫人とミオは馬に乗れないし、エールリヒも誰かを乗せられるような技術を持っているわけではなかった。

夫人とミオを世話するための使用人も一人いるため馬の数も足りていない。

馬車も避けたい。

検問《けんもん》などで検《あらた》められればバレる可能性が高い。

誰が敵で誰が味方かもわからぬし、何よりエルフのトーカ達がいる。

その領地の貴族が邪《よこしま》な考えを抱かないとも限らない。

だが、そうなると当然ながら歩みは遅くなるし休憩《きゅうけい》も多く挟まなければならない。

今、エールリヒ達は木陰《こかげ》で休んでいる。

「……良かったのか？　契約を考えれば、来るのはあそこまでで良かったのだぞ？」

当初の予定では、というよりも別に段取りがあったわけではないが、トーカはエールリヒが付いてくるのは侯爵邸までだと思っていた。

対象を説得さえしてしまえばこれ以上付いてくる意味はない。

そもそもここより先、エールリヒが付いてくるという発想すらなかった。

だが、予想に反してエールリヒはここから先も付いてくることを望んだ。

「ああ……。私は、私は常々考えていた。王とは何か、王子とは何か。私は国王である父上の考えには到底納得できぬ。いや、納得できるところはあるが全てを受け入れることはできぬ。中には私の考えに賛同する者もいるだろうが、そうなれば我が弟のサーキストを担ぐ者も出てくるだろう。その先に待っているのは国の分裂だ。それは望まぬ。私もこの国の王子だ、王族だ。だが、私はどうしても己自身を消すことなどできぬのだ。王族としては失格なのやもしれぬが、民のためと己の欲に全て蓋《ふた》することなどできぬ」

懺悔《ざんげ》のように言葉を溢すエールリヒは悲壮さと力強さをその身に滲《にじ》ませていた。

だが、トーカはそんなエールリヒに困ったような、呆れたような表情を浮かべる。

「……貴様はまだ若い。後に考えが変わるかもしれんぞ？」

トーカに王族としての了見などわからぬが、それでも親と離れることが良いことだとは思わなかった。

「そうかもしれぬ。だが、そうでないかもしれぬ。そんな先のことはわからない。それでも今、正しいと思うことを為すだけだ。だが……、私にも王族としての責務がある。ただ権利を謳歌《おうか》し、民の血税を貪《むさぼ》って逃げたなどあってはならぬ。だからこそそなたらに付いていくのだ。エルフの子供を攫った王族の子。謝罪の品としてはこれ以上ないだろう？」

自嘲気味に笑うエールリヒにトーカは僅かに顔を顰めた。

それは自分を物のように言うエールリヒに対する不快感からか、はたまたこのような子供にそのような咎《とが》を負わせることが果たして正しいのかという葛藤《かっとう》からか。

自分自身も同じような目に遭ってきただけに良い表情をすることはできなかった。

王妃はまるでトーカをただの鑑賞品であるかのように扱っていたのだ。

「私が直々に赴《おもむ》いて謝罪することに意味がある。ただ逃げてきましたではエルフとこの国の間で戦争が起こりかねん。私は……それを防ぐことでこの国の王族としての責務を果たす。その際に少しばかり自らの欲を叶えるだけのことだ」

その言葉にはエールリヒの決意が宿っていた。

「貴様が決めたのならとやかく言いはしない。だが、貴様に便宜《べんぎ》を取《と》り計《はか》らうようにはしよう。我らエルフも加害者の子供だからと殺すようなことはない……はずだ」

言い切れないのは数千年前の一件があるからか。

だが、今でこそエルフも人間達の間では恐怖の象徴のように描かれているが、別に排他的《はいたてき》であったわけではない。

人間だからというだけで嫌うようなエルフはもう既に生きてはいない。

だからこそ、そこまで心配するようなことにはならないはずだと、トーカはエールリヒが来ることによって起こるであろうことを想像した。

だが、トーカはこれで本当に良いのかという思いを払拭《ふっしょく》することはできなかった。

もっとも、トーカも相手の決めたことを覆そうと思うほどエールリヒに対して親身になるつもりもない。

本人が心から決めたことならば、トーカ自身がどう思おうがそれを口に出すことはない。

「覚悟はしている。父上には……、王には手紙も残した。母上もタダでは済まないだろう。まぁ……証拠がないがな」

トーカ達がこの場にいる時点でエルフを監禁していたという証拠はもうない。

王妃ならば、それを知る人物を予《あらかじ》め秘密裏に処理してもおかしくはない。

所詮うやむやのままで終わるだろう。

だが、王妃の権威は確実に削がれる。

己自身の母親の立場を悪くしようともエールリヒは国のことを考えた。

王族の責務を放棄するように国を離れる者の最後の責任として。

最後と言っても、この国に戻るつもりがないわけでもないが、戻れるかどうかはわからない。

「あの女を許すことはできぬ。だが、無関係の人間を巻き込むことを我らも望むことはない。子供達が殺されたのならばともかく、ちゃんと戻ってきたのならば理性を失い無辜《むこ》の民達にまで被害が及ぶということはないだろう」

憂《うれ》いを帯びた表情でそう言うトーカにエールリヒは苦笑した。

その後、エールリヒ達はフォグルの森の方に向かっていた。

ダンケルノ公爵家の軍とかち合う方向である。
だが、どう足掻《あが》いてもそっちに向かうことを避けることはできない。
そちらにトーカ達が目指す目標地点があるのだから。
遠回りするという選択肢はない。
いつ王妃の追っ手が迫ってくるのかもわからない。
トーカにとって最も大事なのはエルフの子供達である。
エールリヒ達が見つかるかもしれぬからと自分達のリスクを跳ね上げることはしない。
一つ懸念事項があるとすれば、トーカもこの森の中の気配は探れないらしい。
この森は異常なのだそうだ。
エールリヒも教えられている、この森の奥にいる亜神《あじん》とその眷属《けんぞく》。
逆鱗《げきりん》に触れれば為す術はないが、そうでなければ比較的無害な存在。
エールリヒはこの森の主と契約している王族の子孫。
契約を破ることはできない。
だが、破ることさえなければ問題がないとも言える。
それに森ならばアーノルド達とかち合う可能性も低いと考えた。
将ならば馬に乗っているはず。
ならば馬で駆け抜けにくい森をわざわざ通ることはないだろうと。
それに襲撃もされやすく魔獣の蔓延る危険な森をわざわざ突っ切るメリットもない。
トーカが心配しているのはこの森の異常さだ。

トーカには見える。

見えてしまう。

森の奥から漂うこの世のものとは思えない者の魂の気配が。

その気配から目が離せず魅入っていたそのときトーカは凄まじい速度で目を森から逸らした。

目玉を鷲摑《わしづか》みにされ、心臓を撫《な》でられたような感覚がトーカに襲いかかったからだ。

無理矢理にでも目を逸さなければそのまま死んでしまったかもしれぬと思い、トーカの呼吸は荒くなる。

視るということは視られるということ。

安易に視るなどという行為をするなど愚行であった。

「おい‼　大丈夫か⁉」

エールリヒが突然息が荒くなったトーカに心配そうに声をかけたが、息を整えることに必死なトーカは返答することもできなかった。

クスクスと誰かが揶揄《からか》うように笑う声がトーカの耳にだけ聞こえてきた。

そして森の木々が、風が吹いていないにもかかわらず手招きするようにユラユラと不気味に揺れ動く。

――通りたければ通るがよい、森の子よ。

トーカだけに聞こえるように愉快《ゆかい》そうな声色で放たれた言葉が風に乗って届いてきた。

その声はトーカの心胆を寒からしめるものであるが、不思議と害意は感じられない。

「大丈夫だ。……森の中を進む」

目をつけられた以上このまま去るのも失礼にあたる。

もはやどうあっても森の中を通るしかない。

元々そのつもりだったのだ。

臆することはない。

トーカは自分自身を奮い立たせ、幼いゆえになにも感じてはいないエルフの子供達を見た。

何があってもこの子達は護ると。

森の中では更に進むスピードが落ちた。

当然だ。

エルフの子供達ならともかく侯爵夫人と侯爵令嬢のミオはそもそも自分の足で歩くことにも慣れていない。

森の中の道はワイルボード侯爵家が仕込んだ暗殺者が多くおり、またアーノルド達とかち合う可能性がゼロではないため、道なき道を進んでいっている。

トーカの魔法によって進む方向にある木々は自らトーカ達を避けていくため、普通に比べれば歩きやすくなっているが、それでも普段歩き慣れていない者にとっては、歩き慣れた舗装《ほそう》された道に比べれば断然歩きにくいことは言うまでもない。

エールリヒ達はエールリヒ達で見たことも聞いたこともない魔法に驚愕《きょうがく》を隠しきれなかった。

エルフの魔法というのはここまで変幻自在なのかと。

それに皆が靴擦《くつず》れを起こしてもトーカならばすぐに治すことができる。

そうやって着々と森の中を進んでいっていた。

だが、呪われているかのように厄介事《やっかいごと》がやってくる。

それは突然来た。

前方から凄《すさ》まじいほどの怖気《おぞけ》がトーカの体を覆い尽くし、その魂を蝕《むしば》むように体を貪《むさぼ》り喰《く》らってきた。

それはもはや一種の暴力。

突然猛烈《もうれつ》に冷や汗が体中から出てきて、トーカは地に膝《ひざ》をつき両腕で胸を抱いた。

気絶しなかったことを褒《ほ》めてもらいたいほどだ。

だが、気絶した方がどれほど楽であったか。

肉体的なダメージはないが精神的なダメージは甚大《じんだい》であった。

その麗しい顔が恐怖に歪み、見る影もなくなっている。

今の殺気が自分に向けられたわけでもないただの余波であることはわかっている。

それでもなお、体を突き抜けていった畏怖の念のせいで、トーカは自分の歯がカチカチと音を立てるのを止めることができない。

そこでふと思い出し、子供達やエールリヒ達の方を振り返った。

案の定全員が地面に倒れており、すぐさまトーカはエルフの子供達のもとに近寄る。

あれほどの憎悪に塗れた殺気を耐性のない者が浴びれば、最悪の場合ショック死していてもおかしくはない。

トーカですら心臓が破裂したかと思うような衝撃を受けたのだ。

震えのせいで足が上手く動かず這《は》うように駆け寄ったトーカは、皆が呼吸をしているのを確認し、幸い気絶しているだけでなんの異常もなさそうだったので安堵の息を吐いた。

（それにしても……、なんだ今のは？　この森の主のものか？　いや、奥というよりは……進行方向）

トーカは戦慄《せんりつ》した表情であの悍《おぞ》ましい気配がした方を睨みつけた。

――このまま進むのはまずいか？

そう考えたが、今はどのみち皆が起きるまで待つしかない。

幸いにもあれは近くで発生したものではない。

ここに留まってもすぐに遭遇《そうぐう》するといったことはないだろうと考えた。

だが、もし仮にあの殺意の波動の持ち主とかち合えば今のトーカにはなす術がない。

いや、万全であったとしても勝てるかどうかわからぬ相手であった。

それほどまでに隔絶《かくぜつ》した力の差を感じさせられたトーカは、歯をギリッと噛み締め拳を握り締めた。

あれはただ単に強ければ出せるようなものではない。

真なる魂の慟哭《どうこく》から来るものだ。

魂を感じ取れるエルフにとってはこの上なくやりにくい相手である。

少し経つと、悍ましい気配はまるで何事もなかったかのようになくなった。

それでもトーカの体から震えが完全になくなるのには更なる時間を要した。

それからしばらくして、ちらほらと皆が目覚め始めた。

幸いにも皆は一瞬で気絶していたため恐怖を感じる暇すらなかったようだ。

もし、少しでも耐えられていたならばそれこそ大惨事《だいさんじ》になっていただろう。

記憶が全くないのは幸いであった。

エールリヒが目覚めた時点で今後の方針を決めた。

とりあえずここに留まっても仕方ない。

このまま進むことにした。

トーカ達は正規の道からだいぶ逸れているし、そのまま進んでも殺意の波動の持ち主とかち合う可能性は低い。

それにこの森はある程度距離が離れた者の気配が探りにくい。

自分達にとっても不利に働くが、それは相手も同じ。

耳が良いトーカならば複数人の移動による地の揺れを見逃すことは考えづらい。

ならば、こちらが気づくよりも前にあちらが気づくことはないはずだと進み始める。

それからしばらくは順調に進んでいたが、誤算が一つあった。

トーカの結界魔法である。

トーカは何年もの間まともに魔法を使っていなかった。

王妃によって使うことを禁じられていたからだ。

だが、数年などエルフの感覚からしたら大したことはない。

しかしながら、トーカは三人もの奴隷紋の解術を無理やり行ったため、かなり弱体化してしまっている。

だからこそ、普段以上に結界魔法に力を注いだ。

それでもトーカの感覚から言えば普段よりも少し弱い程度の結界のはずだった。

だが、なぜかトーカが展開した結界魔法は大幅に強化されていた。

まるでアーノルド達に見つけ出させようと言わんばかりに。

そしてトーカは自らの結界魔法の範囲が予想以上に拡がっていることにも気づかなかった。

この森はエルフにとってかなり見えにくい。

それだけでなく魔法の発動の感覚が摑みにくい。

なので今までの経験からこの程度だろうという感覚で範囲を決めていたのだ。

それがありえないほど遠く離れているアーノルド達の感知に引っかかった。

当然この時点でトーカは気づいた。

場所も含めて。

（馬鹿な⁉　なぜこんなにも拡がっている⁉　まずいッ‼　今すぐ移動しなくては！）

「感知された‼　すぐに逃げるぞ‼」

突然声を張り上げたトーカの焦ったような声色に皆がギョッとしたが、モタモタしている暇すらない。

トーカはエルフの子を抱え、皆が必死になって走った。

だが、気配は遠ざかるどころか近づいてくる。

当然だ。

魔法で強化しようとも、エールリヒを含めここにいる者がアーノルド達より速いわけがない。

それになぜか結界魔法を解除できない。

結界魔法の効力に逆らえぬ者ならばともかく、抵抗できる者には自分の場所を伝えているようなもの。

これ以上は無駄だと悟ったトーカは足を止め、迎え撃つ態勢を整える。

迎え撃つといっても攻撃を仕掛けるわけではない。

子供達とエールリヒ達にありったけの隠形魔法をかけた。

今できる最上を。

並の者ならば気づくことすらできない。

しかしトーカは既に捕捉されている。

もはや身を隠したところで意味はない。

これほど強化された結界魔法を潜り抜けてくる者ならばトーカの気配など今更隠してもバレるだろう。

エールリヒ達に何があっても声を出すなと、そして何かあれば逃げろとそう言った。

死んでも自分が止めるからと。

使う魔力の量は甚大だが、隠形魔法ならば認識阻害とは違い音すら消せる。

もし戦いになれば、トーカに気を取られている間に逃げることくらいはできるだろう。

エールリヒは多少は戦うことができるようだが、トーカなしでこの森に生息する魔獣に勝てるかどうかはわからないため、エールリヒ達だけで逃げるというのは最終手段にしたかった。

それに正直この森の主人が、このまま別れたエールリヒ達を襲わないという確信も持てない。

向かってくる相手は何が目的かはわからないが、明らかに何かしらトーカに干渉してきている。
優先順位としては全員捕まることなく無事に逃げること。
これが最善。
そして次点で正体がバレないこと。
これはエールリヒや侯爵夫人達だけではない。
トーカも含めてだ。
エルフという存在は、その美貌《びぼう》であっても技術であっても人を惑わせる。
王妃はその美貌に目が眩《くら》み、ミーティア大司教はその技術に目が眩んでいた。
近づいてくるのは生まれながらに全てを持つ貴族の子供。
そんな者がエルフであるトーカを見たらどういう反応をするか。
飼いたがるか、欲しがるか、嬲《なぶ》るか。
予想できない。
トーカ一人であり、万全の状態であるならばまだやりようはある。
だが、今は無理だ。
奴隷紋の解術に力を使い、
ミーティア大司教の要求を呑み、力を使い、
この森でもずっと力を使っていた。
今のトーカの実力は半分どころではない。
近づいてくる気配からして抗うだけ無駄なほどの実力差。

トーカの心はかつてないほど波打っていた。

トーカはフードを深く被り直し、残った力で気持ち程度に己自身に認識阻害の魔法をかけた。

顔が見えぬように。

そして遂にそのときが訪れた。

一〇名くらいの騎士、それもダンケルノ公爵家の紋章を引っ提げた騎士が遂に来た。

感知したときからわかっていたが、いざ目の前に現れると夢であってほしかったと思わずにいられない。

だが、トーカの目は一人の男に釘付けだった。

——こいつだ。

すぐにわかった。

あの悍ましい気配を放った人間が目の前にいる。

トーカは既に逃げ出したい気持ちでいっぱいだった。

一度は止まった体の震えを、心の底から溢れ出てくるような恐怖による震えを抑え込むのに必死だった。

だが、子供達を置いて逃げることなどできない。

それだけは絶対にできない。

トーカは震え後退る心に喝を入れるべく声を出した。

「そこで止まりなさい」

トーカは今できる全力をもって威圧した。

この一手がどう転ぶかはわからない。

だが、簡単には御せないと知らさなければ、目の前の者どもにただ単に殺されて終わるかもしれない。

そう思うほど、トーカの心は恐怖で満たされていた。

刹那《せつな》の静寂《せいじゃく》。

それすらもトーカには耐えられなかった。

だがどうにか切り抜けなければ明日がないのは明白。

トーカは毅然とした態度は崩さず、それからも必死に言《い》い募《つの》った。

クレマンの一言一言がトーカの心を恐怖で満たすが、それでも決して謙《へりくだ》るような態度は取らなかった。

それが功を奏したか、一度は険悪になった雰囲気がどうにか元に戻った。

エールリヒが敵意を向けたことにヒヤリとはしたが、王子とはいえまだ子供。

自分ですら王妃に抑えきれない敵意を向けているのに、エールリヒに仇を前に抑えろと言うのも酷であった。

それにトーカ自身も、目の前の子供に対して何故か浮かび上がる憎しみを隠しきれなかった。

魂に刻まれた何かがトーカの心を憎悪で満たしてくる。

だが荒ぶる心を鎮めるためにトーカは息を吐いた。

何よりも大事なのは子供達。

今は目の前の魂などどうでもいいことだと無理やりに蓋をした。

そしてもはや背に腹は代えられないとフードを取った。

できれば知られたくはなかったが、今はむしろ正体を明かした方がこの場を切り抜けられる可能性が高いと考えたからだ。

案の定、正体を明かしたことで相手に少なからず衝撃を与えることができた。

主導権を握る子供も少しばかり目を見開いているのが見えた。

これで正体を隠す理由は理解したはずだと思うや否や、今度はエルフの子供達に注意を向けてきたことで、トーカはまたしても剣呑《けんのん》な雰囲気を出さざるをえなかった。

トーカに興味を向ける分にはまだ構わない。

だが、子供達に向けるなら別だと。

刺し違えてでも――。

そういう感情がトーカから滲み出ていた。

だが目の前の少年はエルフの子供自体には全く興味がない様子であった。

それどころかエルフという存在そのものに興味がないといった様子。

過去から現在まで、どんな人間であれ少なからずエルフに好奇の視線を向けてきたものだが、その子供の目には自分など一切映っていない様子であった。

敵か、そうでないか。ただそれだけ。

内心少しの安堵《あんど》を漏らしたトーカであったが、それも次のその子供の言葉で消し飛ぶ。

「では、エルフの宝であるはずの子供をわざわざ自らが引き籠もる領域から連れ出してまで探検していたとでも言うのか？　そのような愚行を犯すとは存外エルフというのは学習能力がないのか？　……それとも自らの力を過信しているのか？　過信するほどの力は持っているようだがな」

〝自ら引き籠もる〟。この言葉を聞いたトーカは理性という名の蓋《ふた》が、己自身が先ほど無理やり閉じた蓋が吹き飛んだのを感じた。

エルフの心の奥底に眠る激情とも怨念とも言えるそれは、似た魂を持つアーノルドがエルフ達を封じ込めた本人ではないとわかっているにもかかわらず抑え込めないものであった。

感情の抑制が利かぬという自覚はあったが、それでも口から出る言葉を抑えることができなかった。

「我々エルフの実力を随分と過大評価してくれているみたいだが……たしかに大昔にエルフが一国を滅亡に追いやったのは事実だ。だが、我々エルフが境界に引き籠もらざるを得なくなった理由を貴様は知らないのか？　私はお前達のことをよく知っているぞ!!　たとえ名前が変わろうが姿形が変わろうが我々にはわかるッ!!」

当時の状況を昨日のように思い出す。納得などできず、かといって逆らうこともできぬ超常の存在を前に、何もできなかった自分を憎悪し嘲笑し軽蔑《けいべつ》したときの感情が蘇る。

それをアーノルドへとぶつけた。

だが気がつけば地に組み伏せられていた。

「流石に今のは見過ごせないでしょ」

軽い口調に聞こえるが、その者からは最も死に近い匂いがした。

化け物三人に押さえつけられ抵抗する気すら起きない。

いや、もとより抵抗する気などない。

地に組み伏せられたことによって、顔に接している土の冷たい感触がトーカの頭にかかっていた靄《もや》のようなものを取り払い、少しばかり冷静にした。

流石に明確な殺意を向けたことで処罰されると思ったが、トーカの拘束はアーノルドの一声であっさりと解かれた。

が、拘束が解かれたからといってまだ話が終わったわけではなかった。

エルフによる報復の可能性について問われるのは必然。

「エルフは契約を重んじる。今回のことは人間との間で既に話はついている。たとえ被害が出るとしても、それは今回の加害者だけだと。もしそれ以外の者に危害を加えようとする者がいたならこちらで始末する」

誰とは言わない。

これ以上は言わない。

嘘は言っていない。

だが、真実でもない。

それゆえトーカは顔を僅かに顰める。

「その契約者は誰だ?」

当然の問い。

「それは言えない」

だが、トーカは確固たる意志をもって拒絶の意を示した。

すでにエールリヒからはエルフの子供達、そして自分自身を王妃から解放するという対価を貰っている。

ここでそれを明かすことはエールリヒへの不義理である。

そしてそう言っても目の前の少年はトーカを殺しにくることはないだろうと思った。

むしろここで言う方が危うい。

エルフは契約を重んじるという前定が崩れるのだから。

トーカは決してアーノルドから目を逸らさなかった。

逸らせば終わる。

それがわかった。

「はぁ、害がないなら放置で構わん。わずかなリスクがあるからとより大きなリスクを背負ってまで全て根絶やしにする必要はない。行くぞ」

アーノルドが去っていったあともトーカは恐懼《きょうく》の余韻《よいん》がその身を侵し、息が荒くなっていた。

クレマンなどに比べれば強いということもない。権力という意味ではトーカを脅かせるだろうが、アーノルド本人がたとえ今の弱体化しているトーカに襲いかかってきても返り討ちにできる。

だが、トーカがアーノルドに感じたのはそんな単純な強さによる恐怖ではなかった。

少年とは思えぬ言葉の重み、迫力。

そしてその身に宿る底の見えない闇の気配。

たかが数年しか生きていないとはとても思えなかった。

まるで数十年数百年生きているような、クレマンとはまた違った化け物の気配を感じ取り畏敬の念を抱いていた。

トーカが自分の昂った気持ちを落ち着けていると、またしてもクスクスと愉しんでいるような笑い声が森に響き渡った。

――面白いものを見せてもらいました。無礼の対価はこれで相殺《そうさい》としておきましょう、森の子よ。

それを機に見られているような視線がなくなった。

トーカは顔を顰めるが、超常の存在相手に何もできることはない。

むしろ、弄ばれたわりにトーカ達が生きているということは本当に害意などないのだろう。

無論、だからといって安心などできないし、何が目的だったのかもわからない。

トーカは再びフードを被り、この森を早く抜けて境界へと帰るために子供達と共にアーノルドとは逆方向に駆けていった。

幕間　二人の使徒

禍々しいオーラを放つ、拳二つ程度の大きさの人形が急速に朽《く》ちていった。

その人形を握っていた男は痛みでもあるのか手で顔を押さえ、呻《うめ》き声を上げていた。

「うっ……、クソッ！　クソッ!!　あの野郎！」

薄暗く、日も差し込まぬじめじめとした部屋で、グチャグチャと何かを叩き潰すような音と尖った声がひたすら響いていた。

「絶対殺す。絶対に。僕のことを、僕のことを馬鹿にしやがって！　許せない。許せない！」

唇《くちびる》を強く噛んだためか、口の端から血が垂れている男は荒れに荒れていた。

周囲にある数多《あまた》の人形の中から無造作《むぞうさ》に一つ摑み取り、力の限りそれを握《にぎ》り潰した。

人形を握り潰した手の隙間《すきま》からは綿ではなく赤い液体のようなものが溢れ滴《したた》っていたが、それが床に落ちる頃には霧散《むさん》していった。

その男の眼は血走り、その有り様は常軌《じょうき》を逸《いっ》している。

いくら暴れようと気が治まらないのか、その幽々《ゆうゆう》たる部屋にポツンと浮かぶ正気を失っているように血走った碧眼を、厳重で重厚に閉じられている扉へとグルリと向けた。

しかし、立ちあがろうとしたそのとき。

「――ずいぶん気が立っているみたいじゃないさね」

突然背後から掛けられた声に、碧眼《へきがん》の男はギロリとその扉から背後へと、その怪しげに光る瞳を向けた。

その瞳に映ったのは、仄暗《ほのぐら》いこの部屋の中でもわかるほどの血のように真っ赤な赤髪と怪しげに輝く赤い瞳。

そして、笑みを浮かべると見え隠れする、吸血鬼を連想させるような長い糸切り歯。

シスター姿をしたその女は、とても神に仕《つか》える者とは思えぬ邪悪さに満ちた笑みを浮かべていた。

だがその首にかけるロザリオが、その女が、男と同じ神に仕える聖職者であることを示している。

腕を組み、壁にもたれかかったまま『傀儡士《くぐつし》』を見下すような視線を向けている女は、鼻で笑ってから再度口を開く。

「『傀儡士』ともあろう者がずいぶんこっぴどくやられたみたいだねぇ」

からかうように嘲笑の笑みを向けるこの女に、『傀儡士』は怒りを露《あらわ》にするように目を細めて睨みつけた。

ただでさえクレマンにプライドをズタズタにされて気が立っているのだ。

これ以上の嘲弄《ちょうろう》を赦《ゆる》す気などなかった。

「ちょっとは落ち着きなさいね」

女はその鋭い眼光を向けられようとも態度を改めることはないが、それでも『傀儡士』と戦う気などはないとばかりに、肩をすくめた。

「この部屋に……、僕の聖域に入る許可を与えた覚えはないぞ」

『傀儡士』は殺気を込めた冷徹なる瞳をギロリと向けるが、女はなおも目を眇《すが》めてその鋭い歯を覗かせるだけ。

「許可ったって、あんた、許可取ろうにも全然この部屋から出てきやしないじゃないか。内にも外にも鍵なんて掛けてさ」

女はチラッとその重厚な扉へと視線をやった。

先ほどまで『傀儡士』が見ていた重厚な扉には数多のチェーンが巻きつけられている。

誰も入れず、誰も出られないように。

それもただの鎖ではない。

少し強い程度の攻撃ではびくともしない『傀儡士』のオーラがびっしりとこびりついた強固な鎖である。

『傀儡士』に何かの指令を送ってくるならば、大抵の者は『念話』や使い魔を使う。

だが、目の前の女はそんなチマチマとした魔法を嫌い、それを習得しようとすらしない。

『傀儡士』からすればそれは神に対する怠惰《たいだ》であると、嫌悪感を露にするように女にジトッとした目を向けた。

「なんだい、その目は？　なんならあの扉、あたしの聖具でぶっ壊してやってもよかったんだよ？」

女がニヤリと凶相《きょうそう》を浮かべると、この部屋が『傀儡士』のオーラに包まれ、薄らと差し込んでいた光すら遮断《しゃだん》し、より一層部屋が暗くなった。

女の発言は『傀儡士』の逆鱗《げきりん》に触れた。

この部屋の王は『傀儡士』だ。

それを壊すというならば、如何に顔見知りであろうと容赦《ようしゃ》するつもりはない。

先ほどまで死んだように横たわり、乱雑に部屋に散らばっていただけの人形達がまるで生きているかのように独りでに立ち上がり、怪しげに光る人形の眼光が全て女の方に向いた。

せせら笑っているかのようにカタカタとどこからか音が鳴り、耳が痛いほどの騒音が部屋中に響き渡った。

そんな騒音の中でも『傀儡士』の幽鬼《ゆうき》のような声だけはよく響いた。

「口には気をつけなよ。いかに今は席次が僕よりも上でも、この場で僕に勝てると思うのは思い上がっているんじゃないかい」

不快さを隠そうともしない『傀儡士』の顔は、クレマンと話していたような無邪気《むじゃき》な少年の影など微塵《みじん》もなく、ただただどす黒い感情だけが剥き出しになっていた。

だが、女はそんなことなど気にも留めず、足元にも群がっている人形をムギュッと踏み潰す勢いで腰を下ろし、人形を椅子代わりにして胡座《あぐら》をかいた。

それを見た『傀儡士』は怪訝《けげん》そうに眉《まゆ》を寄せた。

『傀儡士』は戦闘も辞《じ》さない心境であるというのに、それを向けられている当の本人は意にも介さず座るだけ。

その姿は隙だらけである。

自分のことをとことん舐めているのかと、『傀儡士』はその怒りに満ちた双眸《そうぼう》を更に細めた。

だが、女は睨みつける『傀儡士』の顔を見て嬉しそうにギラリと光る歯を見せたかと思うと、肩を震わせて抑えきれないとばかりに喜悦に満ちた笑い声を上げた。

「アハハハハハハハハ、やりゃできるじゃないか！　数十年前に席次が下がったってのに今も変わらずずっと腑抜けたまま……。今回の負けは、あたしはあんたにとって良かったと思うよ。取り返しのつかない場面で失敗するよりは断然良かったじゃないか。もし、そんなことになっていたら……、あたしがあんたの首を落としに来ないといけないところだったね」

その言葉に嘘偽りなどない。

女は『傀儡士』が使えぬと判断すれば迷うことなくその首を刎《は》ねるだろう。

それこそが自らが仕《つか》える神のためであると確信しているが故に。

女の言葉に少しだけ表情を険《けわ》しくした『傀儡士』であったが、その言葉を否定するつもりはなかった。

『傀儡士』とて神に仕える聖職者。

務めを果たせなくなった者などいるだけ無駄だということはわかっている。

「まさかあたし達の使命を忘れたわけじゃないだろう？」

ギロリと暗く赤い瞳を眇《すが》めた女に対して、当然のことを聞くなと不満を露にするように睨《にら》み返した『傀儡士』はある言葉を紡いだ。

『我ら覡《かんなぎ》たりて、この世の罪咎《ざいきゅう》を修祓《しゅばつ》する者なり』

聖書に載る祝詞《のりと》の言霊《ことだま》であり、使徒の在《あ》り方《かた》を表す一節である。

ほんの一節に過ぎないその言葉を唱《とな》えただけでも、その部屋を覆っていた陰気な気配が神聖なものへと変化した。

その祝詞を聞いた女はこれでもかと口角を上げ、醜悪《しゅうあく》な笑みを浮かべながら天を仰ぐように手を仰々しく広げた。

「わかってるじゃないか。『権能《けんのう》』はあんたの玩具じゃないよ。主神様のための力さね。それすら忘れていたなら、今ここでぶった斬ってやったんだがね」

先ほどまでの穏健《おんけん》な気配などなく、主神様の利にならぬ者ならば容赦なく残忍《ざんにん》に冷酷に無慈《むじ》悲《ひ》に抵抗することすら許さずに肉の一片たりとも残さぬと、ギラギラとした異様なまでの信仰の気配を漂《ただよ》わせていた。

「……忘れてなんかいないさ」

『傀儡士』は拗《す》ねた子供のように顔をプイッと背けた。

見た目は子供のようなあどけなさを持っているが、その中身はもう爺《じい》さんなどと言うも生ぬるいほどの老獪《ろうかい》な怪物だ。

それを知る女からすれば可愛さなど皆無である。

「ならいつまでも不貞腐《ふてくさ》れてるんじゃないよ。たかだか一度席次が落ちたくらいでウジウジと。そんなんだから主に仇《あだ》なす咎人《とがびと》なんぞに遅れを取るのさね」

「だが、あいつは――」

しかし、続けようとした言葉は首に当てられた冷たい感触によって遮《さえぎ》られた。

「まさか、言い訳をするつもりかい？」

女の赤い瞳がギラリと光る。

女は先ほどまでたしかに何も持っていなかった。

なのに瞬《まばた》きもしないうちに、身の丈ほどもある、まるで聖十字を象《かたど》ったような剣とも槍ともつかぬ武器を『傀儡士』の首元に当てていた。

脅しなどではなく、返答次第ではその首が分かたれることになるぞ、と紅蓮《ぐれん》のように赤く輝く瞳が『傀儡士』の碧眼《へきがん》を真っ直ぐに射抜いた。

神の『権能』を使い、敗れたにもかかわらず言い訳をするということは神に対する言い訳。冒瀆《ぼうとく》にすら値する。

『傀儡士』はこの部屋に犇《ひしめ》く己の傀儡をけしかける余裕すらなかった。

なにせ女の動きが何一つ見えなかったのだから。

それは『傀儡士』にとってかなりショックな出来事であった。

呆然とする『傀儡士』の様子を感じ取り、女は不機嫌そうに鼻を鳴らしながら武器を下ろした。

「今のあんたはこの程度にすら反応できないさね。相手が強かったのもたしかにあるだろうさ。でも、一番の原因はあんたさ。あんたが弱くなりすぎているだけなのさ。これでわかっただろ、第一二使徒ラットン・シーレン神官？　あんたは失敗したから席次が低いんじゃないさね。ただ弱いから一番席次が低いのさ。使徒という立場を失いたくないなら精々頑張るんだね。過去の栄光なんざ所詮《しょせん》は過去のもの。主が求めるのは……、いや、役に立たないならあたし達はさっさと譲るべきなんだ。そうだろう？　何が言いたいかわかるね？」

叱《しか》られシュンとしている子供を見るような目で『傀儡士』を見つめた女は、俯いて何も言わない『傀儡士』に肩をすくめてため息を吐いた。

「……それにしても随分と人形の数が減ったさね」

女はキョロキョロと部屋を見渡しながらそう言った。

この場にいる人形達は『傀儡士』が『傀儡士』と言われる所以《ゆえん》たるもの。

部屋にいる人形達全てに『傀儡士』が刈り取った人間達の魂が封じ込められている。

生きたまま魂を握られた者もいれば、殺され魂を封じられた者もいる。

だが、どちらにせよ『傀儡士』に魂を握られている者達に真の意味で死は訪れない。

その人形が消えて初めて死んであの世へと行く。

そして人形とはすなわち『傀儡士』の命でもある。

英雄級の魂ならば『傀儡士』の命の代わりともなりえる代物《しろもの》。

今回『傀儡士』がクレマンの攻撃を受けても生きている理由がまさにそれだ。

過去に自らが倒して封じ込めた英雄の命を一体消費して死を免《まぬが》れた。

ダメージの肩代わり。

それこそが『傀儡士』が持ちうる能力の一つ。

だが、それでもなおクレマンの短剣によって傷つけられた『傀儡士』本人の魂についた傷までは癒《い》えなかった。

それほどあの短剣についた『怨《おん》』の執念は凄《すさ》まじい。

その痛みを消すために凡俗を封じ込めた人形を潰して回復していたが、所詮は応急処置にしかなっていなかった。

「……ああ、そうだ。近頃あの鎖国国家の動きがきな臭くなっている。あそこにも一応大司教がいるけど、正直報告の内容なんざ当てにならないさね。ただ血筋だけを保っている大司教なんざ腐敗の匂いがプンプンするよ。鎖国してもう三五〇年余り。実情を知るのは内部の人間だけ。やりようはいくらでもあるだろうね。それが近々鎖国を解除する気配がある。鎖国も突然なら、開国も突然ときた。まったく、準備が整ったからと世界に覇《は》でも唱えるつもりかね」

「……それで？　僕にどうしろと？」

「いや、別にただの情報共有さね。どうせ引き籠もってばっかりでその手のことは知らないんだろう？　行きたいというのなら申請しておくけど？」

「……いいや、僕はいい。当分は元の力を取り戻せるように動くつもりだしね。今回、英傑《えいけつ》の魂が一つ消費されたのは痛い。ある程度力を取り戻したら、僕も久々に狩りに行くよ。僕のためではなく主のために」

既に『傀儡士』の命の代わりになるような英雄クラスの魂は一つしかない。

それを消費するのを嫌って『傀儡士』自身が外に出なくなったというのに、出なくても消費されるならばもはや閉じ籠もる意味もない。

「……そうかい。まぁいつまでもその席があると思わないことだね。それにあんたの代わりになれる人形ももう残り少ないんだろう？　初心に戻って頑張るんだね」

女は『傀儡士』に背を向けて、手をひらひらとさせた。

その顔には笑みが浮かんでいた。

人形の損失を恐れて外に出なくなっていた『傀儡士』がやっと外に出る気になった。

それだけでも今回の負けは価値のあるものだろうと。

「うん、頑張るよ。世の澱《よど》みを正すためにね」

そう声を発すると『傀儡士』の碧眼がキラリと輝きを放った。

「ああ、そういやぁ、なんであんなところに行っていたのさね？」

帰ろうとしていた女はふと思い出したかのようにそう尋《たず》ねた。

別に任務があったわけではないにもかかわらず、なぜあんな場所にいたのか。

そして件の人物となぜ接触しようとしていたのか。

基本的に、理由なくダンケルノ公爵家《こうしやくけ》と敵対することは赦されていない。

世界の調停者たる教会の人間がおいそれと世界のバランスを崩すことはできない。

使徒ともなればそれこそ気を遣わなければならない。

「……彼はね、異質なんだ」

ポツリと呟《つぶや》くように発した言葉に女は困惑したような表情を浮かべた。

「異質？　うーん、まぁ、異質といやぁ異質なんだろうけど……」

たしかに異質は異質だろう。

既にアーノルドが起こした件については女も知っている。

とても五歳になって少ししか経っていない人間が起こせるようなものではないだろう。

だが、天才というものは何処にでも、どの時代にでもいる。

過去に名を馳《は》せた英雄達も幼き頃から頭角を表し、その才覚《さいかく》を惜しみなく発揮していた。

女はアーノルドもその一種だろうと思っていた。

そうでなくともダンケルノ公爵家の血筋。

少しばかり異常であっても驚きは少ない。

「彼の神眼の儀の結果を知っているかい？」

「いんや？」

女は肩をすくめて嘲《あざけ》るような態度を取った。

興味もなければ知る術もない。

「彼の限界値は平均すれば大体Fだ」

「――ッ⁉」

『傀儡士』のその言葉に、女は盛大に顔を歪め驚きを露にした。

神による恩寵《おんちょう》を与える儀式、それが神眼の儀。

なればこそ、神々から見放されていると言ってもいいほど脆弱《ぜいじゃく》な加護しか与えられていないアーノルドがあれほどの結果を齎《もたら》したとすれば、それは如何なる理由があるのか。

だがそれよりも――。

「なんで、それを知っているんだい？」

少しばかり視線が険《けわ》しくなった女の声色は一段階鋭さを増していた。

神眼の儀の情報は、同じ血筋の者を除けば基本的に本人の同意なくして他人が見ることはできない。

神眼の儀を担当する神官も他人に勝手に話すことはできない。

『傀儡士』がそれを知っているということは、その神官を自分の傀儡にした可能性があるということ。

そしてそれは御法度だ。

信徒に手を出すことは理由なくしてやってはならない。

「そう怖い顔をしないでくれよ。あの神官はあろうことか俗人に買収され、神の法に背《そむ》いた。だからこそ僕の手によって意志なき人形となったのさ。その罪禍《ざいか》を洗い流さなければ我らが神に顔向けできないだろう？　それに信徒を裁く権限は僕も持っている」

実際に意志なき人形となったのはアーノルドの神眼の儀を担当した時点よりも後。

女もとりあえずは『傀儡士』その言葉に矛を収め、本来の話へと戻った。

「……なら、その神官が結果を改竄《かいざん》したということさね？」

「フフフ、それはあり得ないよ。あの結果は神によって齎されるもの。たとえ大司教だろうが教皇様だろうが、あの結果に手を加えることなんてできやしない」

口調は快活であるが、その表情はいつになく真剣である。

だが、女は『傀儡士』の言葉ではなく別の理由でその目を怪訝そうに細めた。

それを知るのは何故なのか。

『傀儡士』本人が実際にそれをしようとしたことがあるのか、はたまた傀儡にしたその神官の記憶を覗き見たのか。

『傀儡士』の能力の全てを知るわけではない女はそこには突っ込まなかった。

それに女はそういう方面は雑だ。

もしかしたら使徒ならば誰もが知っていることかもしれない。

もしそうなら、それを問い質せばむしろ墓穴《ぼけつ》を掘るのは自分になる。

それに今、最も大事なのは、『傀儡士』の言うことが本当のことならば、アーノルドの神眼の儀式の結果は変えられざるこの世の真理であるということ。

だが――。

「他の、もしくは……」

「ああ、その可能性はある」

女の言葉に被せるように『傀儡士』が声を出した。

「その可能性があるからこそ僕が見にいったのさ」

『傀儡士』がアーノルドをわざわざ見にいっていた理由。

結局はクレマンによって阻《はば》まれてしまったが、それでも簡単に済ませるような些事ではなかった。

「そんな大事なことならなんで勝手に行ったりしたのさね。それもあの程度の傀儡だけで」

怪訝そうな表情を浮かべ、呆れを含んだ声色で女はそう言った。

少なくとも教皇様には報告すべき事案であろうと。

「……まさか、あんな化け物がいるなんて思ってもみなかったんだよ。本当にただ少し確認したくて接触しようとしただけだったんだ。それに元々僕が矢面に立つつもりなんてなかったんだよ」

あの場で出ていったのは野盗の男の口止めも兼ねていたが、一番の理由はただの気まぐれ。

たしかに『傀儡士』の実力があれば、あの程度の傀儡とはいえその気になれば大騎士級程度ならば勝つことはできるだろう。

だからこそ油断していた。

ばつが悪そうにする『傀儡士』に女はそれ以上何も言えなかった。

『傀儡士』がその昔、一〇体いた英雄級の傀儡達のうち八体を倒されてから、強い傀儡達をだし渋るようになっていることも知っている。

傀儡が減るということはそれだけ『傀儡士』の命が減るということ。

それを知る女は盛大にため息を吐いた。

「直接その力は見たのさね？」

『傀儡士』は生命あるものならば、条件さえクリアしてしまえばなんでも傀儡にできる。

人ではなく動物や虫などの傀儡がいたのならあの場で全てを飲み込んだアーノルドの闇も見ているかもしれないと思い問うた。

女も伝え聞いただけで実際の威力やその有り様を見たわけではない。

だからこそその力を見たのなら、聞いておきたかった。

「その力……？」

だが、ずっと苦しみ悶えていた『傀儡士』にそんな余裕などなかったため、アーノルドが暴走したということすらまだ知らない。

女は当てが外れたと、より深いため息を吐いた。

「教皇様は我ら使徒にはあれには手を出すなと命じられた。名指しでだ」

教皇様の命はすなわち神の言葉。

女も気になりはするが、その言葉に逆らうつもりはない。

「知っている。教皇様がそう言うのなら問題はないんだろう」

使徒は教皇の手足であり道具。

命が下ったならばそれに従うのみ。

これ以上アーノルドにちょっかいをかけるということは神の言葉に逆らうということ。

「まぁ、当分は放置するしかないさね。この世に害を齎す者ならばいずれ命が下るだろうさ」

それだけを口にした女は今度こそ、闇に紛れるようにこの部屋から消えていった。

あとがき

あとがきを読んでくださっている皆様、作者の虚妄公《きよもうこう》と申します。

本巻を手に取っていただき、本当にありがとうございます。

二巻ということで嬉しい限りです。

今回でWeb小説で投稿していた一章が完結となります。

Web小説から読んでくださっている方も今回初めて手に取ってくださった方も面白いと思っていただけていれば幸いです。

前回は元原稿に加筆加筆といった感じだったのですが、今回は元原稿だと七二〇ページ以上もあり、あまりにも超大作になってしまうため、減らし減らしで修正していきました。

とはいえ、Web版では私の戦闘描写や心情描写の練習のために必要以上に色々と詰め込んでいたので無駄も多く、今回の修正でより洗練され、無駄を省けたと思っています。

しかし減らすのは難しいですね。

小説というものは話の内容が浮かばなくて困るといったイメージでしたが、私の場合はむしろ内容はスラスラと浮かぶのですが、それをコンパクトに纏めるのが難しいといった感じで、そこが課題となっています。

今回はあとがきも短めで、ここで終わりです。

最後に、この書籍の発売に尽力してくださった方々に厚く感謝申し上げます。

今回も楽しく描かせて頂きました！
皆さまにも楽しんで頂けたら幸いです！
202404

公《こう》爵《しやく》家《け》の三《さん》男《なん》が征《ゆ》く己《おのれ》の正《せい》道《どう》譚《たん》Ⅱ

2024年5月30日　初版発行

著　者　虚《きよ》妄《もう》公《こう》
イラスト　真《しん》空《そら》
発行者　山下直久
発　行　株式会社KADOKAWA
〒102-8177 東京都千代田区富士見2-13-3
電話 0570-002-301（ナビダイヤル）

編集企画　ファミ通文庫編集部
デザイン　横山券露央（ビーワークス）
写植・製版　株式会社スタジオ205プラス
印　刷　TOPPAN株式会社
製　本　TOPPAN株式会社

 ISBN978-4-04-737984-8 C0093　　定価はカバーに表示してあります。